하워드 필립스 러브크래프트

07 세계문학 단편선

하워드 필립스 러브크래프트

김지현 옮김

현대문학

차례

랜돌프 카터의 진술
The Statement of Randolph Carter

여러분, 거듭 말씀드리지만 아무리 심문을 하셔도 소용없습니다. 원한다면 저를 언제까지고 잡아 둘 수도 있고, 여러분이 정의라고 부르는 그 환상을 충족하기 위해 희생자를 꼭 하나 만들어야겠다면 저를 구금하거나 처형까지 할 수도 있겠지요. 그래 봤자 저는 지금까지 말씀드린 이상은 모릅니다. 기억나는 것은 전부 솔직히 말씀드렸다고요. 왜곡하거나 숨긴 부분은 전혀 없고, 혹시 모호한 점이 있더라도 그건 제 머릿속에 낀 먹구름 때문일 뿐입니다. 그날의 공포 때문에 정신이 늘 흐릿하고 혼란스러운 상태라서요.

다시금 말씀드리건대 할리 워런이 어떻게 되었는지 전 모릅니다. 아마 평화롭게 세상을 떠났으리라고 짐작만 할 따름입니다. 아니, 그랬길 바란다고 해야 맞겠군요. 그런 축복이 있기나 하다면 말입니다만. 제가 5

년 동안 워런의 가장 가까운 친구였고, 미지의 대상을 탐구하던 그의 끔찍한 연구에 얼마간 참여했던 것은 사실입니다. 그 무시무시했던 밤 11시 30분경에 우리 둘이 게인즈빌 도로에서 빅 사이프러스 늪지 쪽으로 걸어가는 걸 목격한 사람이 있다고 하셨죠? 기억이 가물가물하긴 합니다만 아마 맞을 겁니다. 우리가 손전등, 삽, 수상쩍은 기구들이 부착된 전선 한 다발을 들고 있었다는 목격담 역시 부정하지 않겠습니다. 흐리멍덩한 기억 속에 유난히 소름 끼쳤던 한 장면만큼은 선명하게 남아 있는데, 그 장면에서 등장하는 물건들이거든요. 하지만 그 이후에 일어난 일이나, 다음 날 아침 늦가에서 제가 혼자 멍한 상태로 발견된 경위에 대해서는, 지금까지 누차 말씀드린 것 외에는 아는 바가 전혀 없단 말입니다. 그리고 그 늪에서든 주변 어디에서든 그런 무서운 일이 벌어질 만한 곳은 찾지 못했다고 하셨는데, 저로서는 제가 두 눈으로 본 사건이니 그런 일이 있었다고 말씀드릴 수밖에 없어요. 어쩌면 환각이나 꿈이었을 수도 있겠지요. 정말이지 그랬기를 바랍니다. 어쨌든 제 기억에 의하면, 우리가 사람들 눈에 띄지 않는 곳으로 사라진 이후에 일어난 일은 이미 말씀드린 게 전부입니다. 그러니 할리 워런이 왜 돌아오지 않았는지는 본인에게 직접 물어보시는 수밖에 없습니다. 아니면 워런의 그림자인지 뭔지, 아무튼 도저히 말로 표현 못할 그 존재에게 물어보시든가요.

전에도 말씀드렸듯이 저는 할리 워런의 기괴한 연구를 잘 알고 있었고, 어느 정도까지는 함께 하기도 했습니다. 워런은 금단의 주제를 다룬 이상한 희귀 서적들을 방대하게 수집했는데, 저는 그중에서 제가 아는 언어로 쓰인 책은 전부 읽었습니다. 하지만 모르는 언어로 된 책들이 훨씬 많았어요. 대부분은 아랍어였던 것 같습니다. 그리고 워런을 최후의 순간으로 몰아붙였던 그 책은, 워런이 자기 주머니에 넣은 채 죽은 그 사악한 책은, 저로서는 생전 듣도 보도 못한 문자로 쓰여진 것이었습니다. 워런은 그 책의 내용을 저한테도 일절 알려 주지 않았습니다. 그러니까 그의 연구의 본질에 대해서는 저도 완전히 꿰고 있지는 못했던 겁니다. 모르길 천만다행이죠. 끔찍한 연구였으니까요. 저도 정말로 참여하고 싶어서 했다기보다는 속으론 꺼림칙하면서도 마지못해 이끌려서 한 게 큽니다. 워런은 늘 저를 멋대로 휘두르는 친구였거든요. 가끔은 무섭기까지 했습니다. 그 무시무시한 일이 벌어지기 전날 밤에는, 어떤 시체는 무덤 속에서 천 년 동안이나 부패되지 않고 부피와 단단함을 고스란히 유지한다면서 그 이유에 대한 자신의 이론을 쉴 새 없이 떠들었는데, 듣다 보니 진저리가 나더라고요. 하지만 이제는 워런이 무섭지 않습니다. 제 이해 범위를 넘어선 어마어마한 공포의 실체를 알고 있었을 그 친구가 걱정스러울 뿐입니다.

계속 똑같은 얘길 하게 되는데, 그날 밤 우리가 찾으려던 게 무엇인지는 저도 확실히 모릅니다. 한 달 전에 인도에서 배달된 그 해독 불가능한 문자로 된 고서와 많은 연관이 있다는 것밖에는요. 우리가 11시 30분에 게인즈빌 도로에서 빅 사이프러스 늪지로 가는 걸 누가 봤다고 하니까 그런가 보다 할 뿐이지, 저는 영 긴가민가합니다. 또렷하게 기억나는 것이라곤 딱 한 장면밖에 없는데, 그때는 자정이 한참 지난 시간이었을 겁니다. 이지러져 가는 그믐달이 뿌연 하늘 높이 걸려 있었으니까요.

그곳은 아주 오래된 묘지였습니다. 헤아릴 수 없는 세월의 흔적들 때문에 몸이 덜덜 떨릴 정도였죠. 깊고 축축한 골짜기에 자리 잡은 그 묘지에는 이끼와 길게 자란 잡초가 무성했고, 사방에 희미한 악취가 떠다녔습니다. 꼭 돌이 썩는 냄새 같더군요. 어디를 봐도 수백 년 동안 방치되어 낡아 빠진 것들뿐이었고 숨 막히는 정적이 이어지고 있었습니다. 워런과 제가 살아 있는 생명체로선 그곳에 처음 발을 들인 게 아닐까 싶었습니다. 카타콤에서 새어 나온 듯한 고약한 수증기가 공기 중에 자욱했고, 그 너머로 계곡 위에 뜬 창백한 그믐달이 살짝 보였습니다. 연약하고 위태로운 달빛만으로도 케케묵은 석판이며 유골 단지며 비석이며 석물 같은 께름칙한 물건들이 낱낱이 드러났습니다. 하나같이 이끼와 습기로 얼룩지고 부서져 가는 상태로 울창하게 우거진 수풀에 드문드문 가려져 있었죠. 그 섬뜩한 공동묘지에서 제가 한 일들 중 생생하게 기억나는 첫 장면은, 워런과 함께 반쯤 없어지다시피 한 어느 무덤 앞에 멈춰 섰던 겁니다. 그러고는 들고 온 장비들을 내려놓았죠. 저는 손전등과 삽 두 개를, 워런은 제 것과 비슷한 손전등과 휴대용 전화 장치를. 거기가 어디인지 무슨 일을 해야 할지도 알고 있었던 우리는 말을 주고받을 필요도 없이 곧바로 삽을 들어 평평하고 오래된 무덤 위에 쌓인 흙과 풀을 치웠습니다. 세 개의 거대한 화강암 석판으로 된 표면이 완전히 드러났을 때, 우리는 적당히 물러서서 무덤 전체를 살펴보았습니다. 워런은 머릿속으로 무언가 계산을 하는 눈치더군요. 그러더니 무덤으로 다가가서 삽을 지렛대 삼아 석판 하나를 들어 올리려 했습니다. 원래는 묘비였을 돌의 잔해에서 가장 가까운 곳에 있는 석판이었는데, 잘 들어 올려지지 않자 제게 도와 달라고 손짓을 하더군요. 그래서 둘이 힘을 합쳐 석판을 들어 한쪽에 놔뒀죠.

석판을 치우니 시커먼 구덩이가 나타났는데, 거기서 엄청나게 메스꺼운 가스가 확 끼쳐 올라오는 바람에 우리는 기겁해서 뒤로 물러섰습니다. 잠시 뜸을 들인 뒤에 다시 가까이 가니 숨 쉬기가 조금 낫더군요. 구덩이 안에 있는 돌계단에 손전등을 비추자 무슨 역겨운 액체가 뚝뚝 떨

10

어지고 있는 것이 보였고, 사방 벽은 초석硝石*으로 뒤덮여 있었어요. 대화를 나눈 기억이 나는 건 바로 이 시점부터입니다. 워런이 드디어 제게 말을 걸었는데, 특유의 부드러운 테너 음성은 그런 상황에서도 흔들리지 않더군요.

"미안하지만 자네는 이 위에 남아 있는 편이 좋겠네. 자네처럼 신경이 약한 사람을 저 밑으로 들여보내는 건 범죄나 다름없을 테니까. 아무리 책을 읽고 내 설명을 들었어도 지금부터 뭘 보게 될지, 뭘 하게 될지는 상상도 못할 걸세. 이건 정말 무시무시한 일이야, 카터. 강심장이 아니고서는 이 일을 끝까지 해낸 후 맨정신을 유지하긴 힘들어. 자네를 불쾌하게 할 생각은 없네. 함께 들어갈 수 있다면 그보다 기쁜 일이 어디 있겠나. 하지만 책임을 져야 할 쪽은 나인데, 자네처럼 섬세한 사람을 저리로 끌고 들어갔다가 자네가 혹시 죽거나 미치기라도 하면 나는 어쩌겠나. 내가 할 일이 어떤 것인지 자넨 상상도 못할 거야! 상황은 전화로 알려 주겠네. 자, 전선이 이만큼 있으니 지구의 중심부까지 들어갔다가 나와도 충분할 걸세!"

워런의 차분하던 목소리가 지금도 귓전에 쟁쟁합니다. 제가 불평했던 것도 기억이 나고요. 저는 같이 들어가고 싶어서 안절부절못했지만 그 친구는 요지부동이었습니다. 제가 계속 고집을 부리면 탐험을 아예 그만두겠다고 으름장을 놓는 통에, 저로선 포기할 수밖에 없었습니다. 비밀을 풀 열쇠는 그 친구 혼자만 알고 있었거든요. 이런 건 기억이 나는데 정작 그 비밀이 뭐였는지는 모르겠군요. 아무튼 제가 마지못해 알겠다고 하자, 워런은 전선 다발을 집어 들고 전화기를 작동시켰습니다. 워

*질소성 물질이 산화될 때 생성되는 광물. 동물의 시체가 부패하거나 암석 표면이 풍화되면서 생겨난다.

런이 고개를 끄덕이며 한쪽 수화기를 받으라고 하자, 저는 그렇게 하고는 구덩이 근처 색이 바랜 묘석에 걸터앉았죠. 워런은 저와 악수를 하고 전선 다발을 어깨에 걸메더니 그 무시무시한 무덤 안으로 사라져 버렸습니다.

잠시 동안은 워런의 손전등 불빛도 보이고 전선을 푸느라 부스럭거리는 소리도 들렸습니다. 그런데 어느 순간 갑자기 불빛이 사라졌어요. 마치 계단이 휙 회전하기라도 한 것처럼. 소리도 거의 동시에 멎었고요. 그렇게 저는 혼자 남았지만, 마법의 전선은 저를 미지의 지하 세계로 연결해 주고 있었습니다. 이울어 가는 그믐달의 가냘픈 빛 아래에서 전선을 감싼 초록색 절연 피복이 선명하게 보였지요.

적막하고 고색창연한 죽은 자들의 도시에서 한참을 기다리다 보니 지독하게 섬뜩한 공상과 환각에 시달렸습니다. 기괴한 납골당이며 돌기둥들이 마치 살아 있는 것처럼 보이더라고요. 보고 듣고 생각할 줄 아는 것만 같았어요. 잡초가 무성한 골짜기의 캄캄하고 후미진 곳들에 숨어 있던 형체 없는 그림자들이 썩어 가는 무덤들의 입구를 들락거리면서 무슨 신성모독적인 행진이라도 벌이는 것 같기도 했고요. 어쨌거나 그 그림자들은 그믐달의 창백한 빛으로 인해 자연스럽게 생긴 그림자는 결코 아니었습니다. 저는 연신 손전등 불빛으로 시계를 확인하고 수화기에 귀를 기울이면서 발을 동동 굴렀지만 아무 소리도 안 들렸어요. 그렇게 15분쯤 지났을까, 희미하게 짤깍거리는 소리가 나더군요. 저는 잔뜩 긴장해서 친구를 소리쳐 불렀죠. 마침내 그 으스스한 무덤 속에서 대답이 들려왔습니다. 정말이지 그렇게 공포에 사로잡혀 덜덜 떠는 할리 워런의 목소리는 처음 듣는 것이었습니다. 물론 내내 걱정하고 있었지만, 조금 전만 해도 그토록 침착하게 저를 두고 떠났던 친구가 이제는 비명 소리보다 더 불길하게 떨리는 목소리로 속닥거릴 줄이야.

"세상에! 자네가 이걸 본다면……"

저는 아무 대답도 하지 못하고 묵묵히 기다릴 수밖에 없었습니다. 이윽고 미친 듯이 격앙된 말이 터져 나왔죠.

"카터, 정말 끔찍해. 도대체가…… 이건 말도 안 돼!"

그제야 목소리를 되찾은 저는 수화기에 대고 질문을 퍼부었습니다. 겁에 질려서는 "워런, 뭐야? 어떻게 된 거야?"라고 계속 물었지요. 돌아온 워런의 목소리는 여전히 두려움에 젖어 잔뜩 쉬어 있었는데, 이제는 절망감까지 배어 있었습니다.

"설명 못해! 도저히 상상도 못할 일이니까. 차마 말로 할 수가…… 인간이 이걸 알고도 살아남을 순 없어. 아아, 맙소사! 이럴 줄은 정말 꿈에도 몰랐어!"

그러고는 다시 잠잠해졌습니다. 워런은 제가 마구잡이로 쏟아붓는 질문에도 대답이 없더니, 잠시 뒤 경악한 어조로 소리쳤습니다.

"카터! 당장 석판을 덮고 도망치게. 빨리! 물건은 다 놔두고 여기서 나가! 기회는 지금뿐일세! 아무것도 묻지 말고 그냥 시키는 대로 해!"

하지만 저는 계속 어떻게 된 일이냐고 되물을 수밖에 없었습니다. 주위에는 무덤과 어둠과 그림자만 가득하고, 아래에는 인간의 상상력을 벗어날 만큼 위험한 게 있다 하고. 하지만 저보다야 워런이 훨씬 큰 위험에 빠져 있는데, 제가 자기를 버리고 혼자 내뺄 수 있을 거라고 생각하다니 무서운 와중에도 좀 서운하더군요. 또 짤깍거리는 소리가 나더니 잠시 뒤 워런이 애처롭게 외쳤습니다.

"튀어! 얼른! 석판 도로 덮고 꺼져 버리라고, 카터!"

친구가 애들 같은 비속어까지 내뱉는 걸 들으니 정신이 번쩍 들더군요. 저는 마음을 굳히고 소리쳤습니다.

"워런, 조금만 기다려! 지금 내려갈게!"

그런데 제 말에 워런은 급기야 완전히 절망한 비명을 내지르는 것이었습니다.

"안 돼! 자넨 이해 못해! 너무 늦었어. 다 내 잘못이야. 얼른 석판 덮고 도망치게. 자네든 누구든 도와줄 수 있는 게 아무것도 없어!"

그러더니 모든 걸 체념한 사람처럼 목소리가 탁 가라앉았습니다. 그래도 저를 걱정하느라고 여전히 다급하기는 했지만요.

"빨리, 더 늦기 전에!"

저는 워런의 말에 따르고 싶지 않았습니다. 마비된 듯한 몸을 어떻게든 움직여 구해 주러 가고 싶었죠. 그러나 워런이 다음 말을 속삭일 때까지도 저는 극도의 공포에 사로잡혀 꼼짝도 못 하고 있었습니다.

"카터, 얼른! 그래 봤자 소용없네. 자네는 살아야…… 나 하나로 족해! 어서 석판을……!"

그러고는 전화가 끊기더니 또다시 짤깍거리는 소리가 이어지고 워런의 목소리가 희미하게 들려왔습니다.

"이제 곧 끝장일세. 일을 더 어렵게 만들지 말게. 당장 그 계단을 막고 죽어라 도망쳐. 시간이 없네. 카터, 잘 있게. 다신 못 볼 걸세."

속닥거리던 워런이 이때부터 고함을 지르기 시작했습니다. 고함은 점점 높이 솟아올라 온 세상의 공포가 폭발한 듯한 비명으로 변하더군요.

"빌어먹을 괴물들! 맙소사, 저 떼거리는 대체…… 아악! 도망쳐! 도망쳐! 도망쳐!"

그 뒤로는 조용했습니다. 얼마나 한없이 긴 시간을 거기에 우두커니 앉아 있었는지 모릅니다. 전화기에 대고 속삭여도 보고, 소리쳐도 보고,

마구 악을 써대기도 했습니다. 억겁처럼 길게 느껴지는 시간이 흐르는 동안 저는 하릴없이 속삭이고 소리치고 악쓰기만을 반복했습니다.

"워런! 워런! 대답해! 내 말 들리나?!"

바로 그때 절정의 공포가 덮쳐 왔습니다. 믿을 수도, 상상할 수도, 입에 담을 수조차 없는 공포가 말입니다. 말씀드렸다시피, 워런이 절망적인 비명을 질러서 마지막 경고를 한 뒤로 억겁처럼 긴 시간이 흐른 것 같았습니다. 제 고함 소리 외에는 아무것도 안 들리는 무지막지한 침묵만이 이어졌죠. 그런데 어느 순간 수화기에서 짤깍하는 소리가 다시 들리는 겁니다. 저는 신경을 잔뜩 곤두세우고 귀를 기울이며 물었습니다.

"워런, 거기 있나?"

이때 돌아온 대답을 듣고 나서 제 머리가 흐리멍덩해진 겁니다. 여러분, 저는 그 목소리를 도저히 말로 설명할 수가 없습니다. 세세하게 묘사할 수도 없고요. 그 첫마디를 듣자마자 기절해 버렸고, 깨어나 보니 병원이더군요. 뭐라고 표현해야 할까요. 깊은 저음이었다? 공허한 소리였다? 끈적끈적하고 냉담하고 섬뜩하고 비현실적이고 인간의 것 같지 않은 소리였다? 글쎄요. 어쨌든 제 기억도, 해드릴 수 있는 이야기도 여기까지가 끝입니다. 제 귀로 똑똑히 그 소리를 들었다는 것밖에는 아무것도 몰라요. 골짜기 안에 자리한 이름 모를 묘지에서, 부서진 묘석과 무너져 가는 무덤과 울창한 수풀과 지독한 수증기 한가운데에서, 공포로 뻣뻣이 얼어붙은 채 들었던 그 목소리. 형체 없는 죽음의 그림자들이 저주받은 그믐달 빛 아래에서 춤을 추던 그 순간 열린 무덤 속 깊디깊은 곳에서부터 울려 퍼졌던 그 목소리. 그건 이 한마디였습니다.

"멍청한 놈, 워런은 죽었어!"

에리히 잔의 연주
The Music of Erich Zann

　도시의 지도들을 아무리 세심히 살펴보아도 오제이유라는 이름의 길은 없었다. 옛날에 만들어진 지도라서 지명이 바뀐 건가 싶었다. 그러나 그 오래된 도시의 구석구석을 철저히 조사하고 직접 발품까지 팔아 가며 내가 아는 오제이유 가와 연관이 있을 법한 모든 곳을 뒤졌는데도 여전히 찾을 수가 없었다. 형이상학을 전공하던 가난한 대학생 시절에 마지막 몇 달을 보내면서 에리히 잔의 연주를 들었던 그 집도, 거리도, 심지어 인근 지역마저도.

　내 기억력에 문제가 있는지도 모른다. 오제이유 가에서 살던 당시 나는 심신이 무척 불안정한 상태였고 몇 안 되는 지인들이나마 거기로 초대한 적이 없었으니까. 아무리 그래도 그렇지 그곳을 다시 찾을 수가 없다니 희한하고 당혹스러운 일이다. 대학교에서 걸어서 30분 거리밖에 안 되는 데다가 한번 보면 잊을 수 없을 만큼 독특한 곳이었는데, 오제이유 가를 안다는 사람조차 만날 수가 없었다.

오제이유 가는 높다란 벽돌 창고 건물들 근처의 강 너머에 있었다. 건물 창문들에서 새어 나오는 불빛은 어두침침했고, 주변의 공장들이 내뿜는 연기에 햇빛이 가려져서 강물도 육중한 돌다리도 노상 그늘져 있었다. 강에서는 어디서도 맡아 본 적 없는 고약한 악취가 풍겼기에 그 냄새만으로도 단번에 오제이유 가를 찾을 수 있을 것만 같다. 다리를 건너면 난간이 달린 좁은 자갈길이 나왔고, 길은 완만한 오르막이 되다가 오제이유 가에 이르면 깎아지른 듯 가팔라졌다.

오제이유 가만큼 좁고 가파른 길은 보지 못했다. 거의 절벽이나 마찬가지여서 차량 통행이 일체 차단되었고, 몇 군데는 계단으로 올라가야 했으며, 맨 꼭대기는 담쟁이덩굴로 뒤덮인 우뚝한 담벼락으로 가로막혀 있었다. 길의 포장은 들쭉날쭉해서 석판이 깔린 부분도, 자갈로 덮인 부분도, 맨흙이 드러나서 칙칙한 녹색의 식물들이 끈질기게 자라나는 부분도 있었다. 집들은 다들 심하게 낡았고 높다랗고 지붕이 뾰족했다. 그리고 저마다 앞, 뒤, 옆을 향해 마구잡이로 기울어진 채였다. 거리 양옆에서 마주 보는 두 건물이 아치형 천장처럼 맞닿는 바람에 그 밑으로는 햇빛이 거의 비치지 않는 곳도 있었다. 간혹 집과 집 사이를 이어 주는 다리가 공중에 가로놓여 있기도 했다.

무엇보다 그곳에 사는 주민들이 유별났다. 처음에는 조용하고 과묵해서 이상하다고만 여겼는데 나중에 보니 하나같이 노인들이었다. 내가 어쩌다 그런 데서 살게 되었는지는 모르겠지만, 그리로 이사를 갔을 때는 이래저래 제정신이 아니었다. 늘 돈이 궁해서 빈민가를 전전하며 이집 저 집에서 쫓겨 다닌 끝에 오제이유 가의 다 쓰러져 가는 집에까지

오게 된 것이다. 집주인은 중풍에 걸린 블랑도라는 이름의 노인이었다. 거리 끝에서 세 번째 건물이었고 어느 집보다 높았다.

내 방이 있는 5층에는 나 외에는 세 든 사람이 없었다. 집 전체가 거의 비어 있다시피 했다. 그런데 이사한 첫날 밤 위층의 다락방에서 기이한 음악 소리가 들리기에 다음 날 블랑도에게 물어보니, 거기에 사는 사람은 에리히 잔이라는 늙은 비올 연주자라고 했다. 독일 출신의 이상한 벙어리 노인으로 싸구려 극장의 오케스트라에서 저녁마다 연주를 하는데, 퇴근한 뒤 밤중에 비올을 켜고 싶다며 일부러 꼭대기 층의 외딴 다락방에 세 들었다는 것이다. 박공창 한 장만 달린 방이긴 하지만 길 끝을 가로막은 담벼락 너머의 경치가 한눈에 내다보이는 방은 오제이유가 전체에서 거기밖에 없다고도 했다.

이후로 나는 밤마다 잔의 비올 연주 때문에 잠을 이루지 못했다. 그러나 그 기이한 음악에 매혹되기도 했다. 비록 예술에는 문외한이었지만 내가 들어 본 어떤 음악과도 다르다는 것만큼은 분명했고, 매우 독창적인 천재 작곡가라는 확신이 들었다. 들으면 들을수록 마음을 사로잡는 선율이었다. 그렇게 일주일이 지났을 때 그 노인을 직접 만나 봐야겠다는 결심이 섰다.

어느 날 밤 일을 마치고 돌아오던 잔을 복도에서 붙잡고 새로 이사 온 사람인데 잘 부탁드린다고, 괜찮다면 연주를 직접 들어 보고 싶다고 말했다. 잔은 왜소하고 깡마르고 구부정한 체형에 허름한 옷차림의 노인이었다. 눈은 파랗고 머리가 거의 벗어진 데다 얼굴이 사티로스처럼 기괴했다. 언뜻 짜증스러우면서도 겁에 질린 눈치였지만, 한결같이 호의적인 내 태도를 보고 마음이 누그러졌는지 자기를 따라오라며 찌무룩하게 손짓했다. 금방이라도 부서질 듯이 삐걱거리고 어두컴컴한 계단을 올라가자 잔의 방이 나왔다. 꼭대기 층에 있는 다락방 두 개 중에서도 서쪽 방이었다. 지붕과 맞닿은 천장이 가파르게 경사졌고, 길 끝의 높은 담벼락을 마주 보는 위치였다. 안 그래도 큰 방인데 세간이 별로 없어서 더더욱 썰렁해 보였다. 비좁은 철제 침대, 때 묻은 세면대, 조그마한 탁자, 커다란 책장, 철제 악보대, 낡은 의자 세 개가 전부였다. 방바닥에는 악보들이 어지럽게 널려 있었다. 아무것도 칠하지 않은 판자벽에 먼지와 거미줄까지 잔뜩 앉아서 마치 사람이 살지 않는 방처럼 보였다. 에리히 잔이 추구하는 아름다움의 세계란 머나먼 상상력의 영역에만 존재하는 모양이었다.

잔은 내게 앉으라고 손짓하고 문을 닫더니 커다란 나무 빗장까지 걸어 잠갔다. 밖에서부터 가지고 들어온 촛불에 더해 또 다른 초에 불을 붙인 다음, 비올을 감싸고 있던 좀먹은 덮개를 걷어 냈다. 그리고 의자들 중 그나마 편해 보이는 것에 걸터앉더니 악보를 보지도, 신청곡을 묻지도 않고 한 시간이 넘도록 연주를 했다. 나로서는 한 번도 들어 보지 못한 음악이었다. 자작곡일 게 분명한 그 선율에 나는 넋을 잃고 빠져들었다. 음악에 대해서는 잘 몰라서 정확히 설명할 수 없지만 유려하고 매혹적인 악절이 반복되는 일종의 푸가 같았다. 그런데 평소에 내 방에서 들었던 기이한 음률만은 나오지 않았다.

나는 종종 그 멜로디를 흥얼거리거나 휘파람을 불며 기억해 두고 있었기 때문에, 잔이 마침내 활을 내려놓았을 때 그 곡도 들려 달라고 부탁할 수 있었다. 그런데 연주 내내 지루하고 차분해 보이던 잔의 사티로스 같은 주름투성이 얼굴이 처음 만났을 때와 똑같은 분노와 공포가 뒤섞인 표정으로 돌변했다. 나는 노인 특유의 변덕이겠거니 넘겨짚고 휘파람으로 그 곡조를 직접 들려주며 계속 설득하려 했으나, 잔은 얼마 듣지도 않고 뭐라 설명할 수 없을 만큼 해괴한 낯빛으로 변한 얼굴을 일 그러뜨리더니 길쭉하고 차갑고 앙상한 손을 뻗어 내 입을 틀어막는 것이었다. 게다가 마치 누가 쳐들어올까 봐 두렵기라도 한 듯 커튼이 드리워진 창문을 흘끔거리기까지 했다. 그 방은 거리 끝에 있는 담벼락 너머까지 보인다고 할 만큼 고층에 있는 다락방이라 설사 누가 인접한 집들의 지붕에 있다 하더라도 그 방 창문으로 들어오지는 못할 텐데, 참으로 괴이쩍은 일이었다.

블랑도에게서 들은 이야기가 떠올랐고, 나는 담벼락 너머 언덕에 펼쳐져 있을 도시의 불빛들과 달빛에 젖은 지붕들의 풍경을 내다보고 싶다는 충동이 들었다. 오제이유 가에서 오로지 이 괴팍한 노인만이 볼 수 있는 절경일 터였다. 그래서 창문으로 다가가 커튼을 젖히려고 했는데, 잔이 질겁을 하면서 나를 두 손으로 힘껏 붙잡고 문 쪽으로 끌어당기며 나가라고 고갯짓을 하는 것이었다. 이쯤 되자 나는 질릴 대로 질려서 당장 나가 줄 테니 놓아 달라고 화를 낼 수밖에 없었다. 잔은 손아귀에서 힘을 풀었다. 내 언짢은 기색을 보고 오히려 기분이 누그러진 것 같았다. 이제는 또 사근사근한 태도로 나를 의자에 앉히더니 무언가 생각에 잠긴 채 어질러진 탁자로 건너갔다. 그러고는 연필을 들고 서툰 프랑스어로 장문의 글을 힘겹게 써 나갔다.

잔이 건네준 글은 사과의 뜻을 담고 있었다. 늙고 외로운 처지이다 보니 음악이나 이런저런 일들에 신경이 예민해진 탓에 이상한 공포에 시달리곤 한다고, 연주를 들어 줘서 기뻤으며 자신의 별난 행동은 개의치 말고 부디 다음에 또 와달라고 했다. 그러나 내가 부탁한 그 곡은 연주해 줄 수 없을뿐더러 다른 사람이 휘파람으로 부르는 것도 듣고 싶지 않으며, 자기 방의 물건도 만지지 말아 달라고 했다. 또한 연주하는 소리가 내 방에까지 들리는 줄은 미처 몰랐는데, 블랑도 씨에게 부탁해서 아래층으로 방을 옮겨 주면 좋겠다고, 만약 방세가 더 비싸다면 자신이 보태 주겠다고 적혀 있었다.

엉터리 프랑스어 문장들을 간신히 읽어 나가면서 나는 점점 잔에게 연민을 느꼈다. 잔도 나처럼 육체적 정신적 고통에 시달리고 있구나 싶었고, 형이상학 공부를 통해 배운 윤리적 사고방식이 내게 타인에 대한 친절을 일깨워 주기도 했다. 사방이 조용한 가운데 문득 밤바람에 창문이 살짝 덜컹거리는 소리가 들리자 괜히 잔처럼 과민하게 화들짝 놀라기까지 했다. 그래서 글을 다 읽고 잔과 악수를 하며 친구 사이로 좋게 지내기로 하고 헤어졌다. 이튿날 나는 블랑도에게 말해서 3층의 더 비싼 방으로 옮겼다. 양쪽의 옆방에는 각각 늙은 대금업자와 싸개쟁이가 살고 있었다. 4층에는 아무도 살지 않았다.

그러나 얼마 지나지 않아 잔이 사실은 나와 친하게 지낼 생각이 별로 없다는 것을 깨달았다. 잔은 나를 부르지도 않았고, 내가 찾아가도 영 껄끄러운 기색으로 심드렁하게 연주했다. 낮에는 잠을 자느라 아무도 방에 들이지 않았기 때문에 그나마도 밤에만 만날 수 있었다. 아무래도 잔에게 호감을 갖기는 힘들었지만, 그의 다락방과 기이한 음악만은 좀처럼 마음에서 떠나지 않았다. 다락방 창문 밖의 담벼락 너머로 펼쳐져 있을 반짝이는 지붕들과 첨탑들의 야경이 이상할 만큼 보고 싶기도 했다. 그래서 한번은 잔이 일하러 가고 없을 때 그 방에 올라가 보기도 했지만 문은 굳게 잠겨 있었다.

할 수 있는 일이라고는 그 벙어리 노인이 연주하는 소리를 엿듣는 게 다였다. 처음에는 예전에 살았던 5층까지만 슬쩍 올라가서 들었는데, 점차 과감해져서 꼭대기 층으로 향하는 삐걱거리는 계단을 올라가 다락방 바로 앞까지 접근하게 되었다. 방문이 빗장으로 잠그게 되어 있고 열쇠 구멍은 막혀 있어서 안을 들여다볼 수는 없었다. 그래서 나는 그저 좁은 복도에 서서 귀를 기울여야만 했다. 그러다 보면 가끔 형언할 수 없는 공포와 막막하고도 음울한 경이감에 사로잡히곤 했다. 그 음악 소리 자체가 끔찍해서가 아니었다. 그 기묘하게 떨리는 음이 마치 지구상에 존재하지 않는 소리 같았고, 때로는 도저히 한 명의 연주라고 생각할 수 없는 화음까지 울려 퍼졌기 때문이다. 에리히 잔은 광기에 찬 천재가 틀림없었다. 몇 주가 지나자 연주는 더욱 격렬해진 반면 잔은 눈에 띄게 초췌해지고 비실비실 눈치를 보고 다녀서 보기가 딱할 정도였다. 급기야는 내가 찾아가도 문을 열어 주지 않고 계단에서 마주치면 피하기에 이르렀다.

그러던 어느 날 밤, 문가에서 음악을 듣고 있는데 비올 소리가 찢어질 듯이 솟아오르더니 온갖 소음이 폭발하는 아비규환으로 변했다. 내 정신이 이상해져서 환청이 들리는 건가 싶었지만 분명히 굳게 잠긴 저 문 안에서 나오는 소리가 맞았다. 이어서 벙어리만이 낼 수 있을, 뜻을 알아들을 수 없는 무시무시한 비명이 들렸다. 잔에게 무슨 엄청난 공포나 고통이 닥친 게 틀림없었다. 나는 문을 마구 두드렸지만 안에서는 아무런 대답이 없었다.

캄캄한 복도에서 두려움과 추위에 떨며 한참을 기다린 끝에, 잔이 의자를 붙잡고 바닥에서 힘겹게 몸을 일으키는 듯한 소리가 들렸다. 발작으로 기절했다가 이제야 깨어난 모양이었다. 나는 다시 문을 쾅쾅 두드리며 내가 누구인지 알리려고 내 이름을 외쳤다. 그러자 잔이 창가로 비칠비칠 걸어가서 덧창과 창문을 닫는 소리가 들리는가 싶더니 이윽고 방문이 힘없이 열렸다. 잔은 진심으로 내가 반가운 기색이었다. 일그러졌던 얼굴이 안도감으로 환해지면서 엄마 치맛자락을 붙잡는 아이처럼 내 코트를 그러잡았기 때문이다.

잔은 안쓰러울 만큼 덜덜 떨면서 나를 의자에 앉히고 자신은 바닥에 아무렇게나 팽개쳐져 있는 비올과 활 옆쪽의 의자에 주저앉았다. 그리고 한동안 가만히 앉은 채로 고개만 이상하게 주억거렸다. 무슨 소리가 들리지 않나 온 신경을 곤두세워 귀를 기울이는 눈치였다. 그러다 마침내 안심했는지 탁자 쪽으로 건너가더니 짧은 쪽지를 한 장 써서 내게 건네주었다. 자신을 괴롭히는 불가사의하고 무시무시한 현상에 대해 독일어로 전부 설명할 테니, 알고 싶다면 부디 인내심을 갖고 기다려 줬으면 좋겠다는 내용이었다. 그래서 나는 그 벙어리 노인이 연필을 획획 놀리며 기나긴 글을 써 내려가는 동안 기다려 주었다.

한 시간쯤 지났을까, 다 쓴 종이가 여러 장 쌓였는데도 열성적으로 글을 계속 써나가던 잔이 갑자기 쇼크 증세를 보였다. 커튼이 쳐진 창문을 돌아보고는 몸서리를 치며 허공에 귀를 기울이는 것이었다. 나 역시 무언가 들리는 듯했지만 딱히 무서운 소리는 아니었다. 아주 낮고 희미한 음악 소리 같았다. 근처 이웃집 사람이거나 아니면 내가 한 번도 볼 수 없었던 저 드높은 담벼락 너머의 누군가가 연주를 하는가 보다 싶었다. 그런데 잔은 무슨 엄청난 영향을 받았는지 연필을 떨어뜨리곤 벌떡 일어서더니 비올을 낚아챘다. 그리고 내가 잠긴 문 밖에서만 엿들을 수 있었던 바로 그 광포한 연주를 시작했다.

그날 밤 에리히 잔의 연주는 말로 표현할 길이 없다. 잔의 표정을 직접 보니 순전한 공포에서 비롯된 연주라는 걸 알 수 있었기에 더더욱 소름이 끼쳤다. 잔은 일부러 시끄러운 소음을 만들어 내서 다른 곳에서 흘러드는 어떤 소리를 차단하려 안간힘을 쓰고 있었던 것이다. 얼마나 무시무시한 소리이기에 저러는지 상상도 안 됐다. 잔은 천재적인 재능을 극한까지 몰아붙여 가며 점점 더 광기와 착란에 젖은 선율을 쏟아 냈다. 곡조가 어딘지 익숙하다 싶었더니 극장에서 흔히 연주되곤 하는 헝가리 무곡이었다. 잔이 다른 작곡가의 음악을 연주하는 걸 들은 건 그때가 처음이었다.

가면 갈수록 커지고 거칠어지는 비올 소리가 비명 같기도 하고 흐느낌 같기도 했다. 잔은 온통 땀에 젖어 섬뜩해 보이는 얼굴과 핏발 선 눈으로 커튼 쳐진 창문을 쳐다보며 원숭이처럼 몸을 비비 꼬고 있었다. 그 연주를 듣고 있자니 휘몰아치는 구름과 연기와 번개의 심연 너머로 사티로스와 바쿠스가 미친 듯이 빙빙 돌며 춤을 추는 광경마저 어슴푸레 떠올랐다. 그때 문득 비올 소리보다 더 날카롭고 견고한 또 다른 음률이 끼어들었다. 먼 서쪽 어딘가에서 들려오는, 침착하면서 계산적이고 조롱기 어린 어떤 소리가.

그 순간 연주에 화답이라도 하듯이 밤바람이 휘몰아쳐 바깥의 덧창이 덜커덕거리기 시작했다. 그러자 잔의 연주 소리가 비올로는 도저히 낼 수 없을 법한 귀곡성에까지 이르렀다. 덧창이 더더욱 세차게 흔들리더니 마침내 걸쇠까지 풀리자 창문에 마구 부딪혔고, 그 때문에 유리창이 드르르 떨리다가 그예 깨져 버렸다. 쏟아져 들어오는 싸늘한 바람에 촛불이 흔들리고 잔의 비밀이 적힌 종이들이 탁자 위에서 부스럭거렸다. 잔은 이제 거의 무아지경에 이른 듯했다. 툭 튀어나온 푸른 눈이 초점 없이 희번덕거리는가 하면, 아무 생각도 없이 기계적으로 활을 놀리는 손끝에서는 그 어떤 언어로도 묘사할 수 없는 소리들이 미쳐 날뛰고 있었다.

별안간 이제까지보다 더욱 거센 돌풍이 들이쳤다. 그 통에 잔의 글이 적힌 종이들이 휘말려서 창가 쪽으로 날아가 버렸다. 내가 붙잡으려고 허둥지둥 달려갔지만 종이들은 이미 깨진 창문 밖으로 사라진 뒤였다. 그제야 비로소 내 오랜 갈망이 떠올랐다. 오제이유 가 전체에서 유일하게 담벼락 너머의 비탈과 그 아래 펼쳐진 도시를 감상할 수 있다는 이 창문 밖을 꼭 한번 내다보고 싶다는 갈망. 캄캄한 밤이기는 해도 도시의 불빛들은 꺼지지 않았을 테니 비바람으로 얼룩진 풍경이나마 볼 수 있을 듯싶었다. 그래서 촛불이 깜빡거리고 광기 어린 비올 소리가 휘몰아치는 가운데 나는 그 어디보다 높은 다락방 박공창 밖으로 고개를 내밀었다.

그런데 그 너머엔 아무것도 없었다. 도시도 없었고, 거리들을 밝히는 친숙한 가로등 불빛도 없었다. 오로지 한도 끝도 없는 어둠뿐. 그곳은 온갖 움직임과 음악으로 소용돌이치는, 지상 어디에도 존재하지 않을 법한 미지의 우주였다. 내가 공포에 질린 채 우두커니 서 있을 때 방 안의 촛불들마저 바람에 모두 꺼져 버려, 내 앞에는 견고하고도 무지막지한 어둠만이 남아 아우성쳤다. 뒤에서는 여전히 비올 소리가 악마처럼 울부짖고 있었다.

나는 비척거리며 뒤돌아섰다. 불을 붙일 도구가 전혀 없었으므로, 음악과 맞물려 포효하는 어둠 한복판에서 탁자에 부딪히고 의자를 쓰러뜨려 가며 무작정 더듬어 나가는 수밖에 없었다. 이 불가사의한 힘에 맞설 수 있건 없건 간에 에리히 잔과 나 자신을 구하기 위해 무슨 일이라도 해야만 했다. 문득 살갗을 스치는 섬뜩한 한기에 나는 비명을 내질렀지만 비올 소리에 파묻혀서 들리지도 않았다. 그때 잔이 마구 휘둘러대는 비올 활이 나를 때리는 바람에 잔이 그쯤에 있다는 걸 알 수 있었다. 나는 잔이 앉아 있는 의자의 등받이를 더듬어 찾은 뒤 그의 어깨를 잡고 흔들었다.

　그러나 잔은 아무런 대답도 없었다. 비올의 괴성도 잦아드는 기미가 없었다. 나는 무아지경 상태에서 하염없이 끄덕거리는 잔의 머리를 붙잡아 멈추게 하고는 어둠 속에 도사린 저 미지의 것에게서 도망쳐야 한다고 소리쳤지만, 여전히 잔은 아무 반응이 없었고 다락방 안에는 아비규환과 한데 뒤엉켜 춤을 추는 듯한 이상한 기류가 휘돌고 있었다. 그때 내 손에 잔의 귀가 만져졌다. 왠지 모르게 진저리를 쳤다가, 잔의 얼굴을 만져 보고서야 확실히 깨달았다. 그의 얼굴은 얼음장처럼 차갑고 뻣뻣했다. 입에서는 숨결이 느껴지지 않았고, 툭 튀어나온 두 눈은 허공에 붙박여 있었다.

　혼비백산해서 물러나는데, 방문에 달린 커다란 나무 빗장이 언뜻 손에 잡혔다. 나는 정신없이 문을 열어젖히고 밖으로 뛰쳐나갔다. 도망치는 내 등 뒤 어둠 속에서는 여전히 괴물이 날뛰고 있었고 저주받은 비올의 광포한 귀곡성도 높아져만 갔다.

　나는 끝없이 이어지는 계단을 날 듯이 뛰어 내려가서 집 밖으로 달려나갔다. 좁고 가파른 비탈길과 기울어진 집들을 지나, 낡은 계단과 자갈 깔린 땅을 지나, 악취가 진동하는 강을 가로지르는 커다란 다리를 건너서, 넓고 안전한 대로변에 이르러서야 헐떡거리며 발을 멈췄다. 그때까지도 두려움은 가시지 않았지만, 바람 한 점 없는 하늘에 달이 떠 있고 도시는 수많은 불빛들로 반짝거렸던 기억이 난다.

　아무리 철저히 조사를 해도 오제이유 가를 다시 찾을 수는 없었다. 하지만 그리 아쉽지는 않다. 그 거리를 또 볼 수 없다는 것도, 에리히 잔의 음악을 해명할 유일한 단서인 종이들이 꿈에서도 못 볼 심연 속으로 흔적 없이 사라졌다는 것도.

시체를 되살리는 허버트 웨스트
Herbert West - Reanimator

1. 어둠 속에서

대학 시절부터 오랜 친구였던 허버트 웨스트에 대해서 이야기하려면 엄청난 두려움부터 앞선다. 그가 최근에 불길한 방식으로 실종되었기 때문이 아니라, 그가 일생의 업으로 삼고 매달려 왔던 연구 자체 때문이다. 내가 처음으로 그 심각한 공포를 느꼈던 건 17년 전이었다. 그때 우리는 아컴에 있는 미스캐토닉 대학*의 의학부 3학년생이었는데, 경이롭고 악마주의적인 웨스트의 실험에 완전히 매료된 나는 가장 가까운 동료로 참여했다. 웨스트가 사라진 지금 나는 제정신으로 돌아왔지만, 공

---

*아컴, 미스캐토닉 모두 가상의 지명과 대학.

포는 오히려 더 심해졌다. 과거의 기억과 미래의 가능성이란 현실보다 더 끔찍한 법인가 보다.

웨스트와 어울리는 동안 일어났던 최초의 무시무시한 사건은 내게 일생일대의 충격이었다. 이야기를 하는 것조차 꺼림칙할 정도다. 말했듯이 그 사건은 우리가 의대생이던 시절에 일어났다. 당시 웨스트는 죽음의 본질과 죽음을 인위적으로 극복하는 방법에 대해 터무니없는 가설을 세운 것으로 악명이 높았다. 생명이 근본적으로 기계 작용에 의한 현상이라는 전제하에, 인간의 유기 조직이 자연적인 활동을 멈춘 이후에도 계산된 화학 처리를 가하면 다시 작동시킬 수 있다는 이론이었다. 교수들과 동기들은 그 이론을 비웃었지만, 웨스트는 아랑곳하지 않고 사체를 소생시킬 약물을 개발하는 데에 매진했다. 그 과정에서 토끼, 기니피그, 고양이, 개, 원숭이 등의 동물을 무수히 죽이는 바람에 대학에서 크나큰 골칫거리로 낙인찍혔다. 몇 번은 죽었던 동물들에게서 생명 반응이 포착되기도 했다. 그중 상당수는 꽤 격렬한 반응이었다. 그러나 웨스트는 사체를 완벽하게 소생시키려면 평생에 걸친 연구가 필요하다고 판단했다. 또한 동물의 종류마다 시약이 매번 다르게 반응하니, 더 전문적인 연구를 위해서는 인간의 시체를 사용해야 한다고 주장하기까지 했다. 이쯤 되자 대학 당국과 갈등이 일어났고, 다른 누구도 아닌 의과대학 학장이 직접 나서서 더 이상의 실험을 불허한다고 제재하기에 이르렀다. 학장인 앨런 할시 박사는 학식이 깊고 너그러운 학자로, 아컴에서 오래 산 주민이라면 누구나 알 만큼 환자들에게 헌신적인 사람이었다.

오로지 나만이 웨스트의 연구를 항상 용인해 주었다. 어마어마한 파급 효과를 불러올 그의 이론에 대해 자주 머리를 맞대고 토론하기도 했다. 웨스트는 모든 생명이 화학적이고 물리적인 과정이며 소위 '영혼'이라는 것은 신화에 불과하다는 헤켈*의 주장에 동의했다. 따라서 시체를 인위적으로 소생시킬 수 있느냐 없느냐는 순전히 세포조직의 상태에 달려 있다고 믿었다. 장기가 온전히 갖추어져 있고 본격적인 부패가 진행되지 않은 시체라면, 적절한 조치를 통해서 이른바 생명이라는 독특한 방식을 회복할 수 있다는 것이었다. 그러나 동물의 민감한 뇌세포는 생명 활동이 잠시라도 멈추면 쉽게 파괴되기에 지적, 정신적 능력까지 온전히 복구하기가 어렵다는 게 문제였다. 그래서 웨스트는 대상이 완전히 사망하기 전에 생명력을 복구하는 것을 목표로 동물 실험에 매진했으나, 실패를 거듭한 끝에 자연적인 생명 활동과 인위적인 소생은 양립할 수 없다는 걸 깨달았다. 그래서 실험 방법을 바꾸어, 피검체인 동물이 사망한 즉시 혈액에 시약을 투여하는 방식을 쓰기 시작했다. 교수들이 웨스트에게 냉소적인 입장으로 일관했던 까닭도 그 실험 조건 때문이었다. 결국 완전히 사망한 피검체로 실험에 성공한 적은 한 번도 없다고 여겼기 때문이다. 그래서 웨스트의 연구를 논리적으로 면밀히 검토해 보지도 않고 외면한 것이다.

교수진이 실험을 금지시킨 지 얼마 지나지 않아, 웨스트는 어떻게든 신선한 인간 시체를 구해서 비밀리에 실험을 계속하겠다고 내게 털어놓았다. 그 방법이며 계획을 듣고 있자니 좀 섬뜩했다. 그때까지 대학에서 실험할 때 해부용 샘플을 우리가 직접 구해 본 적은 한 번도 없었다. 시체 안치소에 적당한 시신이 없으면 그 지역에 사는 흑인 두 명이 조달해주곤 했는데, 우리는 그들에게 별다른 질문을 하지 않았다. 당시 웨스트는 체구가 작고 호리호리하고 안경을 쓴, 금발과 연푸른빛 눈동자가 돋

---

*Ernst Haeckel(1834~1919). 독일의 동물학자, 생물학자. 생물 발생 법칙을 제창했으며 생태학이라는 용어를 처음 사용했다.

보이는 섬세한 이목구비의 청년이었다. 그런 사람이 나긋나긋한 목소리로 크라이스트처치 공동묘지와 무연묘지 사이의 우열을 논하는 걸 듣고 있자니 이상야릇한 기분이었다. 우리는 결국 무연묘지 쪽을 택했다. 크라이스트처치 묘지에 매장되는 시신은 거의 다 방부 처리를 거치기 때문에 웨스트의 연구에는 쓸 수 없었다.

그때부터 나는 웨스트의 조수가 되어서 모든 과정에 열성적으로 협조했다. 시체를 마련할 방법부터 섬뜩한 실험을 벌일 만한 장소를 찾는 일에 이르기까지. 메도 언덕 뒤편에 버려져 있던 채프먼 농가를 생각해 낸 것도 나였다. 그 집의 1층에 수술실과 실험실을 차리고 짙은 색의 커튼을 쳐서 한밤중에 우리가 하는 일이 밖에서 보이지 않도록 했다. 주요 도로에서 멀리 떨어져 있고 인근에 다른 집도 없었지만 그래도 최대한 신중을 기해야 했다. 근처를 지나가던 누군가가 이상한 불빛을 봤다고 소문을 내기라도 하면 우리 계획은 끝장날 테니까. 혹시 남에게 들키게 된다면 화학 실험이라고 둘러대기로 입을 맞췄다. 그러고는 보스턴에서 사들이거나 대학에서 슬쩍 빌려 온 기자재들로 우리의 음산한 실험실을 채워 나갔다. 전문가가 아니면 무슨 물건인지 못 알아볼 물건들이었다. 지하실에 사체를 파묻는 데 쓰일 삽과 곡괭이도 마련했다. 대학에서는 소각로를 사용했지만, 그것은 우리의 무허가 실험실에서 쓰기엔 너무 비싼 장비였다. 사체란 늘 성가신 것이었다. 웨스트가 하숙방에서 기니피그를 가지고 사소한 실험을 할 때조차 그 사체를 무턱대고 내다 버릴 순 없었다.

우리는 사람 시체를 찾아 헤매는 구울*이라도 된 것처럼 그 지역에

---

*ghoul. 아랍 신화에 등장하는 괴물로, 묘지나 사람이 없는 지역에 살면서 사람을 잡아먹는다고 전해진다.

누가 죽었다는 부고가 나면 쫓아가 보았다. 우리가 원하는 조건은 까다로웠다. 사망한 직후에 매장된 시체일 것, 인공적인 보존 처리를 하지 않고 모든 장기가 온전히 남아 있는 시체일 것, 질병 때문에 신체가 손상된 시체도 가급적 제외할 것. 가장 바람직한 실험 대상은 사고로 사망한 사람의 시체였다. 그러나 몇 주가 흘러도 적합한 시체를 구할 수가 없었다. 큰 의심을 사지 않는 선에서 가능한 한 많은 시체 안치소와 병원을 돌아다니며 대학 연구 목적이라는 핑계로 문의를 했지만 헛수고였다. 어떤 경우에도 우선권은 대학 측에 돌아갔기에, 한정된 수업만 열리는 여름방학 기간에도 아컴에 남아 있어야 할지 모르는 상황이었다. 하지만 마침내 기회가 찾아왔다. 딱 적당한 시신이 무연묘지에 들어왔다는 정보를 입수한 것이다. 바로 전날 아침에 어느 젊고 건장한 노동자가 섬너스 연못에서 익사했는데, 지자체 측에서 비용을 대 시체를 방부 처리 없이 곧바로 매장한 모양이었다. 그날 오후 우리는 그 무덤에 직접 찾아가 확인한 후, 자정이 지나면 일을 시작하기로 했다.

우리가 묘지에 대해 특별한 공포를 갖게 된 건 나중의 일이지만, 그때도 칠흑같이 어두운 한밤중에 시체를 파내는 작업은 고역이긴 했다. 우리는 삽과 기름 등불을 가져갔다. 그 시절에도 전기 손전등은 있었으나 요즘의 텅스텐 제품처럼 쓸 만하지 못했다. 무척 더디고 지저분한 일이었다. 우리가 과학자가 아니라 예술가였다면 무슨 섬뜩한 시적 영감이라도 느꼈을지 모르지만. 드디어 삽 끝이 나무판자에 닿았을 때 얼마나 기뻤는지 모른다. 소나무로 만든 관이 완전히 드러나자 웨스트는 허둥지둥 뚜껑을 열어 시체를 끌어내기 시작했고, 나도 그를 도와 그것을 무덤 밖으로 완전히 꺼냈다. 그런 다음 둘이서 같이 무덤을 원래 모습으로 되돌려 놓느라 갖은 고생을 했다. 바로 옆에 텅 빈 표정의 뻣뻣한 시체가 누워 있다는 생각에 초조하기도 했지만, 어찌어찌 우리의 흔적을 모두 없앨 수 있었다. 흙을 두드려서 마지막 손질까지 마친 뒤, 우리는 두꺼운 자루에 시체를 넣어 들고 메도 언덕 뒤의 채프먼 농가로 돌아갔다.

급조한 해부대 위에 시신을 올려놓고 강력한 아세틸렌등 불빛에 비추어 보니 그리 으스스해 보이진 않았다. 회색 눈과 갈색 머리카락의 그 건장한 체격의 청년은, 언뜻 봐도 건전하고 범속해 보이는 외모였다. 복잡한 정신적 활동이나 상상력과는 관련 없이, 지극히 단순하고도 건강한 생활만 영위하며 살았을 사람. 눈을 감겨 놓으니 시체라기보다는 잠든 사람처럼 보였다. 물론 웨스트가 전문적인 검사를 통해 사망을 확실히 확인한 상태였지만. 마침내 그토록 갈망했던 실험 대상을, 치밀한 계산과 이론을 통해 제조한 인체용 시약을 실험할 이상적인 시체를 우리 손에 넣은 것이었다. 그러나 우리는 극도의 긴장감에 사로잡혔다. 완벽하게 성공할 가능성은 희박했기에, 만에 하나 시체가 불완전하게 소생한다면 어떤 기괴한 결과가 일어날까 걱정되었던 것이다. 특히 정신적으로 어떤 반응을 보일지가 걱정이었다. 뇌세포들은 섬세해서 사망 이후 일부가 손상됐을 수 있기 때문이었다. 한편 나는 '영혼'이라는 전통적인 가치관을 완전히 버리지는 못했기에 그 평범한 청년이 혹시 다시 살아나면 사후 세계에서 본 무언가를 말해 줄지 궁금하기도 했고 두렵기도 했다. 하지만 나 역시 웨스트의 유물론적 입장에 대체로 동의하고 있었기에 그리 심하게 두렵지는 않았다. 웨스트는 나보다 침착한 태도로 시신의 팔 정맥에 다량의 시약을 주사한 뒤 절개된 부위들을 단단히 봉합했다.

반응이 나타나길 기다리고 있으려니 오싹했지만 웨스트는 눈썹 하나 까딱하지 않았다. 청진기를 갖다 댈 때마다 아무런 반응이 보이지 않아도 냉철한 자세를 유지했다. 하지만 45분이 지나도록 생명의 징후가 전혀 보이지 않자, 웨스트는 실망스러운 표정으로 실패했다고 결론을 내렸다. 그래도 기왕 얻은 기회를 최대한 활용해야겠으니 시약 제조 공식을 바꿔서 한 번 더 시도해 보겠다고 했다. 시체를 묻을 구덩이는 그날 오후 이미 지하실에 파놓은 참이었고, 새벽까지는 그 섬뜩한 전리품을 묻을 예정이었다. 그 폐가의 자물쇠를 수리해 두긴 했어도 혹시나 누가 시체를 발견할지도 모르는 위험을 감수하고 싶지는 않았기 때문이다. 그리고 다음 날 밤이면 시체가 부패하기 시작할 터라 어차피 그때까지 실험을 계속할 순 없었다. 우리는 딱 하나 있는 아세틸렌등을 챙겨 들고, 말 없는 손님은 어둠 속에 남겨 둔 채 옆방의 실험실로 가서 새로운 시약 조제에 골몰했다. 재료의 무게와 양을 측정하는 과정에서 웨스트가 보여 준 치밀함은 가히 광적이었다.

그 끔찍한 사건은 매우 갑작스럽게, 전혀 예상치 못한 순간에 일어났다. 나는 시험관에 든 어떤 액체를 다른 시험관에 따르고 있고, 웨스트는 가스가 안 들어오는 건물이라서 우리가 분젠 버너 대신 사용하던 알코올램프를 분주히 만지고 있을 때, 시체가 있는 어두컴컴한 수술실에서 웬 비명이 터져 나온 것이다. 평생 들어 본 적이 없는 무시무시하고 귀기 어린 비명이었다. 지옥문이 열려서 망자들이 일제히 비명을 지른다 해도 그보다 더 끔찍한 소리는 아닐 것 같았다. 현세의 생명체들이 느끼는 온갖 초월적인 공포와 기괴한 절망이 그 한 줄기 비명에 모두 압축되어 있었다. 인간일 리는 없었다. 결코 인간이 낼 수 있는 소리가 아니었다. 웨스트와 나는 피험자의 안위나 그가 발각될 위험 따위는 생각지도 못하고 정신없이 밖으로 뛰쳐나갔다. 시험관이고 램프고 증류기고 죄다 엎어뜨리면서, 겁먹은 짐승처럼 가장 가까운 창문을 펄쩍 뛰어넘어 밤하늘에 별이 빛나는 시골길을 미친 듯이 내달렸다. 달리는 내내 하도 고함을 질러 대서 시내에 도착했을 때는 목이 다 쉬어 있었다. 그래도 시내 변두리쯤부터는 어느 정도 정신을 수습해서, 만취 상태로 밤늦게 집에 돌아가는 술꾼 행세를 할 수 있었다.

나는 웨스트와 헤어지지 않고 그의 하숙방까지 가서 밤새도록 속닥거리며 이야기를 나누었다. 왜 그런 일이 일어났는지 합리적인 가설을 세우고 조사할 계획까지 짜고 나니 조금은 마음이 진정되었다. 그래서 다음 날은 수업도 다 빠지고 종일 잠을 잘 수 있었는데, 저녁에 신문을 읽다가 발견한 충격적인 기사 두 건 때문에 또다시 잠이 싹 달아나고 말았다. 겉보기에는 서로 연관이 없어 보이는 기사였다. 오래전에 폐가가 된 채프먼 농가에서 원인 모를 화재가 일어나 집이 통째로 잿더미가 되었다는 기사는, 우리가 램프를 엎어뜨리고 나온 탓이라고 생각할 수도 있었다. 그런데 무연묘지에 새로 들어선 무덤이 누가 연장도 없이 손으로 어설프게 긁어 놓은 것처럼 망가져 있더라는 기사는 도무지 이해가 되지 않았다. 우리가 세심하게 흙을 다져 놓고 나왔는데 어떻게 그런 일이?

이후로 17년 동안 웨스트는 종종 뒤를 돌아보며 누군가 뚜벅뚜벅 쫓아오는 환청이 들린다고 말하곤 했다. 지금 웨스트는 실종된 상태다.

2. 역귀

16년 전의 그 무시무시한 여름은 도저히 잊을 수가 없다. 마치 에블리스의 전당에서 빠져나온 애프리트*처럼 장티푸스가 아컴 전역을 휩쓸던 때였다. 죽음의 공포가 박쥐 날개를 퍼덕이며 크라이스트처치 공동 묘지에 수북이 쌓인 관들 위로 내려앉았으니, 대부분의 사람들은 그해를 떠올리면 전염병의 재앙부터 생각날 것이다. 하지만 나는 더욱 엄청난 공포를 접했다. 오랜 친구인 허버트 웨스트가 사라진 지금, 그 공포의 정체를 아는 사람은 오로지 나뿐이다.

당시 웨스트와 나는 미스캐토닉 대학에서 대학원 여름 학기 수업을 듣고 있었다. 웨스트는 시체를 되살리는 실험 때문에 악명이 자자한 학생이었다. 그가 과학 실험이라는 명목으로 작은 짐승들을 무수히 학살했을 때부터 앨런 할시 학장이 나서서 공식적으로 금지령을 내린 바 있었다. 그래도 웨스트는 굴하지 않고 자신의 우중충한 하숙방에서 비밀 연구를 계속했고, 급기야는 묘지에서 시체 한 구를 파내 메도 언덕 뒤편의 폐가로 옮겨 실험을 하다가 평생 잊지 못할 무시무시한 사건을 겪었다.

그때 나도 그 실험에 참가해 모든 과정을 지켜보았다. 웨스트는 사체의 화학적, 물리적 생명 활동을 복구하기 위해 개발한 시약을 시신의 정맥에 주사했다. 결과는 끔찍했고, 우리는 공포에 젖어 혼비백산했다. 나중에 가서는 우리가 너무 긴장한 탓에 과민 반응을 한 거라고 결론 내렸지만, 그날 이후로 웨스트는 누군가가 자신을 노리며 뒤쫓고 있다는 강박관념에 시달리게 되었다. 시체의 상태가 충분히 신선하지 못했다, 정신까지 완벽하게 회복시키기 위해 막 사망한 시신을 썼어야 했다, 실험실로 사용한 폐가가 불타는 바람에 시신을 도로 매장하지 못한 것도

* 이슬람 전설에 등장하는 존재들. 에블리스는 기독교의 사탄에 해당하는 악마이며, 애프리트는 그보다 낮은 계급의 '진'에 속하는 존재로 몸이 연기로 이루어졌고 사악하다고 알려져 있다.

마음에 걸린다, 그걸 다시 확실히 묻기만 했어도 그나마 마음이 편했을 것이다, 라면서.

그 후 웨스트는 한동안 연구를 포기했지만, 타고난 과학자로서의 열정이 서서히 고개를 들었다. 그래서 어마어마하게 중요한 연구를 해야 하니 신선한 시체와 해부실을 마련해 달라고 대학 교수진을 또다시 끈질기게 졸라 댔다. 하지만 말짱 헛수고였다. 할시 학장의 결정은 확고부동했고, 다른 교수들도 모두 학장의 생각을 지지했다. 시체 소생이라는 급진적인 이론은 열정만 넘치는 젊은 풋내기의 엉뚱한 기행으로만 여겨질 뿐이었다. 금발, 푸른 눈동자, 왜소한 체격, 안경, 부드러운 목소리 등 웨스트의 외적인 면만 보아서는 비범하다 못해 사악할 만큼 냉철한 두뇌를 짐작할 도리가 없었던 것이다. 나는 당시의 웨스트가 지금도 눈에 선한데, 떠올릴 때마다 몸서리가 쳐진다. 이전보다 인상이 좀 딱딱해졌을 뿐 나이는 전혀 먹지 않은 얼굴이었다. 현재 웨스트는 세프턴 정신병원에서 일어난 사고로 실종된 상태다.

웨스트는 학부 시절 마지막 학기에 할시 학장과 심하게 충돌을 빚기도 했다. 그 격렬한 설전의 결과는, 무례하게 따지고 든 웨스트보다 친절한 자세로 일관했던 학장 쪽의 우세로 끝났다. 웨스트는 지극히 중대한 연구가 이렇게 지체되어야 할 이유가 없다며 분통을 터뜨렸다. 물론 졸업하고 나면 자기 마음대로 연구할 수 있을 테지만, 대학의 우수한 시설들을 사용할 수 있을 때 시작하고 싶었던 것이다. 관습에 얽매인 교수들로서는 웨스트의 동물 실험에서 주목할 만한 결과가 나타났더라도 무시하고 인간의 부활 가능성을 끝까지 부정할 수밖에 없었을 것이다. 그러나 논리만을 중시했던 젊고 괴팍한 웨스트에게 그런 그들의 행태는 이루 말할 수 없이 혐오스럽고 불가해하게 보이기까지 했다. '교수 겸 의

사' 부류의 사람들이 안고 있는 정신적인 한계를 이해하기에는 웨스트가 아직 어렸기 때문이다. 그들은 친절하고 양심적이고 성실하며 때로는 온화하고 서글서글하기도 하지만, 언제나 편협하고 완고하며 관습에 좌우되어 균형 있는 통찰력은 부족한, 딱한 청교도주의 세대였다. 고결하지만 불완전하여 지적인 죄(예컨대 천동설, 칼뱅주의, 반다윈주의, 반니체주의, 안식일 엄수주의, 사치 금지법 같은 비과학적 사상을 따른다는 죄)로 대대적인 조롱을 받을까 봐 두려워하는 소심한 사람들이었다. 놀라운 과학적 성취에도 불구하고 아직 젊었던 웨스트는 선량한 할시 박사와 그의 동료 교수들을 참아 낼 인내력이 부족했다. 그래서 점점 억울함만 쌓여 갔고, 저 둔한 권위자들에게 무언가 충격적이고 극적인 방법으로 자신의 이론을 증명해 보여야겠다는 열망에 사로잡혔다. 대부분의 청년들이 그렇듯 웨스트 역시 멋진 복수로 적들을 이긴 다음 최후의 순간에 너그럽게 용서를 베푸는 시나리오를 꿈꾸고 있었던 것이다.

얼마 후 타르타로스*의 동굴에서 풀려나온 전염병의 악마가 사악한 웃음을 흘리며 아컴에 들이닥쳤다. 당시 웨스트와 나는 학부를 졸업한 뒤 추가적인 연구를 위해 여름 학기 수업을 듣고 있었는데, 그때 전염병이 포악하게 날뛰기 시작한 것이다. 우리는 의사 면허만 없다뿐이지 학위를 다 마친 상태였으므로 의료 봉사에 투입되어서 정신없이 일을 했다. 감염자가 걷잡을 수 없이 늘어 가서 거의 통제 불가능한 상황이었다. 장의사들이 다 처리하기도 버거울 만큼 사망자가 속출했다. 그러다 보니 시신을 신속하게 매장하느라 방부 절차는 생략하는 것이 관례가 되었고, 크라이스트처치 공동묘지조차 방부 처리가 되지 않은 시신으

*그리스 신화에 나오는 신이자 지하의 명계를 지칭하는 이름.

로 넘쳤다. 웨스트로서는 기가 찬 일이었다. 신선한 해부용 시체가 이렇게나 많은데 자신의 탄압받는 연구에는 한 구도 쓸 수 없다며 곧잘 불평을 토로했다. 거기에 엄청난 과로로 인한 긴장과 피로까지 겹쳐 웨스트는 갈수록 음울한 생각에 빠져들었다.

웨스트와 반목했던 교수들도 힘겨운 의무에 시달리기는 마찬가지였다. 대학은 휴교나 다름없었고, 의학부 교수진 전체가 장티푸스와의 싸움에 뛰어들었다. 특히 할시 박사의 헌신은 독보적이었다. 전염될 위험이 있거나 가망이 없다는 이유로 외면받는 환자들까지 정성껏 보살피며 뛰어난 의술을 펼쳤다. 그리하여 한 달도 지나지 않아 그는 일약 영웅으로 떠올랐지만, 명성에는 전혀 연연하지 않고 육체적으로나 정신적으로나 혹독한 싸움을 계속하며 쓰러지지 않으려 고군분투했다. 학장이 보여준 불굴의 용기에 웨스트조차 감탄하지 않을 수 없었고, 오히려 그래서 더더욱 자신의 놀라운 이론을 그에게 증명해 보이겠다고 결심했다.

어느 날 밤 웨스트는 사망한 지 얼마 안 된 시신을 대학 해부실로 밀반입하는 데 성공했다. 대학 행정도 시 보건 규정도 어수선해진 틈을 이용해서. 나도 실험 과정을 지켜보았는데, 웨스트가 새로 개발한 시약을 주사하자 시신이 퍼뜩 눈을 떴다. 그러나 공포에 얼어붙은 표정으로 천장만 빤히 쳐다보더니 다시 생명 기능을 상실해 버렸다. 웨스트는 후텁지근한 여름 날씨 탓에 시체가 부패했기 때문이라고 판단했다. 그 시체를 소각하려다가 발각될 뻔하는 바람에 다음번에 또 대학 실험실을 몰래 사용하기는 여의치 않게 되었다.

8월에 이르러 전염병의 기세가 최고조에 오르자 웨스트와 나는 거의 초주검이 되었다. 그리고 14일에 할시 박사가 갑자기 숨을 거두고 말았다. 15일에 급히 마련된 장례식장에 학생 전원이 거대한 화환을 준비해서 참석했지만, 아컴의 부유한 시민들과 시 당국이 보낸 온갖 부조에 비하면 새 발의 피였다. 학장은 사회 전체에 공로가 있는 은인이었던 만큼 장례식도 국장에 가깝게 치러졌던 것이다. 식이 끝난 뒤 우리는 모두 침울해져서 오후 나절을 술집에서 죽쳤다. 최대의 숙적을 잃은 웨스트 역시 심란하기는 마찬가지였으나, 그 악명 높은 이론을 입에 올리는 바람에 좌중의 분위기를 싸늘하게 만들었다. 저녁이 되자 대부분의 학생들이 집에 돌아가거나 의료 봉사를 하러 떠났는데도 웨스트는 '오늘 밤 아예 끝장을 보자'며 나를 붙잡았다. 결국 새벽 2시가 되어서야 웨스트의 하숙방에 도착한 우리 둘과 또 한 명의 남자를 보고, 주인아주머니는 셋 다 어지간히 마신 것 같다며 남편에게 불평을 했다.

그 까다로운 아주머니가 공연한 불평을 늘어놓은 게 아니게 되었다. 새벽 3시 웨스트의 방에서 터져 나온 비명 소리에 온 집이 잠에서 깼기 때문이다. 주인 부부가 문을 부수고 들어가 보니, 우리 둘이 엉망으로 얻어맞고 긁힌 몰골로 피투성이 카펫에 기절한 채 쓰러져 있고 웨스트의 실험용 유리병이며 집기들도 죄다 부서져서 나뒹굴고 있더란다. 우리를 공격한 범인은 온데간데없고 창문만 휑하니 열려 있었는데, 도대체 어떻게 그 높은 2층에서 뛰어내려 무사히 도망칠 수 있었는지 불가사의했다. 게다가 방에서 수상쩍은 의류도 발견되었다. 웨스트가 의식을 되찾고 나서 해명하기를, 그건 범인의 물건이 아니라 자신이 세균성 질환의 전파 경로를 조사하기 위해 분석 대상으로 구해 놓은 것이니 최대한 빨리 벽난로에 넣어 태워 없애야 한다고 말했다. 어젯밤 같이 어울렸던 사람이 누구냐는 경찰의 질문에는, 우리 둘 다 모른다고 진술했다. 웨스트는 지금은 위치도 잘 기억나지 않는 시내의 한 술집에서 그를 처음 만났는데, 우리 모두 즐거운 시간을 보냈으니 그 사람이 후에 거칠게 굴었다 해도 굳이 찾아내서 처벌하기는 원치 않는다고 했다.

그리고 같은 날 밤 아컴에서 두 번째 공포가 시작되었다. 내게는 전염병이 무색할 정도로 어마어마한 공포였다. 발단은 크라이스트처치 공동묘지에서 일어난 끔찍한 살인 사건이었다. 피해자는 그 묘지의 경비원으로, 자정 이후에도 멀쩡한 모습으로 목격되었다가 새벽에 시체로 발견되었다. 발톱 같은 것에 갈가리 찢겨 차마 묘사할 수 없을 만큼 처참한상태여서, 과연 인간이 한 짓이 맞는지 의심스러웠다. 그래서 인접한 볼턴 마을의 서커스단 단장이 조사를 받았지만, 그는 곡예용 짐승이 우리를 빠져나간 일은 전혀 없었다고 단언했다. 시체를 발견한 목격자들 말에 따르면 핏자국이 시신 임시 보관소 건물로 이어져 입구 앞의 콘크리트 바닥에 고여 있었고, 숲 쪽으로 이어지는 더 희미한 혈흔은 얼마 못가 사라졌다고 했다.

다음 날 밤, 아컴의 집집마다 악마들이 지붕 위에서 춤을 추었고 기괴한 광기로 물든 바람이 윙윙 휘몰아쳤다. 누군가는 고열로 허덕이는 도시에 전염병보다 더 치명적인 저주가 내렸다고 했으며, 전염병이 악마가 되어 나타난 것이라고 수군거리는 사람들도 있었다. 그 말 없고 잔혹한 괴물이 슬금슬금 기어 다니는 곳마다 붉은 죽음의 그림자가 따라다녔다. 괴물의 습격을 받은 집은 총 여덟 곳이었고, 갈기갈기 찢긴 열일곱 구의 시신이 발견되었다. 어둠 속에서 그 괴물을 언뜻 보았다는 몇몇 사람들은 희끄무레한 색깔의 기형 유인원이나 인간의 형상을 뒤집어쓴 악마 같은 모습이었다고 증언했다. 괴물은 배가 고팠는지 공격한 인간의 살을 뜯어 먹었다. 놈이 즉석에서 죽인 사람은 열네 명이었고, 나머지 세 명은 자택에서 습격당한 채로 방치되어 있다가 숨졌다.

셋째 날 밤에 경찰이 이끄는 수색대가 마침내 그 괴물을 잡았다. 시민들은 자기 집 전화를 수색대에게 아낌없이 내어 주었고, 덕분에 서로 정보를 주고받으며 주도면밀한 작전을 수행해 나가던 수색대는 미스캐토닉 대학가 쪽에서 무언가가 덧창을 긁어 대는 소리가 들린다는 정보를 입수했다. 포위망을 치고 대학 인근을 샅샅이 살핀 끝에 크레인 가의 한 집에서 괴물을 찾아냈다. 모두 경각심을 갖고 조심스럽게 생활했기에 추가적인 피해자는 두 명에 그쳤고, 생포 작전 역시 별다른 사상자 없이 마무리되었다. 괴물은 총상을 입고 쓰러졌으나 생명에 지장은 없는 상태로 인근 병원으로 서둘러 후송되었다. 현장은 환호와 동시에 넌더리를 내는 군중으로 온통 야단법석이었다.

그 괴물의 정체가 사람이었기에 충격이 더했다. 보기만 해도 역겨운 눈동자, 말 못하는 유인원 같은 습성, 잔인하고 야만스러운 행동에도 불구하고 분명히 인간이었다. 범인은 부상 치료를 받은 뒤 세프턴 정신병원에 수용되었고, 그곳에서 16년 동안 완충재를 댄 벽에 머리를 찧어 대며 살다가 아무도 입에 담고 싶어 하지 않는 어떤 사건을 계기로 최근에 탈출했다. 아무튼 당시 그 범인을 생포했던 수색대는, 그의 얼굴을 깨끗하게 씻기고 나서 소스라치게 놀랐었다. 그가 모두가 익히 아는 사람과 매우 닮은 얼굴이었기 때문이다. 미스캐토닉 대학 의학부의 학장이자 아컴의 은인, 학문과 사회에 몸 바쳐 헌신한 성인으로 추앙받으며 사흘 전에 안장된 고故 앨런 할시 박사와 모욕적일 만큼 똑같은 생김새였다.

그 소식을 전해 들은 허버트 웨스트와 나는 극도의 공포와 혐오감에 사로잡혔다. 그때 웨스트가 붕대를 감은 채로 "제기랄, 시체가 별로 안 신선했어!"라고 중얼거렸던 걸 떠올리면, 지금도 나는 오싹해져서 몸서리가 쳐진다.

3. 한밤중 여섯 발의 총성

　권총을 한 발만 쏴도 될 상황에서 여섯 발이나 연이어 발사하는 사람은 흔치 않다. 하지만 허버트 웨스트는 남들이 잘 안 하는 일들을 워낙 많이 하면서 살았다. 예컨대 대학을 막 졸업한 젊은 의사가 집과 사무실로 쓸 집을 선택하는 기준을 외부에 숨기는 경우는 드물지만, 웨스트는 그렇게 했다. 미스캐토닉 대학에서 의사 학위를 취득한 웨스트와 내가 일반의 병원을 개업하기로 했을 때, 그는 공동묘지와 가까운 외딴 지역을 원한다는 것을 다른 사람에게 숨길 수밖에 없었다.

　무언가를 쉬쉬하며 숨기는 데에는 그만한 이유가 있는 법이다. 우리는 남들이 알면 매우 싫어할 만한 일을 필생의 과업으로 삼고 있었다. 겉으로는 평범한 의사인 척하면서, 남모르게 무시무시한 연구에 매진하고 있었던 것이다. 생명의 비밀을 밝혀내서 싸늘한 시체를 완벽하게 소생시키는 것이 바로 허버트 웨스트의 목표였다. 그 금단의 영역을 파헤치려면 괴이한 실험 재료가 필요했고, 신선한 인간 시체도 그중 하나였다. 사용 후에 마음대로 폐기할 수도 없는 그 재료를 안정적으로 조달하려면, 우리는 시신이 약식으로 매장되는 무연묘지와 최대한 가까운 곳에서 남들의 이목을 끌지 않고 조용히 살아야 할 필요가 있었다.

　웨스트와 나는 대학에서 처음 만났다. 그의 소름 끼치는 실험에 동조해 준 유일한 사람이었던 나는 점차 없어서는 안 될 조수가 되었고, 대학을 졸업한 뒤에도 함께 연구를 계속하려면 함께 일할 병원을 차려야 했다. 쉽지는 않았지만, 마침내 아컴 인근의 공업 도시 볼턴에 병원을 차릴 수 있었다. 미스캐토닉 밸리 일대에서 가장 규모가 큰 방적 공장이 있어, 인근의 의사들이 진료를 꺼리는 이주 노동자들이 많은 지역이었다. 우리는 용의주도하게 물색한 끝에 병원과 집으로 쓸 곳을 찾아냈다. 폰드 가 끝자락에 위치한 허름한 오두막집이었다. 이웃집들은 거의 사람이 안 살고, 북쪽의 울창한 숲을 가로지르는 목초지를 건너면 무연묘지가 나오는 곳이었다. 우리가 원했던 것보다는 묘지와 멀었지만, 그곳과 더 가까운 집을 구하려면 공장 지대에서 완전히 벗어나야 했으므로 선택의 여지가 없었다. 그래도 크게 실망스럽지는 않았다. 묘지로 가는 길에는 사람이 아무도 살지 않았기에, 아무런 방해도 받지 않고 실험용 시체를 운반할 수 있을 것 같았기 때문이다.

우리 병원은 뜻밖에도 처음부터 호황을 누렸다. 여느 초보 의사들이었다면 여간 기쁜 일이 아니었겠지만, 진짜 목적이 다른 데에 있었던 우리로서는 성가시고 부담스러울 뿐이었다. 공장 노동자들이 쌍수를 들고 우리를 환영하는 분위기였다. 이런저런 일상적인 사고나 병치레 외에도 서로 싸우거나 칼부림을 하는 일도 잦았으니 환자가 많을 수밖에 없었다. 하지만 바쁘게 일하는 와중에도 우리의 관심은 지하실에 마련된 비밀 실험실에 쏠려 있었다. 전깃불과 긴 실험대를 갖추어 놓은 그곳에서 우리는 이슥한 밤마다 웨스트가 제조한 다양한 시약을 사체의 정맥에 주입했다. 웨스트는 인간이 소위 죽음이라는 현상을 맞은 뒤 생명 활동을 다시 재개할 수 있는 방법을 찾느라 혈안이 되어 있었다. 그러나 연구는 난관에 부딪히기 일쑤였다. 우선 실험 대상마다 다른 시약이 필요했다. 가령 기니피그에게는 잘 들었던 시약이 인간에게는 효과가 없었고, 같은 인간이라도 각각의 개체마다 시약의 성분 배합을 꽤 많이 바꿔야 했다.

시체는 극도로 신선해야 했다. 뇌세포가 조금이라도 부패하면 완벽한 소생이 불가능하기 때문이었다. 무엇보다 골치 아픈 문제가 바로 그것이었다. 대학 시절에 상태가 변변찮은 시체를 섣불리 사용했다가 끔찍한 경험을 한 적이 있기에, 시체가 불완전하게 소생하면 실험이 아예 실패하는 것보다 더 끔찍한 결과를 초래한다는 사실을 우리 둘 다 익히 절감하고 있었다. 아컴의 메도 언덕에 있는 폐가에서 처음으로 불완전하게 소생한 존재를 경험한 뒤로 나는 내내 으스스한 불안감을 떨치지 못했다. 어느 모로 보나 냉철한 과학자 체질인 웨스트조차 그 일을 겪은 후로는 이따금씩 누가 자신을 몰래 쫓아오는 듯한 오싹한 기분이 든다고 털어놓았다. 급기야는 실제로 미행당하고 있다고 믿기까지 했다. 우리가 소생시킨 시체들 중 적어도 하나, 즉 세프턴 정신병원에 격리 수용된 식인 괴물이 아직도 멀쩡히 살아 있다는 사실을 상기하면, 웨스트가 그런 심리적 망상에 사로잡힌 것도 무리가 아니었다. 하물며 첫 번째 실험 대상은 어떻게 되었는지 종적도 모르는 상황이었다.

볼턴은 아컴보다 실험 대상을 구하기가 훨씬 수월한 곳이었다. 정착한 지 일주일도 되지 않아 사고로 사망한 시체를 매장 당일에 입수할 수 있었다. 시약을 주사하자 눈을 떴는데, 놀라울 만큼 의식이 뚜렷한 표정이었지만 이내 다시 숨을 거두고 말았다. 팔 한쪽이 없는 시체였다. 만약 사지가 온전하게 붙어 있었다면 더 나은 결과를 얻을 수 있었을 것이다. 그때부터 이듬해 1월까지 시신 세 구를 더 구해서 실험을 계속했다. 하나는 완전히 실패했지만, 하나는 근육이 움직였고, 나머지 하나는 상태가 좀 성치 않았는데도 자리에서 일어나 목소리를 내기까지 했다. 이후 한동안은 운이 없었다. 사망자 수가 줄어든 데다가, 그나마도 병이나 부상으로 심하게 훼손되어서 쓸 수 없는 시체뿐이었다. 우리는 부고란 부고는 모두 살피면서 각각의 사망 경위를 철저히 조사했다.

그러던 3월의 어느 날 밤, 뜻하지 않게 묘지가 아닌 다른 경로로 시신한 구를 입수하게 되었다. 볼턴은 청교도 정신이 팽배한 지역이라 권투 같은 스포츠는 금지되어 있었지만, 공장 노동자들은 물밑에서 곧잘 권투 시합을 벌였다. 가끔은 외부에서 삼류 베테랑까지 불러들이곤 했는데, 그 늦겨울 밤에도 그런 시합이 열렸다가 참사가 일어났다. 폴란드인 두 명이 우리를 찾아와서는 큰일이 났으니 은밀히 도와 달라고 사정했다. 그들을 따라 어느 버려진 헛간으로 가보니, 외국인 노동자들이 겁에 질린 표정으로 바닥에 쓰러진 흑인 한 명을 쳐다보고 있었다.

시합에 참여한 두 선수는 키드 오브라이언과 벽 로빈슨이라는 사람이었다. 아일랜드인답지 않은 매부리코에 미련스러워 보이는 청년 오브라이언은 옆에 비켜서서 벌벌 떨고 있었다. 쓰러져 있는 흑인 쪽은 일명 '할렘 가의 연기'라고 불리는 로빈슨이었는데, 언뜻 봐도 죽었음을 알수 있었다. 마치 고릴라와 같은 흉악한 생김새였다. 팔은 짐승 앞다리처럼 길었고, 얼굴을 보니 불가사의한 콩고의 전설과 달빛 아래 울려 퍼지는 북소리가 떠올랐다. 시체보다 생전의 모습이 오히려 더 섬뜩했을 것같았다. 거기 모여 있는 사람들은 딱할 만큼 겁에 질려 있었다. 사건이 밖에 알려지면 어떤 처벌을 받을지 몰라 노심초사했던 것이다. 그래서 웨스트가 시체를 조용히 처리해 주겠다고 하자 모두가 굉장히 고마워했지만, 그의 진짜 목적을 알고 있는 나는 몸서리가 쳐졌다.

눈 녹은 대지에 달빛이 밝게 쏟아지는데도 우리는 수습한 시신을 함께 들고서 인적 없는 거리와 목초지를 걸어갔다. 순찰 경관이 없을 시간이긴 했지만 그래도 혹시나 발각될까 두려웠고, 아컴에서 꼭 그렇게 시신을 날랐던 때가 떠오르기도 했다. 어쨌거나 우리는 뒷문을 통해 무사히 집으로 들어가 시체를 지하실에 놓은 다음 실험에 착수했다.

기껏 고생했는데 결과는 실망스러웠다. 준비된 시약들을 전부 다 투여했건만 피험자가 아무리 송장이라 해도 너무하다 싶을 만큼 무반응이었다. 백인 대상의 실험들을 통해 조제한 시약들이라 흑인에게는 안 듣는 것 같았다. 점차 아침이 다가오면서 더 이상 진행하기에 위험한 시간이 되자 우리는 여느 때와 같은 방법으로 시신을 처리했다. 목초지 너머로 시신을 끌고 가서 묘지 근처의 숲가에 파묻은 것이다. 흙이 얼어 있어 쉽지는 않았지만 최대한 무덤처럼 다듬어 두었다. 그리 깊이 땅을 파지는 않았어도 지난번에 몸을 일으키고 목소리를 냈던 시체를 묻었을 때만큼은 파냈고, 어렴풋한 손전등 불빛에 의지해 낙엽이며 시든 덩굴 줄기 따위로 무덤 위를 덮어 놓았다. 캄캄하고 울창한 숲 속이니 그 정도면 경찰이 오더라도 못 찾아내리라고 확신했다.

다음 날 우리는 겁에 질렸다. 병원에 찾아온 한 환자가 간밤에 싸움이 나서 누가 죽었다는 소문을 전해 준 것이다. 웨스트는 오후에 왕진을 갔다가 또 다른 심각한 걱정거리를 안고 돌아왔다.

그가 왕진을 가서 만난 환자는 한 이탈리아 여자로, 아들이 실종되는 바람에 히스테리 상태에 빠져 지병인 만성 심장 질환이 극히 위험할 만큼 악화되어 있었다. 그녀의 다섯 살배기 아들은 이른 아침에 사라져 저녁 식사 시간이 가까워져도 돌아오지 않았다. 원래도 늦게까지 놀다 들어오곤 하는 아이였지만, 이탈리아 농부들은 워낙 미신적이어서 그 환자 역시 불길한 징조를 보았다는 이유로 안달복달하고 있었다. 환자는 결국 저녁 7시경 숨을 거두고 말았다. 격분한 남편은 웨스트가 아내를 못 살려 냈다며 비난을 퍼붓다가 급기야는 단검을 뽑아 들어 친구들이 그를 붙잡고 말렸다. 그는 돌아가는 웨스트의 등에다 대고 복수를 하겠다는 둥 온갖 고함과 욕설을 쏟아 냈다. 아내를 잃은 고통에 정작 밤이 깊도록 돌아오지 않는 아들은 까맣게 잊은 듯했다. 그의 친구들은 숲을 수색해 보자는 말을 꺼냈지만, 죽은 여자의 시신과 울부짖는 남편을 챙기느라 바빠서 그럴 여력이 없었다. 웨스트는 엄청난 압박감에 짓눌린 채 돌아왔다. 그는 경찰은 물론 자기를 죽이려 벼르는 그 미친 이탈리아 남자도 두려워하는 듯했다.

그날 밤 우리는 11시쯤 잠자리에 들었지만 나는 잠을 잘 이루지 못했다. 싸움에 대한 소문이 떠돈다니 영 께름칙했다. 볼턴은 작은 마을임에도 경찰력이 놀라울 만큼 잘 갖춰진 곳이었다. 때문에 지난밤 사건이 발각된다면 어떤 일이 벌어질까 걱정하지 않을 수가 없었다. 그 근방에서 의사 일을 접어야 하는 건 물론이고 우리 둘 다 철창신세를 질지도 몰랐다. 그렇게 근심에 빠져 있다 보니 어느덧 괘종시계가 새벽 3시를 알렸다. 달빛이 눈앞에 어른거렸지만, 나는 창문에 블라인드를 치러 가지도 않고 몸을 뒤척이기만 했다. 바로 그때 집 뒷문 쪽에서 덜커덕거리는 소리가 들렸다.

나는 다소 멍한 상태로 잠자코 누워만 있었다. 얼마 지나지 않아 웨스트가 내 방 문을 쾅쾅 두들겼다. 웨스트는 실내복과 슬리퍼 차림으로 한 손에는 리볼버를, 한 손에는 손전등을 들고 있었다. 리볼버를 든 걸 보니 경찰보다 이탈리아 남자 쪽이 더 걱정되는 모양이었다.

"같이 가보자. 누구든 간에 문을 열어 주긴 해야 돼. 안 열어 주면 괜히 의심만 살 테니까. 그리고 어쩌면 환자일지도 모르잖아. 뒷문을 두드리는 걸 보면 멍청한 놈이겠지만."

우리는 살금살금 계단을 내려갔다. 웨스트가 논리정연하게 상황을 정리해 준 덕분에 나는 어느 정도 침착해져 있었다. 여전히 무섭긴 했지만, 깊은 밤 시간이라 공연히 으스스하게 느껴지는 듯했다. 뒷문이 덜컥거리는 소리는 더욱 커져 가고 있었다. 드디어 우리는 뒷문 앞에 도착했고, 나는 조심스레 빗장을 풀고 문을 열었다. 밝은 달빛 속에서 문간에 서 있는 형체가 드러나자, 웨스트는 희한한 짓을 했다. 기겁을 하며 한밤의 방문자에게 총을 여섯 발이나 쏘아 댄 것이다. 경찰에게 발각될지도 모른다는 생각은 하지도 않는 듯했다. (다행히도 외딴 지역이라 경찰에게 총소리를 들키지는 않았다.)

음산한 달빛 아래 모습을 드러낸 방문자는 이탈리아인도 경찰도 아니었다. 악몽에나 나타날 법한 커다란 괴물이었다. 흐릿한 눈동자에 잉크처럼 시커먼 몸을 한 괴물은 낙엽과 나뭇가지와 피와 흙으로 범벅이 된 채 네 발로 웅크리고 있었다. 번뜩이는 이빨에 물고 있는 것은 분명 눈처럼 희고 조그마한 사람 손이었다.

4. 망자의 비명 소리

나는 시체의 비명 소리를 들은 이후로 허버트 웨스트 박사를 더욱 두려워하게 되었다. 우리 사이가 멀어진 것도 그 일 때문이었다. 물론 시체가 비명을 지르는 건 유쾌한 일도 일상적인 일도 아니니만큼 누구라도 공포에 질릴 수밖에 없겠지만, 비슷한 경험을 많이 해본 나도 충격을 받을 만큼 특별한 사건이 발생했었다. 그리고 앞서 언급했듯이, 내가 그 일로 무서워하게 된 건 시체가 아니라 허버트 웨스트였다.

나는 허버트 웨스트의 동료이자 조수였다. 웨스트는 평범한 동네 의사들의 관심 분야와는 동떨어진 연구에 매진하고 있었다. 볼턴에서 개인 병원을 개업할 때 공동묘지 근처의 외딴집을 선택한 이유도 그래서였다. 웨스트가 심혈을 기울인 비밀 연구의 목적을 거칠게 요약하자면,

생명과 죽음의 원인을 파헤쳐서 인간의 시체를 되살릴 수 있는 자극제를 개발하는 것이었다. 그 실험을 위해 극도로 신선한 인간 시체를 지속적으로 구해야만 했다. 신선해야 하는 까닭은 조금이라도 부패할 경우 인간의 뇌 조직이 망가져 불완전하게 소생하기 때문이었다. 실험 대상을 인간으로 한정한 것은 유기체의 종류에 따라 시약의 배합도 달라야 하기 때문이었다. 수많은 토끼와 기니피그를 죽여 약을 투여해 보았지만, 그런 동물 실험으로 얻은 결과는 인간에게는 쓸모가 없었다. 연구는 신선한 인간 시체를 구하기가 어려워 난관에 봉착하기도 했다. 막 사망한 시체, 즉 모든 세포가 온전히 남아 있어서 생명 활동을 촉진하는 자극을 받아들일 수 있는 시체가 필요했다. 불완전하게 되살린 시체에게 약을 반복 투여하면 생명을 유지할 수도 있지 않을까 싶었지만, 그런 신체는 약에 반응하지 않았다. 인공적인 생명 자극제가 효과를 내려면 반드시 사망 상태여야만 했다. 그러므로 매우 신선하면서도 확실히 사망한 시체가 아니면 안 되었다.

그 엄청난 연구는 웨스트와 내가 아컴의 미스캐토닉 의대에 다니던 시절부터 시작되었고, 나는 그 연구를 하면서 생명의 본질이 철저히 기계적임을 처음으로 분명히 인식할 수 있었다. 그 후로 7년이 지났지만 웨스트는 하루도 나이를 먹은 것 같지 않았다. 왜소한 체격, 깨끗하게 면도한 턱, 부드러운 목소리, 금발에 안경까지 전부 그대로였다. 다만 푸른 눈이 이따금씩 차갑게 번뜩일 때면 연구의 중압감 때문에 깊어져 가는 광기가 드러났다. 실험 대상이 불완전하게 소생하는 바람에 무시무시한 경험을 한 적도 몇 번 있었다. 묘지에 파묻혀 있던 송장이 다양한 시약에 반응하여 지능을 상실한 채로 기괴한 행동을 했던 것이다.

그중 하나는 귀청이 찢어질 듯한 비명을 내질렀다. 하나는 벌떡 일어나더니 우리를 공격해서 기절시키고는 온 동네를 돌아다니며 미쳐 날뛰다가 정신병원에 수용되었다. 또 하나는 혐오스러운 아프리카 괴물이 되어 무덤 밖으로 기어 나와 만행을 저지르는 바람에 웨스트가 총으로 쏘아 죽여야만 했다. 모두 충분히 신선한 시체가 아니었기 때문에 소생한 뒤 지적 능력을 회복하지 못하고 이루 말할 수 없이 공포스러운 괴물이 되었던 것이다. 우리가 본의 아니게 창조한 괴물들 중 하나(어쩌면 둘)가 여전히 살아 있다는 사실을 생각하면 불안감이 가시지 않았지만, 그때만 해도 나는 공포보다 신선한 시체를 구해야 한다는 열망이 더 컸다. 웨스트는 멀쩡히 살아 있는 사람들 몸까지 탐내는 듯 보일 정도였다. 그러던 어느 날, 볼턴의 그 외딴집 지하 실험실에서 또 한 번 시체가 비명을 지르는 사건이 일어났다.

때는 1910년 7월이었다. 일리노이 주에 있는 부모님 댁에 갔다가 오랜만에 집에 돌아와 보니 웨스트가 무척 득의양양한 모습으로 나를 맞아 주었다. 그가 흥분한 어조로 말하기를, 마침내 방부제 개발에 성공했다고 했다. 당시 웨스트는 사망 직후의 시체를 요행히 입수했을 때 부패를 막기 위한 목적으로 특수한 방부제를 연구하던 중이었다. 내가 없는 동안 마침 그런 신선한 시체를 입수해서 방부제를 주입해 보았더니 잘 먹혔다고, 지금 지하의 비밀 실험실에 조금도 부패되지 않은 상태로 보관 중이라고 했다. 우리의 연구에 획기적인 전환점이 될지도 모르는 실험이니만큼 나와 함께 하고 싶어서 기다리고 있었다고.

웨스트는 시체를 입수하게 된 과정도 설명해 주었다. 그건 사업차 볼턴에 방문한 외지인의 시체였다. 그 외지인은 거래처인 볼턴 방적 공장까지 먼 거리를 걷던 중 길을 물으려고 우리 오두막에 들렀는데, 그때 갑자기 심장 발작이 일어났다. 웨스트가 강심제를 투여하려 했으나 사내는 거절했고, 그 직후 손쓸 새도 없이 급사해 버렸다. 웨스트에게는 하늘이 내려 준 선물이나 다름없었다. 체격도 건장하니 상태가 좋았고, 볼턴에는 아무 연고도 없다고 본인이 말했으니, 실험 대상으로 손색이 없었다. 더군다나 시체의 주머니를 뒤져서 소지품을 살펴보니 그는 세인트루이스의 로버트 레빗이라는 사람으로, 당장 찾아 나설 만한 가족도 없는 독신자였다. 웨스트는 그가 설령 소생하지 못한다 해도 언제나처럼 묘지로 가는 길에 있는 울창한 숲 속에 시체를 묻어 버리면 되고, 만약 살아난다면 우리는 역사에 길이 남을 엄청난 명성을 얻을 거라고 생각했다. 그래서 지체 없이 시체의 손목에 방부제를 주입해 내가 돌아올 때까지 보존해 둔 것이다. 내 생각엔 그의 심장이 약했다는 점이 걸림돌이 될 듯싶었지만 웨스트는 그다지 개의치 않는 눈치였다. 그는 이번에야말로 지성을 갖춘 정상적인 생명체를 창조할 수 있으리라는 기대에 부풀어 있었다.

그리하여 1910년 7월 18일 밤, 허버트 웨스트와 나는 지하 실험실의 눈부신 아크등 불빛 아래 묵묵히 누워 있는 백인의 시신을 마주했다. 방부제가 너무나도 효과가 있었는지 사망한 지 2주나 지났음에도 시체는 전혀 경직되지 않고 마치 살아 있는 것 같았다. 넋을 잃고 바라보던 나는 정말로 죽은 게 맞긴 하냐고 웨스트에게 재차 물어보기까지 했다. 웨스트는 생명이 조금이라도 남아 있으면 소생 시약이 효과가 없었기에 지금껏 매번 사망 여부를 철저히 확인하지 않았냐고 반문했다.

웨스트가 사전 준비를 하는 과정을 지켜보자니 실험 절차가 예전보다 훨씬 복잡해져 있어서 놀랐다. 그는 자신의 섬세한 손 외에는 아무것도 믿을 수 없다는 듯, 나조차도 시신을 못 만지게 했다. 그러고는 방부제를 주사했던 손목의 바늘 자국 바로 옆에 또 다른 약물을 주사했다.

웨스트의 설명에 따르면 그건 방부제를 중화하는 약으로, 소생 시약이 문제없이 작용하도록 시체를 원래의 조건으로 되돌리는 절차였다. 잠시 뒤 약이 퍼지면서 시체의 사지가 살짝 떨리자 웨스트는 베개처럼 생긴 물건으로 시체의 얼굴을 거칠게 짓눌렀다. 시체가 잠잠해지자 웨스트는 시체의 얼굴을 막았던 물건을 치우고 사망 여부를 확인하는 몇 가지 형식적인 시험을 했다. 그리고 마침내 시체의 왼팔에 시약을 주사했다. 그 날 오후에 정확한 기준에 따라 양을 조절하여 제조한, 서툴고 미숙했던 대학 시절과는 비할 수 없이 주도면밀하게 만든 시약이었다. 진짜 신선한 시체를 대상으로는 처음 실시한 실험의 결과가 나오기를 기다리는 동안, 우리가 느꼈던 숨 막히는 긴장감은 이루 표현할 수가 없다. 피험자가 입을 열어서 제대로 된 말까지 하는 최초의 사례가 될 것 같았다. 어쩌면 죽음이라는 헤아릴 수 없는 심연 너머에서 무엇을 목격했는지 이야기해 줄지도 몰랐다.

웨스트는 영혼이란 존재하지 않고 인간의 의식은 순전히 육체적인 현상이라고 믿는 유물론자였다. 그래서 피험자가 죽음의 방벽 너머에서 본 무시무시한 비밀을 알려 주리라 기대하는 마음도 없었다. 나 역시 이론상으로는 그의 입장에 대체로 동의했지만, 내 본능에는 아직 조상들이 믿어 온 원시적인 신앙의 잔재가 어렴풋하게나마 남아 있었다. 그래서 두려움과 동시에 기대감에 휩싸여 시체를 주시하지 않을 수 없었다. 게다가 아컴의 버려진 농가에서 첫 실험을 했을 때 들었던 그 끔찍한 비명 소리도 뇌리에서 떠나질 않았다.

실험 결과가 적어도 실패는 아니라는 건 금방 알 수 있었다. 백묵처럼 하얗던 시체의 뺨이 발그스름해지고 까칠하게 자라난 모래색 수염 언저리에도 혈색이 돌았다. 시체의 왼쪽 손목을 잡고 맥박을 재고 있던 웨스트가 의미심장하게 고개를 끄덕였다. 그와 동시에 시체의 입 위쪽에 설치해 둔 거울에 뿌연 입김이 서리고 근육에 경련이 일었으며, 숨을 쉬는 듯한 소리와 함께 가슴이 들썩거렸다. 눈꺼풀도 파르르 떨리는 것 같더니 드디어 생명이 깃든 회색 눈동자가 드러났다. 아직은 지력도 호기심도 없는 눈빛이었지만.

엄청나게 흥분한 나는 발그스레해진 피험자의 귓가에 대고 여러 가지를 물어보았다. 질문의 요지는 사후 세계를 기억할 수 있느냐는 것이었지만, 이후에 닥친 공포가 너무 강렬해서 정확히 뭐라고 물었는지는 기억이 안 난다. 막판에 "그동안 어디에 있었습니까?"라고 거듭 물었던 것 같긴 하다. 피험자가 그 질문에 대답을 했는지 안 했는지가 참 애매하다. 그는 아무런 말소리도 내지 않았지만, 매끈한 입술을 달싹거리며 "지금"이라고 하는 듯했다. 그게 무슨 뜻인지, 사리에 맞는 대답인지도 알수 없지만, 어쨌든 그때 나는 분명히 그렇게 말하는 입 모양을 보았다.

그 순간 나는 우리의 위대한 목표가 이루어졌다는 확신으로 아찔해졌다. 소생한 시체가 최초로 말을 했으니 설령 일시적일지라도 시약이 완벽한 효능을 발휘한 게 틀림없다고, 우리가 죽은 사람의 육체와 더불어 정신까지 회복시키는 실험에 성공했다고 생각했다. 그러나 그런 승리감은 다음에 일어난 사건으로 인해 어마어마한 공포로 바뀌었다. 내가 공포에 휩싸인 건 그 사건을 일으킨 소생한 시체 때문이 아니었다. 나와 직업적인 장래를 함께하고 있는 동료 때문이었다.

시체가 눈을 커다랗게 뜨고 일어나더니, 온몸을 격렬하게 비틀기 시작했다. 죽기 직전의 공포스러운 기억이 선명히 되살아난 것 같았다. 미친 듯이 손을 허우적거리면서 필사적으로 몸부림을 치더니, 돌연 쓰러져서는 영영 다시 눈을 뜨지 못했다. 두 번째이자 마지막 죽음을 맞으면서 시체가 내질렀던 비명은 앞으로도 영원히 내 머릿속을 쟁쟁 울리며 두통을 선사할 것 같다.

"사람 살려! 이 금발 돌팔이 새끼가 미쳤나? 저리 꺼져! 그 주사기 치우란 말이야!"

5. 그늘 속의 공포

제1차 세계대전의 전장에서는 공식적으로 기록되지 않은 끔찍한 일들이 많이 벌어졌다고들 한다. 나 또한 그런 일을 여러 번 겪었다. 그 여파로 기절한 적도 있고, 속이 다 뒤집어지는 욕지기로 몸부림친 적도 있으며, 덜덜 떨면서 어둠 속을 돌아보기도 했다. 개중에서도 단연 최악인 사건은 털어놓기도 힘들다.

1915년에 나는 캐나다군 소속 소위이자 군의관 신분으로 플랑드르 전장에 있었다. 미국이 참전을 선언하기도 전에 세계대전에 뛰어든 수많은 미국인들 중 하나였던 셈이다. 하지만 내 의지로 입대한 것이 아니라, 내가 조수로 곁에 있어 주기를 바라는 친구 때문에 부득불 그곳에 가게 된 것이었다. 그는 보스턴의 유명한 외과 전문의인 허버트 웨스트 박사였다. 군의관으로 참전하려고 벼르던 웨스트는 기회가 생기자 우격다짐으로 나까지 자원하게 했다. 사실 나로서는 전쟁을 계기로 웨스트와 떨어져 있고 싶었다. 웨스트와 같이 일하는 것에 넌더리가 나 있었기 때문이다. 하지만 웨스트는 오타와까지 가서 연줄을 이용해 군의관 소령 직위를 따내고 돌아와서는, 자신과 함께 참전해서 실력을 발휘해 줘야겠다고 나를 고압적으로 설득했다. 나는 그 서슬을 차마 이겨 낼 수가 없

56

었다.

웨스트 박사가 전쟁에 나가고 싶어 한 까닭은 성격이 호전적이라거나 사회의 안전을 염려했기 때문이 아니었다. 푸른 눈에 안경을 쓴, 왜소한 체격의 금발의 웨스트는 얼음처럼 냉철하고 기계처럼 빈틈없는 과학자였다. 내가 이따금 안일한 중립주의를 비판하고 전쟁에 열의를 드러낼 때마다 내심 비웃었던 사람이다. 그런 그가 참전한 것은, 플랑드르 교전지에서 꼭 얻고 싶은 게 있어서였다. 보통 사람들이 원할 만한 물건이 아니라, 종종 끔찍한 결과를 빚기도 했던 의학 실험에 필요한 재료였다. 즉 여기저기 절단된 전사자의 신선한 시체를 다량으로 확보하는 것이 웨스트의 진짜 목적이었다.

허버트 웨스트가 신선한 시체를 구하고자 한 것은 그의 필생의 연구가 죽은 사람의 소생을 목적으로 하기 때문이었다. 보스턴으로 이주한 지 얼마 지나지 않아 웨스트는 의사로서 큰 명성을 날렸지만, 유명세를 듣고 찾아온 환자들은 그의 비밀 연구를 꿈에도 몰랐다. 그걸 아는 사람은 아컴의 미스캐토닉 의대 시절부터 절친한 친구이자 유일한 조수였던 나밖에 없었다. 웨스트가 끔찍한 실험을 시작했던 것도 대학 시절이었다. 처음에는 작은 동물들을 가지고 하더니 나중에는 갖가지 망측한 방법으로 손에 넣은 인간 시체들을 실험 대상으로 삼았다. 충분히 신선한 시체일 경우, 웨스트가 정맥에 주입한 시약에 기이한 반응을 나타내곤 했다. 그러나 유기체의 종류마다 시약을 일일이 맞춰서 조정해야 했기에 적절한 제조 공식을 찾아내기가 무척 힘들었다. 간혹 시약의 결함이나 시체의 부패 탓에 실험이 불완전하게 성공했을 때는 끔찍한 괴물이 탄생하기도 했다. 그 괴물들을 생각할 때마다 웨스트는 두려움에 질렸다. 그중 하나는 정신병원에 갇힌 채로 아직도 살아 있고, 어떤 것들은 행방이 묘연했기 때문이다. 실제로 일어날 가능성은 거의 없는 최악의 사태를 지레 상상하며 웨스트는 평소의 냉담함을 잃고 몸서리를 치기도 했다.

막 죽은 신선한 시체만 적절한 실험 대상이 될 수 있음을 깨달은 후부터 웨스트는 소름 끼치는 비정상적인 수단을 동원해 시체를 훔쳤다. 학창 시절이나 공업 도시 볼턴에서 동업을 시작했을 때만도 웨스트에 대한 내 감정은 존경과 흠모에 가까웠다. 그런데 웨스트가 점차 과격해지자 나는 마음을 좀먹는 불안에 시달리게 되었고, 그가 건강한 사람들의 몸을 탐내듯 쳐다보는 시선이 영 께름칙했다. 급기야 그가 정말로 살아 있던 사람의 몸을 실험 대상으로 삼는 바람에 나는 끔찍한 충격에 빠졌다. 그 실험에서 웨스트는 시체의 사고 능력까지 복구하는 데에 처음으로 성공했지만, 그 성공을 위해 무지막지한 대가를 치른 그는 아예 무자비한 인간이 되어 버렸다.

이후 5년 동안 웨스트가 저질렀던 짓들은 차마 입에 담을 수가 없다. 나는 순전히 공포 때문에 그의 곁에 계속 붙들려서 입에 담기도 끔찍한 광경들을 목격해야만 했다. 그가 했던 행동들보다 허버트 웨스트라는 인간 자체가 두려웠다. 한때는 생명 연장에 대한 과학자의 열정으로 연구에 임했던 웨스트가 이제는 시체에 대한 병적인 호기심과 엽기적인 취향에 탐닉한다는 생각이 들었던 것이다. 웨스트는 혐오스럽고 기괴한 현상에 도착적으로 빠져들었다. 대다수의 건강한 사람들이 보면 충격을 받아서 죽어 버릴 만큼 공포스러운 괴물들을 만들어 놓고는 흡족하게 바라보곤 했다. 겉보기에는 그저 창백하고 이지적인 학자로만 보이는 허버트 웨스트는 사실 문학이 아닌 육체 실험에 괴팍하게 천착하는 보들레르, 신전이 아닌 묘지에서 나른한 연회를 즐기는 엘라가발루스*와도 같았다.

웨스트는 어떤 위험에도 눈썹 하나 까딱하지 않았다. 범죄를 저질러 놓고도 가책이 없었다. 시체의 지적 능력까지 복구할 수 있음을 증명해 낸 때를 기점으로, 웨스트는 서로 분리된 신체 부위들을 개별적으로 소생시키는 새로운 영역을 개척해 나가게 되었다. 각각의 유기 세포와 신경조직은 자연적인 생리 체계와 별도로 독자적인 생명력을 지니고 있다는 과격하고도 독창적인 전제를 세우더니, 예비 실험의 일환으로 어느 해괴한 열대 파충류가 낳은 부화 직전의 알에서 추출해 낸 조직에 인공적인 영양분을 공급함으로써 영원히 죽지 않는 유기체를 만들어 내기까지 했다. 웨스트가 간절히 풀고 싶어 하는 생물학적 문제는 두 가지였다. 첫째, 뇌를 제거하고 척수와 다양한 신경중추만 남겼을 때 어느 정도의 의식과 지적 행동이 가능할까? 둘째, 신체를 여러 부위로 절단하여 서로를 물리적으로 연결하던 세포를 제거시켰을 때, 원래는 하나의 총체적 유기체를 이루던 그 부위들 사이에 어떤 무형의 관련성이 존재할 수 있을까? 그런 문제들의 연구를 위해서는 어마어마한 양의 인간 사체가 필요했고, 허버트 웨스트가 1차 대전에 참전한 것도 그 때문이었다.

1915년 3월의 어느 날 밤, 나는 전선 후방에 있던 생텔루아 야전병원에서 형용할 수 없는 환각적인 현상을 목격했다. 당시 웨스트는 살아날 가망이 없는 부상병들을 치료할 혁신적인 방법을 개발하겠다는 명목으로 헛간 같은 임시 건물의 동쪽 방을 개인 연구실로 배정받아 쓰고 있었다. 그곳에서 피비린내 나는 재료들을 잔뜩 늘어놓고 마치 도륙 작업 같은 실험에 파고들었다. 신체를 너무나도 함부로 다루고 분류하는 모

*Elagabalus(203~222). 로마의 황제로, 방탕하고 음란한 괴벽을 즐겼다.

습에 나는 학을 뗄 수밖에 없었다. 때로는 경이로운 외과 수술을 펼쳐 부상병들을 치료하기도 했지만, 웨스트는 더 은밀하고도 덜 박애적인 연구에 주로 보람을 느끼고 있었다. 그 연구실에서는 생지옥 같은 풍경이 펼쳐지는 것도 모자라 도무지 이해할 수 없는 소리들이 들려오기도 했는데, 잦은 총소리도 그중 하나였다. 아무리 전쟁터라 해도 병원 안에서 총소리가 들린다는 건 예삿일이 아니었다. 즉 당시의 웨스트는 소생한 실험 대상이 오래 살아 대중에게 공개할 만한 결과를 내주기를 원하는 게 아니었다. 그는 장기가 없는 상태의 인체 부위들에 생명을 부여하는 실험에 골몰하고 있었고, 이전에 놀라운 성과를 거두었던 파충류 배아 조직을 그 실험에 곧잘 사용했다. 실험실의 그늘진 한구석에 설치된 기괴한 인공부화 장치 위에는 덮개를 씌운 커다란 통이 놓여 있었다. 그 안에는 흉측하게 부풀어 오르며 증식하는 파충류 세포조직들이 가득했다.

　문제의 사건이 일어났던 날 밤, 우리는 매우 훌륭한 실험 대상을 입수하게 되었다. 육체적으로도 강인했고 지적으로도 우수했던 사람의 시체라서 섬세한 신경 체계를 갖추고 있을 게 분명했다. 다소 아이러니한 상황이기도 했다. 그 사람은 웨스트의 군 입대를 도와주었던 에릭 모얼랜드 클래펌리 장교였기 때문이다. 생전에 무공훈장까지 받았던 클래펌리 소령은, 웨스트만큼은 아니어도 은밀히 소생 이론을 연구한 적이 있는 매우 뛰어난 전문의였기에 우리의 실험에 합류할 뻔도 했었다. 생텔루아에서 격전이 일어난다는 소식을 들은 사령부가 클래펌리 소령을 급파했으나, 그는 생텔루아 상공에 이르렀을 때 그만 비행기가 격추당해 사망하고 말았다. 추락 장면은 참혹하고도 극적이었다. 그 비행기를 조종했던 용감한 비행사 로널드 힐 중위의 시신은 알아볼 수도 없을 만큼 처참히 망가진 채로 발견되었다. 그러나 클래펌리 쪽은 목이 거의 잘려 나간 것 외에는 온전한 상태였다.

웨스트는 한때 자신의 친구이자 동료 학자였던 사람의 시체를 탐욕스럽게 손에 넣고는 실험을 개시했다. 지켜보는 나로서는 진저리가 나는 광경이었다. 우선 시체의 머리를 절단하고는 그것을 걸쭉한 파충류 조직이 들끓는 통에 집어넣었다. 그러고는 남은 몸뚱이를 실험대 위에 올려놓고 새 혈액을 주입한 뒤 절단된 목의 정맥과 동맥과 신경을 연결했다. 그런 다음 신원 미상 장교의 시체에서 벗겨 낸 피부를 절단된 목 부위에 이식하고는 봉합했다. 웨스트가 뭘 원하는지는 뻔했다. 그 유기체가 머리가 제거된 상태에서도 생전의 에릭 모얼랜드 클래펌리가 지녔던 탁월한 지적 능력을 보여 줄지 확인할 작정이었다. 소생 이론을 공부하던 사람이 이제는 그 이론을 직접 증명해 보일 말 없는 표본이 된 셈이었다.

허버트 웨스트가 음산한 전깃불 아래에서 머리 없는 시체의 팔에 소생 시약을 주입하던 장면이 지금도 눈에 선하다. 자세히 묘사하면 기절할 것 같아 차마 못 하겠다. 실험실은 그야말로 광기의 도가니였다. 사방에 시체 표본들이 가득하고, 바닥에는 끈적끈적한 피와 함께 인체 찌꺼기들이 거의 발목까지 잠길 만큼 쌓여 있고, 어두운 한쪽 구석에는 푸르스름한 유령 같은 빛을 내는 흉측한 파충류 변종들이 부글부글 끓고 있었다.

웨스트가 거듭 확인했듯이 실험 대상의 신경계는 대단히 훌륭했다. 많은 것을 기대할 만했다. 시신에 조금씩 경련이 일어나자 웨스트의 얼굴에 열띤 흥분이 번졌다. 자신의 확고한 이론을 입증할 만반의 준비가 되어 있는 듯했다. 그는 인간의 의식, 지성, 인격이 뇌 없이도 기능할 수 있다고 믿었다. 인체의 요소들을 통합하는 영혼이라는 건 존재하지 않으며, 신체는 단지 신경으로 연결된 기계로서 각각의 부위가 그 자체로 생명력을 가진 독자적인 개체라고 생각했다. 그 실험이 성공하면 생명의 오랜 신비가 허구로 전락할 판이었다.

시체는 우리가 똑똑히 지켜보는 가운데 무시무시하게 들썩이기 시작했다. 팔이 요동치고, 다리가 들려 올라가고, 근육은 수축되면서 혐오스럽게 꿈틀거렸다. 마침내 머리 없는 몸뚱이가 팔을 번쩍 쳐들었다. 명백히 절박한 감정이 실린, 지각 있는 몸짓이었다. 그것만으로도 허버트 웨스트의 이론은 충분히 증명된 셈이었다. 클래펌리 소령이 죽기 직전에 했던 마지막 행동, 즉 추락하는 비행기에서 탈출할 때 취했던 동작을 체내의 신경들이 기억해 낸 것이다.

이후에 무슨 일이 벌어졌는지는 나도 확실히 모른다. 불시에 닥친 독일군의 포격으로 건물이 일시에 붕괴되었고, 살아남은 사람은 웨스트와 나밖에 없었다. 이후에 웨스트는 우리가 유일한 생존자라는 사실을 되새기기를 즐겼지만, 늘 그렇게 태연히 음미할 수만은 없었다. 괴이하게도 건물 붕괴 직전에 우리 둘 다 똑같은 환청을 들었기 때문이다. 사건 자체는 단순했지만 그것이 암시하는 바는 상당히 의미심장했다.

실험대 위의 시체가 주위를 닥치는 대로 더듬거리며 몸을 일으켰을 때 우리는 어떤 소리를 들었다. 도저히 사람 목소리라고는 할 수 없는 기괴한 음성이었지만, 정말로 섬뜩했던 점은 따로 있었다. 말의 내용이야 이상할 게 없었다. "로널드, 뛰어내려! 얼른 뛰어내리라니까!"였으니까. 문제는 그 음성이 들려온 방향이었다.

그 음성은 실험실의 한쪽 구석 캄캄한 그늘 속에 놓인 그 커다란 통에서 흘러나오고 있었다.

6. 무덤의 군단

1년 전 허버트 웨스트 박사가 실종되었을 때 보스턴 경찰은 나를 철저히 심문했다. 경찰은 내가 무언가를 숨기고 있다고 여기고 있었다. 어쩌면 꽤 심각한 혐의까지 두었는지도 모르겠다. 하지만 진실을 말해 봤자 믿어 주지 않을 게 뻔하기에 나는 입을 열지 않았다. 웨스트가 평범한 사람들이 믿지 못할 연구를 해왔다는 것까지는 경찰도 알고 있었다. 그 무렵 그의 시체 소생 실험은 규모가 너무 커져 버려서 비밀로 남아 있을 수가 없었기 때문이다. 그래도 나는 경찰 앞에서 최후에 닥쳤던 무시무시한 재앙을 털어놓을 수가 없었다. 나조차 정말 그런 일이 일어났는지 의심스러울 만큼 터무니없는 사건이었기 때문이다.

나는 웨스트의 막역한 친구이자 그가 유일하게 신임하는 조수였다. 의대에서 처음 만난 직후부터 그의 연구에 참여했었다. 웨스트는 죽은 지 얼마 안 된 시체에 자신이 개발한 약물을 투여하는 생명 회복 실험을 장기간에 걸쳐 실행했다. 실험에 필요한 시체를 구하느라 벌인 갖가지 행각들도 기괴했지만, 무엇보다 충격적인 것은 그 실험의 결과였다. 지능도 이성도 전혀 없는 역겨운 고깃덩어리들이 그저 살아 움직이는 일만 다반사로 일어났던 것이다. 연약한 뇌세포들이 너무나도 빨리 부패해 버려 시체의 지적 능력까지는 되살릴 수 없었던 탓이다.

웨스트가 도덕적으로 타락하게 된 것도, 뇌세포까지 신선한 시체를 구하기가 너무나도 어려웠기 때문이었다. 어느 날 그는 기어이 건강하게 살아 있는 사람을 실험 대상으로 삼는 끔찍한 짓을 저지르고 말았다. 강력한 알칼로이드 마취제가 들어 있는 주사기로 상대를 제압함으로써 막 사망한 신선한 시체를 확보한 것이다. 그 실험은 일시적으로나마 특기할 만한 성공을 거두었지만, 이후 웨스트는 냉혹하고 무감각한 인간으로 변해 버렸다. 유난히 섬세한 뇌와 건강한 신체를 가진 사람을 보면 평가하는 듯한 오싹한 시선으로 흘끔거렸고, 급기야 나까지 그런 시선으로 보기 시작해 나는 웨스트를 극도로 두려워하게 되었다. 사람들은 웨스트의 눈빛에 실린 의도를 눈치채지 못했지만, 내가 품은 두려움은 알아챌 수 있었다. 그래서 웨스트가 실종된 뒤 내가 얼토당토않은 의심을 샀던 것이다.

사실 나보다 더 큰 공포에 시달렸던 쪽은 웨스트였다. 끔찍한 연구에 매진하다 보니 갈수록 사람들을 피해 다녔고 어둠을 무서워하게 되었다. 그가 그렇게 전전긍긍했던 건 경찰에게 발각될까 두려워서이기도 했지만, 그보다 더 막연하고 심오한 원인도 있었다. 웨스트가 소생시킨 기이한 괴물들 중 일부가 여전히 살아 있기 때문이었다. 실패한 실험 대상은 보통 권총으로 쏘아 없앴지만, 미처 그러지 못한 적이 몇 번 있었다. 첫 번째 실험에 썼던 시체는 자기 무덤을 파헤친 흔적만 남기고 홀연히 사라졌다. 미스캐토닉 대학 교수의 시체는 식인 행각을 벌이다가 생포되어 세프턴 정신병원에서 16년째 병실 벽에 머리를 찧어 대는 중이었다. 그 외에도 어딘가에 살아 있는 괴물들이 더 있을지도 몰랐다. 웨스트의 과학적 열정은 언제부턴가 엽기적인 광기로 변질되었고, 1차 대전 때 나와 함께 군의관으로 참전했을 때부터는 온전한 인간 몸이 아니라 절단된 신체 부위들을 개별적으로 소생시키거나 인간이 아닌 유기체와 접합하는 실험에 몰두하게 되었다. 그러다 보니 웨스트가 실종될 무렵에 이르러서는 지독하게 추악한 괴물들도 탄생했다.

괴물이 된 자신의 실험 대상에 대한 웨스트의 공포는 복합적이었다. 그런 끔찍한 괴물들의 존재 자체도 공포였지만, 그 괴물들이 자신에게 육체적인 위해를 가할지도 모른다는 불안도 있었다. 정신병원에 수용된 괴물을 제외하면 모두가 행방이 묘연하다는 사실이 공포를 더욱 가중시켰다. 그리고 더욱 미묘한 공포는 1915년 캐나다 군부대에서 실시했던 기이한 실험에서 기인하는 것이었다. 격전지 한복판에서 웨스트는 에릭 모얼랜드 클래펌리 소령의 시체를 소생시켰다. 클래펌리 소령은 웨스트의 실험을 알고 있었고, 죽지 않았더라면 같은 분야의 연구자가 될 수도 있었던 동료 의사였다. 그런 사람을 대상으로 실험하면서 웨스트는 시신의 머리를 절단해 버렸다. 인간의 지적 능력이 몸통에서도 발현될 수 있는지 확인하기 위해서였다. 독일군의 포격으로 건물이 붕괴되기 직전에 몸통이 지각을 갖추고 움직임으로써 실험은 성공을 거두었지만, 그 순간 터무니없게도 실험실 구석에 놓아두었던 절단된 머리에서 또렷한 말소리가 흘러나왔다. 우리 둘 다 그 음성을 똑똑히 들었다. 어떤 면에서는 포격을 당한 게 차라리 다행이라고 할 만큼 소름 끼치는 상황이었다. 웨스트는 그 참사에서 살아남은 사람이 정녕 우리 둘뿐인지 못내 불안해했다. 만약 머리 없는 의사의 몸뚱이가 지금도 살아 돌아다니고 있다면, 더군다나 그 괴물이 시체들을 소생시키는 방법마저 알고 있다면, 과연 어떤 사태가 벌어질지 그는 두려워했다.

웨스트가 마지막으로 살았던 집은 우아하고 고색창연한 저택으로, 보스턴에서 가장 오래된 묘지가 한눈에 내다보이는 곳이었다. 하지만 그 집을 선택한 건 순전히 상징적이고 미학적인 이유였다. 그 묘지의 무덤들은 대부분 식민지 시대에 만들어진 것이라 신선한 시체가 필요한 그에게는 쓸모가 없었다. 저택의 지하 2층에는 타지의 인부들을 동원해서 비밀리에 만든 실험실이 있었다. 부도덕하고 소름 끼치는 실험과 오락 뒤에 남은 시체, 살덩어리, 인조 시체 등은 실험실에 설치된 거대한 소각로를 이용해서 조용하고도 확실하게 처리했다.

한데 인부들이 그 실험실을 지으려고 지하를 굴착했을 때, 매우 오래된 석조 구조물이 발견되었다. 집 근처 공동묘지와 관계있는 구조물이 분명했지만 그렇다고 무덤이라기에는 너무 깊은 곳에 있었다. 여러 추측 끝에, 웨스트는 그게 애버릴 가문의 납골당 아래에 있는 밀실의 일부라고 추정했다. 그 납골당에 마지막으로 시신이 매장된 건 1768년의 일이었다. 인부들이 삽과 곡괭이로 흙을 모두 파내자 초석으로 뒤덮인 축축한 구조물의 한쪽 벽 전체가 드러났고, 그때 웨스트와 나도 현장을 지켜보고 있었다. 내가 수백 년 묵은 무덤 속의 섬뜩한 비밀이 드러날 순간을 각오하며 마음을 다잡고 있는데, 웨스트는 웬일로 인부들에게 벽에 회반죽을 발라서 도로 덮으라고 지시했다. 그때만은 웨스트도 천성적인 호기심보다 두려움이 앞섰던 모양이다. 그래서 정체불명의 그 석조 구조물은 비밀 실험실 벽의 일부로 고스란히 남게 되었다. 최후의 사건이 일어났던 그날 밤까지는.

웨스트가 타락했다고 말하긴 했지만, 오로지 정신적인 부분에만 국한된 일이었음을 덧붙이고 싶다. 겉모습은 마지막까지도 한결같았다. 차분하고 냉정한 태도, 왜소한 체격, 금발, 안경알 너머의 푸른 눈, 세월과 공포에도 영향받지 않는 듯한 앳된 용모까지. 심지어 파헤친 자국이 남아 있던 무덤이 생각나 힐끗 뒤를 돌아볼 때도, 세프턴 정신병원에서 무엇이든 물어뜯고 할퀴고 있을 식인 괴물을 떠올릴 때도, 웨스트는 어디까지나 침착해 보였다.

허버트 웨스트가 최후를 맞게 된 그날 저녁에도 우리는 같이 연구를 하고 있었는데, 갑자기 그가 특유의 묘한 눈빛으로 신문과 나를 번갈아 흘끔거렸다. 그 구겨진 신문에 실린 기이한 헤드라인 기사는, 이름 없는 거대한 괴물이 16년의 세월을 뛰어넘어 우리에게 다가옴을 알리고 있었다. 기사의 내용을 정리하면 다음과 같다.

웨스트의 저택과 약 80킬로미터 떨어진 세프턴 정신병원에서 해괴한 사건이 일어났다. 깊은 밤중에 어떤 괴한이 한 무리의 사람들을 끌고 들어와 병원 직원들을 잠에서 깨웠는데, 이상하게도 그들은 하나같이 매우 조용히 움직였고 말소리를 거의 내지 않았다. 우두머리 괴한은 위협적인 인상의 군인 같았는데, 말을 하긴 했지만 입술은 전혀 움직이지 않았기에 병원장은 복화술사인가 생각했다. 하지만 그 괴한의 목소리는 그가 들고 있는 커다란 검은 상자에서 흘러 나오는 듯했다. 무엇보다도 병원 직원들을 경악하게 한 것은 로비의 전등이 켜졌을 때 드러난 괴한의 얼굴이었다. 어둠 속에서 빛이 날 만큼 수려한 얼굴인 줄로만 알았는데, 밝은 데서 보니 색칠된 유리 안구가 박힌 밀랍 얼굴이었던 것이다. 무슨 끔찍한 사고라도 당한 것 같은 모습이었다. 그를 부축하는 부하는 괴질에 걸렸는지 푸르스름한 얼굴 절반이 뜯겨 나간 상태였다. 우두머리는 16년 전에 아컴에서 온 식인 괴물을 인도해 달라고 요구했고, 병원 측이 거절하자 무리 전체에 신호를 보내 무시무시한 폭동을 일으켰다. 닥치는 대로 때리고 짓밟고 물어뜯는 그들의 집단 폭력에 병원 직원 네 명이 숨지고 말았다. 당시 히스테리에 빠지지 않고 사건을 지켜보았던 직원들의 증언에 따르면, 그 무리는 사람이라기보다는 밀랍 얼굴의 우두머리가 이끄는 대로 움직이는 자동인형처럼 보였다고 한다. 사람들이 구조 요청을 했을 때는 그 괴한 무리도 식인 괴물도 흔적도 없이 사라진 뒤였다. 이 사건에 인근 주민들은 아연실색했고, 경찰들은 갈피를 못 잡고 당혹스러워하고 있었다.

웨스트는 마비된 사람처럼 꼼짝 않고 앉아 그 기사를 한 시간 동안 거듭해서 읽었다. 잠시 후 자정이 되자 초인종이 울렸다. 웨스트는 기겁을 했고, 하인들이 모두 자고 있어 내가 나가서 문을 열어 주어야 했다. 경찰에 증언한 바와 같이 집 밖의 거리에는 마차 한 대도 없었고, 체형이 어딘지 이상하게 생긴 사람들만 문 앞에 서 있었다. 그중 한 명이 매우 기괴한 목소리로 "발신자 부담, 속달"이라고 중얼거리며 커다란 사각형 상자 하나를 현관에 내려놓았다. 그리고 일행과 함께 비척거리며 발길을 돌렸다. 지켜보고 있자니 그들이 집 뒤편에 있는 오래된 묘지로 가는 게 아닐까 싶은 께름칙한 생각이 들었다. 내가 문을 탕 닫자 웨스트가 비로소 아래층으로 내려와서 정체불명의 상자를 살펴보았다. 그건 높이와 폭이 60센티미터 정도인 정방형 상자였다. 겉에는 허버트 웨스트라는 이름과 함께 그의 주소가 적혀 있었고, '발신: 플랑드르, 생텔루아, 에릭 모얼랜드 클래펌리'라는 문구도 있었다. 클래펌리 소령은 분명히 죽었는데, 6년 전 플랑드르의 야전병원에서 소생했던 몸뚱이와 말소리를 내뱉던 그 절단된 머리까지 몽땅 포격으로 붕괴된 건물 속에 파묻혔을 텐데, 상자에 적혀 있는 발신인의 이름은 틀림없는 클래펌리였다.

그걸 본 웨스트는 더 동요할 여력도 없는지 아예 차분해졌다. 안색이 심하게 나빠 보였다. 그는 재빨리 말했다. "이제 끝이군. 일단은 이걸 태워 없애야겠어." 그러고는 나를 데리고 실험실로 향했다. 우리는 상자를 가지고 지하로 내려가면서 무슨 소리가 들리지는 않나 유심히 귀를 기울였다. 이때부터는 기억이 잘 안 나는 부분이 많다. 내 심리 상태가 어땠을지 상상해 보면 수긍이 갈 것이다. 하지만 내가 허버트 웨스트를 소각로에 밀어 넣었다는 얘기는 분명 악의적인 모함에 불과하다. 우리는 뜯지 않은 그 상자를 통째로 소각로에 집어넣고 문을 꼭 닫은 다음 소각로를 작동시켰다. 상자가 타는 내내 별다른 소리는 들리지 않았다.

오래된 석조 납골당을 가리고 있는 회반죽벽이 떨어지기 시작한 것을 먼저 눈치챈 쪽은 웨스트였다. 나는 도망치려고 했지만 웨스트가 나를 붙잡았다. 벽에 작고 시커먼 구멍이 뚫리더니 얼음처럼 차가운 바람 한 줄기가 느껴지면서, 부패한 땅속 저 깊은 곳으로부터 썩은 내가 훅 끼쳐 왔다. 소리는 아무것도 들리지 않았다. 그때 전깃불이 갑자기 꺼지고, 지하 세계의 인광燐光 속에 조용히 벽을 허물고 있는 한 무리의 생명체들이 보였다. 미치광이나 상상할 수 있을 법한 존재들이었다. 인간의 형체를 한 것도 있는 반면, 절반만 인간이거나, 일부만 인간이거나, 아예 인간이라고 할 수 없는 괴물도 섞여 있는 기괴한 무리였다. 그들은 수백 년 묵은 벽의 석재들을 하나하나 소리 없이 치우다가, 구멍이 충분히 크게 벌어지자 줄지어서 밖으로 걸어 나왔다. 맨 앞에서 성큼성큼 걷는 우두머리는 밀랍으로 만든 아름다운 머리를 달고 있었다. 그 뒤의 괴물들은 광기에 젖은 눈을 번뜩이며 허버트 웨스트에게 달려들었다. 웨스트는 저항하기는커녕 신음 한 번 내뱉지 않았다. 그들은 일제히 웨스트를 덮쳐서 내 눈앞에서 온몸을 발기발기 찢어 버리고, 그 시체 토막들을 가지고 저 가공할 지하 납골당 안으로 돌아갔다. 웨스트의 머리는 캐나다 군복을 입은 그 밀랍 머리의 우두머리가 가져갔다. 웨스트의 모습이 사라지기 직전, 안경알 너머 그의 푸른 눈동자가 공포의 감정을 내비치며 번뜩이는 것을 나는 똑똑히 보았다.

다음 날 아침 나는 의식을 잃은 채로 하인들에게 발견되었다. 웨스트는 자취도 없었다. 소각로에는 형체를 알아볼 수 없게 타버린 상자의 재만 남아 있었다. 형사들에게 심문을 받았지만 내가 무슨 말을 할 수 있었겠는가? 세프턴 정신병원 사건이 웨스트와 관련이 있다고 해봤자, 괴물들이 상자를 들고 찾아왔다고 해봤자 그들은 믿지 않을 텐데. 나는 지하실 벽 너머에 오래된 납골당이 있다고 이야기했지만, 그들은 멀쩡한 회반죽벽을 가리키며 웃어 대기만 했다. 그래서 나는 더 이상 말하지 않았다. 사람들은 내가 미치광이거나 살인범이라고 여기는 듯하다. 어쩌면 내가 미친 게 맞는지도 모른다. 그 저주받은 무덤의 군단이 그렇게까지 조용히 움직이지만 않았어도 미치지는 않았을 것 같다.

벽 속의 쥐들

The Rats in the Walls

1923년 7월 16일, 인부들이 마침내 공사를 끝마쳤을 때 나는 엑섬 성으로 이주했다. 조개껍데기 같은 잔해만 겨우 남아 있던 건물이라서 복구 작업은 어마어마한 대공사였다. 엄청난 비용을 감수해야 했지만 그래도 내 조상의 성이기에 포기하지 않았다.

엑섬 성은 제임스 1세 시대 이후로 아무도 살지 않은 폐가였다. 원인이 정확히 밝혀지지 않은 끔찍한 참사가 벌어져서 성의 주인과 다섯 명의 자식을 비롯해 하인들까지 목숨을 잃었다고 한다. 세간의 혐오를 받았던 그 가계에서 살아남은 단 한 사람은 셋째 아들이었는데, 그가 내 직계 조상이다. 그는 그 사건 때문에 살인범으로 몰려서 주위의 의혹과 두려움을 샀다. 가문의 유일한 상속자였던 그가 기소됨으로써 성도 왕실 소유로 몰수당했지만, 본인은 무죄를 입증하거나 재산을 되찾으려는 어떤 시도도 하지 않았다. 그는 양심이나 법을 무서워할 여력이 없을 정도로 어떤 거대한 공포에 시달리고 있었다. 그 오래된 성을 다시는 보고 싶지 않고 기억에서도 지워 버리고 싶다며, 미국의 버지니아 주로 도주해 새로운 가문을 세웠다. 그가 바로 11대 엑섬 남작인 월터 드 라 포어이며, 그가 세운 가문은 후대에 '델라포어'라는 이름으로 불리게 되었다.

이후 엑섬 성은 노리스 가문의 사유지가 되었지만 여전히 아무도 살지 않았다. 다만 독특하고 복합적인 건축양식 때문에 연구차 방문하는 사람은 많았다. 앵글로색슨 혹은 로마네스크풍으로 된 하부구조 위에 고딕풍의 탑들이 세워진 건물이었는데, 최하부의 토대는 더 오래된 양식이거나 로마, 켈트, 고대 웨일스 등의 여러 시대가 혼합된 양식이었다. 토대의 한쪽 면이 단단한 석회암 절벽 표면에 녹아든 것처럼 맞붙어 있어서 더더욱 독특했다. 그 절벽 끝자락에서 보면, 성은 앤체스터 마을에서 서쪽으로 5킬로미터 거리에 있는 황량한 골짜기까지 훤히 내려다보이는 위치에 있었다. 오랜 세월 버려진 그 기이한 유적은 건축가와 고고학자들의 열렬한 관심을 받았지만 마을 사람들에게는 눈엣가시였다. 수백 년 전 선조들이 살던 때부터 이끼투성이의 으스스한 폐허가 된 오늘날까지 늘 혐오의 대상이었다. 나는 내가 그 저주받은 성의 후손이라는 걸 깨닫기 전에는 앤체스터에 하루도 머물러 본 적이 없었다. 이 글을 쓰고 있는 지금은 인부들이 엑섬 성을 폭파해서 해체하고 건물 토대의 흔적을 완전히 없애느라 분주하다.

우리 집안의 기본적인 역사에 대해서는 전부터 알고 있었다. 시조가 수상쩍은 의혹에 휩싸인 채 식민지 미국으로 건너왔다는 사실도. 하지만 델라포어 가 사람들은 늘 가문의 내력에 대해 말을 아끼는 편이었기에 자세한 것까지는 나도 알 수가 없었다. 여느 개척자 가문들과는 달리 우리는 조상이 십자군 전쟁에 참가했다거나 중세 또는 르네상스 시대의 영웅이었다고 자랑하지 않았다. 대대로 내려오는 전통 같은 것도 딱히 없었다. 가주家主가 자신의 사후에 뜯어보라고 장남에게 밀봉된 문서를 물려주는 관습은 있었지만 그것도 남북전쟁 전까지의 일이었다. 우리 가문이 누리는 영예는 모두 미국 이주 이후에 성취한 것으로, 고결하고 긍지 높으며 약간 과묵하고 비사교적인 버지니아 주 가계로 알려져 있었다.

그러나 제임스 강가에 있던 카팩스 저택이 남북전쟁 때 불타서 전 재산을 잃은 뒤로는 모든 것이 변했다. 그 화재로 인해 연로하신 조부님도 돌아가시고, 집안사람들을 하나로 묶어 주던 과거가 담긴 비밀문서 역시 사라지고 말았다. 당시 일곱 살이었던 내 눈에 비친 그날의 참경이 지금도 똑똑히 기억난다. 북군 병사들이 고함을 치고, 여자들이 비명을 지르고, 흑인들이 울부짖으며 기도하던 광경. 아버지는 리치먼드 방위군으로 참전 중이었고, 어머니와 나는 여러 까다로운 수속을 밟은 끝에 전선을 뚫고 아버지와 재회할 수 있었다. 전쟁이 끝났을 때 우리 가족은 북부에 있는 어머니의 고향으로 이주했다. 그때부터 줄곧 그곳에서 자란 나는 무뚝뚝한 중년의 북부인이 되어 엄청난 재산을 긁어모았다. 사라진 전가傳家의 문서에 무슨 내용이 담겨 있었는지는 아버지도 나도 알지 못했고, 나는 매사추세츠 사업계의 단조로운 생활에 젖어 우리 집안의 과거에 얽힌 수수께끼에는 관심을 잃어버렸다. 진작 그 비밀을 알았더라면 이끼와 박쥐와 거미줄 속에 파묻혀 있던 엑섬 성을 그냥 내버려 두었을 텐데.

1904년에 돌아가신 아버지는 나에게도, 어미 없이 자란 열 살짜리 손자 앨프리드에게도 아무런 유언을 남기지 않았다. 그런데 앨프리드가 스스로 가문의 비밀을 알아내서 나에게 알려 주었다. 내가 농담 삼아 던진 추측성 이야기를 마음속에 담아 놓고 있다가, 1차 대전이 벌어진 1917년 항공 장교로 영국에 파견되었을 때 우리 선조들에 대한 흥미로운 전설을 알아낸 것이다. 앨프리드는 델라포어 가에 파란만장하고도 불길한 내력이 있는 것 같다면서, 자신의 친구인 영국 육군 항공대 소속 대위이자 우리 가문의 구택舊宅 인근에 있는 앤체스터 마을 출신인 에드워드 노리스가 들려준 얘기를 편지에 적어 보냈다. 그것은 앤체스터와 그 인근 지역 농부들이 맹신하고 있다는 설화였는데, 소설가도 지어 낼 수 없을 만큼 터무니없고 황당한 내용이었다. 물론 노리스가 그런 소문을 진지하게 여긴 것은 아니었다. 하지만 내 아들은 귀가 솔깃해져 내게 알려 줄 좋은 이야깃거리라고 생각하고 편지를 쓴 것이다. 그걸 읽은 나는 비로소 대서양 건너편에 있는 우리 가문의 유산에 관심을 돌리게 되었으며 나아가 그 성을 사들여서 복구해야겠다는 마음이 생겼다. 노리스가 황폐하게 방치된 성을 앨프리드에게 직접 보여 주면서, 마침 자기 숙부가 현 소유주인데 매입하지 않겠냐며 놀랄 만큼 싼 값을 제시했다는 것이었다.

그리하여 나는 1918년에 엑섬 성을 사들였지만, 앨프리드가 전쟁에서 부상당해 돌아오는 바람에 복구 계획이고 뭐고 팽개칠 수밖에 없었다. 이후 2년 동안 나는 사업마저 동업자들에게 맡겨 두고 아들을 돌보는 데만 전념했으나 앨프리드는 결국 1921년에 세상을 떠나고 말았다. 정신을 차려 보니 나는 가족도 목표도 잃은 채 은퇴한 제조업자로 나이만 들어 가고 있었다. 그래서 새로 구입한 성이라도 가꾸며 여생을 보내자 결심하고, 12월에 앤체스터를 방문해 노리스 대위를 만났다. 그는 통통한 체격의 쾌활한 청년으로, 앨프리드를 무척 소중한 전우로 여겼다. 노리스는 복구공사에 필요한 설계도며 성에 얽힌 일화들을 조사해 주겠다고 약속했다. 정작 엑섬 성을 보니 별 감흥이 없었다. 이끼에 뒤덮이고 까마귀가 둥지를 잔뜩 틀어 놓은, 다 쓰러져 가는 중세 시대의 고성이 절벽 끝에 위태롭게 자리 잡고 있었다. 탑들의 석벽 부분을 제외하면 건물 내부에는 각 층의 바닥을 비롯한 구조물이 죄 무너지고 없는 상태였다.

나는 3세기 전 내 조상이 그곳을 버려두고 떠났던 당시의 원형을 여러 자료를 통해 조사하여 도면을 완성해 나갔다. 그리고 복구 작업을 할 공사 팀을 꾸렸는데, 현지에서 멀리 떨어진 곳까지 나가 겨우 사람을 구할 수 있었다. 엑섬에 대한 앤체스터 주민들의 혐오와 공포가 믿을 수 없을 만큼 대단했기 때문이다. 그런 분위기가 너무 심한 나머지 외지에서 온 인부들조차 겁에 질려서 도망치는 경우가 다반사였다. 성 자체만이 아니라 그곳에 살았던 옛 주인들에 얽힌 전설도 문제였다.

앨프리드는 그곳에 가니 드 라 포어 가의 후손이라는 이유로 사람들이 자신을 피하더라고 했었는데, 나 역시 똑같은 이유로 미묘한 배척을 받았다. 내가 우리 집안에 대해 아는 게 거의 없다고 농부들을 납득시킨 다음에는 조금 나아졌지만, 뜨악한 분위기는 여전했다. 그래서 마을에 퍼져 있는 엑섬 성에 대한 설화들은 대부분 노리스를 통해 조사하는 수밖에 없었다. 사람들은 내가 그토록 끔찍한 혐오의 상징을 복구하려 한다는 사실을 도무지 용납할 수가 없는 모양이었다. 이성적이든 아니든 간에 그들은 엑섬 성을 악마와 늑대인간의 소굴로 여기고 있었다.

노리스가 전해 준 설화들과 성을 연구했던 몇몇 학자들의 설명을 종합해 정리한 결과, 엑섬 성은 선사시대 신전이 있던 터에 세워진 것으로 보였다. 그 신전은 드루이드교*나 그 이전 시대 종교의 사원으로, 분명 스톤헨지와 같은 시대의 건축물일 터였다. 그곳에서 형언하기 어려운 어떤 의식이 치러졌다는 것은 틀림없는 사실인 듯했고, 그 의식이 로마인들을 통해 들어온 키벨레교** 의식으로 변모했다는 께름칙한 이야기도 있었다. 지하 2층에 새겨져 있는 비문 중에는 '신성…… 대지모신…… 마그나 마……'로 해석되는 라틴어 문자들이 아직도 선명하게 남아 있어서 키벨레 여신을 의미하는 마그나 마테르를 읽어 낼 수 있었다. 그 성이 한때 로마 사회에서 금지되었다가 다시 살아난 키벨레교 의식과 연관이 있었다는 증거였다. 게다가 많은 유적들이 입증하듯 앤체스터는 아우구스투스 황제의 군대가 주둔한 곳이었으니, 본래 고대 종교의 사원이었던 곳이 로마인들의 영향을 받아 키벨레 신전으로 변했다는 학설에는 과연 설득력이 있었다. 그 설에 따르면 프리기아 출신 사제들뿐만 아니라, 기존 종교의 사제들도 키벨레 신앙으로 개종해 망측한 의식을 집전했으며, 신전은 떠들썩한 주지육림을 벌이는 신도들로 북적거리며 번성했다고 한다. 로마군이 물러간 뒤에도 키벨레교는 사라지지 않고 칠왕국*** 시대 후반기에 사람들의 두려움을 샀고, 신전 건물 또한 앵글로색슨족의 특정 요소가 추가되면서 후대까지 존속했던 모양이다.

한 연대기에 언급된 바에 따르면, 서기 1000년경 그곳은 기이하고 강력한 수도회가 거주하는 견고한 석조 수도원이었다고 한다. 드넓은 채소밭에 둘러싸여 있었던 데다가 사람들이 수도회를 무서워했기 때문에

---

*고대 켈트족의 한 종교로, 사제 드루이드들은 교사이자 법관 역할을 맡았다. 영혼 불멸을 믿었고, 인신 공양 의식을 수행했다는 설이 있다.
**고대 소아시아 프리기아 지역에서 탄생한 종교로, 풍요와 다산의 여신 키벨레를 숭배한다.
***5세기부터 9세기까지 앵글로색슨족이 세웠던 잉글랜드의 7개 국가. 켄트, 에섹스, 서섹스, 웨섹스, 이스트앵글리아, 머시아, 노섬브리아를 이른다.

외부인의 출입을 막을 담장조차 필요 없었다고 전해진다. 수도원은 데인족의 침공에도 파괴되지 않았으나, 1066년 노르망디 공이 영국을 정복한 이후에는 크게 쇠퇴했던 것 같다. 1261년 헨리 3세가 내 조상인 1대 엑섬 남작 길버트 드 라 포어에게 아무런 문제 없이 수도원을 하사할 수 있었던 것을 보면.

그 전까지는 우리 가문에 특별히 나쁜 평판은 없었는데, 그곳을 영지로 삼으면서부터 무언가 이상한 일이 일어난 듯했다. 어떤 문헌에는 드라 포어 가문이 1307년에 '신의 저주를 받았'고 적혀 있었다. 마을 설화집에는 그 성이 고대의 사원과 수도원이 있던 터에 지어졌다는 사실만 불길하고 공포스럽게 쓰여 있을 뿐, 구체적으로 어떤 사건이 벌어졌는지에 관한 내용은 없었다. 문헌 자료보다는 구전되는 민담이 더 섬뜩했다. 사람들이 겁에 질린 표정으로 말을 아끼거나 애매하게 얼버무리는 통에 더더욱 음산하게 들렸다. 그들은 내 선조들이 질 드 레*나 마르키 드 사드**는 애송이로 보일 만큼 악마적인 피를 가진 사람들이었으며, 여러 세대에 걸쳐 마을 주민들이 가끔 실종되었던 것도 그들의 소행이었다고 넌지시 일렀다.

특히나 엑섬 성의 역대 남작들이 최악의 인물로 평가받고 있었고, 대부분의 민담이 그들에 얽힌 일화였다. 그나마 건전한 성향의 후계자가 나왔다 하면 하나같이 이른 나이에 의문의 죽음을 당해 가풍에 더 걸맞은 자손이 작위를 이어받았다고 한다. 가장이 주재하는 가내 제례도 있었는데, 가끔은 몇몇 식구들에게만 개방될 만큼 비밀스러운 의식이었

*Gilles de Retz(1404~1440) 브르타뉴의 귀족으로 잉글랜드와의 전쟁에서 무공을 세웠으나, 이후 사탄 숭배와 유아 살해 혐의로 처형되었다.
**Marquis de Sade(1740~1814) 프랑스의 작가. 가학적인 성행위를 벌인 일로 투옥되었고, 도착적인 성애를 사실적으로 묘사한 작품들을 써서 논란을 일으켰다.

다. 시집 온 여자들이 그 제례를 주재한 경우도 있었던 걸 보면 드 라 포어 가문은 혈통보다 기질을 중시했던 듯하다. 5대 남작의 차남 고드프리와 혼인한 콘월 가문 출신의 마거릿 트레버는 온 마을 아이들이 무서워하는 존재였고, 오늘날까지도 웨일스 변방에 전해지는 한 민요에 극악무도한 주인공으로 등장하는 인물이다. 남작가의 딸이었던 메리 드 라 포어에 대한 끔찍한 이야기가 담긴 민요도 있다. 그녀는 슈르스필드 백작과 결혼한 직후에 남편과 시모에게 살해당했는데, 두 살인자는 메리 드 라 포어의 진실을 신부에게 고해하여 용서와 축복을 받았으며 외부에는 절대로 내막을 발설하지 않았다고 한다.

나는 그 설화와 민요들이 무척 불쾌했다. 우리 가계에 대한 조악하고 판에 박힌 미신이 그토록 오랜 세월 동안 끈질기게 이어져 왔다니 언짢을 수밖에 없었다. 그런데 그런 비방을 듣고 나니, 카팩스에 살았던 사촌 랜돌프 델라포어가 멕시코 전쟁에서 귀환한 뒤 흑인들과 어울리다가 부두교 주술사가 되었다는 추문이 떠올라 꺼림칙하기는 했다.

나는 막연한 괴담들에 대해서는 신경도 쓰지 않았다. 석회암 절벽 아래 바람이 휘몰아치는 황야에서 누군가 흐느끼거나 울부짖는 소리가 들린다는 둥, 봄비가 내린 뒤면 무덤가 같은 악취가 풍긴다는 둥, 어느 날 밤 호젓한 들판을 지나가던 존 클레이브 경의 말발굽에 무언가 허여멀건 것이 밟혀서 내려다보니 그것이 버둥거리며 소름 끼치는 비명을 질렀다는 둥, 엑섬 성의 하인이 백주 대낮에 무언가를 보고 미쳐 버렸다는 둥 하는 것이었다. 당시 확고한 회의론자였던 내게 그런 진부한 유령 괴담들은 씨알도 안 먹혔다. 섣부른 호기심으로 성을 엿보려 했던 농부들이 영영 사라지거나 지금은 없어진 성채에 효수된 머리로 발견되었다는 얘기는, 그때가 중세였음을 생각하면 그리 놀랄 일도 아니었다.

개중에는 상당히 구체적인 이야기도 있어서 젊었을 때 비교신화학을 좀 공부했더라면 좋았겠다 싶기도 했다. 예컨대 박쥐 날개가 달린 악마들이 밤마다 성에서 연회를 열었는데, 남작 집안이 거대한 밭에 조악한 작물들을 엄청나게 재배해서 거둬들였던 것도 다 그 악마들을 먹이기 위해서였다는 이야기가 있었다. 그리고 무엇보다 강렬한 이야기는 쥐 떼에 대한 일화였다. 참사가 일어나 성이 폐가가 된 지 석 달이 지났을 때, 굶주려서 빼빼 마른 더러운 쥐들이 쏟아져 나왔다고 한다. 군대처럼 몰려나온 쥐 떼가 눈앞에 보이는 걸 닥치는 대로 잡아먹는 바람에 닭, 오리, 고양이, 개, 돼지, 양, 심지어는 사람도 두 명이나 희생되었단다. 그 잊지 못할 쥐 떼 사건을 둘러싼 이야기만도 너무 많아서 따로 하나의 설화집을 만들 수 있을 정도였다. 집집마다 그 이야기를 언급하면서 공포에 떨고 온갖 악담을 퍼붓곤 했다.

그런 이야기들이 비난의 화살이 되어 내게 쏟아져도, 나는 나이 먹은 사람답게 완고한 태도로 복구공사를 밀어붙였다. 심리적으로도 그깟 소문들에는 전혀 영향을 받지 않았다. 곁에서 도와준 노리스 대위와 고고학자들은 그런 내게 한결같은 격려와 찬사를 보내 주었다. 2년 만에 공사가 끝났을 때 성을 둘러보니, 거기에 들인 막대한 비용을 모두 보상받았다는 기분이 들 만큼 뿌듯했다. 응접실, 징두리판벽, 아치형 천장, 세로 창살 창문, 널따란 계단 등등, 절묘하게 복원해 낸 중세적인 요소들이 원래의 벽과 토대에 완벽히 녹아들어 있었다. 선조들의 집이 비로소 제 모습을 되찾은 것이다. 나는 나를 마지막으로 대가 끊길 우리 가문이 성의 복원을 계기로 명예를 회복할 수 있기를 바랐기에, 앞으로 쭉 그곳에서 살면서 드 라 포어 가문(그때부터는 내 성을 원래의 철자대로 사용하기로 했다)이 악마가 아니라는 것을 증명할 작정이었다. 복원된 엑섬 성의 외관은 중세풍이긴 해도, 내부는 쥐 떼나 유령에 얽힌 일화를 완전히 씻을 만한 산뜻한 분위기였기에 나는 안심이 되었다.

앞서 말했듯이 나는 1923년 7월 16일에 엑섬 성으로 이사했다. 식구는 하인 일곱 명과 고양이 아홉 마리가 전부였다. 고양이들 중 가장 나이가 많은 일곱 살 '깜디'*는 매사추세츠 볼턴에서 살 때부터 키운 녀석이었고, 나머지는 공사 기간 동안 노리스 대위 집에서 머물 때 한 마리씩 들여온 것이었다.

처음 닷새는 더할 나위 없이 평온한 나날이었다. 나는 가문의 옛 자료들을 정리하면서 대부분의 시간을 보냈다. 엑섬 남작가의 최후를 불러온 사건과 월터 드 라 포어가 도주한 정황에 관한 상세한 기록도 얻은 참이었는데, 카팩스 화재 때 유실된 문서에 들어 있던 내용도 그와 같지 않을까 싶었다. 월터 드 라 포어는 자기 식구들을 몰살한 혐의로 기소되었는데, 식구들이 잠든 틈을 타 하인 네 명과 모의해서 범행을 저지른 모양이었고 그를 뒷받침하는 근거도 충분했다. 사건이 벌어지기 2주 전에 월터는 어떤 충격적인 진실을 발견하고 사람이 완전히 변했다고 한다. 하지만 그 진실이 무엇인지는 공범인 하인들 외에는 아무에게도 털어놓지 않았다고 한다.

월터 드 라 포어는 부친, 형제 세 명, 누이 두 명을 의도적으로 살해하고도 법 집행이 허술했던 탓에 변장도 안 하고 버젓이 미국 버지니아로 도주할 수 있었다. 게다가 마을 사람들은 그 덕분에 그 땅에 씐 오랜 저주가 풀렸다며 그를 영웅 취급했다고 한다. 도대체 어떤 진실을 알게 되었기에 그가 그렇게 끔찍한 짓을 저질렀는지 나로서는 상상도 되지 않

---

*Nigger Man. 흑인을 낮잡아 이르는 표현이자, 당대에는 검은색의 무언가를 지칭할 때 흔히 쓰는 단어였다.

았다. 자신의 가문을 둘러싼 불길한 이야기들이야 그도 오래전부터 알고 있었을 테니 그것 때문에 새삼 충격을 받았을 리는 없을 터였다. 혹시 고대로부터 내려온 끔찍한 의식을 직접 목격했거나, 엑섬 성 어딘가에서 어떤 무시무시한 상징이라도 발견했던 것일까? 월터 드 라 포어는 잉글랜드 사회에서 온화하고 수줍음 많은 청년으로 알려져 있었다. 버지니아에서도 냉혹하거나 무정하다는 평판을 듣기보다는 고통과 두려움에 시달리는 사람으로 여겨진 모양이었다. 벨뷰 출신의 신사이자 여행가였던 프랜시스 할리의 일기에는 그가 둘도 없이 정의롭고 명예로우며 사려 깊은 사람이라고 묘사되어 있었다.

그렇게 옛 자료들을 읽던 중 7월 22일에 이상한 일이 일어났다. 이후 벌어진 사건들에 비추어 돌이켜 보면 의미심장한 일이었지만, 당시에는 대수롭지 않게 여길 수밖에 없는 사소한 일이었다. 아무리 안 좋은 과거가 있었던 곳이라고 해도 벽을 제외한 나머지가 전부 신축되다시피 한 쾌적한 건물에서 양식 있는 하인들과 함께 살고 있는데, 고작 늙은 고양이 한 마리가 평소와 다르게 긴장하고 불안해한다는 이유로 공연히 겁을 먹을 까닭이 없었던 것이다. 깜디는 오래 키운 녀석이니만큼 상태가 이상해졌다는 걸 바로 알 수 있었다. 안절부절못하고 이 방 저 방을 돌아다니면서 옛 고딕식 건축물의 일부인 벽을 계속 쿵쿵거렸다. 마치 진부한 유령 이야기에서 흰 천을 뒤집어쓴 귀신이 나타나기 전에 꼭 개가 먼저 으르렁거리는 것처럼.

다음 날, 서재에 있던 내게 하인이 찾아와서 집 안 고양이들이 죄다 난리를 피운다고 불평했다. 내가 있던 2층 서쪽 서재는 아치형 천장에 벽에는 검은 떡갈나무 판자가 덧대어져 있었고, 위치가 높아 고딕식 삼중 창문에서 고개를 빼면 맞은편의 황량한 골짜기가 훤히 내려다보였다. 하인이 이야기를 하는 동안에도 깜디는 서쪽 벽을 따라 살금살금 기어가면서 오래된 석재 위에 덧댄 판자를 긁어 대고 있었다. 나는 하인에게 낡은 석재 부분에서 무슨 이상한 냄새가 나는 모양이라고 말했다. 목재를 새로 씌워서 사람에게는 느껴지지 않지만 고양이들은 후각이 예민하니 맡을 수 있는 모양이라고, 당시만 해도 진심으로 그렇게 믿었다. 쥐가 있을지도 모른다는 하인의 말에, 나는 이 성에 지난 300년간 쥐가 없었으며 밖에 사는 들쥐들이라도 이렇게 높은 데까지 올라오진 못할 거라고 단언했다. 오후에 노리스 대위에게 들러 그 문제를 상의했더니 그도 들쥐가 갑작스럽게 성에 우글거릴 리는 없다고 했다.

그날 밤 잠자리에 들 시간이 되었을 때, 나는 평소처럼 하인을 물리고 서쪽 탑의 침실로 건너갔다. 서재를 나가서 옛날에 지어진 부분이 반쯤 남아 있는 돌계단과 완전히 신축한 짧은 회랑 하나를 지나가면 나오는 방이었다. 매우 높은 위치에 있는 원형의 방으로, 벽은 징두리널 대신 런던에서 구한 아라스 천 벽걸이로 가려져 있었다. 나는 깜디가 잘 따라온 걸 확인한 다음 육중한 고딕식 문을 닫았다. 그러고는 촛불 모양으로 정교하게 만들어진 전등을 끈 뒤, 조각 장식이 된 네 기둥 위로 캐노피가 드리워진 침대에 몸을 뉘었다. 고양이도 늘 하던 대로 내 발치에 자리를 잡았다. 커튼을 치지 않은 좁다란 북쪽 창문 밖으로 엷은 오로라가 번진 하늘이 보였고, 오로라 빛은 창틀의 섬세한 무늬에도 곱게 드리워져 있었다.

어느 사이에 편안히 잠들었던 것 같다. 이상한 꿈에서 깨어나는 느낌과 함께 눈을 떠보니, 고양이가 무언가에 화들짝 놀라서 일어난 참이었다. 어슴푸레한 오로라 빛 속에서 녀석은 두 앞발로 내 발목을 잡고 뒷다리는 쭉 편 채 머리를 앞으로 꼿꼿이 내밀고 있었다. 깜디가 뚫어져

라 쳐다보는 곳은 창문에서 서쪽으로 약간 떨어진 벽면의 한 지점이었다. 내 눈에는 별달리 눈에 띄는 게 없었다. 하지만 주의 깊게 쳐다보노라니 깜디가 뭘 주시하는지 알 수 있었다. 아라스 천이었다. 확신할 수는 없지만, 천이 아주 살짝 흔들린 것 같았다. 하지만 곧이어 천 뒤에서 쥐가 달음질치는 소리가 또렷하게 들렸다는 사실만은 장담할 수 있다.

순간 고양이가 벽걸이 천을 향해 펄쩍 뛰었다. 고양이의 몸에 부딪힌 천이 바닥으로 흘러내리면서 낡고 축축한 석벽이 드러났지만, 여기저기 땜질을 해서 보강된 벽에 쥐가 쏜 흔적이라고는 조금도 없었다. 깜디는 그 부근의 바닥을 이리저리 내달리면서 떨어진 아라스 천을 긁어 대는가 하면 벽면과 오크 재목 바닥 틈에 발톱을 집어넣기도 했다. 그러다가 아무것도 나오지 않자 기진맥진한 듯 내 발치로 돌아왔다. 그동안 나는 꼼짝도 않고 누워 있었고, 그날 밤 다시는 잠들지 못했다.

아침에 하인들을 모두 불러서 물었으나 이상한 것을 보았다는 사람은 없었다. 다만 요리사는 간밤에 한 고양이가 묘한 행동을 하더라고 했다. 정확히 몇 시였는지는 모르겠지만 요란한 울음소리가 들리기에 잠에서 깨보니, 창턱 위에서 자고 있던 고양이가 열린 문 밖의 계단으로 휙 뛰쳐나가더라는 것이다.

나는 한낮을 내리 졸면서 보내고는 오후에 노리스 대위를 다시 찾아갔다. 그는 내 이야기를 듣고 지대한 관심을 보였다. 사소하긴 해도 해괴한 사건이다 보니 상상력에 자극을 받았는지, 마을에 떠도는 괴담 몇 가지를 입에 올리기도 했다. 성에 쥐가 들어왔다는 데에 우리 둘 다 진심으로 당황하고 있었다. 나는 노리스가 빌려 준 쥐덫과 살충제를 하인들에게 주고 쥐가 있을 만한 곳에 갖다 두라고 지시했다.

졸음이 쏟아져서 일찍 잠자리에 들었는데 끔찍한 악몽에 시달렸다.

나는 엄청나게 높은 곳에서 황혼 빛이 비치는 한 석굴 안을 내려다보고 있었다. 그곳에서 흰 수염을 기른 악마가 막대기를 들고 무릎까지 잠기는 오물을 휘젓고 다니면서 한 무리의 괴물들을 마치 가축을 치듯이 몰고 있었다. 흐늘흐늘한 균류처럼 생긴 그 괴물들의 모습이 너무 흉측해서 욕지기가 났다. 악마가 움직임을 멈추고 고갯짓을 하자, 어디선가 어마어마한 쥐 떼가 석굴로 쏟아져 내려오더니 괴물이고 사람이고 닥치는 대로 잡아먹기 시작했다.

발치에서 자고 있던 깜디가 갑자기 움직이는 느낌에 나는 무시무시한 꿈에서 깨어났다. 깜디는 겁에 질려 울면서 주인이 아플 거라는 생각도 못하고 내 발목에 발톱을 박아 대고 있었는데, 이번에는 녀석이 무엇 때문에 그러는지 애써 찾을 필요도 없었다. 방의 벽 전체가 역겨운 소리로 들끓고 있었기 때문이다. 잔뜩 굶주린 커다란 쥐들이 이곳저곳을 누비며 스르르 지나다니는 소리였다. 오로라도 없는 캄캄한 밤이었으므로, 벽걸이 천이 또 흔들리는지는 보이지 않았다. 나는 용기를 내어 전등을 켰다.

전등에 불이 들어온 순간, 벽걸이 천 전체가 기괴하게 흔들거리는 광경이 드러났다. 독특한 무늬들이 어우러지면서 마치 죽음의 춤이라도 추는 것처럼 보였다. 그런데 눈 깜짝할 사이에 흔들림이 멎고 소음도 잠잠해졌다. 나는 벌떡 일어나서 옆에 있던 침대 데우는 다리미를 집어 들고 기다란 손잡이 부분으로 아라스 천을 찔러 본 다음, 천을 걷어서 그 밑에 뭐가 있는지 확인했다. 그러나 땜질된 석벽 외에는 아무것도 없었다. 고양이도 이제 괴상한 현상을 못 느끼는 눈치였다. 방 안에 놓아두었던 쥐덫을 살펴보니, 입구 부분이 죄다 열려 있었지만 짐승이 잡히거나 빠져나간 흔적이라곤 전혀 없었다.

다시 잠들기는 글렀기에 불을 붙인 초를 들고 방을 나섰다. 깜디도 내 뒤를 따라왔다. 그런데 회랑을 지나서 서재로 이어지는 돌계단에 이르렀을 때, 깜디가 갑자기 앞서 달려가더니 계단 너머로 사라져 버렸다. 나도 계단을 내려가는데, 문득 아래층의 응접실에서 무슨 소리가 들렸다. 잘못 들었을 리가 없었다. 떡갈나무를 댄 벽 너머로 쥐들이 떼 지어 몰려다니는 소리가 분명했다. 깜디는 당혹스러운 상황에 몰린 사냥꾼처럼 화가 나서 마구 뛰어다니는 중이었다. 내가 아래층에 내려가서 불을 켜도 그 소리는 잦아들지 않았다. 쥐들은 계속 난동을 부렸고, 맹렬하게 움직이는 소리가 너무도 뚜렷하게 들려 놈들이 이동하는 방향도 알 수 있었다. 어딘지 모를 높은 곳에서 끝없이 쏟아져 나오는 쥐들의 그 거대한 행렬은 역시 어딘지 알 수 없는 지하로 내려가고 있었다.

그때 복도 쪽에서 발소리가 들리더니 하인 두 명이 응접실의 커다란 문을 열고 들어왔다. 그들은 고양이들이 모조리 패닉에 빠져 으르렁대다가 계단을 뛰어 내려가 지하 2층의 닫힌 문 앞에 앉아서 울부짖고 있다고, 그래서 그 원인을 찾아 집 안을 살피고 있다고 했다. 하지만 쥐 떼가 돌아다니는 기척은 못 들었다고 했다. 그래서 내가 벽에서 나는 소리를 지적하려는데, 어느새 소음은 뚝 멈춰 있었다. 두 하인을 대동하고 지하 2층으로 내려가 보았지만 고양이들이 이미 흩어지고 없었다. 지하실 안은 나중에 살펴보기로 하고 일단은 설치해 둔 쥐덫들부터 점검했다. 덫은 죄다 열려 있었는데 걸린 짐승은 한 마리도 없었다. 다른 하인들에게도 물어봤지만 쥐 떼 소리를 들은 건 고양이들과 나밖에 없는 모양이었다. 이후 나는 서재의 의자에 앉아 깊은 생각에 잠긴 채 엑섬 성과 관련된 설화들을 하나하나 되새기면서 밤을 꼬박 지새웠다. 그러다가 그 의자에 기대어서 아침나절 동안 눈을 붙였다. 가구들을 모두 중

세풍으로 구입하는 중에도 의자 하나만은 편안한 현대식으로 마련한 건 정말 잘한 일이었다.

잠에서 깬 뒤 노리스 대위에게 전화를 걸어서 상황을 알리자, 그는 성까지 찾아와서 지하실을 같이 조사해 주었다. 딱히 이상한 점은 눈에 띄지 않았다. 다만 로마인들이 지었다는 방을 직접 둘러보니 전율을 느끼지 않을 수 없었다. 낮은 아치형 천장이며 으리으리한 기둥이 전부 로마식이었다. 앵글로색슨족이 어설프게 따라 한 로마네스크 건축이 아니라, 실제로 카이사르 시대에 축조한 정갈하고 조화로운 고전주의 양식이었던 것이다. 벽에는 그 성을 탐사했던 고고학자들이 발견한 바 있는 라틴어 글자들이 가득 새겨져 있었다. 'P. 게테 신전…… 제물…… 바치다……'나, 'L. 프랙…… 대신관…… 아티스……' 같은 내용이었다.

특히 아티스라는 말에 소름이 끼쳤다. 카툴루스*의 시에서 읽은 바에 따르면, 아티스라는 동방 신을 숭배하는 무시무시한 의식에는 상당 부분 키벨레 숭배 의식이 섞여 있었기 때문이다. 한편 기이한 문양이 새겨진 들쭉날쭉한 사각형 돌들도 보였는데, 학계의 일반적인 견해에 따르면 의식에 사용하는 제단이었다. 거의 희미해져 가는 문양들에 등불을 비추며 무슨 뜻인지 해석해 보려 했지만 헛수고였다. 그 문양들 중 번쩍이는 태양 형상 같은 문양을 보니 어떤 학생이 해준 얘기가 생각났다. 그건 로마에서 기원한 문양이 아니므로, 로마 이전 시대에 세워진 토착 종교 신전의 일부를 로마인들이 제단으로 사용한 것으로 보인다는 이야기였다. 제단 위에 배어 있는 갈색 얼룩도 호기심을 자아냈다. 방 한가운데에 있는 가장 큰 돌의 윗면에는 불을 땐 흔적도 있었는데, 제물을

---

*Gaius Valerius Catullus(B. C. 84~85경). 로마의 서정시인으로, 그의 63번 시가 로마 문헌에서는 처음으로 키벨레 신화와 아티스에 대해 언급하고 있다.

태운 자리인 듯했다.

문밖에서 고양이들이 울부짖던 지하실 안을 둘러본 결과는 그 정도였다. 노리스와 나는 그날 밤을 그 지하실에서 보내기로 결정했다. 하인들을 시켜 침상을 가져오게 하고, 만약 밤중에 고양이들이 이상한 행동을 하더라도 신경 쓰지 말라고 일렀다. 깜디는 같이 있고 싶기도 하고 도움도 될 듯해서 곁에 두었다. 중세 양식을 모방하여 제작된 커다란 떡갈나무 문(통풍용 구멍들이 뚫려 있었다)을 꼭 닫은 뒤 우리는 잠을 청했다. 무슨 일이 일어날지는 모르지만 만약에 대비해서 등불은 켜둔 채였다.

그 지하실은 성의 최하부에 자리 잡은 곳이었다. 황량한 골짜기가 내다보이는 석회암 절벽의 끝자락보다 훨씬 낮은 위치일 게 틀림없었다. 정체불명의 쥐 떼가 향했던 곳도 분명 여기일 텐데, 이유가 무엇일지는 짐작도 안 갔다. 우리는 각자 침상에 누워서 무슨 일이 벌어질지 초조히 기다렸다. 나는 선잠에 빠져 어렴풋한 꿈을 꾸다가 발치의 고양이가 뒤척거리는 느낌에 깨어나기를 반복했는데, 그 꿈은 지난번과 같은 끔찍한 악몽이었다. 황혼 빛에 물든 석굴이 나타났고, 그 안의 오물을 휘젓고 다니면서 균류 같은 짐승들을 몰고 있는 악마도 보였다. 그 짐승들은 보면 볼수록 가까워지는 것 같더니, 급기야는 하나하나의 생김새를 자세히 볼 수 있었다. 그중 한 놈의 흐늘흐늘한 얼굴을 보고 있던 나는 깜디가 움직이는 기적에 퍼뜩 깨어나면서 있는 힘껏 비명을 질렀다. 내내 깨어 있던 노리스 대위는 박장대소를 했다. 내가 그때 그 꿈 이야기를 해줬더라면 노리스는 더 웃었을까 아니면 반대로 웃음기를 거뒀을까. 하지만 당시 나는 너무 심한 공포를 느낀 나머지 그런 꿈을 꾸었다는 기억 자체를 잊어버렸다. 그런 면에서는 공포에도 유익한 구석이 있는 듯하다.

그 일이 일어났을 때 나는 또 잠에 빠져들어서 같은 악몽을 꾸던 중이었다. 노리스가 나를 부드럽게 흔들어 깨우더니 고양이들 울음소리가 난다고 했다. 귀를 기울여 보니 과연 그랬다. 돌계단 맨 위의 닫힌 문 밖에서 고양이들이 울부짖고 문짝을 긁어 대며 한바탕 소란을 피우고 있었다. 한편 깜디는 밖의 동료들에게는 신경도 안 쓰고 지하실의 석벽 주위를 마구 뛰어다니고 있었는데, 그 벽 너머로는 지난밤처럼 쥐 떼 소리가 가득했다.

극심한 공포가 치밀었다. 합리적으로는 도저히 설명할 수 없는 기현상이 벌어지고 있었다. 나와 고양이들이 단체로 미쳐서 환청을 듣는 게 아니라면, 저 쥐 떼는 내가 지금껏 견고하다 믿었던 로마 시대의 석회석 벽 안에 굴을 뚫고 지나다니고 있다는 뜻이었다. 그리고 쥐가 파놓은 널찍하고 구불구불한 굴이 1700년 넘게 새어 들어온 물에도 침식되지 않았다는 뜻이었다. 그런데 어째서 노리스는 저 소리를 못 듣는 걸까? 왜 노리스는 깜디와 문밖의 고양이들이 일으키는 소란에만 주목하며, 고양이들이 왜 저러는지 추측만 하고 있는 것일까?

노리스에게 내가 듣고 있는 소리에 대해 최대한 이성적으로 말을 꺼냈을 때는, 쥐 떼의 소음이 점차 희미해지고 있었다. 놈들은 아래쪽으로 이동하는 중이었다. 그 깊은 지하실보다 더 밑으로 내려가는 기척을 듣고 있자니, 성 아래에 있는 절벽 내부에 온통 쥐 떼가 우글거리고 있는 게 아닐까 싶을 정도였다. 내 말을 믿어 줄지 반신반의했는데 의외로 노리스는 크게 동요하는 기색을 보였다. 그는 문 쪽을 가리키며 마침 고양이들도 마치 쥐들이 도망치자 사냥을 포기한 것처럼 소동을 멈췄다고 했다. 반면 깜디는 다시 안절부절못하면서 방 한가운데에 있는 커다란 석조 제단 밑부분을 마구 긁어 대고 있었다. 그 제단은 나보다 노리스와 더 가까웠다.

이쯤 되자 나는 미지의 현상에 대한 어마어마한 공포에 사로잡혔다. 무언가 경악스러운 일이 벌어지고 있었다. 나보다 젊고 튼튼한 데다가 나보다 더욱 철저한 유물론자로 보이는 노리스 대위마저 나 못지않게 겁에 질린 듯 보였다. 마을에 떠도는 전설을 평생 들으며 살았던 사람이라 더 그랬을지도 모른다. 한동안 우리는 나이 든 검은 고양이가 제단 밑을 박박 할퀴는 모습을 하릴없이 지켜보고만 있었다. 녀석은 점점 시들해지더니 나를 돌아보면서 야옹거리며 울었다. 내게 뭘 해달라고 조를 때마다 하는 행동이었다.

노리스는 등불을 제단으로 가져가서 깜디가 긁는 곳을 살펴보았다. 그러고는 조용히 무릎을 꿇고 앉아 거대한 고대의 석괴와 모자이크식 바닥 사이의 틈에 몇 세기 동안 끼어 있었을 이끼를 긁어냈다. 그래도 아무것도 나오지 않자 노리스는 손을 거두고 일어서려 했는데, 나는 사소한 변화를 포착해 냈다. 예상했던 일인데도 몸서리가 쳐질 만큼 충격적이었다. 곧이어 노리스도 그 미묘한 변화를 알아채고는 넋을 잃었다. 제단 옆에 놓아둔 등불의 불꽃이 아주 미세하지만 분명히 흔들리고 있었던 것이다. 지하실 안에 외풍이 들어오고 있었다. 노리스가 이끼를 걸어 낸 제단과 바닥 사이의 틈으로 바람이 들어오는 게 틀림없었다.

서재로 자리를 옮긴 우리는 불을 환하게 밝혀 두고 이제부터 어떻게 해야 할지 초조하게 토의하며 밤을 지새웠다. 그 저주받은 성에 로마 시대에 지어진 지하 석실보다 더 깊은 지하 공간이 있다는 것은, 지난 300년 동안 성을 면밀히 조사했던 고고학자들조차 몰랐던 사실이었다. 그 미지의 지하 공간만으로도 충분히 경악스러운데 그곳을 둘러싸고 일어난 기현상은 불길하기 그지없었다. 선택은 둘 중 하나밖에 없었다. 조사를 걷어치우고 엑섬 성을 영영 떠나 그곳을 미신에 휩싸인 금단의 폐가로 남겨 두든가, 아니면 저 미지의 지하 세계에 어떤 공포가 도사리고 있건 용감하게 모험에 나서든가. 아침이 밝았을 때쯤 결론이 났다. 런던으로 가서 이 수수께끼를 파헤칠 고고학자들과 과학자들을 모집해 조사단을 꾸리기로. 그 전에 우리가 그 가공할 지하 세계로 통하는 입구를 찾으려 했으나 실패했다는 점을 밝혀 둬야겠다. 지하 석실의 중앙 제단이 관문 역할을 한다는 건 알 수 있었지만, 그 문을 여는 비밀은 우리보다 더 현명한 학자들이 찾아 주는 수밖에 없었다.

노리스 대위와 나는 런던에서 여러 날 머물면서 저명한 권위자 다섯 명에게 이제껏 발견한 사실과 가설, 관련된 민담 자료들을 보고하며 도움을 청했다. 그 학자들은 우리의 이야기를 비웃지 않고 깊은 관심과 공감을 표하며 들어 주었고, 탐사 과정에서 내 가문의 어떤 진실이 드러나더라도 비밀을 지켜 주겠다고 약속했다. 여기서 그들의 이름을 모두 거명할 필요는 없겠지만, 그중에는 트로아드* 발굴로 전 세계를 흥분시켰던 윌리엄 브린턴 경도 포함되어 있었다.

다 함께 앤체스터행 기차에 올랐을 때 나는 무시무시한 비밀의 문턱에 발을 디뎠다는 느낌이 들었다. 미국 대통령의 예기치 못한 서거 때문에 미국인들 사이에 퍼진 어두운 분위기가 그런 내 막연한 기분을 구체화해 주는 듯했다.**

8월 7일 저녁 엑섬 성에 도착했을 때, 하인들은 그동안 이상한 일이 전혀 없었다고 보고했다. 깜디를 비롯한 고양이들도 더없이 얌전하게 지

*고대 도시 트로이와 주변 일대를 아우르는 지역. 오늘날 터키 북서쪽에 위치한 곳이다.
**미국 제29대 대통령 워런 하딩이 1923년 8월에 급사한 일을 뜻한다.

냈으며 집 안에 놓아둔 쥐덫들도 닫힌 상태 그대로라고 했다. 지하실 탐사는 다음 날 시작하기로 하고, 나는 손님들에게 가구가 딸린 방을 각각 배정해 주었다. 나도 깜디를 데리고 내 침실로 건너가서 금방 잠에 들었다. 곧 끔찍한 악몽이 찾아왔다. 트리말키오*가 벌일 법한 질펀한 로마식 연회가 꿈에 나왔는데, 뚜껑이 덮인 그릇 안에 무엇이 들어 있을지 몰라 공포스러웠다. 그러다가 황혼 무렵 석굴에서 악마가 역겨운 짐승들을 모는 장면이 또 나왔다. 잠에서 깼을 때는 해가 중천이었다. 아래층에서는 일상적인 소리들만 들려왔고, 깜디도 조용히 잠들어 있었다. 이번에는 진짜인지 유령인지 모를 쥐 떼가 나타나지 않았던 것이다. 아래층으로 내려가면서 보니 성 전체가 평온한 분위기였다. 학자들 중 손턴이라는 심령 연구자는 어떤 불가사의한 힘이 내게 무언가를 보여 주고 싶어 했으며, 이제 원하던 바를 이루어서 그 힘도 사라졌다는 다소 엉뚱한 해석을 내놓기도 했다.

모든 준비를 마친 우리 일곱 명은 오전 11시에 고성능 손전등, 굴착 도구 등을 챙겨 지하 석실로 내려가서 문을 닫아걸었다. 나는 깜디도 데려왔다. 고양이가 예민하다 해도 데려오면 안 될 이유는 없고, 만에 하나 정체불명의 쥐 떼가 또 나타나면 녀석이 도움도 될 것 같았다. 우리는 로마 시대의 비문들과 제단의 해독 불가능한 문양들을 간략하게만 훑어보았다. 학자들 중 세 명은 이미 와본 적이 있었고, 나머지 사람들도 사전 지식을 갖추고 있었기에 그쪽을 자세히 살펴볼 필요는 없었다. 우리가 주목한 것은 중앙의 제단이었다. 한 시간 만에 드디어 윌리엄 브린턴 경이 제단을 여는 데에 성공했다. 비밀 문은 평형추 같은 장치로

---

*로마의 작가 페트로니우스가 지은 소설 『사티리콘』에 등장하는 인물로, 본래 노예 신분이었다가 부자가 되어 방탕한 향연을 즐긴다.

작동되어서 균형을 이루며 뒤로 젖혀졌다.

우리가 각오를 단단히 하지 않았더라면 거기서 펼쳐진 광경에 대경실색했을 것이다. 타일 바닥에 난 사각형 구멍 너머로 돌계단이 하나 나타났는데, 심하게 닳아 있는 그 계단 위에 인간 혹은 유인원의 해골들이 잔뜩 널려 있었던 것이다. 충격적인 공포에 빠진 듯한 자세로 전체 골격을 유지하고 있는 해골들도 있고 낱낱이 해체된 해골들도 있었는데, 하나같이 쥐에 갉아 먹힌 흔적이 있었다. 두개골 부분을 보니 모두 지능이 낮은 크레틴병 환자나 원시 유인원의 뼈 같았다.

계단이 뻗어 내려가는 통로는 아치형으로 구부러져 있었으며, 단단한 암석을 깎아 만든 듯 보였다. 그리고 공기가 통하고 있었다. 밀폐된 지하실에서 나는 탁하고 유독한 공기가 아니라, 청량한 산들바람이 느껴졌다. 우리는 오래 머뭇거리지 않고 발을 옮겼다. 진저리를 치면서 계단을 내려가는 중에, 윌리엄 경이 벽면을 살펴보더니 암석이 깎인 자국의 방향으로 보아 이 통로가 밑에서부터 파 올라오는 식으로 만든 것 같다는 기이한 견해를 밝혔다.

이제부터 나는 매우 신중하게 기술해야만 한다.

쥐가 쏠은 자국이 가득한 뼈다귀들을 헤치며 몇 발짝 내려갔을까, 앞쪽에 빛이 보였다. 신비한 인광燐光 따위가 아니라 어디선가 새어 들어오는 햇빛이었다. 절벽에 자연광이 스며들 만한 틈이 있지 않다면 불가능한 일이었다. 밖에서 봐도 도드라져 보이는 틈이 아니라서 그때까지 아무도 몰랐던 듯했다. 하기야 절벽 맞은편의 골짜기는 사람이 전혀 다니지 않는 황무지였고, 누가 그리로 지나간다 해도 절벽이 너무 높고 심하게 돌출되어 있어 열기구라도 타지 않으면 표면을 제대로 관찰할 수 없었을 것이다.

몇 발짝 더 걸어갔을 때, 우리는 눈앞의 광경을 보고 말 그대로 숨이 턱 막혔다. 심령 연구가인 손턴은 심지어 실신해서 뒤에 있던 사람이 받쳐 줘야 했다. 노리스는 통통한 얼굴이 새하얗게 질린 채 알아들을 수 없는 소리를 내질렀다. 나는 눈을 가리며 숨을 헉 들이켰던 것 같다. 내 뒤에 있던 사람은 조사단에서 유일하게 나보다 나이가 조금 많았는데, 심하게 갈라진 목소리로 "하느님 맙소사!"라는 상투적인 비명을 내뱉었다. 문명인 일곱 명 중에서 평정을 유지한 사람은 오로지 윌리엄 브린턴 경밖에 없었다. 선두에서 일행을 이끄느라 누구보다 먼저 그 광경을 보았을 텐데, 역시 대단한 인물이었다.

그곳은 황혼 빛에 물든 거대한 석굴이었다. 어마어마하게 커서 천장이 어디인지 분간도 안 되는, 무한한 수수께끼와 소름 끼치는 비밀이 도사리고 있는 지하 세계였다. 그 안에는 갖가지 건축물들이 들어서 있었다. 기이하게 배열된 봉분들, 거친 원형을 그리는 돌기둥들, 낮은 돔형 지붕을 인 로마 건축의 잔해들, 드넓은 공간을 차지하는 앵글로색슨족의 으리으리한 건물들, 그리고 초기 잉글랜드 왕국의 목조 건물 한 채까지. 하지만 그 모든 것은 바닥에 펼쳐진 잔혹한 지옥에 비하면 아무것도 아니었다. 계단 주위로 수십 미터에 걸쳐 마구잡이로 뒤엉킨 해골들이 즐비했던 것이다. 계단에 있던 뼈들과 마찬가지로 진화가 덜 된 인간의 것처럼 생긴 뼈들이 넘실거리는 바다를 이루고 있었다. 전체 골격이 다 해체된 뼈들도 있었고, 부분적으로나마 골격을 유지하고 있는 뼈들도 있었다. 골격을 알아볼 수 있는 경우는 예외 없이 어떤 위협에 맞서거나 무언가를 뜯어 먹으려는 광기에 사로잡힌 자세였다.

인류학자인 트래스크 박사는 그 뼈들을 하나하나 살펴보다가 원시인처럼 퇴화된 두개골들을 발견하고 완전히 당황했다. 모두 인간의 뼈인 것은 분명한데, 그중에는 심지어 필트다운인*보다 진화가 안 된 두개골들도 섞여 있었다. 고도로 세밀하게 진화된 것들도 극소수 있긴 했다. 게다가 그 뼈들에는 쥐에 쏠린 흔적만이 아니라 인간들에게 물어뜯긴 흔적도 있었다. 그 인간 뼈들 속에는 조그마한 쥐 뼈들도 무수히 섞여 있었는데, 오랜 전설의 막을 내린 쥐 떼 군단에서 낙오된 놈들의 것으로 보였다.

나는 우리가 그런 끔찍한 광경을 목격하고도 과연 제정신으로 살아갈 수 있을지 의문스러웠다. 호프만**이나 위스망스***라도 그보다 더 광적이고 혐오스럽고 그로테스크한 고딕풍 장면을 연출하지는 못할 것 같았다. 발걸음을 내디딜 때마다 충격적인 진실이 하나씩 드러났기에, 우리는 3백 년 전에 그곳에서 벌어졌을 일을 상상하지 않으려 안간힘을 써야만 했다. 아니 3백 년이 아니라 천 년, 2천 년, 혹은 만 년 전부터 시작된 일인지도 몰랐다. 그 석굴은 지옥으로 향하는 대기실이었다. 일부 해골들은 6백 년도 넘는 세월에 걸쳐 네발짐승으로 퇴화된 인간의 것 같다는 트래스크의 말에 손턴은 딱하게도 또다시 기절하고 말았다.

건축물의 잔해를 해석하면서 공포는 더욱 심해져만 갔다. 인간의 변종인 그 네발짐승들은(간혹 이족보행을 하는 신입도 끼어 있었지만) 돌로 만든 우리 안에 갇혀 있다가, 너무 배가 고팠거나 쥐 떼에 대한 두려움이 극에 달해 탈출한 듯했다. 수가 어마어마했을 터였다. 로마 시대 전에 지어진 것으로 보이는 거대한 석조 저장고 안에 독초류의 채소 찌

---

*1912년에 발견된 원시 인류의 두개골로, 후에 위조된 것이라는 사실이 밝혀졌으나 당시에는 가장 오래된 인류 시조의 표본으로 여겨졌다.
**E. T. A. Hoffmann(1776~1822). 독일의 작가. 환상적인 동화. 초자연적이고 기괴한 소설을 주로 썼다.
***Joris-Karl Huysmans(1848~1907). 프랑스의 작가로 데카당스, 신비주의 작품들을 썼다.

꺼기들이 남아 있는 걸 보니, 누군가가 그런 조악한 작물을 그들에게 사료로 먹인 모양이었다. 내 선조들이 그렇게 넓은 밭을 가꾸었던 이유를 그제야 알 수 있었다. 그 사실을 잊어버릴 수만 있다면 좋으련만! 그들이 변종 인간들을 가축처럼 키웠던 목적이 무엇인지는 물을 필요도 없었다.

윌리엄 경은 로마 건축물의 잔해에 손전등을 비추어 보면서 종교의식에 쓰였던 축문祝文을 번역해서 읽어 주었다. 더없이 충격적인 내용이었다. 그리고 키벨레교 사제들이 자신들의 토착 신앙과 혼합하여 만들었던 고대 종교 집단의 끔찍한 식생활에 대해서도 알려 주었다. 노리스 대위는 전장의 참호에도 익숙한 사람이건만 잉글랜드식 건물에 들어갔다가 나오면서는 똑바로 걷지도 못했다. 그곳이 도살장 겸 부엌이라는 건 노리스도 예상하고 있었으나, 그 안에서 친숙한 잉글랜드식 용구들이며 영어로 된 낙서들까지 발견하자 도저히 충격을 가누지 못했던 것이다. 그리 오래되지 않은 1610년경에 쓰인 낙서들도 있었다. 거기서 벌어지던 사악한 만행들이 월터 드 라 포어가 칼부림을 하고서야 비로소 종식되었다고 생각하니, 나는 차마 그 건물에 들어갈 수가 없었다.

내가 들어간 곳은 나지막한 앵글로색슨 양식 건물이었다. 떡갈나무 문은 부서져 떨어져 있었고, 안에는 창살에 녹이 슨 무시무시한 석조 감옥 열 개가 늘어서 있었다. 그중 세 감옥 안에 유골들이 뒹굴고 있었는데, 모두 우수하게 진화된 인간의 것이었다. 게다가 한 구는 검지에 우리 가문의 문장紋章이 새겨진 반지를 끼고 있었다. 윌리엄 경이 들어간 로마식 예배당 아래 지하실에는 훨씬 더 오래된 감옥들이 있었지만 다 텅 비어 있었고, 그 아래층에 있는 천장 낮은 납골당에서 유골함들이 발견되었다. 뼈는 모두 가지런히 정돈된 상태였으며 일부에는 동일한 의미의 라틴어, 그리스어, 프리기아어 글귀들이 새겨져 있었다. 한편 선사 시대의 봉분 하나를 열어 본 트래스크 박사는 고릴라보다 약간 더 진화한 형태의 가벼운 두개골들을 발견했는데, 그 위에 섬뜩한 표의문자들이 조각되어 있었다. 그런 공포의 현장을 깜디는 태연하게 어슬렁거리며 돌아다니고 있었다. 수북이 쌓인 해골 더미 맨 위에 올라앉은 놈의 모습을 봤을 때는, 놈의 노란 눈동자 안에 어떤 비밀이 숨겨져 있는 것만 같았다.

그 석굴은 내가 거듭해서 꾼 악몽 속에 등장한 바로 그곳이었다. 황혼 빛이 어슴푸레 비치는 부분을 약간이나마 파악한 우리는 더 어두운 곳으로 발걸음을 옮겼다. 끝없이 이어지는 듯한 동굴의 깊은 안쪽은 절벽 틈으로 새어 드는 햇빛조차 비치지 않아 칠흑처럼 캄캄했다. 그때 우리가 탐사한 짧은 범위 너머의 암흑의 세계가 어떠한지는 영원한 비밀이 되었다. 당국에서 그에 대한 조사를 금지시켰기 때문이다. 하지만 우리가 본 범위 안에서도 눈길을 사로잡는 것들은 수두룩했다. 얼마 들어가지 않아 쥐 떼가 살았던 끔찍한 구덩이들이 손전등 불빛에 드러났다. 늘 공급되던 먹이가 갑자기 끊기자 굶주린 쥐 군단은 거기서 사육되던 인간 가축들을 습격하고, 급기야 성 밖으로까지 뛰쳐나가 온갖 생명체들을 먹어 치우며 마을을 초토화시켰다. 마을 농부들이 결코 잊지 못하는 역사적인 사건의 실체가 바로 그것이었다.

아, 이빨로 썰리고 잡아 뜯긴 뼈다귀와 열어젖혀진 두개골로 가득한 그 시커먼 구덩이라니! 헤아릴 수 없는 세월 동안 피테칸트로푸스,* 켈트인, 로마인, 잉글랜드인의 뼈들이 쌓이고 또 쌓였을 저 악몽의 심연이

*과거에 자바 원인과 베이징 원인을 비롯한 직립 원인을 가리키던 명칭.

라니! 몇몇 구덩이들은 해골로 너무 꽉 차 있어 얼마나 깊은지 가늠할 수도 없었다. 비어 있는 구덩이에 손전등을 비춰 봐도 밑바닥이 보이지 않아 그 깊은 어둠 속에 무엇이 있을지 소름 끼치는 상상만 들었다. 암흑의 나락을 돌아다니다가 저 거대한 덫에 빠진 쥐들은 다 어찌 되었을까?

한 구덩이에 발이 미끄러질 뻔한 순간 나는 아찔한 공포에 도취되었다. 꽤 오랫동안 그 자리에서 멍하니 생각에 잠겨 있었던지, 어느새 통통한 노리스 대위의 모습 외에는 다른 일행이 보이지 않았다. 바로 그때 저 너머 암흑에서 귀에 익은 소리가 들려왔다. 그리고 깜디가 날개 달린 이집트 신처럼 나를 휙 지나쳐 한없는 그 미지의 허공 너머로 달려갔다. 깜디가 쫓는 것이 무엇인지, 내 귀에 들려오는 소리의 정체가 무엇인지 나는 깨닫고야 말았다. 그건 쥐 떼 소리였다. 늘 새로운 공포를 향해 질주하는 악마의 쥐 떼가 지구 한가운데에 벙긋이 열린 동굴로 나를 이끌고 있었다. 무정형의 괴물 두 마리가 부는 플루트 선율에 맞춰 얼굴 없는 광기의 신 니알라토텝이 마구 포효하는 그곳으로.

손전등 불빛이 꺼졌지만 나는 계속 내달렸다. 누군가의 음성과 울부짖는 소리가 메아리치는 가운데, 쥐 떼가 달음질치는 사악한 소음이 서서히 커져 가고 있었다. 아주 조금씩 조금씩, 마치 끝없는 칠흑의 다리 밑을 지나 부패한 바다를 향해 흘러가는 기름 낀 강물 위로 불어터진 뻣뻣한 시체가 서서히 떠오르는 것처럼. 그때 무언가 물렁하고 통통한 것이 내게 부딪혔다. 쥐 떼인 것 같았다. 산 자와 죽은 자를 몽땅 먹어 치우는 저 끈적거리는 괴물의 군단…… 내가 드 라 포어의 일원이라 해서 쥐 떼가 먹지 못할 이유가 있겠는가? 드 라 포어 일족도 금지된 것들을 먹는데. 내 아들은 빌어먹을 전쟁에게 잡아먹혔고, 북부 놈들은 카팩스 저택을 불살라 내 조부님과 가문의 비밀까지 삼켜 버렸고…… 아니, 아니야. 나는 악마가 아니야! 내가 드 라 포어라고 누가 그래? 황혼의 석굴에서 괴물 가축들을 몰던 그 악마는 내가 아니라고! 그 가축들 중에 에드워드 노리스가 있었다니, 그럴 리가 없어! 그 흐늘흐늘한 균류 같은 얼굴이 노리스일 리가 없잖아! ……노리스 가문이 드 라 포어 가문의 영지를 차지할까? 노리스 저놈은 살아남았는데 내 아들만 죽다니! ……저건 부두교야…… 저 얼룩무늬 뱀…… 뒈져 버려라, 손턴! 우리 가문이 하는 일을 보고 기절이나 하시지! 이 역겨운 돼지 새끼, 맛을 즐기는 법을 톡톡히 가르쳐 주마…… 네 이놈, 나를 위해 그런 식으로 애쓰는 겐가? ……마그나 마테르! 마그나 마테르! ……아티스…… 신께서 너를 벌하시니…… 너에게 죽음의 화가 있을진제! 불행과 비탄이 내리리라, 영원히 네게 거하리라! ……웅글…… 웅글…… 르르르…… 크크크……*

　세 시간 뒤에 사람들에게 발견되었을 때 내가 저런 말들을 뇌까렸다고 한다. 어둠 속에서 나는 반쯤 뜯어 먹힌 노리스 대위의 시체 옆에 웅크리고 있었고, 고양이는 펄쩍펄쩍 뛰면서 내 목을 할퀴고 있었단다. 이후 사람들은 엑섬 성을 폭파했고, 깜디를 빼앗아 갔으며, 나를 한웰 정신병원의 이 창살 달린 방에 가둬 놓고서 내 혈통과 행적에 대해 수군거리며 두려워하고 있다. 손턴도 옆 병실에 있지만 그에게 말을 거는 것은 금지된 상태다. 게다가 사람들은 엑섬 성과 관련된 대부분의 비밀을 은폐하려고 애쓰고 있다. 내가 불쌍한 노리스에 대해 언급하면 사람들은 그 끔찍한 짓을 저지른 게 나라고 몰아붙이는데, 결단코 내가 한 짓

---

*이 단락의 원문에는 중세 영어, 라틴어, 게일어, 스코틀랜드어, 원시인의 뜻 없는 말이 섞여 있다. 현대 영어에서부터 시작하여 서술이 진행될수록 엘리자베스 1세 시대, 초서 시대, 켈트 시대, 선사시대까지 거슬러 올라가고 있어, 주인공의 정신이 과거로 회귀하면서 급격히 퇴보하는 과정을 표현한 것으로 보인다.

이 아니다. 노리스를 뜯어 먹은 건 쥐 떼였다. 지금도 그 스르르 달음질 치는 소리로 나를 잠 못 들게 하는 그 쥐 떼 말이다. 악마의 쥐들이 완충재를 댄 병실 벽 안을 뛰어다니며 내가 알고 있는 가장 큰 공포의 세계로 오라고 나를 부르고 있는데도, 사람들은 저 소리가 들리지 않는다고 한다. 저 벽 속에 쥐가, 쥐가 있는데.

아웃사이더
The Outsider

> 그날 밤 남작은 슬픈 꿈을 많이 꾸었네.
> 그리고 손님으로 온 전사들은
> 마녀, 악마, 관을 파고드는 커다란 벌레의
> 형체와 그림자가 어른거리는 악몽에 오래 시달렸다네.
>
> — 키츠, 「성 아그네스 전야」 중

어린 시절의 기억을 돌이키면 오로지 슬픔과 공포만이 떠오르는 이는 불행하다. 갈색의 벽걸이 천과 케케묵은 책들로 온통 둘러싸인 음울한 방에서 보낸 고독한 시간을, 혹은 덩굴에 칭칭 휘감긴 나무들의 뒤틀린 가지가 고요히 일렁이는 황혼 녘의 숲을 바라보며 두려움에 젖었던 시간을 되돌아보는 이는 비참하다. 신이 내게 준 몫은 그만큼이었다. 나는 망연했고, 좌절했으며, 무기력했고, 낙담했다. 그러나 지금은 이상하게도 마음이 편안하다. 또 다른 삶으로 넘어가고 싶은 충동이 들 때면 그 시절의 말라붙은 기억에 절박하게 매달리곤 한다.

내가 어디서 태어났는지는 모른다. 다만 그 성이 대단히 오래되었으며 한없이 끔찍했다는 것만은 알고 있다. 캄캄한 복도가 가득히 들어차 있고, 드높은 천장을 올려다보면 오로지 거미줄과 어둠밖에 보이지 않는 성이었다. 무너져 가는 석재 회랑은 늘 소름 끼치도록 축축했고, 옛날에 죽은 사람들의 시체가 한가득 쌓인 것처럼 지독한 악취가 사방에서 풍겼다. 항상 어두컴컴했기 때문에 가끔은 촛불을 바라보며 위안을 삼기도 했다. 밖에는 나무들이 까마득히 높게 자라나 있어서 탑 꼭대기에서 내다봐도 해가 보이지 않았다. 숲보다 더 높이 미지의 하늘까지 솟아오른 탑이 딱 하나 있긴 했지만, 반쯤 허물어진 탓에 맨 벽의 벽돌을 하나하나 밟고 기어오르지 않는 한은 올라갈 방법이 없었다.

나는 그 성에서 아주 오랫동안 살았지만 정확히 언제부터 살았는지는 몰랐다. 누군가가 나를 돌봐 주었을 텐데, 거기서 사람은커녕 소리 없는 쥐와 박쥐와 거미 외에는 살아 있는 생명체를 본 기억이 없었다. 나를 키워 준 이는 누군지 몰라도 굉장히 늙은 사람이었을 것 같았다. 살아 있는 사람이라고 하면 그 성처럼 쇠락해 가는 쪼글쪼글하게 일그러진 모습이 맨 처음 떠올랐으니까. 어쩐지 그 사람이 나를 닮았을 거라는 생각도 들었다. 지하 깊은 곳의 석실에 흩어져 있던 해골들은 예전부터 전혀 기괴하게 느껴지지 않았다. 나는 그 해골들을 일상적인 일들과 결부시켜 공상하곤 했기에, 내겐 그것들이 곰팡이 슨 책들에 나오는 알록달록한 그림 속의 동식물들보다 오히려 더 자연스럽게 느껴졌다. 나는 모든 것을 책으로 배웠다. 나를 격려하거나 지도해 주는 교사도 없이. 인간의 육성이라고는 나 자신의 목소리조차 들은 기억이 없었다. 구어口語가 무엇인지야 책을 통해 알고 있었지만 직접 소리 내어 말을 해볼 생각은 하지 못했다. 성 안에 거울이 없었기에 내 외모가 어떤지도 몰랐고, 다만 책에 젊은이를 묘사한 그림이 나오면 나도 그 비슷하게 생겼겠거니 짐작할 뿐이었다. 기억나는 과거가 별로 없으니 나는 당연히 스스로가 젊다고 생각했다.

가끔은 썩은 해자를 건너서 캄캄하고 고요한 숲 속으로 나가곤 했다. 거기 드러누워서 책에서 읽은 내용을 몇 시간이고 몽상하기도 하고, 끝없이 펼쳐진 숲 너머의 밝은 세상에서 활기찬 사람들로 둘러싸여 있는 내 모습을 애타게 그려 보기도 했다. 한번은 숲 밖으로 나가 보려고도 했지만, 성에서 멀어질수록 주위가 더 어두워지며 음산한 공포가 몰려왔다. 나는 괴괴한 밤의 미궁에서 길을 잃기 전에 미친 듯이 달려 돌아올 수밖에 없었다.

그리하여 황혼이 한없이 이어지는 동안 나는 몽상하면서 속절없이 기다리기만 했다. 무엇을 기다리는지도 모르는 채. 그렇게 어둠 속에서 혼자 지내다 보니 빛에 대한 갈망이 너무나도 간절해져서 더 이상은 참을 수가 없었다. 그래서 숲 위의 하늘까지 솟아 있는 단 하나의 검은 탑을 향해 두 손을 들어 올려 기도한 후, 추락의 위험을 감수하고라도 그 탑에 기어오르기로 결심했다. 빛을 영영 못 보고 사느니 한 번이라도 하늘을 보고 죽는 편이 낫기 때문이었다.

눅눅한 황혼 속에서 나는 닳아 빠진 돌계단을 따라 올라갔다. 계단이 끊긴 지점부터는 발판이 될 만한 작은 벽돌을 딛고 위험천만하게 올라가야 했다. 텅 빈 원통 같은 그 석탑 안은 섬뜩하고 무시무시했다. 오랜 세월 버려져서 황폐해진 그곳은 내 기척에 놀란 박쥐들이 소리 없이 날아오르자 더욱 불길한 분위기에 휩싸였다. 그러나 무엇보다 섬뜩하고 무시무시했던 점은 끝이 안 보인다는 사실이었다. 아무리 올라가고 또 올라가도 위에서는 빛이 비칠 기미도 안 보였고, 너무나도 오래되어 귀신이 붙은 듯한 이끼에 미끄러질 뻔할 때마다 오싹한 한기가 끼쳤다. 왜 빛이 좀처럼 보이지 않는지 두려워서 몸서리가 쳐질 지경이었다. 아래를 내려다볼까도 싶었지만 차마 그럴 용기는 나지 않았다. 나는 애써 그새 밤이 되어 그런가 보다 생각하고 한 손으로 벽을 더듬어 보았다. 탑 벽에 총안銃眼이라도 뚫려 있다면 그리로 밖을 내다보며 여기가 얼마나 높은지 가늠할 생각이었지만, 그런 구멍은 어디에도 만져지지 않았다.

한 치 앞도 보이지 않는 어둠 속에서 공포에 사로잡힌 채 둥그스름한 벼랑을 한없이 기어 올라가노라니, 별안간 무언가 단단한 것이 머리에 닿았다. 드디어 천장까지 올라온 모양이었다. 아니면 적어도 위층의 바닥 밑면에 닿았거나. 한 손을 뻗어서 만져 보니 천장은 석조 재질이었으며 단단히 고정되어 있었다. 나는 미끌미끌한 탑의 둥근 내벽을 한 바퀴 돌면서 천장에 문 같은 게 있나 구석구석 더듬었다. 어느 부분에서 천장이 위로 들리는 느낌이 났다. 출입구를 덮은 석판인 듯했다. 나는 다시 두 손으로 벽을 짚고 아슬아슬하게 기어오르면서 머리로 그 석판을 밀쳐 올렸다. 여전히 빛은 새어 들지 않았지만, 마저 올라가 보니 일단 등반은 여기까지가 끝이라는 걸 알 수 있었다. 석판은 위층의 또 다른 방으로 이어지는 뚜껑 문이었다. 문이 뚫려 있는 수평의 돌바닥이 아래쪽 탑보다 면적이 훨씬 넓은 걸로 보아, 그곳은 매우 높고 널찍한 일종의 관측실이 틀림없었다. 나는 묵직한 석판이 떨어져 닫히지 않도록 조심조심 기어올랐다. 하지만 기진맥진한 채 돌바닥에 퍼드러졌을 때 문이 도로 탕 닫히는 으스스한 메아리가 울려 퍼졌다. 필요시에 다시 열 수 있기를 바랄 따름이었다.

나는 힘겹게 몸을 일으킨 뒤 창문을 찾아서 방 안 곳곳을 더듬었다. 이쯤이면 숲보다 훨씬 높은 어마어마한 고도까지 올라왔을 테니, 밖을 내다보면 하늘이 펼쳐져 있고 책에서 읽은 달과 별도 처음으로 볼 수 있으리라고 믿었다. 그런데 벽 어디에도 창문은 없었다. 오로지 거대한 대리석 선반과 그 위에 놓인 큼지막한 직사각형 상자들만 만져질 뿐이라

부아가 치밀었다. 한편으론 헤아릴 수 없이 긴 세월 동안 아래의 성과 단절되어 있었던 이 방에 대체 어떤 오래된 비밀이 숨어 있을까 궁금하기도 했다. 그러던 중 뜻밖에도 표면에 이상한 조각이 새겨진 까끌까끌한 돌문 하나가 손에 닿았다. 잠겨 있었지만 나는 온 힘을 다해서 잠금장치를 부수고 문을 안쪽으로 당겨 여는 데 성공했다. 난생처음 맛보는 환희의 순간이었다. 입구에 있는 짧은 돌계단 너머로 장식 세공이 들어간 쇠살문이 있고, 그 밖으로 환한 보름달이 고요히 빛나고 있었기 때문이다. 이제껏 꿈과 어렴풋한 환영 속에서만 보았던 바로 그 달이었다.

여기가 바로 성의 꼭대기구나 생각하며 나는 계단을 뛰어 올라가기 시작했다. 그런데 갑자기 달이 구름에 가려져 사방이 어두워지는 바람에 발을 헛디디고 말았다. 더딘 걸음으로 쇠살문 앞까지 이르렀을 때에도 주위는 여전히 캄캄했다. 나는 문을 주의 깊게 살펴서 잠금장치를 풀었지만, 자칫하다가 그 까마득히 높은 곳에서 추락할까 겁이 나서 차마 문을 열 수는 없었다. 그때 달이 다시 나타났다.

전혀 예상하지도 못했고 도저히 믿을 수도 없는 진실이 눈앞에 드러났다. 실로 충격적이었다. 여태껏 겪었던 어떤 고역도 그 괴이하고 경이로운 광경만큼 공포스럽지는 않았다. 쇠창살 너머로 보이는 풍경 자체는 지극히 단순했다. 까마득히 높은 고지에서 내려다보이는 숲우듬지의 아찔한 전망이 아니라, 내가 서 있는 지면과 같은 높이의 단단한 평지가 펼쳐져 있었다. 땅 위에는 대리석 판석들이 놓여 있고 기둥들이 늘어서 있었으며, 그늘을 드리운 낡은 석조 교회의 부서진 첨탑은 달빛을 받아 환영처럼 어슴푸레 빛나고 있었다.

나는 반쯤 인사불성인 상태로 쇠살문을 열고서 두 갈래로 뻗은 하얀 자갈길에 비칠비칠 발을 내디뎠다. 망연하고 혼란스러운 와중에도 내 마음은 여전히 빛을 간구하고 있었다. 그토록 불가사의한 광경도 내 앞을 가로막지는 못했다. 내가 미쳤든, 꿈을 꾸고 있든, 마법에 걸렸든 상관없었다. 무슨 일이 있더라도 반드시 명랑하고 눈부신 세상을 보고야 말 작정이었다. 내가 누구인지, 혹은 무엇인지, 어떤 상황에 처해 있는지 하나도 알 수 없었다. 그런데도 계속 비틀거리며 나아가다 보니 마음 깊은 곳에 잠들어 있던 어떤 무시무시한 기억이 떠오르면서 여기까지 온 게 순전한 우연만은 아니라는 생각이 들었다. 아치형 관문 하나를 지나자 석판과 기둥이 있는 지역은 끝나고 탁 트인 시골이 나왔다. 나는 잘 닦인 길을 따라 걷기도 하고, 길의 흔적만 남아 있는 초원을 걷기도 하면서 정처 없이 떠돌았다. 중간에 물살이 빠른 강이 하나 나타났는데, 강을 가로지르는 다리는 오래전에 부서져 이끼 긴 돌덩어리만 남아 있었기에 헤엄쳐서 건너는 수밖에 없었다.

　그렇게 두 시간이 넘도록 헤맸을까, 드디어 목적지라고 할 만한 곳에 도착했다. 나무가 울창하게 우거진 거대한 정원에 담쟁이덩굴로 휘감긴 고색창연한 성 한 채가 서 있었다. 섬뜩할 만큼 낯익은 성이었지만 한편으로는 낯선 점들도 많아서 어리둥절했다. 해자는 메워져 있었고, 너무나도 잘 아는 탑들 중 몇몇은 철거되어서 없어진 반면 새로 생긴 부속 건물들도 있어서 어디가 어딘지 헷갈렸다. 하지만 나는 설레는 마음으로 성의 열린 창문들을 바라보았다. 그 안에서 빛이 휘황하게 번쩍이고 사람들이 흥청거리는 소리가 흘러나오고 있었다. 다가가서 안을 들여다보니 이상한 옷차림을 한 사람들이 즐겁게 웃고 떠들고 있었다. 사람의 말소리를 들어 보기는 처음이라 무슨 뜻인지는 막연히 어림짐작할 뿐이었다. 몇 명은 아득히 오랜 기억 속의 누군가가 연상되는 표정이었지만 나머지는 전혀 모르는 얼굴이었다.

나는 나지막한 창문을 기어 넘어서 조명이 환히 밝혀진 방 안으로 들어갔다. 그런데 그 순간 그토록 찬란했던 희망이 한순간에 암울한 절망으로 변하고 말았다. 내가 그 안에 들어가자마자 끔찍한 악몽 같은 일이 벌어졌기 때문이다. 내가 창턱을 다 넘기도 전에 사람들이 별안간 어마어마한 공포에 질려서 얼굴을 일그러뜨리더니 일제히 비명을 토해 냈다. 모두가 아우성을 치며 달아나느라 일대 혼란이 벌어졌는데, 그 통에 졸도해 버린 이들을 질질 끌고 가는 사람들도 있었다. 대부분이 손으로 눈을 가린 채 도망쳤기에 가구를 뒤엎기도 하고 벽에 부딪히기도 했다.

실로 충격적인 아비규환이었다. 눈부시게 밝은 방 안에 홀로 남은 나는 사라져 가는 메아리에 귀를 기울이며 망연자실해 있었다. 근처에 무언가가 숨어 있을지도 모른다는 생각에 몸이 떨려 왔지만, 주위를 둘러보니 아무도 없었다. 그런데 한 벽감 쪽으로 다가가자 그 방과 비슷한 구조의 방으로 이어지는 황금 아치문 너머에서 어떤 형체가 움직이는 듯했다. 더 가까이 다가가니 그 형체가 분명하게 모습을 드러냈고, 그때 나는 생애 처음이자 마지막으로 소리 내어 비명을 질렀다. 내 입에서 튀어나온 무시무시한 울부짖음은 눈앞에 나타난 그 존재만큼이나 소름 끼쳤다. 차마 상상할 수도, 형언할 수도, 입에 담을 수조차 없는 추악한 괴물이 똑똑히 눈에 보였다. 마냥 유쾌하던 사람들이 저 괴물을 본 것만으로도 혼비백산해서 도망칠 만큼 끔찍한 형상이었다.

그 괴물이 어떻게 생겼는지 표현할 길이 없다. 온갖 불결하고 기괴하고 꺼림칙하고 비정상적이고 혐오스러운 것들을 한데 모아 놓은 듯한 모습이었다고 말할밖에. 케케묵고 황폐하고 썩어 문드러진 송장 같은 색깔이었고, 악취가 풍기는 액체를 뚝뚝 떨어뜨리며 해로운 비밀을 까발리는 유령이었으며, 자비로운 세상이 늘 감추려 했으나 결국 드러나고야만 흉악한 실체였다. 그것은 결코 이 세상의 피조물이 아니었다. 혹여 예전에는 평범한 생명체였을지 몰라도 이제는 절대로 아니었다. 그런데도 문드러져서 뼈가 다 드러난 괴물의 윤곽만은 사람의 형상과 조악하게 닮아 있어서 마치 인간을 음흉하게 조롱하는 것만 같았다. 게다가 형편없이 낡고 해져서 곰팡이가 잔뜩 핀 옷 때문에 더더욱 소름이 끼쳤다.

나는 온몸이 얼어붙었지만 달아나려는 시도는 할 수 있었다. 그러나 비틀비틀 뒷걸음질 쳐도 저 소리 없는 괴물이 내게 건 마법은 깨지지 않았다. 시야가 흐릿해진 덕분에 처음 목격했을 때만큼 또렷하게 보이지는 않아서 다행이었지만, 한 번 깜빡이지도 않고 나를 빤히 노려보는 멀건 두 눈동자에서 시선을 뗄 수 없기는 마찬가지였다. 손으로 눈을 가리고 싶었지만 너무 충격을 받아 팔이 내 뜻대로 움직이지 않았다. 균형을 잃고 휘청거리다가 발이 몇 발짝 앞으로 디뎌져 썩은 고깃덩어리 같은 그 괴물에 더욱 가까워졌다. 놈이 내뿜는 텅 빈 숨소리가 귓가에 들리는 것만 같아서 미쳐 버릴 지경이었다. 그래도 거리를 바싹 좁혀 오는 괴물을 떨쳐 내려고 가까스로 한 손을 내밀 수는 있었다. 그 악몽 같던 순간, 황금 아치 아래로 괴물이 내뻗은 썩어 문드러진 앞발이 내 손과 닿았다.

나는 비명을 지르지 않았다. 하지만 밤바람을 타고 있던 사악한 구울들이 나 대신 일제히 날카로운 비명을 내질러 주었고, 동시에 영혼이 산산이 부서질 만큼 충격적인 기억의 홍수가 머릿속에 쏟아져 들어왔다. 그 순간 나는 모든 과거를 깨달았다. 내가 살았던 끔찍한 성과 숲 밖의 세상을 기억해 냈으며, 내가 서 있는 건물이 변하기 전의 모습도 기억해 냈다. 그리고 괴물의 앞발에 닿았던 손가락을 거두면서 나는 무엇보다 섬뜩한 진실을 깨닫고야 말았다. 내 앞에서 음흉한 눈길을 던지고 있는 그 혐오스러운 괴물의 정체를.

하지만 우주에는 쓰라린 고통뿐 아니라 그 고통을 잊게 해주는 치료제도 존재하는 법이다. 극도의 공포 속에서 나는 나를 그토록 두렵게 한 원인이 무엇인지 까맣게 잊어버렸다. 폭발하듯 되살아났던 암울한 기억들도 혼란스럽게 메아리치는 이미지의 파편들 속에 사라져 버렸다. 꿈속에서 나는 그 저주받은 성을 빠져나와 달빛이 비치는 대지를 조용히 내달려 대리석이 깔린 교회 마당으로 돌아왔다. 계단 밑의 뚜껑 문을 다시 열어 보려 했으나 꼼짝도 하지 않았다. 하지만 그리 아쉽지는 않았다. 어차피 그 고성과 숲에는 신물이 났으니까.

이제 나는 밤에는 조롱기를 띤 친근한 구울들과 함께 바람을 타고 다니고, 낮에는 나일 강 근처 미지의 계곡 하도스에 있는 파라오 네프렌카의 지하 묘지에서 노닌다. 빛은 내게 어울리지 않는다는 사실을 알고 있다. 네부카드네자르 왕의 돌무덤 위로 비치는 달빛이 아니라면. 피라미드 밑에서 벌어지는 니토크리스*의 이름 없는 연회가 아니라면, 유쾌하고 명랑한 분위기 역시 나에게는 어울리지 않는다. 새롭게 맞이한 거칠고 자유로운 삶 속에서 나는 이방인의 슬픔을 기꺼이 받아들이고 있다.

과거를 망각한 덕분에 편안해지기는 했어도 내가 아웃사이더라는 것만은 언제나 기억하고 있다. 이 시대와 인간들 틈에서 나는 어디까지나 낯선 이방인이라는 사실을. 거대한 황금 아치 너머에 있던 그 괴물에게 뻗은 내 손끝에 차갑고 매끄러운 유리 표면이 만져졌을 때부터 깨달은 사실이었다.

---

*이집트 제6왕조의 파라오이자 이집트 최초의 여성 파라오로 헤로도토스의 『역사』에 언급되나, 역사적 실존 여부는 불확실하다.

금단의 저택
The Shunned House

1

　막대한 공포 한가운데에도 아이러니는 존재하기 마련이다. 때로는 사건들이 맞물리는 과정이 직접적으로 아이러니를 자아내기도 하고, 때로는 그 사건들을 둘러싼 주변 인물이나 장소에서 우연히 아이러니가 생기기도 한다. 후자의 훌륭한 예시라고 한다면 유서 깊은 도시 프로비던스에서 일어난 한 사례를 들 수 있겠다. 1840년대 말에 에드거 앨런 포는 재능 있는 시인이었던 세라 휘트먼 부인에게 구혼하느라 프로비던스에 머물렀던 적이 있다. 결과적으로 구혼은 실패로 돌아갔지만, 어쨌든 포는 그 시기에 베니핏 가의 맨션 하우스라는 술집에 자주 들렀다(옛날에는 골든 볼이라는 여관이었고 워싱턴, 제퍼슨, 라파예트도 방문했던 곳으로 알려져 있다). 포가 즐겨 걷던 산책 코스는 거기서부터 베니핏 가 북쪽에 있는 휘트먼 부인의 집까지 올라가는 길, 그리고 근처의 산비탈에 위치한 세인트존스 공동묘지였다. 묘지에 펼쳐져 있는 18세기식 묘비들이 포에게 매혹적인 영감을 주었다.

그런데 바로 여기에 아이러니한 점이 있다. 세계에서 가장 위대한 공포소설과 괴기소설 작가인 포는 그 산책 코스를 걸을 때마다 매번 베니핏 가 동편에 위치한 어느 독특한 집 앞을 지날 수밖에 없었을 것이다. 불쑥 솟아오른 언덕 위에 자리 잡은 낡고 거무칙칙한 건물로서 잡초가 무성하게 자라난 정원이 딸려 있었다. 그곳이 탁 트인 시골 벌판이었던 시절부터 쭉 그 자리에 있었던 오래된 저택이었다. 포 자신은 그 저택에 대해 글로든 말로든 한마디도 언급한 적이 없으며, 애초에 눈여겨본 적조차 없었던 것 같다. 그런데 특별한 정보를 알고 있는 두 인물의 증언에 따르면 그 저택은 형언할 수 없는 공포의 상징이었다. 포가 펼쳐 보인 천재적인 환상에 비견될 만큼, 아니 그 이상으로 무시무시한 흉가가 음산한 분위기를 자아내며 떡하니 서 있었는데, 정작 포 본인은 아무것도 모른 채 그 앞을 수없이 지나쳤던 셈이다.

예나 지금이나 호기심 많은 사람들의 이목을 끄는 저택이었다. 과거에는 농가였던 건물로 18세기 중반 식민지 시대의 전형적인 뉴잉글랜드 건축양식을 그대로 따르고 있었다. 뾰족지붕을 이고 있는 번듯한 2층짜리 집채, 지붕창을 내지 않은 다락방, 조지 왕조풍 현관문, 당대의 미적 취향이 반영된 실내 벽판에 이르기까지. 집은 남향으로 지어졌고, 동쪽 면은 가파르게 솟아오른 언덕에 1층까지 가려져 있는 반면, 베니핏 가를 면한 서쪽 면은 건물 하부의 토대까지 훤히 드러나 있는 형국이었다. 저택이 세워진 때는 150년 전, 베니핏 가가 평탄하게 정비된 무렵으로 거슬러 올라간다. 원래 베니핏 가는 1세대 정착민의 묘지들 사이를 구불구불 누비고 지나가는 백 가라는 이름의 오솔길이었고, 묘지들이 북부 공동묘지로 이장된 다음에야 옛 가문들의 토지를 관통하는 직선 도로로 정비되었다.

처음에 저택은 서쪽의 베니핏 가에서 6미터쯤 떨어져 있었다. 그러나 독립혁명 시대에 과격한 도로 확장 공사가 시행되면서 집과 도로 사이의 비탈진 잔디밭이 대부분 파헤쳐져 버렸다. 그 바람에 땅속에 묻혀 있던 건물의 하부 토대가 밖으로 드러나자, 아예 노출된 지하층의 벽면에 벽돌을 붙이고 출입구와 창문 두 개를 내서 베니핏 가로 곧장 통하는 지상층으로 삼았다. 그러다가 100년 전에는 그나마 남아 있던 좁은 빈터에 인도가 깔리게 되었다. 결국 에드거 앨런 포가 지나다니면서 보았을 그 집은 건물 최하부의 칙칙한 회색 벽이 민망하게 인도를 바로 면하고 있고, 널판으로 덮인 저택의 진짜 1층 벽은 3미터쯤 위에서 시작되는 모습이었을 것이다.

농장처럼 넓은 뒤뜰은 언덕 너머 휘턴 가까지 뻗어 있었다. 저택의 남쪽에 위치한 앞마당은 당연히 옆에 있는 인도보다 훨씬 높았다. 그 아래 가파른 경사면은 축축한 이끼투성이의 돌담으로 둘러싸여 있었고, 그 담벼락에 협곡처럼 뚫린 좁다란 계단을 통해 앞마당으로 올라갈 수 있었다. 앞마당이라고 해봤자 누추한 잔디밭, 버려진 정원, 차갑고 습한 돌벽이 전부였다. 부서진 시멘트 화분이며 녹슨 주전자며 불을 피우고 남은 잔해 따위가 굴러다니고 있었다. 저택 전면의 현관문은 비바람에 닳았고, 채광창은 깨졌고, 이오니아식 벽기둥은 썩어 가고, 삼각형 박공장식은 벌레가 쏠아서 너덜너덜했다.

나는 어린 시절에 그 금단의 저택에 대한 이야기를 들었다. 거기서 사람들이 이상할 만큼 많이 죽어 나갔다고, 그래서 집이 지어진 지 20년쯤 지났을 때 주인 가족이 떠나 버렸다고. 분명 건강에 해로운 건물인 듯했다. 지하실의 습기와 세균, 집 전체에 풍기는 악취, 복도에 새어 드는 외풍, 우물과 펌프의 수질 문제 등등 여러 요인이 있을 수 있었다. 그것만으로도 충분히 그 저택을 꺼릴 만했고, 내 주위 사람들은 다 거기까지만 알고 있었다. 이면에 더 음산하고 모호한 뒷이야기가 존재한다는 사실은 내 삼촌이자 고고학자인 엘리후 휘플 박사의 공책을 읽고서야 알게 되었다. 거기엔 옛날에 하인들과 주민들 사이에서 돌던 괴담이 쓰여 있었는데, 그 이야기는 멀리 퍼져 나간 적도 없을뿐더러 프로비던스가 현대적인 대도시로 변하면서는 거의 잊혀지고 말았다.

그러니까 지역사회가 그 저택이 '귀신 들린 집'이라고 확고히 낙인찍은 적은 없었다는 뜻이다. 쇠사슬이 덜컥거리는 소리가 난다느니, 섬뜩한 한기가 돈다느니, 불이 저절로 꺼진다느니, 창가에 유령이 나타난다느니 하는 소문 따위는 없었다. 기껏해야 '재수 없다'고 말하는 사람들이 간혹 있는 정도였다. 거기서 죽은 사람이 너무 많았다는 것은 논란의 여지가 없는 사실이었으나, 60년 전에 이상한 사건이 벌어진 뒤로 아무도 살지 않는 빈집이 되었기에 더 이상의 사망자도 나오지 않았다. 거기 살던 사람들이 무슨 명확한 한 가지 원인으로 비명횡사한 것은 아니었다. 서서히 몸이 쇠약해지다가 제명보다 일찍 죽었을 뿐이다. 하지만 죽지 않은 사람들도 여러 종류의 빈혈이나 폐결핵을 앓았고 때로는 정신 이상 증세도 보였기에, 건물 자체의 환경이 건강에 나쁘다는 것만은 분명하다고 여겨졌다. 참고로 이웃집에서는 그런 현상이 전혀 나타나지 않았다는 점도 밝혀 둬야겠다.

나는 딱 여기까지만 알고 있었다. 삼촌을 끈질기게 졸라서 그분이 정리해 둔 자료를 읽고, 더 나아가 둘이서 같이 무시무시한 조사에 착수하기 전까지는 말이다. 내가 어린 시절에 들어가 보았던 금단의 저택은 사람은커녕 새 한 마리도 없는 마당에 엄청나게 늙고 메마른 옹이투성이 나무들, 희끗하게 색이 바랜 기묘한 수풀, 기괴하게 생긴 잡초들만 가득한 곳이었다. 종종 친구들과 함께 거기서 놀면서 느꼈던 공포가 지금도 생생하게 기억난다. 이상야릇하게 생긴 식물들 때문만은 아니었다. 흉가 체험을 한답시고 종종 열린 현관문 안으로 들어갔을 때 그 허물어져 가는 실내에서 풍기던 으스스한 분위기와 냄새도 한몫했다. 대부분 깨져 있는 작은 유리창들, 위태롭게 매달린 벽판과 덧문들, 벗겨진 벽지, 떨어져 가는 회반죽, 무너질 듯한 계단, 부서진 가구들의 잔해, 그 모든 것에 황폐한 공기가 감돌았다. 사방에 가득한 먼지와 거미줄도 공포감을 더했다. 우리 중에서 정말 담력이 센 녀석 하나는 사다리를 타고 다락방까지 올라가기도 했다. 천장의 서까래가 보이는 널찍한 다락방은 양쪽 박공벽의 조그마한 창문으로 새어 들어오는 빛 외에는 어두침침했다. 오랜 세월 먼지가 쌓이고 거미줄에 휘감겨 무시무시한 모양새가 된 상자, 의자, 물레 따위가 잔뜩 널려 있었다.

하지만 저택에서 가장 무서운 장소는 다락방이 아니었다. 춥고 눅눅한 지하실이 단연 압권이었다. 말이 지하실이지 한쪽 면은 지하가 아니라서 얇은 문과 창문 바로 밖의 인도에 있는 사람들 소리가 다 들리는 곳이었는데도, 저택의 그 어디보다 소름 끼치는 느낌을 자아냈다. 그래서 거기서 흉가 체험을 계속해야 할지 아니면 정신 건강을 위해 빠져나와야 할지 늘 갈팡질팡했다. 집 전체에서 풍기는 악취가 그 지하실에서 유독 심했다. 장마철이면 단단한 흙바닥에 하얀 균류 같은 게 자라기도 했는데, 앞마당의 식물들과 마찬가지로 생김새가 무척이나 징그러워서 기분이 나빴다. 독버섯과 수정란풀을 합쳐 놓은 듯한 해괴한 모양으로 다른 곳에서는 한 번도 본 적이 없는 종류였다. 금방 썩어 버리는 그 균류는 생장 단계에서 희미한 인광을 발하는 시기도 있었다. 그래서 밤중에 그 집 앞을 지나가던 사람들은 악취가 풍기는 지하실의 깨진 창문 안에서 빛나는 균류를 도깨비불로 착각하는 경우도 있었다.

우리는 밤중에는 절대 그 지하실에 들어가지 않았다. 핼러윈 분위기에 들떠 있을 때라도. 낮에 가도 균류가 내는 빛은 알아볼 수 있었으며, 흐리고 습한 날에는 더욱 또렷이 보였다. 지하실에는 그 외에도 기이한 점들이 있었으나 착시 효과라 여겨질 만큼 은근하고 미묘한 현상이었다. 예컨대 흙바닥에 번진 희끄무레한 얼룩 같은 것. 지하실 부엌의 커다란 벽난로 앞에 자라난 균류 사이에서 곰팡이나 초석 자국으로 보이는 희미한 얼룩이 조금씩 움직이는 모습이 포착되곤 했다. 어떨 땐 그 얼룩이 몸을 웅크린 사람의 형상처럼 보여서 섬뜩했다. 그렇게 특정한 형태가 연상되는 경우는 극히 드물었고 흰 얼룩 자체가 아예 없을 때도 많았지만, 유난히 그런 착시 현상이 강하게 일었던 어느 비 오는 날 오후에는 흰 얼룩에서 가늘고 노르스름한 수증기 같은 것이 어른어른 빛나며 올라오기도 했다. 그 이야기를 삼촌에게 했더니 생각나는 바가 있는 듯 의미심장한 미소를 지었다. 나중에야 알게 된 바로는, 옛날부터 전해 내려온 그 집에 관한 민담에도 비슷한 내용이 있었다. 커다란 굴뚝에서 피어오르는 연기가 귀신이나 늑대의 형상을 띠었다든가, 엉성한 주춧돌을 뚫고 지하실로 파고 들어온 구불구불한 나무뿌리들이 기묘한 모양새로 얽혀 있었다는 얘기가.

2

삼촌이 금단의 저택에 대해 수집한 자료를 보여 준 것은 내가 성인이 된 뒤의 일이었다. 휘플 박사는 건실하고 보수적인 정통파 의사로, 아직 어린 조카의 생각이 기묘한 방향으로 향하게 부추길 사람이 아니었다. 본인도 그 건물과 환경이 유별나게 비위생적이라는 전제로 조사에 임했을 뿐 무슨 병적인 호기심으로 그곳에 파고든 게 아니었다. 다만 저택의 음산한 분위기가 어린 조카에게는 온갖 섬뜩한 상상을 불러일으킬 수도 있다는 점을 유의하고 있었다.

삼촌은 독신이었고, 말끔하게 면도를 하고 다니는 백발의 전통적인 신사였다. 시드니 S. 라이더나 토머스 W. 빅넬* 같은 역사가들과 논쟁을 벌이던 저명한 향토 사학자이기도 했다. 삼촌이 하인 한 명을 두고 살던 집은 노스코트 가의 가파른 오르막에 아슬아슬하게 들어앉은 저택으로, 현관문에 노커가 있고 계단에 철제 난간이 달린 조지 왕조풍 건물이었다. 삼촌의 조부는 1772년에 영국 범선 가스피 호를 불태웠던 유명한 사략선 선장의 사촌이었는데, 그분이 1776년 5월 4일 로드아일랜드 식민지 독립 투표에 참여했던 역사적인 법원 청사 건물 바로 옆에 삼촌의 저택이 위치해 있었다. 삼촌은 꿉꿉하고 천장이 낮은 서재에서 많은 시간을 보냈다. 흰색 판벽은 곰팡이가 슬었고, 벽난로에는 화려하게 조각된 장식 선반이 달려 있고, 작은 창유리마다 덩굴식물의 그림자가 드리운 그 서재는 삼촌의 유서 깊은 가문이 남긴 온갖 기록과 유물로 가

---

*시드니 라이더(1833~1917)는 프로비던스의 서적상이자 수집가, 토머스 빅넬(1834~1925)은 교육자이자 로드아일랜드 공립학교 이사였는데, 둘 다 로드아일랜드와 프로비던스의 역사에 대한 논문 및 저서를 발표했다.

득했다. 베니핏 가에 있는 금단의 저택이 언급된 자료도 많았다. 그 저택은 삼촌의 집에서 그리 멀지 않았다. 법원 청사 바로 위편, 최초의 정착지가 건설되었던 가파른 언덕에 나 있는 길이 바로 베니핏 가였으니까.

내 머리가 어느 정도 굵자 삼촌은 내가 끈덕지게 보여 달라고 졸랐던 전승 자료를 드디어 읽게 해주었다. 실로 기이한 연대기였다. 대부분은 길고 지루한 통계학적 계보였으나, 그 속에 줄기차게 이어지는 음울하고 섬뜩하고 초자연적인 맥락을 발견하고 나는 삼촌보다 더욱 강한 흥미를 느꼈다. 겉보기에는 서로 아무런 관련도 없어 보이는 사건들과 정보들이 맞물리면서 무시무시한 어떤 가능성을 암시하고 있었다. 어린 시절에 멋모르고 품었던 호기심과는 다른 강렬한 호기심이 새롭게 끓어오르는 기분이었다. 곧이어 나는 대대적인 조사에 착수했고, 결국은 소름끼치는 탐사에 뛰어들었다가 파국을 맞고 말았다. 삼촌이 꼭 조사에 합류해야겠다고 우겨서 어느 날 밤 나와 함께 그 저택에 들어갔다가 살아 돌아오지 못한 것이다. 고상한 취향과 학식을 갖추고 명예롭고 고결한 삶을 살아오신 자애로운 삼촌이 곁에 없는 지금 나는 적적한 심경이다. 그분의 유골은 대리석 단지에 담아 에드거 앨런 포가 좋아했다는 세인트존스 공동묘지에 안장했다. 그곳은 언덕 위의 커다란 버드나무 숲 속에 숨어 있는 곳으로, 고색창연한 교회와 집들, 베니핏 가의 담장 사이에 무덤들과 묘석들이 조용히 옹송그리고 모여 있다.

그 저택의 복잡다단한 미로 같은 연대기를 살펴보면, 그 집을 지은 부유하고 고결한 가문이나 건축 당시의 과정에는 아무런 불길한 점도 없었다. 그런데도 그 저택에는 처음부터 재앙의 전조가 내재되어 있었던지, 곧 거듭되는 흉사가 이어졌다. 삼촌이 세심하게 정리해 둔 기록은 1763년 당시의 건물 구조부터 시작하여 매우 풍부한 세부 자료들을 토대로 이후의 변천 과정을 추적하고 있었다. 금단의 저택에 처음 거주했던 사람들은 윌리엄 해리스와 그의 아내 로비 덱스터, 그리고 그 부부의 자녀들인 1755년생 엘카나, 1757년생 애버게일, 1759년생 윌리엄, 1761년생 루스였다. 해리스는 서인도 무역에 몸담았던 유복한 상인이자 선원으로, 오버다이어 브라운과 그의 조카들이 세운 회사와 관계를 맺고 있었다. 1761년 오버다이어 브라운이 죽은 뒤 니컬러스 브라운 사社가 새로 창립되자 해리스는 프로비던스에서 조선된 120톤 쌍돛대 범선 프루든스 호의 소유주가 되었고, 그러자 결혼 이후 늘 꿈꿨던 새집을 지을 만한 경제력이 생겼다.

해리스가 선택한 집터는 더할 나위 없이 좋은 여건이었다. 번잡한 칩사이드 지역 위의 언덕을 따라 나 있는 최신식 거리인 백 가, 그중에서도 평탄 작업 공사가 막 끝난 구역이었다. 저택은 그러한 입지 조건을 최대한 활용해서 지어졌다. 적당한 비용으로 할 수 있는 최선을 다했고, 온 가족이 기대하던 다섯째 아이가 태어나기 전에 서둘러 새집으로 이사를 했다. 12월에 태어난 아이는 아들이었는데, 안타깝게도 사산아였다. 이후로 150년 동안 그 집에서 산 채로 태어난 아이는 한 명도 없다.

이듬해 4월 아이들이 시름시름 앓기 시작했고, 애버게일과 루스는 그달을 넘기지 못하고 죽었다. 다른 의사들은 단순히 기력이 쇠해서 죽은 것이라고 보았으나 잡 아이브스 의사는 소아 열병의 일종이라고 진단했다. 정확한 병명은 알 수 없어도 어쨌든 전염성 질환인 듯했다. 이어서 6월에 해나 보엔이라는 그 집 하녀가 사망했기 때문이다. 남은 한 명의 하인 엘리 리디슨은 계속 몸이 안 좋다고 하소연하다가 레호보스에 있는 아버지의 농장으로 돌아가기로 했으나, 새 하녀로 들어온 메이타벨 피어스에게 반하는 바람에 계속 그 집에 머물다가 이듬해에 사망하고 말았다. 그해에는 윌리엄 해리스마저도 세상을 떠났으니 실로 비통한 재앙의 연속이었다. 그의 사망 원인은 일 때문에 10여 년을 서인도제도의 마르티니크 섬에서 보낸 시절 그곳 기후가 몸에 안 맞아 쇠약해진 탓이라고 추측되었다.

아내인 로비 해리스는 남편을 잃은 충격에서 헤어나지 못했고, 2년 뒤 첫째 딸인 엘카나마저 사망하자 결정적인 타격을 입었다. 1768년부터 약한 정신 질환 증세를 보이더니 마침내는 몸져누워서 저택 2층을 벗어나지 못하는 신세가 되었다. 그래서 그때까지 미혼이던 로비의 언니 머시 덱스터가 식구들을 보살피러 왔다. 머시는 마른 체격에 강건하고 소탈한 여성이었으나, 저택에 들어온 다음부터 눈에 띄게 몸이 나빠졌다. 머시는 불행한 동생을 매우 헌신적으로 돌보았으며 딱 하나 남은 조카인 윌리엄을 애지중지 아꼈다. 하지만 태어날 때는 튼튼했던 윌리엄도 이제 허약하고 여윈 소년이 되어 있었다. 그해에 하녀 메이타벨이 죽었고, 다른 하인인 프리저브드 스미스는 집 안에서 찝찝한 냄새가 난다는 등 괴이쩍은 핑계를 대고 명확한 설명도 없이 훌쩍 떠나 버렸다. 그 뒤로 한동안 머시는 하인을 고용하지 못했다. 겨우 5년 만에 한 집에서 일곱 명이 죽고 한 명은 실성했으니, 근방에 흉흉한 소문이 퍼져서 일하겠다는 사람이 아무도 없었던 것이다. 그래도 어찌어찌 외지에서 새로운 하인들을 구할 수 있었다. 현재는 엑서터 구로 분리된 노스킹스타운에서 온 찌무룩한 성격의 하녀 앤 화이트, 그리고 보스턴 출신의 유능한 하인 지나스 로였다.

인근에 떠돌던 맥락 없는 뜬소문을 구체적인 괴담으로 번지게 한 장본인이 바로 앤 화이트였다. 머시는 좀 더 신중하게 하인을 골랐어야 했다. 앤 화이트가 살았던 누스넥힐 지역은 그때나 지금이나 온갖 꺼림칙한 미신이 팽배한 산간벽지다. 1892년에도 주민들의 평화와 안녕을 해치는 재앙을 막는답시고 묘지에서 시체를 파내서 심장을 불태우는 의식을 치른 곳이니, 1768년 당시에는 오죽했겠는가. 앤은 그야말로 악질적인 소문을 퍼뜨리고 다녔다. 머시는 한 달도 안 되어 앤을 해고하고 뉴포트 출신의 충직하고 싹싹한 마리아 로빈스를 새로 고용했다.

한편 실성한 로비 해리스는 끔찍한 악몽과 상상에 시달렸다. 차마 듣기 힘들 만큼 자지러지는 비명을 질러 대는가 하면 한참 동안 무시무시한 헛소리를 거듭하곤 했기에, 아들 윌리엄은 때때로 친척 펠레그 해리스의 집에 머물러야 했다. 신축된 대학 건물 근처에 있는, 장로교인들이 모여 사는 지역의 집이었다. 윌리엄이 펠레그의 집에 다녀올 때마다 건강이 좋아지는 걸 보고, 머시는 조카를 위하는 마음에 아예 그 집에서 계속 지내게 하는 현명한 조치를 취했다. 로비 해리스가 발작 중에 비명을 지르면서 어떤 말을 했는지는 자세히 전해지지 않는다. 사실로 받아들이기 힘든 황당무계한 이야기만 남아 있을 뿐이다. 프랑스어라고는 기초밖에 배운 적이 없는 사람이 유창하되 상스러운 프랑스어로 몇 시간을 내리 고함을 질렀다거나, 혼자 방 안에서 보호를 받고 있는데도 누군가가 자신을 노려보면서 살갗을 물어뜯고 씹어 댄다며 하소연을 했다고 하니, 터무니없게 들릴 수밖에 없는 이야기다. 1772년에는 하인 지나스가 죽었는데, 로비는 그 소식을 듣더니 전혀 그녀답지 않은 태도로 재밌어 죽겠다는 듯 깔깔 웃어 젖혔다고 한다. 로비는 이듬해에 사망했고 노스 공동묘지의 남편 곁에 묻혔다.

1775년 미국 독립전쟁이 발발했을 때, 윌리엄 해리스는 열여섯 살이라는 어린 나이와 허약 체질에도 불구하고 기어이 그린 장군 휘하의 정찰 부대에 입대했다. 그때부터 건강도 꾸준히 나아지고 명망도 세웠다.

1780년에 에인절 대령이 이끄는 뉴저지 주둔 로드아일랜드군 대위가 된 그는 엘리자베스타운 출신의 피비 헷필드를 만나 결혼했고, 다음 해에 명예제대해서 아내와 함께 프로비던스로 돌아왔다.

윌리엄의 귀환에도 불구하고 집안에 완전한 행복이 깃들지는 않았다. 저택의 상태는 여전히 좋았고, 백 가는 확장 공사가 끝나서 베니핏 가라는 이름의 탁 트인 대로로 바뀌어 있었다. 그러나 한때 원기 왕성했던 머시 덱스터는 기이할 만큼 쇠약해져 있었다. 몸은 애처롭고 구부정한 모습으로 변했고 안색은 파리해졌으며 목소리도 공허했다. 남은 한 명의 하녀인 마리아 역시 똑같은 증세를 보이고 있었다. 1782년 가을에 피비 해리스는 딸을 사산했고, 이듬해 5월 15일에는 머시 덱스터가 검소하고 이타적이고 후덕했던 생을 마감했다.

마침내 그 집이 사람에게 극도로 해로운 영향을 미친다고 확신한 윌리엄 해리스는 저택을 영구히 폐쇄하고 다른 곳으로 이주하기로 결정했다. 신장개업한 골든 볼 여관을 임시 거처 삼아 아내와 함께 머물면서, 그레이트 브리지 너머 번성하는 도심지에 위치한 웨스트민스터 가에 더 번듯한 새집을 지었다. 그 집으로 옮겨 가고 나서 1785년에 아들 듀티가 태어났고, 그곳에서 쭉 살다가 상업화의 물결에 밀려 다시 강 건너 언덕 너머에 새로 개발된 이스트사이드 주택지의 에인절 가로 이사를 갔다. 윌리엄의 후손 아처 해리스는 1876년에 그곳에 호화롭지만 꼴사나운 프랑스식 지붕의 저택을 짓기도 했다. 윌리엄과 피비 부부가 1797년 황열병으로 목숨을 잃자, 듀티는 펠레그의 아들 래스본 해리스가 맡아서 키웠다.

실리적인 사람이었던 래스본은 베니핏 가 저택은 비워 두라는 생전의 윌리엄의 당부를 무시하고 그 집에 세를 놓았다. 그는 듀티가 상속받을 재산을 최대한 늘려 주는 것이 후견인의 의무라고 여겼기에, 그 저택에서 그토록 많은 사람이 죽고 병에 걸렸다는 것도, 남들이 그 저택을 꺼림칙하게 여긴다는 것도 신경 쓰지 않았다. 1804년에 시의회에서 유황, 타르, 장뇌로 저택을 소독하라는 명령을 내렸을 때에도 래스본은 그저 성가시다고만 생각했을 것이다. 세입자 네 명이 사망한 일을 두고 논란 끝에 취해진 방침이었다. 시의회는 사망자들이 당시 수그러들던 유행성 열병에 감염된 것으로 추정했으며, 저택에서 전염병 특유의 악취가 난다고 경고했다.

듀티는 자신의 상속재산인 그 저택에 대해 별생각이 없었다. 그는 커서 사략선 선원이 되었고, 1812년 전쟁 때 카후니 선장의 비질런트 호에서 공훈을 세운 뒤 무사히 귀환했다. 1814년에 결혼을 했으며 이듬해에 한 아이의 아버지가 되었다. 웰컴이라는 아들이 태어난 9월 23일 밤에는 엄청난 강풍이 불어서 도시의 절반이 바닷물에 잠겼는데, 그때 커다란 범선 한 척이 웨스트민스터 가까이 떠내려와서 그 돛대가 듀티의 집 창문을 두들길 듯이 닿기도 했다. 마치 선원의 아들이 태어났음을 알리는 자연의 뜻인 것만 같았다.

웰컴은 1862년 프레더릭스버그 전투에서 명예롭게 전사함으로써 아버지보다 먼저 세상을 떠났다. 웰컴의 아들인 아처도 웰컴만큼이나 금단의 저택에 대해서는 아는 바가 별로 없었다. 1861년에 세입자가 잇달아 사망한 사건 이후로 곰팡이가 슬고 역겨운 악취가 나는 빈집이 되어 이제는 세를 놓을 수도 없는 애물단지라고만 알고 있었다. 세간의 관심은 온통 전쟁에 쏠려 있었기에 1861년의 사망 사건은 거의 잊혀졌다. 해리스 가문의 마지막 후손인 캐링턴 해리스도 그 저택을 으스스한 전설이 떠도는 폐가 정도로만 여겼다. 그는 그 저택을 철거하고 아파트를 지을 생각을 하고 있다가, 내가 조사 과정에서 겪은 일을 이야기해 주자 마음을 바꾸었다. 그는 저택에 수도 시설만 새로 설치해 세를 놓았고, 이후로는 세입자를 구하는 데 아무런 어려움도 없었다. 저택에 깃들어 있던 공포가 사라졌기 때문이다.

3

내가 해리스 가문의 연대기에 얼마나 큰 충격을 받았는지는 익히 상상이 갈 것이다. 초자연적이라고밖에 볼 수 없는 사악한 현상이 끈질기게 이어졌던 것은, 그 저택을 지은 해리스 가문이 아니라 저택 자체의 문제인 게 분명했다. 여러 잡다한 자료들—하인들의 괴담 채록집, 신문 기사 스크랩, 삼촌의 동료 의사들이 발급한 사망 진단서 사본 등을 읽으니 그런 심증은 더욱 굳어졌다. 그 내용을 여기서 전부 밝히기는 어렵다. 지칠 줄 모르는 고고학자였던 삼촌이 금단의 저택에 대해 수집한 자료의 양이 워낙 방대하기 때문이다. 그래도 다양한 출처에서 나온 이야기들 중 공통적으로 반복되는 핵심 몇 가지는 짚고 넘어갈 수 있다. 예컨대 하인들은 한결같이 입을 모아 모든 해악의 근원은 고약한 악취가 풍기는 세균투성이의 지하실이라고 했으며, 앤 화이트를 비롯한 몇몇 하인들은 지하실 부엌을 아예 쓰지도 않으려 했다는 것. 그리고 적어도 세 건의 문서에, 지하실의 곰팡이 얼룩과 나무뿌리가 인간의 형상이나 소름 끼치는 모양을 하고 있더라는 이야기가 담겨 있었다. 나는 어린 시절에 직접 경험했던 후자 쪽 이야기에 특히 끌렸다. 하지만 구전되는 과정에서 그 이야기에 통속적인 유령 민담이 섞이는 바람에 사건의 진짜 의미는 거의 묻혀 버린 듯했다.

엑서터 지방 특유의 미신에 빠져 있었던 앤 화이트는 가장 허황되면서도 한편으로는 가장 그럴듯한 이야기를 퍼뜨렸다. 앤은 저택 지하에 뱀파이어들이 묻혀 있는 게 틀림없다고, 산 사람의 피나 날숨을 빨아들여 육신을 유지하는 그 괴물들이 밤마다 특정한 형상을 취하거나 혼령이 되어 밖을 돌아다닌다고 주장했다. 그녀는 뱀파이어를 죽이려면 자신의 할머니 말마따나 땅속에서 그것을 꺼내 심장을 불태우거나 최소한 심장에 말뚝을 박아야 한다면서, 지하실 밑을 수색해야 한다고 끈덕지게 우기는 바람에 결국 해고되었다.

그러나 앤의 이야기는 파급 효과가 컸다. 실제로 저택의 터가 옛날에는 묘지였기 때문에 더더욱 쉽게 신뢰를 얻었다. 희한할 정도로 잘 맞아떨어지는 다른 근거들도 있었다. 예컨대 프리저브드 스미스라는 하인은 앤이 들어오기 전까지만 일했기에 그녀에 대해 들어 본 적도 없었는데, 밤마다 무언가가 자신의 '숨을 빨아들인다'고 토로한 적이 있었다. 1804년에 열병으로 사망한 사람들을 진단했던 채드 홉킨스라는 의사는 사망자 네 명 모두가 원인을 알 수 없는 혈액 부족 상태였다고 사망 진단서에 밝혀 놓기도 했다. 그리고 로비 해리스가 발광을 일으키며 내뱉었던 말 중에는 이빨이 뾰족하고 흐리멍덩한 눈동자를 한 반투명 존재가 자신을 괴롭힌다는 내용도 있었다.

나는 근거 없는 미신을 믿는 성격이 아닌데도 그 정보들에는 묘한 흥분을 느끼지 않을 수 없었다. 금단의 저택에서 사망한 사람들을 다룬 신문 기사 두 건을 읽고 나니 더더욱 그랬다. 하나는 1815년 4월 12일자 〈프로비던스 가제트 앤드 컨트리 저널〉, 하나는 1845년 10월 27일자 〈데일리 트랜스크립트 앤드 크로니클〉에 실린 기사였는데, 시기적으로 극히 동떨어진 두 기사에 나타난 섬뜩한 정황이 서로 놀라울 만큼 일치하고 있었다. 1815년에 사망한 온화한 노부인 스태퍼드, 1845년에 사망한 중년의 학교 교사인 엘리저 더피, 두 사람 모두 임종 직전에 흉악하게 돌변하여 멍한 눈동자로 의사를 노려보면서 목을 물어뜯으려 했다고 한다. 더욱 희한한 일은 저택의 임대가 중단되는 결정적인 계기가 되었던 사건이었다. 진행성 정신 질환에 걸린 환자가 다분히 교묘한 방법으로 자기 친척들의 목 또는 손목을 절개하여 살해하려 했고, 이후에 그 친척들이 빈혈 증상으로 사망한 일이었다.

그 마지막 사건은 1860년에서 61년 사이에 일어났다. 당시 막 병원을 개업했던 삼촌이 그 사건을 알게 된 것은, 선배 의사들이 그에 대해 많은 이야기를 했기 때문이었다. 삼촌이 가장 납득할 수 없는 점은 피해자들이 프랑스어로 주절주절 악담을 늘어놓았다는 것이었다. 고약한 악취가 나는 데다 대대적인 기피 대상이 된 이후로 그 저택에 세 든 사람들은 교육 수준이 낮은 하류 계층밖에 없었으니, 피해자들은 다들 프랑스어라고는 한마디도 배워 본 적이 없었을 터였다. 100년 전에 같은 증상을 보였다는 로비 해리스와 연관되는 일 같았다. 어쨌거나 그 후 삼촌은 전쟁에 참전했고, 귀환하고 얼마 뒤에 당시 피해자들을 진단했던 체이스 박사와 휘트마시 박사를 직접 만나 경험담을 전해 들었다. 그리고 크게 놀란 나머지 저택의 역사에 대한 자료 수집 작업에 착수하게 된 것이다. 삼촌이 그 저택을 매우 진지하게 연구하고 있다는 것을 옆에서 지켜보는 나도 알 수 있었다. 남들 같으면 웃어넘겼을 그 연구 대상에 내가 열린 마음으로 관심을 보이자, 삼촌은 기뻐하면서 그와 관련된 문제들을 나와 상의하게 되었다. 그래도 삼촌은 나처럼 멀리까지 생각을 밀어붙이지는 않았다. 다만 그 저택이 무한한 상상력을 자극하는 원천이며, 특히 그로테스크하고 으스스한 예술을 추구하는 자들이 영감을 얻을 만하다고 여겼다.

한편 나는 그 저택의 문제를 매우 심각하게 받아들였기에, 즉시 각각의 증거를 재검토하고 더 많은 정보 수집에 나섰다. 당시 저택의 소유주였던 연로한 아처 해리스에게도 연락을 취해서 그가 1916년에 사망하기 전까지 많은 이야기를 나누었고, 현재도 생존해 있는 앨리스라는 그의 미혼의 여동생에게도 삼촌이 정리해 둔 해리스 가문 자료 전체를 보여 주며 사실 확인을 받기도 했다. 그러나 그 저택이 프랑스나 프랑스어와 무슨 관련이 있냐는 질문에는 그들도 나만큼이나 영문을 몰라 당혹해할 따름이었다. 아처는 정말 아무것도 몰랐고, 앨리스 해리스는 조부인 듀티 해리스가 들었다던 옛날이야기가 약간의 실마리가 될 수도 있겠다는 말을 했다. 듀티는 아들인 웰컴이 전사하고 2년 뒤에 사망할 때까지, 저택에 얽힌 전설에 대해서는 전혀 몰랐다. 그러나 어린 시절 그를 돌보아 주었던 하녀 마리아 로빈스가 들려준 이야기는 기억하고 있었다. 마리아는 1769년에 고용되어 1783년 가족이 이사를 나갈 때까지 쭉 그 저택에서 일했고, 로비 해리스와 머시 덱스터의 임종도 지켜보았다. 마리아는 로비가 발작을 일으키면서 프랑스어로 헛소리를 했던 일의 내막을 조금 알고 있었으며, 머시가 숨을 거둘 때 벌어진 어떤 기묘한 사건도 목격했다고 한다. 듀티는 그 이야기를 마리아에게 들었지만 하도 어릴 때의 일이라서 구체적인 내용은 다 잊어버리고 그런 일이 있었다는 것만 손녀 앨리스에게 들려주었다는 것이었다. 앨리스와 아처 남매보다는 아처의 아들이자 저택의 현 소유주인 캐링턴이 내 말에 더 큰 관심을 보였다. 이후에 나는 저택 탐사에서 겪은 일을 캐링턴에게 말해 주었다.

해리스 가족에게서 얻을 수 있는 정보를 모두 얻은 후에, 나는 마을의 옛 기록과 문서들 쪽으로 관심을 돌렸다. 삼촌이 수집했던 것보다 더 결정적인 자료를 찾고자 했다. 내가 원한 것은 1636년 이곳에 최초의 정착민들이 들어섰을 당시의 포괄적인 역사였다. 필요하다면 원주민이었던 내러갠싯 부족의 역사까지 알아볼 생각이었다. 우선은 그 저택의 터가 원래 존 스록모턴이라는 사람이 소유했던 길쭉한 토지의 일부였음을 알아냈다. 강가의 타운 가에서 시작해 오늘날의 호프 가와 대략 일치했던 스록모턴의 토지는 나중에 여러 구획으로 분할되었는데, 나는 그중 백 가와 베니핏 가 구역의 역사를 면밀히 파고들었다. 알아보니 그곳은 전설의 내용대로 스록모턴 가문의 무덤들이 있던 땅이 맞았다. 기록을 더 찬찬히 살펴보니 그 무덤들은 퍼터킷웨스트 가의 북부 공동묘지로 이장되었다고 나와 있었다.

그러다가 별안간 몹시 흥미로운 정보를 발견했다. 기록에서 중요한 맥락이 아니라서 자칫 놓칠 뻔했는데, 저택 역사의 여러 부분들과 절묘하게 맞아떨어지는 단서였다. 1697년에 스록모턴이 토지의 작은 구역을 에티엔 룰레라는 프랑스인과 그 아내에게 임대했다는 내용이었다. 마침내 프랑스와 관련된 요소가 등장한 것이다. 게다가 에티엔 룰레라는 이름도 낯설지 않았다. 이전에 잡다한 자료들을 읽으면서 언뜻 본 기억이 났는데 어쩐지 공포스러운 구석이 있었다. 1747년부터 1758년에 걸쳐 그 토지 일부가 평평하게 닦여 백 가가 들어섰는데, 그 이전에는 그곳이 어떤 곳이었는지를 조사해 보았다. 그러자 반쯤은 예상했던 결과가 나왔다. 현재 금단의 저택이 서 있는 터는 룰레 가족의 묏자리였던 것이다. 당시에 그곳은 다락방 딸린 1층짜리 오두막집의 뒤뜰이었고, 거기에 묻힌 룰레 가족의 묘가 이후에 다른 데로 이장되었다는 기록은 없었다.

룰레가 살았던 땅에 대한 기록은 말미가 무척 애매모호했기에 나는 로드아일랜드 역사 협회와 셔플리 도서관의 자료까지 샅샅이 뒤지고 나서야 에티엔 룰레라는 인물에 대한 구체적인 정보를 얻을 수 있었다. 그리고 무시무시한 진실을 어렴풋하게나마 깨닫고야 말았고, 즉각 금단의 저택 지하실을 철저하게 조사해야겠다고 작정했다.

룰레 가문은 내러갠싯 만의 서쪽 해안가인 이스트그리니치 지역에서 살다가 1696년에 프로비던스로 건너왔다. 그들은 프랑스 코드 출신의 위그노 교도*였는데, 프로비던스에 정착 허가를 받기까지 주민들의 많은 반대에 부딪혔다. 그들이 낭트 칙령이 폐지된 후 1686년에 이스트그리니치로 망명해서 살았을 당시 그곳 이웃들의 그들에 대한 평판이 극히 안 좋았다는 풍문이 돌았기 때문이었다. 물론 인종적 국가적 편견도 작용했을 테고, 앤드로스 총독조차 가라앉힐 수 없을 만큼 극심했다는 프랑스인 정착민과 영국인 정착민 사이의 영토 분쟁도 한몫했을 테지만, 소문에 의하면 룰레 가문이 그곳 사람들의 혐오를 샀던 진짜 원인은 따로 있었던 모양이다. 그래도 워낙 열렬한 기독교 가족이었고(혹자들은 지나치게 열렬하다고 수군거렸다), 이전 마을에서 사실상 쫓겨나다시피 한 처지였기에 프로비던스 원로들의 동정표를 받았다. 그래서 룰레 가족은 이곳에서 겨우 안식처를 꾸릴 수 있었다. 가무잡잡한 피부의 에티엔 룰레는 괴상한 책을 읽고 괴상한 기호를 그리는 일을 좋아하는, 농사일에는 어울리지 않는 사람이었다. 그래서 타운 가에서 남쪽으로 멀리 떨어진 파든 틸링해스트 부두의 창고에서 사무직으로 일했다.

---

*16세기 종교개혁으로 일어난 프랑스의 프로테스탄트 칼뱅파 교도를 지칭한다. 프랑스에서 많은 탄압을 받았고, 1598년 낭트 칙령으로 신앙의 자유를 보장받았으나, 1685년 루이 14세가 칙령을 폐지함으로써 많은 위그노 교도들이 해외로 망명했다.

그런데 40년쯤 뒤 그가 사망하고 나자 어떤 계기로 인해 주민들이 룰레 가족을 상대로 집단 린치를 가해서 살해했다. 이후로 그 가문의 소식은 알려진 바가 없었다.

뉴잉글랜드의 평화로운 항구도시 프로비던스에 룰레 가문이 몰고 왔던 소동이 얼마나 강렬했던지, 100년이 넘도록 주민들의 입에 오르내리며 화젯거리가 되었다. 특히 에티엔의 아들이었던 무례한 청년 폴이 온갖 추측의 중심인물이었다. 룰레 가족에 대한 집단 린치 역시 폴의 별난 행동 때문이었다. 다른 청교도주의 지역들과 달리 프로비던스는 마녀라든가 이교도에 대해 극성스러운 공포를 품은 곳이 아니었지만, 폴이 기독교인답지 않게 이상한 시간대에 이상한 우상을 향해 기도를 올리더라는 이야기가 노부인들 사이에서 곧잘 언급되곤 했다.

마리아 로빈스가 알고 있었다는 전설의 근간이 바로 이 내용이었을 것이다. 그러나 로비 해리스를 비롯한 금단의 저택 사람들이 프랑스어로 발작을 일으켰던 현상과 룰레 가문 사이에 정확히 어떤 연관이 있는지는 여전히 알 도리가 없었다. 상상력을 동원하거나 더 본격적으로 조사를 해보는 수밖에 없었다.

광범위한 자료들을 검토하던 중 또 다른 연결고리가 되는 자료를 발견할 수 있었다. 저택에 얽힌 전설을 들어 본 사람들 중 그 자료의 내용까지 알고 있는 사람은 과연 얼마나 될까. 음산한 공포의 연대기에 포함되는 그 자료에는, 1598년 프랑스 코드 지역에서 자크 룰레라는 사람이 악마에 씌었다는 혐의로 화형 선고를 받았는데, 이후에 파리 의회가 형 집행을 취소하고 그를 정신병원에 격리했다고 쓰여 있었다. 자크 룰레는 숲 속에서 한 소년이 늑대 두 마리에 의해 갈가리 찢겨 죽은 사건으로 체포되었다. 사건 직후 늑대 두 마리 중 하나가 도망치는 장면이 목격되고 나서 자크 룰레가 온몸에 사람의 살점과 피를 뒤집어쓴 채 발견되었기 때문이다. 룰레라는 성과 코드라는 지역까지 일치하니, 자크 룰레는 프로비던스로 온 룰레 가족의 선조가 틀림없었다. 하지만 프로비던스 사람들 대부분은 자크 룰레에 대한 정보까지는 잘 몰랐던 것으로 보였다. 만약 알았더라면 진작에 겁에 질려서 무슨 과감한 조치를 취했을 테니까. 어쩌면 뒷소문으로만 은근히 전해지던 그 이야기가 나중에야 번져서 룰레 가족을 살해하는 폭력 사태로까지 치달았던 게 아닐까?

그즈음 나는 금단의 저택을 더 자주 찾게 되었다. 정원의 해괴망측한 식물들을 연구하고, 건물의 벽을 전부 살펴보고, 지하실을 구석구석 조사했다. 그러다가 나는 캐링턴 해리스에게 베니핏 가로 곧장 이어지는 지하실 문의 열쇠를 달라고 부탁했다. 매번 저택의 현관문과 1층 복도와 어둑한 계단을 거쳐서 지하실로 가는 게 번거로워 밖에서 곧바로 들어가고 싶었기 때문이다. 열쇠를 얻은 나는 병적인 분위기가 가장 짙게 맴도는 그곳을 며칠에 걸쳐 샅샅이 수색했다. 오후에만 갔기에 지상 쪽의 거미줄투성이 창문을 통해 햇살이 들어왔고, 바로 1, 2미터 너머 잠기지 않은 문 밖에 평온한 인도가 있다고 생각하면 안전하다는 기분이 들었다. 그러나 애써 조사한 보람은 없었다. 예전처럼 음울하고 퀴퀴한 곰팡내, 엷게 남아 있는 해로운 악취, 바닥에 남은 초석 얼룩만 발견할 수 있었다. 깨진 유리창 밖으로 내 모습이 다 보였을 테니, 아마 많은 행인들이 호기심에 나를 지켜보았으리라.

결국은 삼촌의 제안을 받아들여 밤 시간에 그곳을 조사해 보기로 했다. 나는 어느 폭풍우 치는 날 한밤중에 지하실로 들어가, 희미한 빛을 발하는 징그러운 균류와 곰팡이가 잔뜩 자라난 바닥을 손전등으로 비추면서 수색을 했다. 그날따라 묘하게 맥이 빠지는 느낌이었고, 어린 시절에 보았던 것과 똑같은 웅크린 사람 형상의 희끄무레한 얼룩을 발견했을 때도 심드렁했다. 그런데 그 얼룩이 점점 뚜렷해지더니 거기서 가늘고 누리끼리한 증기까지 올라왔다. 오래전 비 오는 날 오후에 나를 깜짝 놀라게 했던 바로 그 현상이었다.

살짝 빛이 나는 그 메스꺼운 증기는 축축한 공기 속에서 흔들리다가, 점차 희미하고도 충격적인 형태를 갖추었다. 그런 후 뿌옇게 옅어지며 커다랗고 시커먼 굴뚝 속으로 들어가 버리고는 악취만 남겼다. 정말로 소름 끼치는 광경이었다. 그 장소의 내력을 알고 있는 내게는 더더욱 무시무시하게 보였다. 나는 달아나지 않고 증기가 사라질 때까지 지켜보았는데, 그것이 보이지 않는 눈동자로 나를 탐욕스럽게 바라보는 느낌마저 들었다.

내 이야기를 듣고 삼촌은 크게 흥분했다. 삼촌은 이 사안의 중대함과 그에 대한 우리의 역할을 심사숙고한 끝에 명확하고도 극단적인 결정을 내렸다. 저택에 도사리고 있는 공포의 근원을 파헤치고 가능하다면 그것을 파괴까지 하기로. 그러려면 우리는 곰팡이와 균이 득시글거리는 지하실에서 하룻밤 이상 불침번을 서야만 했다.

4

1919년 6월 25일 수요일에 삼촌과 나는 접의자 두 개, 간이침대 한 개, 그리고 무겁고 복잡한 과학 장치를 금단의 저택으로 옮겼다. 캐링턴 해리스에게도 사전에 얘기는 해두었지만 거기서 무엇을 발견하려 하는지는 자세히 말하지 않았다. 그렇게 낮 동안 지하실에 물품들을 들여놓고 창문들을 종이로 가리는 등 사전 준비를 한 다음, 그날 저녁 다시 와서 첫 불침번을 서기로 했다. 그리고 지하실의 지상 쪽 문을 단단히 잠갔다. 남몰래 엄청난 비용을 들여서 산 질 좋은 기구를 그곳에 놔둬야 하기 때문이었다. 우리의 계획은 아주 늦게까지 함께 깨어 있다가 두 시간 간격으로 번갈아서 잠을 자는 것이었다. 처음에는 나, 다음에는 삼촌 순으로 날이 밝을 때까지 망을 보고, 잠을 자는 쪽은 간이침대에서 쉬기로 했다.

타고난 통솔력을 발휘해 브라운 대학 실험실과 크랜스턴 가 병기 공장에서 장비들을 구해 온 삼촌은, 우리 탐사의 방향을 직관적으로 제시해 주었다. 여든한 살의 그 노인에게 얼마나 많은 활력과 원기가 잠재되어 있었는지 짐작할 수 있지 않은가? 의사로서 강조했던 위생적인 생활 규칙을 스스로 철저히 지키면서 살아온 분이었으니, 이후에 일어난 사고만 아니었다면 지금도 정정하게 살아 계셨을 것이다. 이제 사건의 진상을 알고 있는 사람은 나 외에는 캐링턴 해리스뿐이다. 그는 저택의 주인이기에 마땅히 모든 사실을 털어놓아야 했고, 한편으로 나는 삼촌이 사라져 버린 상황을 대외적으로 해명할 방법을 그를 통해 찾고 싶기도 했다. 내 이야기를 들은 캐링턴은 안색이 창백하게 질리긴 했지만 도와주겠다고 약속했으며, 이제는 저택을 세 놓아도 괜찮다는 내 말도 믿어 주었다.

나는 비 오는 한밤중에 불침번을 서면서도 전혀 불안하지 않았다는 허세를 부리고 싶지는 않다. 하지만 누차 말했듯이 우리는 결코 유치하거나 미신적인 자세로 임하지 않았다. 어디까지나 과학적인 연구와 성찰의 자세로, 지금껏 알려진 3차원의 세상은 물질과 에너지로 이루어진 우주 전체에서 극히 일부분에 불과하다는 전제에서 생각했을 뿐이다. 인간의 관점에서는 사악하게 보이는 막강한 힘이 그 저택에 오랫동안 발현되었다는 사실이 밝혀졌고, 그에 대한 신뢰성 있는 증거들도 많이 발견되었으니까. 그러므로 우리가 뱀파이어나 늑대 인간을 믿었다고 거칠게 일반화하지 말았으면 한다. 그보다는 지금껏 알려지지 않았던, 약화된 물질의 일종이나 변종 생명체의 존재 가능성을 부정하지 않았다고 해야 정확하다. 그러한 존재는 다른 차원과 더 긴밀히 연결되어 있기에 3차원 공간에서는 발견될 확률이 희박하지만, 우리 차원의 경계에 걸쳐 있어서 이따금씩 인간 앞에 출현하기도 한다고 가정할 수 있다. 인간은 그러한 현상을 적절한 관점에서 조망할 능력이 없기 때문에 그게 뭔지 영영 이해하지 못하겠지만.

요컨대 삼촌과 나는 금단의 저택에 초자연적인 현상이 일어나고 있음을 뒷받침하는 명백한 증거들이 있다고 여긴 것이다. 그 현상은 200년 전 그곳에 정착한 프랑스인 가족에게서 비롯되어, 알려지지 않은 원자와 전자의 법칙에 따라 여전히 발생하고 있는 것이 분명했다. 룰레 가문이 일반인들에게 공포와 혐오감을 불러일으키는 어떤 암흑의 영역과 관련되어 있었다는 사실은 여러 기록들에 잘 밝혀져 있었다. 그렇다면 룰레 가문의 몇몇 사람들, 특히 섬뜩한 인물이었다는 폴 룰레는 1730년대에 린치를 당했을 때 뇌에 어떤 물리적 변화가 발생했던 것이 아닐까? 그래서 주민들이 그토록 광적으로 싫어했던 룰레 가문의 힘은 그들이 살해당하고 시신이 암매장된 뒤에도 계속 유지되어서 다차원 공간 속에서 작동하고 있는 것이 아닐까? 우리는 그런 의문을 품었던 것이다.

상대성 이론이나 원자 내 동작 등 최신 과학 이론으로 보더라도 그러한 현상은 물리학적으로나 생화학적으로나 불가능한 일이 아니었다. 지금까지 알려지지 않은 물질 혹은 에너지의 핵이 존재하며, 그것이 동물의 생명력이나 조직 및 체액을 감지 불가능한 방식으로 빼앗아 자신을 유지한다고 가정할 수 있었다. 그것이 때로 숙주 동물에게 침투해 그 구조에 완전히 병합될 가능성도 있었다. 그것의 활동은 인간에 대한 능동적인 적대 활동일 수도 있고, 자기 보존 본능에 따른 단순한 움직임이라고 볼 수도 있었다. 어느 쪽이든 간에 그러한 괴물은 필연적으로 우리의 체계에 반하는 변칙이자 침입자이므로, 인류의 삶과 건강과 정신적 안녕을 위해 반드시 없애야 마땅했다.

당혹스러웠던 점은 우리가 상대할 괴물이 어떤 모습일지 전혀 모른다는 것이었다. 대부분의 사람들은 본 적조차 없었고, 본 사람들도 그것의 모습을 분명하게 지각하지 못했기 때문이었다. 물질을 벗어난 순수한 에너지 형태일 수도 있고 아니면 일부만 물질로 이루어져 있을 수도 있었다. 후자의 경우라면 고체, 액체, 기체, 입자가 매우 희박한 형태에 이르기까지 자유자재로 변화하는 불분명한 가소성 물질일 수도 있었다. 바닥의 곰팡이 얼룩도, 노르스름한 증기도, 옛날이야기에 등장하는 구부러진 나무뿌리도, 모두 조금씩 인간의 형상과 연관이 있다는 것까지는 명백했다. 하지만 괴물이 대표적으로 혹은 영속적으로 취하는 형상이 무엇일지는 모르는 상태였다.

우리는 괴물과 싸울 무기 두 가지를 고안해 냈다. 하나는 특수 제작된 대형 크룩스관*으로, 강력한 축전지로 작동되며 스크린과 반사경이 장착되어 있었다. 괴물이 특정한 형체가 없어서 매우 밝고 파괴적인 기체 발광으로만 처치할 수 있는 경우를 대비한 것이었다. 그리고 괴물이 일부라도 물질로 이루어져 있다면 물리적으로 파괴해야 할 테니, 그를

---

*압력이 극히 낮은 기체를 봉한 진공방전관의 한 종류. 전기장을 부여하면 방전이 일어나서 형광성 빛을 낸다.

위해 1차 대전에서 사용된 종류의 군용 화염방사기도 준비했다. 만약 엑서터 지방의 미신에 나오듯이 괴물에게 심장이 있다면 화염방사기로 불태워 없앨 셈이었다. 우리는 그 무기들을 지하실에 세심하게 배치해 놓았다. 간이침대와 의자에 가까운 위치에, 이상한 형상이 피어났던 곰팡이 얼룩이 있는 벽난로 쪽을 겨누는 방향으로. 그런데 문제의 그 곰팡이 얼룩은 이제 잘 보이지도 않을 만큼 희미해져 있었다. 우리가 장비들을 가지고 왔을 때에도, 저녁에 불침번을 서러 왔을 때에도 희미하기는 마찬가지였다. 지난번에 내가 그토록 또렷하게 보았던 게 혹시 착각이 아니었을까 의심스럽기까지 했지만, 지하실에 얽힌 여러 전설들을 떠올리며 마음을 다잡았다.

지하실 불침번은 서머타임 기준으로 밤 10시부터 시작되었다. 시간이 지나도 별다른 일은 일어나지 않았다. 바깥의 빗줄기 사이로 새어 드는 미약한 가로등 불빛과 바닥에서 자라난 징그러운 균류의 희미한 인광이 실내를 밝혀 주고 있었다. 백색 도료가 죄다 지워진 벽은 습기로 흠뻑 젖어 있었고, 해괴한 균류와 흰 곰팡이가 잔뜩 앉은 눅눅한 흙바닥에서는 악취가 진동했다. 스툴, 의자, 테이블, 그 외의 가구들의 잔해, 위층 바닥을 떠받치는 천장의 커다란 판자들과 기둥들, 지하의 다른 창고와 방으로 이어지는 노후한 판자문, 다 무너져 가는 돌계단과 나무 난간 등이 보였다. 엉성한 벽난로의 시커멓게 그을린 벽돌과 휑뎅그렁하게 입을 벌린 아궁이도 보였고, 녹슬고 부서진 걸쇠, 장작 받침쇠, 쇠꼬챙이, 갈고리, 가마솥 등도 굴러다녔다. 그 한가운데에 우리가 가져온 소박한 간이침대, 접의자, 육중하고 복잡한 무기가 놓여 있었다.

나 혼자 조사하러 왔을 때와 마찬가지로 바깥 거리로 통하는 문의 자물쇠는 풀어 두었다. 만약 우리 힘으로 도저히 감당할 수 없는 위기가 닥친다면 그쪽으로 탈출하는 편이 빠르고 효율적일 테니까. 밤마다 거기서 계속 죽치고 있다 보면 저택에 도사리고 있는 사악한 실체가 반드시 나타나리라 보았고, 그 존재를 판별해 내는 즉시 우리가 가져온 무기로 처치할 작정이었다. 그러나 괴물을 불러내고 파괴하기까지 얼마나 오랜 시간이 걸릴지는 알 수 없었다. 게다가 괴물이 어떤 힘을 가지고 있을지도 전혀 모르니 매우 위험천만한 모험이었다. 하지만 외부에 도움을 청해 봤자 비웃음만 살뿐더러 계획 전체가 틀어질 수도 있었기에 우리는 주저하지 않고 단둘이서만 작전에 임하기로 한 것이었다. 그만한 위험을 무릅쓸 가치가 있다고 여겼고, 그러한 마음가짐으로 대화를 나누면서 밤늦게까지 깨어 있었다. 그러다가 삼촌이 졸려 하기에 먼저 두 시간 정도 주무시게 했다.

깊은 밤중에 혼자 거기 앉아 있으려니 공포가 스멀스멀 올라왔다. 잠자는 사람 옆에서 깨어 있다는 건 혼자 있는 셈이나 마찬가지다. 누군가와 함께 있지만 실은 함께가 아닌 것이다. 삼촌은 숨을 거칠게 몰아쉬고 있었다. 무겁게 들이쉬고 내쉬는 숨소리가 밖의 빗소리와 뒤섞였고, 이따금씩 집 안 어딘가에서 물이 똑똑 떨어지는 소리가 들려와서 신경에 거슬렸다. 건조한 날에도 기분 나쁠 만큼 꿉꿉한 저택에 심지어 폭우가 쏟아지는 날 들어와 있으니, 마치 늪지대에 있는 것만 같았다. 균류가 발하는 인광과 종이로 가려 놓은 창문으로 새어 드는 어슴푸레한 가로등 불빛에 의지해 낡고 허름한 석벽을 살펴보니, 역겨워서 욕지기가 올라왔다. 그래서 문을 열어젖히고 바깥의 길거리를 이리저리 둘러보면서 친숙한 풍경과 맑은 공기를 즐겼다. 그때까지는 아무 일도 일어나지 않았다. 두려움보다 피로감이 더 짙어지면서 자꾸만 하품이 나왔다.

그때 잠을 자던 삼촌이 유난히 불편해하는 기색을 알아차렸다. 잠에 든 지 약 30분째부터 계속 몸을 뒤척거리긴 했지만, 이제는 호흡까지 불규칙적으로 변한 데다가 숨이 막히는 듯한 신음에 가까운 한숨을 토해 내는 것이었다. 어디 아프신가 싶어서 손전등을 비추어 보았으나 삼촌은 얼굴을 반대편으로 돌리고 있었다. 그래서 나는 의자에서 일어나 침대 맞은편으로 건너가서 다시금 손전등을 비추었다. 그리고 눈앞에 펼쳐진 광경을 보고 엄청난 불안감에 사로잡혔다. 딱히 대단한 일도 아니었는데 그렇게까지 놀랐던 걸 보면, 주변 환경과 우리의 임무가 워낙 불길하다 보니 약간의 이상 사태에도 겁을 먹은 듯하다. 내가 본 장면 자체는 무섭지도 기괴하지도 않았다. 단지 삼촌의 얼굴 표정이 무척 뒤숭숭했을 뿐이었다. 상황이 상황이다 보니 삼촌답지 않게 악몽에 시달려 동요하는 듯했다. 평소 늘 점잖고 상냥하고 차분한 표정만 짓던 삼촌이 온갖 다양한 감정에 사로잡혀 허우적거리고 있었다. 무엇보다 바로 그 다양한 감정이 나를 불안하게 했던 것 같다. 점점 더 심하게 동요하며 헐떡거리고 몸부림치다가 급기야 눈을 퍼뜩 치켜뜬 삼촌의 모습은 한 사람이 아니라 마치 여러 인격이 뒤섞인 것처럼 보였으며, 삼촌이 아닌 누군가 다른 사람처럼 느껴졌다.

게다가 별안간 잠꼬대를 하기 시작했는데 입과 치아의 모양이 영 꺼림칙했다. 처음에는 무슨 말을 하는지 알아들을 수 없었는데, 이윽고 그게 프랑스어라는 사실을 깨닫고 가슴이 철렁 내려앉았다. 하지만 삼촌은 방대한 학식을 쌓은 분이며 《르뷔 데 되 몽드》지의 인류학 및 고고학 관련 기사들을 숱하게 번역한 적도 있다는 사실이 떠올라 겨우 마음이 진정되었다. 덕망 높은 엘리후 휘플 박사가 중얼거리는 프랑스어 중에서 내가 알아들은 몇 구절은 그분이 번역했던 그 유명한 프랑스 잡지에 나온 음산한 신화들과 연관이 있는 것 같았다.

삼촌의 이마에 땀이 맺히더니 비몽사몽간에 몸을 벌떡 일으켰다. 뒤죽박죽인 프랑스어로 중얼거리던 말은 멈추고 영어로 "내 숨, 숨!" 하면서 쉰 목소리로 비명을 내지르고는, 얼굴 표정이 차차 정상으로 돌아오면서 잠에서 완전히 깨어났다. 삼촌은 내 손을 꽉 잡고서 꿈의 내용을 이야기해 주었다. 그게 어떤 의미인지 나로서는 두려움에 젖어 짐작만 할 따름이었다.

삼촌은 지극히 평범한 꿈을 꾸다가 언젠가부터 듣도 보도 못한 기이한 장면으로 넘어갔다고 했다. 이 세상의 풍경 같으면서도 한편으로는 아닌 듯한 느낌이었다고, 분명 친숙한 것들이었으나 매우 낯설고 당황스러운 조합으로 나타났다고 했다. 기하학적 구조가 온통 뒤죽박죽이었다며, 이미지들이 여러 겹으로 어지럽게 겹쳐지면서 시공간의 근본이 분해되어 극도로 비논리적인 방식으로 뒤섞인 것만 같았다고 했다. 그러한 만화경 같은 환상의 소용돌이 속에서 유난히 선명하면서도 정체를 알 수 없는 이미지들이 종종 스냅숏처럼 튀어나왔다고 했다.

한 장면에서는 자신이 엉성하게 파놓은 구덩이 같은 데에 누워 있고, 헝클어진 머리에 삼각 모자를 쓴 사람들이 험상궂은 얼굴로 자신을 내려다보았다고 했다. 그리고 또 한 장면은 어느 예스러운 저택 안이 배경이었는데 거기에 있는 물건이나 사람이 끊임없이 바뀌었다고, 문이며 창문이 움직이는 물체처럼 계속 변해 사람이나 가구는커녕 방 자체조차 확실히 알아볼 수 없어서 정말로 희한한 느낌이었다고 했다. 또한 내가 안 믿을 거라고 생각하는 듯 겸연쩍은 투로 말하기를, 그 이상한 얼굴들이 분명 해리스 가문 사람들의 이목구비를 닮았더라는 것이었다. 그리고 꿈을 꾸는 내내 마치 어떤 존재가 자기 몸에 침투해서 생명 기능을 빼앗아 가는 듯해서 숨이 막히는 기분이었다고 털어놓았다. 81년 동안 끊임없이 작동해서 노쇠해진 삼촌의 신체가 젊고 튼튼한 사람도 이겨 내기 힘든 가공할 미지의 힘과 맞서 싸웠다고 생각하니 소름이 끼쳤다. 하지만 어떻게 보면 그저 꿈일지도 몰랐다. 삼촌의 머릿속이 저택 조사 와 그 결과에 대한 생각으로 꽉 차 있었던 탓에 꾼 불안한 악몽일지도.

삼촌과 대화를 나누다 보니 점차 초조감이 가라앉았다. 이윽고 참을 수 없이 졸음이 밀려와 이번에는 내가 눈을 붙이겠다고 했다. 삼촌은 악 몽 때문에 예정된 두 시간보다 훨씬 일찍 깨버렸는데도 정신이 말짱해 보였고, 기꺼이 나 대신 불침번을 서주겠다고 했다. 나는 금세 곯아떨어 졌지만 잠에 들자마자 지독한 악몽이 찾아왔다. 막막하고 심원한 고독 에 빠져드는 꿈이었다. 사방에서 나를 향한 적의가 느껴졌고, 나는 감 옥에 갇히고 꽁꽁 묶이고 재갈까지 물린 채로 멀찍이서 내 피를 탐내는 자들의 조롱하는 아우성을 듣고 있었다. 그리고 삼촌의 얼굴이 가까이 다가왔는데 평소와는 달리 불쾌한 느낌이었다. 아무리 몸부림을 치고 비명을 질러 보려 해도 소용없었다. 잠시 후 나는 웬 찢어지는 비명 소 리에 퍼뜩 잠에서 깼다. 그 사나운 꿈에서 빠져나온 게 너무나도 다행스 럽게 느껴졌다. 그런데 눈을 떠보니, 내 앞에 비현실적일 만큼 선명하고 생생한 어떤 광경이 펼쳐져 있었다.

5

나는 삼촌이 앉은 의자를 등지고 누워 있었다. 그래서 화들짝 놀라 눈을 떴을 때는 거리로 나 있는 문과 창문, 그리고 북쪽 벽과 바닥과 천 장만 보였다. 그런데 균류의 인광이나 바깥의 가로등 불빛보다 더 밝은 어떤 빛이 비치고 있어서 모든 사물이 기괴할 만큼 선명하게 인식되었다. 사실 별로 강한 빛은 아니었다. 나와 침대의 그림자를 바닥에 드리울 정도는 되지만, 책을 읽기는 힘든 어렴풋한 빛이었다. 그런데 사방에서 그 빛보다 더 강한 어떤 기운이 속속 파고드는 기분이 들었다. 귓전에는 어마어마한 비명이 쟁쟁 울리고 코는 진동하는 악취로 문드러질 듯했으니 시각 외의 감각은 마비되다시피 한 셈이었는데도, 그 강렬한 기운만큼은 또렷하게 감지할 수 있었다. 감각만큼이나 예민하게 날이 선 내 정신은 이 상황이 극히 비정상적임을 깨달았다. 그래서 나는 거의 반사적으로 벌떡 일어나서, 벽난로 앞의 곰팡이 얼룩 쪽을 겨누도록 배치했던 무기들을 움켜쥐려고 몸을 돌렸다. 그 순간에도 나는 저쪽에서 대체 무슨 일이 벌어지고 있을지 두렵지 않을 수 없었다. 비명은 분명 삼촌의 목소리였고, 나는 그분과 나 자신을 지키기 위해 맞서 싸워야 할 존재가 무엇인지 짐작도 할 수 없었으니까.

결국 몸을 돌렸을 때 목격한 장면은 내가 두려워했던 것보다 더 끔찍했다. 세상에는 공포를 넘어서는 공포가 있는 법이다. 극소수의 불운하고 저주받은 자들만이 목격하는, 온갖 소름 끼치는 공포의 근원이라 할 만한 것이 바로 내 앞에 펼쳐져 있었다. 균류로 뒤덮인 흙바닥에서 누리끼리하고 메스꺼운 빛을 발하는 증기가 부글부글 끓으며 어마어마한 높이로 치솟고 있었던 것이다. 뒤편에 있는 굴뚝과 벽난로가 비치는 그 반투명한 증기는 인간과 괴물이 뒤섞인 형상이었다. 조롱기 어린 늑대 같은 눈과 주름진 곤충 같은 머리를 한 증기는 차차 흉물스럽게 뒤틀리더니, 맨 윗부분에서부터 가느다랗게 되어 굴뚝으로 빨려 나갔다. 내가 지금 이렇게 묘사는 하고 있지만, 그 흉측한 형상이 생겨났다가 사라진 과정은 나중에 기억을 되짚고서야 파악할 수 있었다. 당시에는 균류들 사이로 역겹게 부글부글 끓어오르는 어슴푸레한 증기로만 보였다. 그 증기는 섬뜩할 만큼 자유자재로 뭉쳐졌다가 흩어졌다가 하면서 무언가를 집어삼키고 있었다. 바로 삼촌이었다. 내가 아는 그 누구보다 덕망 있는 분이었던 엘리후 휘플 박사가, 시커멓게 썩어 들어가는 얼굴로 변해 히죽대고 횡설수설하며 액체가 뚝뚝 떨어지는 발톱을 나를 향해 내뻗고 있었다. 그 괴물 증기가 불러일으킨 분노에 사로잡혀서 나를 찢어발기려 하는 것이었다.

내가 그 순간 미치지 않았던 것은 순전히 훈련 덕분이었다. 그런 위기 상황에 대비해 미리 해두었던 훈련에 따라 앞뒤 생각하지 않고 행동함으로써 나를 구한 것이다. 기체 형태의 악마를 물리적인 방법으로 처치할 수 없다고 즉각적으로 판단하고는 왼편에 보이는 화염방사기 대신 크룩스관 장치에 냉큼 손을 뻗어 전류 스위치를 눌렀다. 그리하여 나는 인간의 기술이 지구상의 공간과 물질을 이용해 이끌어 낼 수 있는 가장 강렬한 빛을 그 불사의 악마에게 발사할 수 있었다. 파란 아지랑이와 함께 미친 듯이 쉭쉭거리는 소리가 일더니 노리끼리한 증기의 빛이 점차 사그라졌다. 하지만 크룩스관의 빛이 워낙 눈부셔서 상대적으로 어두워진 듯 보였을 뿐이었다. 그 무기는 시간만 벌어 줬을 뿐 아무런 효과가 없었다.

나는 비명을 내지르며 허겁지겁 문밖으로 튀어 나갔다. 그 순간은 아무런 판단도 할 수 없었고, 내가 세상으로 불러내 버린 괴물에 대해서도 생각할 새가 없었다. 그저 고요한 길거리로 미친 듯이 도망칠 수밖에 없었다. 도망치기 전 마지막으로 본 것은, 파란색과 노란색이 뒤섞인 빛 속에서 도저히 형언할 수 없는 징그러운 형태로 용해되고 있는 삼촌의 얼굴이었다. 게다가 그것은 미친 사람이 아니면 상상할 수도 없는 여러 인격을 띠고 있었다. 그때 삼촌은 한 마리 악마이자 여러 명의 인간이었다. 납골당 안의 시체이자 요란한 가장행렬 인파였다. 여러 색깔이 합쳐진 섬광을 받아 번쩍이는 젤라틴 같은 얼굴들이 수십, 수백 가지 표정을 담은 채 양초처럼 녹아 가는 몸뚱이와 함께 바닥에 내려앉고 있었다. 그런데 그 수많은 얼굴들이 낯설면서도 한편으로는 낯익기도 했다. 왜냐하면 하나같이 해리스 가문 사람들을 닮아 있었기 때문이다. 남자와 여자, 어른과 아이, 노인과 젊은이, 미천한 사람과 세련된 사람, 내가 아는 사람과 모르는 사람 가릴 것 없이. 디자인 뮤지엄 학교에서 보았던 가엾은 로비 해리스 부인의 세밀화를 조잡하게 모방한 듯한 얼굴도 있었고, 캐링턴 해리스의 집에서 초상화로 본 머시 덱스터의 깡마른 얼굴도 있었다. 내가 상상을 초월하는 공포를 느끼며 도망치기 직전에 삼촌의 몸은 초록빛의 끈적한 기름 덩이가 되어 균류로 뒤덮인 바닥에 퍼져 나갔고, 얼굴은 해리스 가문의 하인이나 갓난아기의 얼굴과 기이하게 뒤섞였다. 그러다가 삼촌 자신의 다정한 얼굴로 되돌아오려고 애쓰는 듯 이목구비가 뒤틀리기도 했다. 그 순간에도 삼촌의 영혼은 남아 내게 작별을 고하려 안간힘을 썼던 것이리라 생각하고 싶다. 나는 바싹 말라붙은 목으로 꺽꺽대는 소리를 질러 마지막 인사를 대신하고 삼촌을 내버려 두고 길거리로 뛰쳐나갔다. 열린 문 밖으로 가느다란 기름 한 줄기가 새어 나와 비에 젖은 보도에 번지는 것이 보였다.

　이후의 기억은 흐릿하면서도 기괴하다. 흠뻑 젖은 길에는 아무도 없었고, 내가 겪은 일을 털어놓을 사람은 세상 어디에도 없었다. 나는 남쪽으로 정처 없이 걸어갔다. 칼리지힐, 프로비던스 도서관, 홉킨스 가를 지나 다리를 건너서 상업 지구에 이르자 고층 건물들이 나를 지켜 주는 기분이 들었다. 그 현대 문명의 산물이 먼 옛날부터 존재했던 해로운 미지의 존재로부터 세상을 지켜 주는 듯했다. 이윽고 축축하게 젖은 회색 빛의 먼동이 터오면서 오래된 언덕과 고색창연한 첨탑들의 실루엣이 드러나자, 임무를 끝마치지 못하고 도망쳐 나온 그 저택이 나를 손짓해 부르는 것만 같았다. 그래서 모자도 없이 쫄딱 젖은 몰골의 나는 아침 햇살에 몽롱해진 채로 베니핏 가를 향해 발길을 돌렸다. 열어 두고 나왔던 저택 지하실 문은 아직 열린 채였다. 수수께끼 같은 분위기를 자아내며 슬쩍 열려 있는 그 문 앞에 서 있는 나를 아침 일찍 일어난 이웃집 사람들이 다 보고 있었지만, 그들에게 감히 사정을 설명할 엄두가 나지 않았다.

기름 덩이는 곰팡이 핀 흙바닥에 다 흡수되고 없었다. 벽난로 앞에 있던 웅크린 사람 형상의 얼룩도 흔적조차 없었다. 간이침대, 의자, 무기, 팽개쳐 둔 내 모자, 누렇게 변한 삼촌의 밀짚모자만 뒹굴고 있었다. 너무 정신이 멍해서 어디까지가 꿈이었고 어디부터가 현실이었는지 헷갈렸다. 그러다가 기억이 정리되면서 내가 꿈보다 훨씬 끔찍한 것을 목격했음을 깨달았다. 나는 자리에 주저앉아서 무슨 일이 일어났는지, 어떻게 결착을 지어야 하는지, 그게 현실이기는 했는지, 최대한 이성적으로 생각하려 애썼다. 괴물은 물질도 기체도 아니었고, 사람의 머리로 상상할 수 있는 그 무엇도 아니었다. 그렇다면 대체 뭐란 말인가? 무슨 색다른 신비의 방사물, 예컨대 엑서터 지방의 민담에 등장하는, 묘지에 출몰하는 뱀파이어의 안개라도 된단 말인가? 바로 그게 실마리라는 생각이 들었다. 나는 곰팡이와 초석 자국이 이상한 형상을 띠었던 벽난로 앞의 바닥을 다시금 살펴보다가 10분 만에 결정을 내렸다. 그리고 모자를 쓰고 집으로 돌아가서 목욕을 하고 아침을 먹은 다음 필요한 도구들을 전화로 주문했다. 곡괭이, 삽, 군용 방독면, 황산 여섯 병을 다음 날 아침 베니핏 가 금단의 저택 지하실 문 앞으로 배달해 달라고 했다. 그러고는 누워서 억지로 잠을 청했지만 좀처럼 잠이 오지 않아서 책을 읽고 무의미한 시를 지으면서 시간을 보냈다.

다음 날 오전 11시에 나는 그 저택 지하실의 땅을 파기 시작했다. 날씨가 화창해서 다행이었다. 나는 여전히 혼자였다. 이제부터 파헤치려는 미지의 공포에 대한 두려움 못지않게 누군가에게 사실을 말하는 일 역시 두려웠기 때문이다. 이후 캐링턴에게만은 부득이 털어놓아야 했지만, 그는 노인들을 통해 들은 기이한 옛날이야기라도 알고 있는 사람이었기에 말할 수 있었다. 벽난로 앞의 악취 풍기는 시커먼 흙을 파내다 보니 삽 끝에 흰 균류가 짓이겨지면서 끈적끈적한 노란 점액이 나왔다. 땅속에서 뭐가 나올지 생각하니 몸서리가 쳐졌다. 땅속에 묻혀 있는 비밀 중에는 인류에게 해로운 것들이 있게 마련이다. 그것 역시 그중 하나일 터였다.

손이 덜덜 떨렸지만 계속 파 내려갔다. 이윽고 나는 가로세로 2미터 정도의 커다란 구덩이 속에 서 있게 되었다. 구덩이를 파면 팔수록 악취가 심해졌기에, 지난 150년 동안 공기 중에 저주를 발산해서 그 집에 재앙을 내렸던 악의 근원이 틀림없이 거기 묻혀 있다는 확신이 들었다. 어떤 생김새일지, 어떤 형태와 물질로 되어 있을지, 오랜 세월 생명을 빨아먹었던 그것의 덩치는 얼마나 클지 짐작도 가지 않았다. 나는 구덩이 밖으로 기어 나와 옆에 쌓인 흙무더기를 흩어 놓았다. 그리고 커다란 황산 병들을 사각형의 구덩이 양옆에 늘어놓았다. 유사시에 하나씩 재빨리 집어 구덩이에 들이부을 수 있도록. 그런 다음 다시 구덩이 안으로 들어가 흙을 팠고, 파낸 흙은 황산 병이 놓여 있지 않은 쪽으로만 쌓았다. 갈수록 파는 속도는 더뎌졌고 땅속 냄새도 지독해져서 방독면을 착용해야 했다. 정체 모를 괴물에게 가까워지고 있다는 생각에 자꾸만 용기가 꺾이려 했다.

문득 삽 끝에 흙이 아니라 물컹한 무언가가 닿았다. 나는 진저리가 쳐져 목까지 묻힐 만큼 깊이 파 내려간 구덩이 밖으로 빠져나가려고 허우적댔지만, 이내 다시 마음을 다잡고 손전등 불빛에 의지하여 흙을 마저 긁어냈다. 그 밑에 나타난 건 허여멀겋고 비린내가 나는 물질이었다. 무언가가 썩다 말고 반투명 젤리처럼 굳은 듯했다. 흙을 더 긁어내자 그것의 형태가 보였는데, 접혀서 생긴 듯한 틈새가 있는 거대한 원통 모양이었다. 마치 어마어마하게 크고 부드럽고 희푸른 색깔의 연통을 두 겹으로 접어 놓은 듯한 생김새였다. 가장 큰 부위가 직경 60센티미터에 달했다. 흙을 좀 더 긁어내던 나는 불현듯 그 역겨운 것의 정체를 깨닫고 기겁해서 펄쩍 뛰어 구덩이 밖으로 빠져나갔다. 그러고는 묵직한 황산 병들을 집어 마개를 열고는 그 소름 끼치는 구덩이 속으로 미친 듯이 황산을 쏟아부었다. 그 밑에서 내가 본 해괴망측한 젤리형 물체는, 괴물의 거대한 팔꿈치였다.

황산이 쏟아지자 구덩이 속에서 녹황색 증기가 눈을 뜰 수 없을 만큼 맹렬하게 소용돌이치며 올라왔다. 그 순간을 영영 잊을 수 없을 것이다. 언덕에 사는 주민들은 그날 공기가 누리끼리해진 것이 프로비던스 강에 버려진 공업 폐기물에서 발생한 치명적인 유독 가스 탓이라고 말하지만, 나는 그 현상이 무엇에서 비롯되었는지 알고 있다. 또한 같은 시각 망가진 배수관이나 지하의 가스관 등에서 흉측한 괴성이 흘러나왔다고 수군거리는 사람들도 있다. 그 이유 역시 나만 알고 있다. 형언할 수 없이 충격적인 경험이었다. 대체 어떻게 제정신으로 살아 나왔는지 모르겠다. 가스가 방독면을 뚫고 새어 들어오는 와중에 네 병째 황산까지 비운 뒤 졸도하고 말았는데, 깨어났을 때는 구덩이에서 더 이상 가스가 나오지 않았다.

나머지 황산 두 병을 마저 쏟아부었지만 특별한 현상은 나타나지 않았다. 잠시 시간이 흐른 뒤 이제는 땅을 도로 메우는 게 안전하겠다 싶어서 구덩이에 흙을 채워 넣기 시작했다. 일을 다 끝내기도 전에 해가 저물었지만 악의 근원은 사라졌다. 지하실은 여전히 눅눅했지만 악취는 덜했고, 기이한 균류는 전부 무해한 회색 가루가 되어서 바닥에 재처럼 흩날렸다. 깊디깊은 땅속에 묻혀 있던 괴물은 마침내 영원히 사라진 것이다. 만약 지옥이라는 게 있다면 그 신성모독적인 존재의 사악한 영혼은 그리로 갔을 것이다. 마지막 흙밥을 다진 다음에야 나는 사랑하는 삼촌의 명복을 빌며 사무치는 눈물을 쏟을 수 있었다.

이듬해 봄이 되어도 금단의 저택 앞뜰에는 희끗한 풀도 징그러운 잡초도 자라지 않았다. 그러자 캐링턴 해리스는 곧바로 세를 놓았다. 그 으스스한 저택은 여전히 내 마음을 사로잡는다. 캐링턴이 번지르르한 가게나 천박한 아파트 건물을 지으려고 그 저택을 철거한다면, 안도감을 느끼면서도 어쩐지 섭섭할 것 같다. 아무것도 열리지 않던 정원의 나무들은 작고 달콤한 사과를 맺었고, 작년에는 옹이투성이의 나뭇가지에 새들이 둥지를 틀었다.

그 남자
He

내가 그를 만난 것은 좀처럼 잠이 오지 않던 어느 날 밤, 나의 영혼과 꿈을 구하려고 무턱대고 거리를 쏘다닐 때였다. 뉴욕에 오지 말았어야 했다는 후회가 밀려왔다. 내가 뉴욕으로 온 것은 뜨락과 광장과 부둣가를 누비는 구불구불한 미궁 같은 옛길과, 이울어 가는 달 아래 음산한 바빌론처럼 솟아 있는 거대한 현대적 탑과 첨탑 사이를 거닐면서 가슴 벅찬 경이와 영감을 만끽하고 싶어서였다. 그러나 그곳에서 느낀 것은 공포와 압박감에 마비되어 마침내 스스로 파괴되고야 말 것만 같은 위기감뿐이었다.

환멸은 서서히 찾아왔다. 처음 도착해서 본 뉴욕의 모습은 저물녘 다리 위에서 바라본 정경이었다. 강물 위에 자욱하게 긴 자줏빛 안개가 황금빛으로 불타는 구름과 저녁 별들을 희롱하고, 그 안개 위로 산봉우리나 피라미드 같은 어마어마한 고층 건물들이 웅장한 풍경을 자아냈다. 이윽고 그 건물들의 창문마다 손전등 같은 불이 켜지고 자동차의 낮은 경적 소리가 기이한 화음으로 울려 퍼지자, 도시에 반짝이는 물결이 일었다. 그때 뉴욕은 별이 총총 빛나고 요정의 음악 소리가 흐르는 꿈속의 하늘과도 같았다. 카르카손, 사마르칸트, 엘도라도 같은 전설 속의 장엄한 도시와도 같았다. 곧이어 나는 도시 안에 얽혀 있는 예스러운 길을 따라 걸었다. 그 좁고 구불구불한 골목이며 통로들이야말로 내가 품었던 환상을 충족시켜 주는 소중하기 그지없는 공간이었다. 드문드문 나타나는 붉은색 조지 왕조풍 벽돌집의 주랑현관과 작은 유리들이 끼워진 지붕창을 보니, 옛날 그 집 창가에서 내려다보였을 도금한 가마며 널판을 댄 사륜마차의 행렬이 상상되었다. 오래도록 꿈꿨던 것들을 직접 마주하니 값진 보물을 얻은 기분이었고, 당장이라도 시인이 될 수 있을 것만 같았다.

하지만 그런 성취감과 행복은 오래가지 못했다. 그 도시는 달빛이 흐르는 밤중에는 옛 시대의 마법이 깃든 아름다운 곳으로 보였지만, 한낮의 천박한 햇빛 속에서는 상피병 환자의 피부처럼 흉측하고 비대한 석조 건물들로 가득한 추레한 곳으로 보였기 때문이다. 배수로 같은 길거리에는 땅딸막한 체구에 살갗이 거무스름한 이방인의 인파가 가득했다. 굳은 표정과 가느다란 눈을 하고 약삭빠르게 움직이는 그 이방인들은 자신을 둘러싼 도시의 역사에 아무런 꿈도 동질감도 품지 않을 터였다. 그들은 녹음이 우거진 어여쁜 오솔길과 옛 뉴잉글랜드 마을의 흰색 첨탑들을 마음속에 간직하고 있는 나 같은 벽안의 본토인에게는 의미 없는 인간 군상일 뿐이었다.

내가 원했던 시적 상념은 온데간데없었다. 오로지 오싹한 공허와 형언 못할 고독만이 밀려왔다. 그리고 마침내 누구도 감히 입 밖에 꺼내지 못할 무시무시한 진실을, 비밀 중의 비밀을 깨닫고야 말았다. 런던과 파리는 옛 영혼을 간직하고 있는 반면, 이 삐걱거리는 석조 도시 뉴욕에는 옛 영혼이 남아 있지 않다는 사실을. 뉴욕은 이미 죽어 버린 도시였다. 살아 있는 육신과는 관련 없는 기묘한 생물들만 들끓는, 불완전한 방부제 처리로나 겨우 유지되는 시체 같은 도시였다.

이 진실을 깨닫고부터는 밤잠을 편히 잘 수가 없었다. 그래도 차차 낮에는 외출을 삼가고 밤에만 밖을 다니는 습관이 붙으면서 일종의 체념 어린 평온을 되찾기는 했다. 도시에 어둠이 깔리면 조금이나마 남아 있는 과거의 편린들이 유령처럼 떠돌았고, 오래된 흰색 현관문들은 한때 그 문을 들락거렸던 건장한 사람들을 기억하고 있었다. 그런 사실에 안도감을 얻어서 시를 몇 편 쓰기도 했다. 고향에 돌아가고 싶지는 않았다. 패배자가 되어 구차하게 돌아온 것처럼 보일까 봐.

그렇게 잠 못 이루는 밤 산책을 하던 중에 그 남자를 만나게 되었다. 그리니치 지역의 건물들 사이에 숨어 있는 어느 기괴한 안뜰에서였다. 나는 그리니치가 시인들과 화가들의 본거지라는 말만 듣고 아무것도 모른 채 그곳에 방을 얻어 살고 있던 참이었다. 이내 거기 사는 치들이 짐짓 독특한 척만 할 뿐 예술의 참된 아름다움과는 무관한 삶을 사는 목소리만 큰 사기꾼들임을 깨달았지만, 그래도 거기 계속 머물고 있었다. 고색창연한 골목길과 건물, 예기치 못한 곳에서 마주치는 예스러운 광장과 뜨락이 실로 크나큰 낙이 되었기 때문이다. 나는 그런 곳들을 보면서 도시화의 물결에 잠식당하기 전 평온한 마을이던 그리니치를 상상했다. 흥청거리던 취객들이 슬그머니 사라지는 동트기 직전 무렵까지 나는 구불구불 이어지는 은밀한 길을 배회하면서 옛날 사람들이 그곳에 심어 두었을 기묘한 비밀을 곱씹곤 했다. 그 산책 덕분에 내 영혼은 살 수 있었고, 내 마음 깊은 곳에 있는 시인이 그토록 간절히 원하는 꿈과 환상도 조금이나마 얻을 수 있었다.

그 남자와 마주친 것은 8월의 어느 흐린 날 새벽 2시쯤, 일정한 간격을 두고 떨어져 있는 뜰 몇 개를 지나고 있을 때였다. 그 뜰들은 지금은 사이사이 들어선 건물들의 불 꺼진 복도를 거쳐야만 들어갈 수 있지만, 옛날에는 끝없이 뒤엉켜 뻗어 나가는 그림 같은 골목길들의 일부분이었다. 그러한 뜰들이 그리니치 어딘가에 숨어 있다는 소문은 들었으나 역사 속에 잊혀져 최근의 지도에서는 찾아볼 수 없다는 점이 더욱 매력적으로 느껴져서 평소보다 두 배의 열의를 들여 직접 발품을 판 끝에 찾아낸 참이었다. 찾고 나니 열의가 다시 배가되었다. 뜰들이 배치된 전반적인 모양새에서 옛 마을의 흔적이 드러났기 때문이다. 그 흔적들은 창문이 없는 드높은 벽과 버려진 공동주택 후면 사이에 남아 있거나, 불빛이 들지 않는 아치형 관문 밑에 숨어 있었다. 아직까지 이방인들의 발길이 닿지 않은 걸 보니, 사람의 눈길도 한낮의 햇빛도 달가워 하지 않는 은밀하고 고독한 예술가들이 지키고 있는 구역이라는 느낌마저 들었다.

나는 어느 집의 노커 달린 현관문과 그 앞의 계단과 철제 난간을 유심히 살펴보고 있었다. 그런데 멀찍이서 어떤 남자가 격자무늬 채광창에서 새어 나오는 흐릿한 불빛에 비친 내 얼굴과 분위기를 눈여겨보는 듯하더니, 불쑥 다가와서 말을 걸었다. 그의 얼굴은 어둠에 잠겨 잘 보이지 않았다. 머리에 챙 넓은 모자를 눌러쓰고 그 모자와 잘 어울리는 구식 망토를 걸치고 있는 남자였는데, 내게 말을 걸기도 전부터 묘하게 불편하게 느껴지는 사람이었다. 체격이 너무 여위어서 죽은 사람처럼 보일 정도였고, 목소리는 딱히 굵은 저음은 아니었지만 놀랍도록 부드럽고 허허로웠다. 그는 내가 배회하는 모습을 몇 번 본 적이 있다며, 옛 시절의 자취를 찾는 일을 좋아하나 본데 자기도 그렇다고 했다. 그러면서 막 이사 온 나보다는 자기가 이 지역의 이모저모를 훨씬 잘 알고 있으니, 원한다면 안내를 해주겠다고 했다.

그가 그렇게 말하는 동안 근처 한 집의 다락방 창문에서 노란 빛이 새어 나와 남자의 얼굴이 언뜻 드러났다. 고상하고 수려하기까지 한 이목구비에 나이가 지긋해 보이는 얼굴이었고, 지금 시대와 장소에 걸맞지 않는 고귀한 혈통 특유의 기품마저 엿보였다. 그런데 그 용모에 호감이 가면서도 한편으로는 꼭 그만큼 꺼림칙한 기분도 들었다. 지나치게 희고, 무표정하고, 주변 환경과 어울리지 않았기 때문일까. 어쨌든 간에 나는 그를 따라나섰다. 그 침울한 시절에는 과거의 아름다움과 불가사의를 찾는 일만이 내 영혼의 낙이었고, 더군다나 그 분야에서 내 동류이자 선배 격인 사람을 우연히 마주친 것은 좀처럼 얻기 힘든 행운이라 여겼기 때문이다.

밤의 어둠 속에서 무언가가 침묵을 강요하기라도 하는지, 그는 꼭 필요한 말을 제외하면 내내 입을 다문 채로 앞서 걸었다. 옛 건물과 길의 이름이 언제 어떻게 바뀌었다는 정보만 최대한 짤막하게 언급할 뿐, 좁은 틈을 비집고 들어갈 때도, 건물 내부의 복도를 살금살금 걸을 때도, 벽돌담 위로 기어 올라갈 때도 말없이 몸짓으로만 안내했다. 아주 낮은 아치형 천장 아래에 있는 어마어마하게 길고 꼬불꼬불한 석조 통로를 네 발로 기어 나간 뒤부터 나는 간신히 가늠해 왔던 지리적 위치를 전혀 알 수 없게 되고 말았다. 그가 보여 준 것들은 하나같이 매우 오래되고 경이로운 것들이었다. 적어도 어렴풋한 빛 몇 가닥만 비치던 한밤의 어둠 속에서는 그렇게 보였다. 쓰러져 가는 이오니아 양식의 기둥, 세로 홈이 파인 벽기둥, 꼭대기에 항아리 모양 장식이 달린 기둥, 나팔꽃 모양의 상인방을 댄 창문, 장식 채광창 등등. 끝없는 미지의 옛 미로 속으로 깊이 들어가면 갈수록 더욱 고색창연하고 기이해지던 그 건축물들을 나는 영영 잊지 못할 것 같다.

인적이라곤 전혀 없었다. 불이 켜진 집도 점점 뜸해졌다. 그의 안내를 받으면서 처음 보았던 가로등은 마름모꼴 모양의 구식 기름 램프였는데, 나중에는 양초로 불을 밝힌 가로등이 나타나더니, 결국 불빛 한 점 없이 칠흑처럼 어두컴컴한 뜰에 이르렀다. 그의 장갑 낀 손을 잡고 섬뜩한 암흑을 가로질러서 높다란 담장에 난 좁은 나무 문을 통과하고 나자 골목길이 하나 나왔다. 여섯 집 건너 한 집마다 달려 있는 등 외에는 아무런 조명도 없는 길이었다. 게다가 믿을 수 없게도, 그 등들은 모두 양옆에 구멍이 뚫린 식민지 시대풍의 원뿔 모양 양철 등이었다. 그 골목길은 뉴욕 근방에 이렇게 높은 지대가 있었던가 의심스러울 정도로 가파른 오르막이 되더니 담쟁이덩굴에 휘감긴 막다른 벽에서 끝났다. 그 너머에 사유지가 있는지 어슴푸레한 하늘 아래 희끗한 색깔의 둥근 지붕과 흔들리는 나무 우듬지가 보였다. 담장에는 장식용 못이 박힌 검은 떡갈나무로 된 낮은 아치형 쪽문이 나 있었다. 남자는 커다랗고 무거운 열쇠를 꺼내서 문을 열더니 나를 안으로 이끌었다. 한 치 앞도 보이지 않는 어둠 속에서 자갈길인 듯한 바닥을 밟으며 얼마나 걸었을까, 마침내 집 현관문 앞의 돌계단에 이르러 남자가 문을 열어 주었다.

집 안으로 들어가자 고약한 곰팡내가 우리를 맞았다. 수백 년 동안 찌들어 있었던 듯한 그 악취에 머리가 어찔어찔할 정도였는데, 남자는 그 냄새를 전혀 느끼지 못하는 것 같았다. 나는 예의상 아무 말도 하지 않고 그가 이끄는 대로 따라갔다. 남자는 구부러진 계단을 올라가서 복도를 가로지른 다음 어떤 방으로 나를 데리고 들어가더니 문을 닫아 잠갔다. 밝은 달빛에 작은 유리 세 장을 끼운 창문들의 윤곽이 어렴풋이 보였다. 그런데 남자는 그 창문들을 커튼으로 죄다 막아 버리더니, 벽난로 선반에 놓인 부싯돌을 쳐서 가지가 열두 개 달린 촛대에 불을 붙였다. 그러고는 내게 조용조용 말하라고 손짓으로 신호를 줬다.

미약한 빛 속에서 둘러보니 그 방은 벽판 장식이 되어 있고 가구가 잘 갖추어진 널찍한 서재였다. 방문의 화려한 박공장식, 도리아 양식의 아름다운 천장 돌림띠, 소용돌이와 항아리 모양의 무늬가 새겨진 근사한 벽난로 선반에 이르기까지, 역사가 족히 18세기 초반까지 거슬러 올라가는 방 같았다. 책이 빼곡히 들어찬 책장 위의 벽에는 정교하게 그려진 가족 초상화들이 띄엄띄엄 걸려 있었다. 전부 색이 바래서 신비롭고 흐릿하게 보이긴 했으나, 틀림없이 내 앞에 있는 남자와 닮은 얼굴들이었다. 남자는 우아한 치펀데일*풍 테이블 옆의 의자를 가리키며 내게 앉으라고 권하고는 자신도 맞은편 자리에 앉으려고 했다. 그러다가 문득 난처한 듯 머뭇거리더니 장갑, 모자, 망토를 느릿느릿 벗었다. 그러자 내가 이제껏 본 적 없던 땋아 내린 머리, 목의 주름 장식, 반바지, 명주 양말, 버클 달린 구두가 드러났는데, 어느 모로 보나 조지 왕조 중기에나 입었을 법한 복색이었다. 연극배우 같은 모습으로 서 있던 남자는 등받이가 하프 모양으로 조각된 의자에 천천히 앉더니 나를 뚫어져라 쳐다보았다.

모자를 벗어 드러난 얼굴은 어마어마하게 늙어 보였다. 내가 처음에 그렇게 불안감을 느꼈던 이유도 그가 기이할 만큼 나이가 많은 사람 같

---

*영국의 가구 디자이너 토머스 치펀데일이 창시한, 로코코 양식을 토대로 중국식과 고딕식 디자인 등을 배합한 장식적 디자인.

아서였던 게 아닐까 싶었다. 마침내 남자가 예의 그 부드럽고 공허한 음성으로 입을 열었다. 조심스럽게 낮춘 그 목소리는 떨리기까지 해서 무슨 말인지 알아듣기가 힘들었지만, 애써 귀를 기울이며 듣다 보니 경악을 금할 수가 없었으며 온몸이 오싹해질 만큼 불안감이 치밀어 올랐다.

"선생께서는 지금 퍽 유별난 기인을 보고 계시오만, 선생과 같은 기지와 취향을 갖춘 분이라면 이런 옷차림도 선뜻 양해해 주시리라고 믿소. 좋았던 시절을 추억하다 보니 옛사람들의 옷차림과 예절까지도 기꺼이 받아들이게 되었지요. 이 정도의 도락은 지나치게 과시하려 들지만 않는다면야 남에게 폐가 되지 않는다고 보오. 이곳은 내 조상 대대로 살아온 저택이라오. 비록 1800년 이후에 그리니치가 생기고 1830년경에는 뉴욕이라는 대도시가 세워져서 그 속에 삼켜지긴 했지만, 다행히도 지금까지 이곳을 가문의 소유로 지킬 수 있었소. 꼭 그래야만 할 이유가 있었소. 1768년에 이 땅을 물려받았던 나의 조상께서 연구 끝에 특별한 기술을 발견하셨는데, 그 일의 여파가 아직도 여기 남아 있기 때문에 철저히 지켜야 했던 거요. 그 특별한 기술과 특별한 발견이 남긴 기묘한 여파가 대관절 무엇인지, 내 지금부터 선생께 극비에 보여 줄 생각이오. 선생께서는 이런 방면에 관심이 많을 뿐 아니라 비밀을 지켜 줄 수 있는 사람이라고 생각하오. 내 안목이 틀리지 않기를 바라오."

남자가 잠시 말을 중단하자 나로서는 고개를 끄덕일 수밖에 없었다. 앞서 말했듯이 불안감을 느끼기는 했다. 하지만 당시 내게는 한낮의 햇빛에 드러나는 뉴욕의 천박한 풍경보다 더 치명적인 것은 없었으므로, 그 남자가 무해한 괴짜인지 아니면 위험한 수작을 부릴 작정인지는 몰라도 그가 보여 주겠다는 놀라운 비밀의 실체를 내 눈으로 확인하고 싶었다. 그렇게 해서라도 환상과 경이에 목마른 내 영혼의 갈증을 해소하고 싶었던 것이다. 그래서 나는 남자의 부드러운 목소리에 계속 귀를 기울였다.

"방금 말한 내 조상님은 인간의 의지에 매우 놀라운 잠재력이 깃들어 있다고 여기셨소. 자기 자신과 타인의 행동을 조종할 수 있을 뿐 아니라 자연계의 모든 힘과 물질을, 더 나아가 자연보다 더욱 광범위한 삼라만상의 원소와 차원까지도 모조리 지배할 수 있는 잠재력을 가지고 있다고 말이오. 그것을 찾아내기 위해 그분은 시간과 공간의 거대한 신성불가침의 영역을 깨뜨리고, 과거에 이 언덕에 살았던 혼혈 원주민들의 종교의식을 이상한 방식으로 이용했소. 그 조상님이 살던 때보다 더 먼 옛날 처음 이곳에 이 저택이 지어졌을 때부터, 원주민들은 보름달이 뜬 밤에만은 들어올 수 있게 해달라고 끈질기게 요구하면서, 몇 해에 걸쳐 달마다 몰래 담을 넘어 들어와서 특정한 의식을 치르곤 했소. 그러다가 1768년에 이 땅을 물려받아 새로운 지주가 된 조상님께서 원주민들의 의식 현장을 목격하시고 깜짝 놀라서 멈춰 섰소. 그분이 그 원주민들에게 이것저것 캐물으니, 그들은 자신들의 관습 일부는 미국 원주민 선조들로부터, 일부는 네덜란드 공화국 시대의 한 늙은 네덜란드인으로부터 전수받은 것이라고 대답했소. 그분은 그들에게 이곳에 들어오는 것을 허락할 테니, 대신 그 의식을 치르는 정확한 비법을 알려 달라고 하셨소. 그런데 그 비법을 캐낸 후에 그분이 고약한 짓을 저질렀소. 고의였는지 실수였는지는 몰라도, 원주민들에게 매우 해롭고 독한 럼주를 내주는 바람에 일주일 뒤 그 부족 전체가 몰살당하고 만 게요. 그래서 세상에서 그 의식의 비법을 아는 사람은 오로지 그분밖에 없게 되었지. 선생, 이런 비밀이 존재한다는 사실을 외부인에게 말하는 것 자체가 전례가 없는 일이라오. 혹여나 선생은 그에 대해 관심이 없는데 괜히 나 때문에 억지로 듣고 있는 거라면 그렇다고 툭 터놓고 말하쇼."

나는 그 남자가 점점 더 예스럽고도 격의 없는 반말을 쓰는 데에 오싹해졌다. 남자는 말을 계속 이어 나갔다.

"꼭 짚고 넘어가야 할 것은, 그 조상님이 혼혈 원주민들에게서 캐낸 비밀은 그분이 갖추었던 방대한 지식의 일부분에 불과했다는 점이오. 그분이 옥스퍼드 대학을 놀면서 다닌 것도 아니고, 괜히 심심해서 옛 시대의 화학자이자 점성술사를 만나려고 파리까지 건너갔던 것도 아니었으니까. 그분은 온 세상이 우리 지성인들이 들이쉬고 내뿜는 연기라고 생각하셨소. 이 세상이 천박한 자들에게는 외면받지만 현명한 자들에게는 환영받는 최고급 버지니아산 담배의 연기라고 생각하셨단 말이야. 우리가 원하는 것은 곁에 둘 수 있고, 원치 않는 것은 없애 버릴 수도 있는 거 아닌가? 응? 뭐, 그런 관점이 무조건 진실이라고 말하지는 않겠소. 하지만 그런 식으로 세상을 보면 가끔 아주 멋진 광경을 볼 수 있다는 얘기지. 이보쇼, 옛 시대의 풍경을 고작 댁 머릿속으로 상상만 하기보다 좀 더 생생하게 구경하고 싶지는 않나? 이제부터 내가 보여 줄 테니 겁내지 말고 실컷 즐겨 보라고. 이리 창가로 오시지. 조용히 하고."

남자는 내 손을 붙잡더니 고약한 악취가 풍기는 서재의 기다란 한쪽 벽에 있는 두 창문 중 하나로 나를 데려가려 했다. 장갑을 벗은 그의 손가락이 닿자마자 내 온몸은 싸늘하게 식는 듯했다. 남자의 피부가 건조하고 딱딱한 데다 얼음장처럼 차가웠기 때문이다. 하마터면 그의 손을 뿌리치고 뒷걸음질을 칠 뻔했지만, 현실의 공허한 공포를 떠올린 나는 다시금 마음을 다잡고 어디건 그가 이끄는 대로 따라가 보기로 결심했다. 창가에 이르자 남자는 노란 실크 커튼을 젖히더니 밖의 암흑을 내다보라고 했다. 처음에는 저 멀리서 춤추듯 흩날리는 조그마한 불씨들밖에 보이지 않았다. 그런데 남자의 음험한 손짓에 반응하듯이 어느 순간 번개 같은 섬광이 번쩍 일더니 눈앞에 무수한 잎사귀의 바다가 펼쳐졌다. 창밖에 마땅히 보여야 할 건물 지붕들이 아니라, 울창하고 싱그러운 식물들의 잎사귀가 가득했던 것이다. 오른편에는 허드슨 강의 물결이 요사스럽게 반짝이고 있었고, 멀리 앞쪽에는 불안하게 날아다니는 반딧불이들이 무수한 별자리를 이루는 거대한 습지대가 기분 나쁘게 아른거리고 있었다. 이윽고 섬광이 사라지자, 내 옆의 밀랍 같은 얼굴에 사악한 미소가 번졌다.

"방금 그건 내가 살던 시절, 아니, 그 조상님이 살던 시절보다 더 오래전의 풍경이었소. 어디 또 한번 해볼까?"

나는 정신이 아득해졌다. 현대 뉴욕의 혐오스러운 진실을 맞닥뜨렸을 때보다 더 심한 현기증이 일었다.

"세상에! 어느 시대든 다 보여 줄 수 있는 겁니까?"

남자가 고개를 끄덕였을 때 그의 입안에 누런 치아가 아니라 시커멓게 썩은 이빨 토막들이 보였다. 아찔해진 나는 쓰러지지 않으려고 커튼을 부여잡았지만, 그는 얼음처럼 차가운 손으로 나를 부축하고는 또다시 특유의 음험한 손짓을 했다.

다시금 번개가 번뜩였다. 그런데 그때 보인 풍경은 낯설지만은 않았다. 바로 그리니치였던 것이다. 여기저기 오늘날과 같은 집들과 지붕들이 보였지만, 그 사이로 과거의 아름다운 녹색의 오솔길, 들판, 풀밭이 고스란히 보였다. 저편에는 익히 보아 왔던 습지가 반짝이고 있었으나 더 멀리에는 흐릿한 연기 속에서 트리니티 교회, 세인트폴 교회, 브릭 교회, 그리고 그들이 거느린 자매 교회들의 첨탑들이 보였다. 옛날의 뉴욕이었다. 나는 숨이 가빠 왔다. 그 풍경 때문이라기보다는 내 머릿속에서 상상되는 무시무시한 가능성 때문이었다.

"더 옛날로도…… 갈 수 있어요?" 나는 경이감에 휩싸인 채 물었다. 나와 같은 감정에 휩싸여 있는 듯한 남자는 내 질문을 듣고는 다시금 사악한 표정으로 히죽거리고는 말했다.

"더 옛날? 내가 본 걸 보게 되면 댁은 미쳐서 돌처럼 굳어 버릴걸! 더 뒤로, 뒤로! 앞으로, 앞으로! 자, 똑똑히 보라고! 이 칭얼대는 얼간이 자식아!"

그가 숨죽여 그렇게 뇌까리며 다시 손짓을 하자, 어느 때보다 눈부신 섬광이 하늘을 가르더니 딱 3초 동안 어마어마한 지옥도가 눈앞에 펼쳐졌다. 그 짧은 순간 본 광경은 앞으로 평생토록 꿈에 나와 나를 괴롭힐 것 같다. 하늘에는 이상한 것들이 해충처럼 들끓고 있었고, 그 아래 계단식으로 만들어진 거대하고 시커먼 석조 도시에는 신성모독적인 피라미드들이 달을 찌를 듯 솟아 있었다. 무수한 창문마다 악마의 불빛이 타올랐고, 공중에 가로놓인 회랑마다 노르스름한 피부에 가느다란 눈을 한 주민들이 득시글거렸다. 그들은 저마다 주황색과 빨간색의 섬뜩한 예복을 차려입고서 케틀드럼*을 열띠게 둥둥 울리고 크로탈룸**을 징글맞게 딱딱대며, 나지막이 신음하는 광적인 뿔피리 소리에 맞춰 미친 듯이 춤을 추고 있었다. 끊임없이 오르내리는 그 만가挽歌 소리가 시커먼 아스팔트의 바다처럼 꿀렁꿀렁 파도치는 듯했다.

나는 두 눈으로 똑똑히 그 광경을 보았고, 그곳에서 흘러나오는 지옥의 불협화음도 내 마음의 귀로 들었다. 지금껏 시체의 도시 뉴욕에서 맛보았던 모든 공포보다 더 큰 공포 앞에서, 나는 남자가 누차 조용히 하

*팀파니의 옛 호칭.
**고대 그리스에서 쓰이던 캐스터네츠와 유사한 금속 타악기.

라고 경고했던 말도 까맣게 잊은 채 비명을 지르고 지르고 또 내지를 수밖에 없었다. 온몸의 힘이 빠지고 서재의 벽이 드르르 흔들릴 때까지.

섬광이 사라지고 나서 보니 남자 역시 덜덜 떨고 있었다. 내 비명 때문에 격분해서 뱀처럼 붉으락푸르락 뒤틀렸던 얼굴도 반쯤 풀어져 버릴 만큼 엄청난 충격과 공포에 휩싸인 표정이었다. 그는 아까 내가 그랬듯이 휘청거리며 커튼을 부여잡더니 사냥당하는 짐승처럼 머리를 마구 흔들어 댔다. 그럴 만한 이유가 있었다. 내가 지른 비명의 메아리가 잦아들자 어딘가에서 또 다른 섬뜩한 소리가 들려왔기 때문이다. 내 감정이 마비되지 않았더라면 제정신을 유지할 수도 없었을 만큼 무시무시한 암시가 담긴 소리였다. 잠가 둔 방문 밖에서 맨발 바람이나 혹은 가죽신을 신은 사람들이 계단을 슬며시 밟고 올라오는 듯한 삐걱대는 소음이 나지막이, 하지만 꾸준히 울려 퍼지고 있었던 것이다. 이윽고 미약한 촛불 빛을 받아 반짝이는 놋쇠 문고리가 덜컥덜컥 돌아갔다. 밖에서 누군가가 문을 열려 하고 있는 것이었다. 그러자 남자가 곰팡내 가득한 허공에 손을 휘두르다가 나를 할퀴고 침을 뱉더니, 누런 커튼에 매달린 채 흔들거리면서 사납게 고함쳤다.

"이, 이 망할 자식아…… 오늘은 보름달이 떴단 말이다! 개자식아, 네가 저것들을 불러내 버렸어! 놈들이 나를 잡으러 왔다고! 저 모카신 신은 발소리…… 죽었으면 곱게 누워나 있을 것이지…… 꺼져라, 인디언 악마들아! 나는 럼주에 독을 탄 적이 없다고! 천연두로 뒈진 너희들의 그 마법을 여태껏 안전하게 지켜 준 게 누군데! 너희들은 술을 죽도록 처마셔서 자빠진 거야! 빌어먹을 것들, 어딜 우리 조상님 탓을 해! 썩 꺼져라! 문에서 손 떼! 여기서 네놈들이 볼일은 아무것도 없……"

그때 아주 침착하고도 느릿하게 문짝을 두들기는 소리가 세 번 울려 퍼졌다. 극도의 공포에 빠진 남자는 급기야 입에 허연 거품까지 물었다. 두려움이 절망으로 치닫자 나에 대한 분노가 새삼 되살아났는지, 그는 내가 몸을 지탱하느라 붙잡고 있던 탁자 쪽으로 비칠거리며 한 발짝 다가와 오른손으로는 여전히 커튼을 그러쥔 채 왼손을 무작정 내게 휘둘렀다. 그러자 그가 쥐고 있던 커튼이 팽팽해지다가 끝내 고정대에서 몽땅 뜯겨 내려오고 말았다. 하늘을 밝히고 있는 만월의 빛이 방 안에 가득 쏟아져 들어왔다. 푸르스름한 달빛 속에서 촛불 빛이 흐릿해지더니, 사향 냄새가 풍기는 실내 전체가 급속히 변하기 시작했다. 벽판은 좀이 슬고, 바닥 널판은 휘어지고, 벽난로 선반은 우그러지고, 가구는 금방이라도 부서질 듯 삐걱거리고, 직물은 죄다 해져서 너덜거렸다. 남자에게도 똑같은 현상이 일어났다. 그도 보름달의 영향인지 아니면 자기 자신의 공포와 분노에 겨워서인지, 내 쪽으로 휘청하며 우악스럽게 내뻗은 손부터 시작해 온몸이 쪼글쪼글해지면서 시커멓게 변하는 것이었다. 얼굴마저도 까맣게 타들어 가며 쪼그라드는데, 오로지 번뜩이는 두 눈만 불똥을 튀길 듯 점점 커져 갔다.

문을 두들기는 소리가 한층 더 집요하게 반복되었다. 이번에는 쇠붙이로 후려치는 듯한 소리였다. 시커멓게 타들어 가는 남자는 내게 달려들다가 눈알 박힌 머리통만 덜렁 남아 바닥에 나뒹굴었다. 머리통은 점점 내려앉는 마룻널 위에서 꿈틀꿈틀 내 쪽으로 다가오며, 이따금씩 악의에 북받쳐 힘없이 침을 내뱉었다. 한편 문 두드리는 소리는 더 빠르고 격렬해지다가, 이윽고 문이 우지끈 쪼개지면서 그 틈으로 번뜩이는 도끼날의 섬광이 보였다. 나는 움직이지 않았다. 움직일 수가 없었다. 그저 문의 부서진 부분을 통해 먹물처럼 시커멓고 거대한 무형의 물질이 쏟아져 들어오는 광경을 멍하니 지켜보고만 있었다. 증오로 번쩍이는 눈동자들이 무수히 박혀 있는 그 물질은 썩은 선체에서 터져 나오는 기름처럼 걸쭉하게 방 안으로 밀려 들어왔다. 의자 한 대를 엎어뜨리고 탁자 밑을 지나서 마침내 방 끝까지 들이닥치더니, 아직도 나를 노려보고 있는 죽은 남자의 검은 머리통을 삽시간에 에워싸 완전히 삼켜 버렸다. 그런 다음 내 쪽은 털끝 하나 건드리지 않고 즉시 뒤로 물러났다. 그 걸쭉한 형체는 이제 보이지 않게 된 남자의 머리통을 품고 시꺼먼 문간 밖으로 빠져나갔다. 아까처럼 계단을 삐걱삐걱 디디며 아래층으로 내려가는 소리가 들렸다.

그때 마룻바닥이 무너지고 말았다. 나는 숨이 막히도록 풀풀 날리는 거미줄과 기절할 것 같은 공포 속에서 아래층의 어두컴컴한 방으로 떨어졌다. 주위를 둘러보니 깨진 창문들 틈으로 푸르께한 달빛이 새어 들어왔고, 복도로 나가는 문이 반쯤 열려 있었다. 회반죽 가루가 흩어진 바닥에서 몸을 일으키며 무너진 천장 파편들 속에서 빠져나오려고 허우적거리는데, 문밖의 복도에서 악의에 찬 눈동자들이 번뜩거리는 시꺼먼 급류가 쏜살같이 몰려가는 광경이 보였다. 지하로 내려가는 출입구를 찾고 있는 듯했다. 그것들은 이내 지하실 문을 찾아내 순식간에 그 안으로 사라져 버렸다. 나는 내가 떨어진 아래층의 바닥도 위층처럼 꺼지기 일보 직전이라는 것을 알아차렸다. 아까 쿵 하는 굉음과 함께 건물의 둥근 지붕이 통째로 서쪽으로 추락한 상태였다. 나는 무너진 위층의 잔해에서 빠져나와 부리나케 복도로 내달려서 현관문에 이르렀다. 문이 열리지 않기에 의자 하나를 가져와 창문을 부수고 미친 듯이 밖으로 기어 나갔다.

집 밖의 마당에는 1미터쯤 무성하게 자란 수풀과 잡초 위로 달빛이 춤추듯 어른거리고 있었다. 담장은 높았고 대문은 잠겨 있었다. 나는 구석에 쌓여 있던 상자 더미를 끌어다 놓고 담장 위에 있는 화분을 붙잡고 겨우 담장 꼭대기까지 올라갔다.

그러고는 기진맥진한 채 주위를 둘러보았다. 어딜 봐도 이상한 담장들과 창문들, 오래된 박공지붕들밖에 없었다. 이곳으로 올 때 걸었던 가파른 오르막길은 온데간데없었고, 환한 달빛에 보이던 것들마저 강에서 피어오르는 안개에 묻혀 보이지 않았다. 아찔해지는 내 감정이 전해지기라도 한 듯 붙잡고 있던 화분마저 흔들거렸다. 눈 깜짝할 사이에 내 몸은 어떤 운명이 기다리고 있을지 짐작도 할 수 없는 곳으로 곤두박질치고 말았다.

나를 발견한 사람의 말에 따르면, 나는 뼈가 부러졌는데도 상당히 먼 길을 기어 온 것 같더라고 했다. 내가 흘린 핏자국이 굉장히 멀리까지 이어져 있어서 끝까지 따라가 보지도 못했다면서. 곧이어 쏟아진 비 때문에 사건 현장까지 연결되어 있었을 내 핏자국은 곧 지워졌다. 그래서 경찰은 내가 페리 가 근처의 작고 어두운 안뜰 입구에서 발견되었다는 사실만 기록할 수 있었다.

나는 그 어둠의 미로를 두 번 다시 찾지 않을 것이고, 다른 사람도 그 근처에는 데려가지 않을 것이다. 그 오래된 괴물이 무엇이었는지는 나도 모른다. 하지만 그 도시가 죽음과 알지 못할 공포로 가득하다는 점만은 분명하다. 그 남자가 어디로 사라졌는지도 나는 모른다. 이제 나는 저녁마다 향긋한 바닷바람이 불어오는 깨끗한 시골길에 있는 내 고향 뉴잉글랜드의 집에 돌아와 있다.

크툴루의 부름

The Call of Cthulhu

(보스턴의 고故 프랜시스 웨일랜드 서스턴이 남긴 유고 중에서)

"아득히 먼 옛날(……) 의식이 취했던 형체와 모양들은 인류가 생겨나기
도 훨씬 전에 종적을 감추었고(……) 그 찰나의 기억이 시와 전설 속에만
남아서 신이니 괴물이니 신화적 존재니 하는 이름으로 전해질 뿐이지만
(……) 어쩌면 그 위대한 힘이나 존재들의 편린이나마 살아남아서 오늘날
까지 잔존하고 있을지도 모르는 일입니다."

– 앨저넌 블랙우드*

1. 진흙 속의 공포

세상에서 가장 다행스러운 일이라면 인간이 자신의 정신세계를 완전
히 파악할 수 없다는 점이 아닐까. 우리는 무한한 암흑의 바다 한가운
데 있는 무지라는 이름의 평온한 섬에 살고 있으며, 거기서 멀리 벗어나

*Algernon Blackwood(1869~1951). 영국의 공포소설 작가.

지 못하게끔 되어 있다. 과학이 각각의 분야에서 최선을 다해 진리를 탐구해 왔어도 지금껏 그 평온을 깨뜨리지는 못했다. 그러나 언젠가는 조각조각 흩어져 있던 지식들이 합쳐져서 날것 그대로의 가공할 현실과 거기에 처한 우리의 끔찍한 처지가 드러나고 말 것이다. 그러면 우리는 광기에 빠지거나, 잔혹한 계몽의 빛에서 도망쳐서 평화롭고 안전한 중세의 암흑시대로 돌아가려 할 것이다.

신지학자들의 주장에 따르면, 경이롭고 장엄한 우주의 순환 속에서 인류와 그들이 사는 세상은 일시적인 사건에 불과하며, 인류가 둔감한 낙관주의에서 벗어나 지금도 살아 있는 기이한 존재들을 똑바로 인식한다면 피가 얼어붙는 공포에 직면하리라고 한다. 그러나 내가 저 금지된 영겁의 세계를 일별하게 된 것은 신지학을 공부했기 때문은 아니다. 섬뜩한 진실을 깨닫는 계기란 늘 우발적이게 마련이다. 서로 동떨어져 있던 정보들을 우연찮게 종합했을 때 불현듯 알아차리는 것이다. 나 역시 한 교수가 남긴 유고와 오래된 신문 기사를 조사하다가 그런 진실을 맞닥뜨렸고, 이후로는 생각할 때마다 소름이 끼치고 꿈에서 나올 때마다 미쳐 버릴 것만 같다. 나는 누구도 이 비밀을 파헤치지 않기를 바란다. 내가 요행히 목숨을 부지한다 해도 결코 조사를 재개하지는 않을 것이다. 그 교수 역시 갑작스러운 죽음을 맞지만 않았다면 자신의 원고를 영영 어둠 속으로 폐기하고 말았으리라.

내가 조사를 시작한 시기는 1926년에서 27년으로 넘어가는 겨울, 종조부인 조지 개멀 에인절이 세상을 떠났을 때였다. 종조부는 로드아일랜드의 프로비던스에 소재한 브라운 대학에서 셈어 명예교수로 재직했다. 유명 박물관들이 자문을 구할 만큼 저명한 고대 비문 권위자였기에, 92세를 일기로 타계한 그를 기억하는 사람은 많을 것이다. 특히 사망 원인이 모호하다는 점이 관심을 모았다. 종조부는 뉴포트에서 돌아오는 길에 습격을 당했다. 부두에서 윌리엄스 가의 자택으로 가는 지름길인 가파른 언덕을 올라가는 도중, 음침한 뒷골목에서 선원 행색의 어떤 흑인이 튀어나와 떠미는 바람에 쓰러졌다는 목격자의 증언이 있었다. 그런데 시신에 아무런 외상이 없어서 의사들은 당혹스러워했고, 토론 끝에 노인이 너무 가파른 언덕을 급히 오르다 보니 심장에 원인 불명의 장애가 일어났으리라는 결론을 내렸다. 당시에 나는 그 판명에 이견이 없었지만 나중에 가서는 의혹에 사로잡혔다. 아니, 의혹 그 이상이었다.

종조부는 일찍이 부인과 사별했고 자식도 없었으므로 내가 상속인이자 유언 집행자로서 그가 남긴 서류들을 면밀히 검토해야 했다. 그래서 서류철들과 박스들을 모두 보스턴의 내 집으로 가져와서 살펴보았다. 그 안에 있는 것들은 대부분 미국 고고학 협회에서 출간될 원고였지만, 그중 한 상자에 담긴 유품들만은 도무지 어리둥절하고 남들에게 보여 주기도 꺼림칙했다. 상자가 자물쇠로 잠겨 있어서 처음에는 그냥 놔둘 수밖에 없었는데, 종조부가 늘 주머니에 갖고 다니던 열쇠 꾸러미가 기억나서 그걸 찾아다가 기어이 열었다. 하지만 열고 보니 더더욱 굳게 잠긴 장벽과 마주한 기분이었다. 괴상한 점토 조각상, 터무니없는 횡설수설만 적혀 있는 원고들, 이런저런 신문에서 오려 낸 기사들까지, 하나같이 어떻게 해석해야 할지 알 수 없는 것들뿐이었다. 종조부가 말년에 누군가의 얄팍한 사기에 넘어간 건 아닐까 의심스러울 정도였다. 그래서 나는 종조부의 평안을 어지럽혔을 그 별난 조각상을 만든 사람부터 찾아야겠다고 마음먹었다.

조각상은 얕은 돋을새김이 된 투박한 직사각형 형태로 가로 13센티미터에 세로 15센티미터 정도, 두께는 2.5센티미터쯤 되었다. 현대에 제작된 것이 분명했으나 조각된 문양들은 고대 유물 같은 분위기를 풍겼다. 대담하고 다채로운 입체파나 미래파 작품이 워낙 많기는 해도, 불가사의한 상형문자 같은 문양을 그처럼 노골적으로 새긴 작품은 처음 보는 것이었다. 확실히 그 문양은 무슨 문자가 분명했다. 하지만 종조부의 연구 논문과 소장품을 잘 꿰고 있는 나조차 그 문자만큼은 무엇인지 감도 잡히지 않았다.

뜻 모를 그 상형문자들 위에는 그림이 새겨져 있었다. 거칠게 표현되어 있어 무엇인지 알아보기 힘들었지만, 괴물의 모습이거나 혹은 괴물을 뜻하는 상징인 듯했다. 병적인 공상에 빠진 사람이나 생각해 낼 법한 흉물이었다. 과한 상상력을 발휘해서 문어, 용, 인간이 합쳐진 모습을 떠올린다면 그것과 비슷하지 않을까 싶었다. 촉수가 달린 흐물흐물한 머리, 비늘로 뒤덮인 기괴한 몸, 엉성한 날개 한 쌍. 무엇보다 전체적인 윤곽 때문에 무시무시한 느낌이 났다. 그 뒤에는 키클롭스 양식* 건축물들이 대략적으로 묘사되어 있었다.

그 조각상과 함께 발견된 원고들은 종조부가 꽤 최근에 쓴 것으로 보였는데, 문어체로 공들여 쓴 글은 아니었다. 가장 중요하게 보이는 원고는 '크툴루 숭배'라는 제목으로, 생경한 단어인 '크툴루'라는 철자를 제대로 표기하려고 꽤 애를 쓴 듯 보였다. 원고는 두 부분으로 나뉘어 있었다. 하나는 '로드아일랜드 주 프로비던스 토머스 가 7번지에 사는 H. A. 윌콕스가 1925년에 꾼 꿈과 그것의 분석'이라는 부분, 또 하나는 '루이지애나 주 뉴올리언스 비엔빌 가 121번지에 거주하는 존 R. 레그라스 경위가 1908년 미국 고고학회에서 한 진술과 웹 교수의 설명에 대한 주

---

*절단하지 않은 거대한 돌들을 쌓아 올리는 방식으로, 고대 도시 미케네의 성벽에서 발견되는 건축양식. 신화 속의 거인인 키클롭스가 지었다는 전설이 있다.

해'라는 부분이었다. 나머지 원고들은 모두 짤막한 메모 형식이었다. 여러 사람들의 이상한 꿈 이야기를 기록한 것, 신지학 서적과 잡지에 게재된 기사(특히 W. 스콧 엘리엇이 쓴 「아틀란티스와 사라진 레뮤리아*」)에서 발췌한 글, 또한 프레이저의 『황금 가지』와 마거릿 머리의 『서유럽의 마녀 종교』 같은 신화학 및 인류학 저서들을 참고하여 오래된 비밀결사들과 종교의식들에 관한 견해를 적은 글도 있었다. 한편 종조부가 모아 둔 신문 기사들은 주로 1925년 봄에 발생한 기괴한 정신 질환과 집단 착란 증세를 언급한 것들이었다.

'크툴루 숭배'라는 원고의 전반부는 다음과 같은 매우 기이한 일화를 담고 있었다. 1925년 3월 1일, 여윈 체격에 살갗이 가무잡잡한 어느 젊은 남자가 종조부를 찾아왔다. 신경이 날카롭고 들떠 보이는 그 청년은 이상하게 생긴 점토 조각상을 갖고 왔는데, 만든 지 얼마 안 되어서 아직 축축한 상태였다. 건네준 명함을 보니 그는 종조부도 약간 알고 있는 명문가의 막내아들인 헨리 앤서니 윌콕스였다. 윌콕스는 로드아일랜드 디자인 학교에서 조각을 전공하는 학생으로, 학교 근처의 플뢰르드리스 건물에서 혼자 살고 있었다. 어릴 때부터 소문난 천재였지만 기묘한 이야기나 꿈에 대해 즐겨 말하는 별난 습관 때문에 주위에서 괴짜라는 평가를 받았다. 그러나 본인은 스스로를 '정신적으로 극히 민감한 사람'일 뿐이라고 했다. 오래된 상업 도시의 고리타분한 사람들 사이에서는 동류를 만날 수 없었던 그는 점차 사회 활동에서 멀어졌고, 타지 출신의 몇몇 유미주의자들하고만 어울렸다. 지극히 보수적인 프로비던스 미술 협회도 그를 구제 불능으로 취급했다.

---

*인도양에 있었다가 수몰되었다고 추정되는 신비의 대륙.

그런 윌콕스가 다짜고짜 종조부를 찾아와 조각상을 내밀며 거기 새겨진 상형문자를 고고학적으로 해석해 달라고 요구한 것이다. 종조부는 지나치게 격식을 차리는 그의 거만한 태도와 몽상적인 말투가 탐탁지 않았다. 게다가 막 만든 티가 뻔히 나는 점토상이 고고학과 연관이 있을 리도 없었기에 그를 퉁명스럽게 대했다. 그런데 윌콕스가 맞대응으로 한 말이 기막히게 시적이었다. 얼마나 인상적이었던지 종조부는 그의 말을 그대로 옮겨 적어 놓기까지 했다. 그 대화 전체를 대표하는 주제문이자 지극히 윌콕스다운 말이었다. "네, 만든 지 얼마 안 된 물건이긴 합니다. 어젯밤 제가 꿈속의 이상한 도시에서 만든 것이니까요. 하지만 꿈이란 음울한 티레*보다, 사색에 잠긴 스핑크스보다, 정원에 둘러싸인 바빌론보다 오래된 것 아닙니까?"

윌콕스가 기억을 더듬으며 털어놓는 장황한 꿈 이야기에 종조부는 큰 흥미를 느꼈다. 전날 밤에 뉴잉글랜드 지역에서 몇 년 만에 약한 지진이 일어났는데, 윌콕스는 그 영향으로 상상력이 매우 예민해진 상태로 잠들었다가 꿈에서 으리으리한 고대 도시를 보았다고 했다. 무언가 무시무시한 것이 숨어 있는 듯 음산한 키클롭스 양식의 도시였다. 하늘 높이 치솟은 돌기둥과 거대한 바위가 가득했고, 여기저기 녹색 액체가 뚝뚝 흘러내렸으며, 벽과 기둥마다 상형문자들로 뒤덮여 있었다. 그리고 어딘가에서 목소리가, 아니 막연하고 혼란스러운 어떤 감각이 전해져 왔다. 윌콕스는 상상력을 동원해서 그 감각을 겨우 말로 통역해 낼 수 있었다. '크툴루 파타근'이라는 말이었다.

발음하기도 힘든 그 말이 바로 윌콕스의 꿈을 해석할 수 있는 열쇠였

---

*레바논 남부에 위치한 해안 도시. 지중해에서 가장 오래된 고대 도시로 페니키아 시대에 번성했다.

다. 흥분과 당혹감에 휩싸인 종조부는 월콕스가 가져온 조각상을 골똘히 들여다보며 그에게 온갖 과학적 사실들을 면밀히 따져 물었다. 월콕스는 꿈에서 깨어나 보니 자신이 그 조각상을 잠옷 바람으로 조각하고 있더라고 했다. (나중에 월콕스가 내게 말하길, 종조부는 자신이 거기 새겨진 상형문자와 그림을 대번에 알아보지 못한 것을 나이 탓으로 돌렸다고 한다.) 종조부는 이상한 종교나 비밀결사 등과 엮인 게 아니냐며 이런저런 질문을 했는데, 월콕스는 영 뜬금없는 이야기라는 식으로만 반응했다. 근래에 성행하는 신비주의나 이교 집단에 가입하는 조건으로 침묵 서약을 했느냐는 질문은 아예 이해하지도 못하는 눈치였다. 월콕스가 밀교 방면에는 완전히 무지하다고 확신한 종조부는 앞으로도 이상한 꿈을 꾸거든 꼭 알려 달라고 청했다.

이후 월콕스는 매일같이 찾아와서 보고를 했던 모양이다. 그가 밤마다 꾼 선명한 꿈들이 종조부의 원고에 낱낱이 기록되어 있는 걸 보면. 월콕스는 매번 꿈에서 소름 끼치도록 음울하고 물에 흠뻑 젖은 고대 도시를 보았으며, 그곳에서 자신도 알지 못하는 감각으로 지하에서 울려 퍼지는 어떤 지적인 존재의 외침을 감지했다고 했다. 가장 자주 들렸던 외침을 말로 옮기자면(그래 봤자 뜻 모를 소리에 불과하지만) '크툴루'와 '르리예'라고 했다.

3월 23일에는 월콕스가 오지 않았다. 종조부가 그의 집에 찾아가서 안부를 물으니, 같은 건물에 사는 예술가들이 월콕스는 원인 불명의 열병에 걸려서 워터먼 가에 있는 부모님 댁으로 옮겨졌다고 알려 주었다. 월콕스가 한밤중에 비명을 지르는 통에 잠에서 깨어 그를 찾아가 보니 의식불명과 착란상태를 오가고 있었다고 했다. 종조부는 즉시 월콕스의 가족에게 연락을 취해 이후의 경과를 면밀히 살폈다. 주치의인 토비 박사의 사무실까지 찾아가서 그의 상태에 대해 상의하기도 했다.

토비 박사는 몸서리를 치면서 윌콕스를 사로잡은 이상한 환상에 대해 말해 주었다. 문제의 꿈도 계속될 뿐 아니라, 이제는 무언가 거대한 것이 주위를 어슬렁거리는 환각까지 본다는 것이었다. 윌콕스는 그 괴물의 덩치가 몇 킬로미터나 된다고 했지만 구체적인 생김새는 제대로 설명하지 못한 모양이었다. 하지만 윌콕스가 쏟아 낸 몇몇 헛소리를 전해 들은 종조부는, 그가 이전에 무의식중에 만들었던 조각상과 똑같이 생긴 괴물을 말하는 것임을 짐작할 수 있었다. 토비 박사는 윌콕스가 그 괴물에 대해 말하고 나면 어김없이 혼수상태에 빠진다고 했다. 전체적인 상태로 보아 정신 질환이 아니라 열병인 것 같은데, 이상하게 체온은 그리 높지 않다고 했다.

4월 2일 3시경, 윌콕스의 병증이 갑자기 사라졌다. 그는 침대에서 똑바로 일어나 앉더니 자신이 부모님 집에 와 있다는 사실에 깜짝 놀랐다. 3월 22일 밤 이후로 벌어진 일은 꿈이든 현실이든 아무것도 기억하지 못했고, 사흘 후에는 완쾌되었다는 진단을 받고 자기 집으로 돌아갈 수 있었다. 하지만 종조부에게는 도움이 못 되는 일이었다. 윌콕스가 회복 이후 더 이상 이상한 꿈을 꾸지 않게 되었기 때문이다. 그때부터 일주일 동안 윌콕스가 지극히 평범한 꿈만 보고하자, 종조부는 상담을 아예 중단하기에 이르렀다.

여기까지가 내가 읽은 종조부 원고의 시작 부분이다. 그 밖에 정리되지 않은 기록들 중에도 생각해 볼 만한 내용이 상당히 많았지만, 그럼에도 불구하고 내가 윌콕스라는 예술가에 대한 의심을 못내 떨칠 수 없었던 건 내 가치관의 근간인 회의주의 때문이었으리라.

다른 원고에는 종조부가 윌콕스의 보고를 받던 때와 동일한 시기에 여러 사람들이 꾼 꿈 이야기가 기록되어 있었다. 종조부는 부탁을 해도 무례가 되지 않을 만한 친구들을 모조리 동원해서 엄청나게 광범위한 설문 조사를 벌였던 모양이다. 그들에게 매일 밤 꾼 꿈의 내용이 무엇인지, 근래에 무슨 특별한 환상을 본 적이 있는지, 보았다면 언제였는지를 묻는 설문이었다. 모두가 선뜻 응해 주지는 않았겠지만, 종조부는 자신의 엄청난 인맥을 동원해 보통 사람이라면 비서 없이 처리하기 어려웠을 수많은 응답을 받았던 것으로 보인다. 응답지의 원본은 남아 있지 않았으나 중요한 요점들은 원고에 철저하게 정리되어 있었다.

사교계와 사업계에 퍼져 있는 뉴잉글랜드의 모범적이고 전통적인 계층 사람들이 해준 답변에는 별다른 특이 사항이 없었다. 그래도 불길한 꿈을 꾸었다는 응답이 간혹 있기는 했는데, 그런 경우는 한결같이 윌콕스의 착란 증세가 일어났던 3월 23일에서 4월 2일 사이의 일이었다. 과학계 사람들은 조금 흥미로운 응답을 주었지만 그래 봤자 이상한 풍경을 언뜻 보았다는 경우가 네 건, 무언가 기괴하고 무서운 것을 목격했다는 경우가 한 건 정도였다.

윌콕스와 유사한 경험을 했다는 응답자는 화가들과 시인들뿐이었다. 만약 그들이 서로의 답변을 비교해 보았다면 공포에 질렸을 것이다. 사실 당시에 나는 그 결과를 곧이곧대로 믿지 않았다. 응답지 원본을 참조할 수 없는 상태였기에, 종조부가 원하는 답변을 유도하는 질문을 했거나 혹은 기대하는 결과에 걸맞도록 내용을 편집했으리라는 의심이 들었던 것이다. 윌콕스가 사기를 쳤다는 의혹이 가시지 않았던 까닭도 그 때문이었다. 윌콕스가 어떤 경로로 종조부의 연구 내용을 알아내 그분이 원하는 바에 들어맞는 증거를 제시함으로써 그를 감쪽같이 속였을 것이라 생각했다.

어쨌거나 예술가들이 보낸 답변은 충격적이었다. 대부분이 2월 28일부터 4월 2일 사이에 몹시 괴이한 꿈을 꾸었다고 답했으며, 윌콕스가 착란상태에 빠졌던 시기에는 꿈이 어마어마하게 강렬해졌다고 했다. 그중 4분의 1 이상은 꿈 내용까지 윌콕스의 그것과 일치했으며, 꿈의 말미에는 형언할 수 없이 끔찍하고 거대한 생물체가 보여 극심한 공포를 느꼈다고 진술했다. 그중에서 원고에 특히 강조된 사건 하나는 애통하기 그지없었다. 평소 신지학과 신비학에 관심이 많았던 유명한 건축가가 윌콕스가 발작을 일으켰던 날 실성해 버려, 지옥에서 탈출한 생명체로부터 자신을 구해 달라고 끊임없이 소리치다가 몇 달 뒤 사망했다는 이야기였다.

종조부는 응답자들의 실명을 기재하지 않고 번호로만 분류해 놓았기에 내가 일일이 만나서 검증해 볼 수는 없었지만, 어렵사리 찾아낸 몇 명은 원고에 실린 내용이 사실이라고 인정했다. 그들의 당황스러워하는 반응을 직접 접하니, 종조부가 설문을 벌였을 때 다른 응답자들도 이랬겠구나 싶었다. 그들이 설문 조사 결과를 알 일은 없을 테니 다행일 따름이다.

종조부가 남긴 신문 기사들에는 같은 시기에 특정한 사람들이 겪은 갖가지 패닉 현상과 조증 현상, 그리고 그들이 벌인 기행 등이 실려 있었다. 스크랩된 기사들의 양이 방대한 데다 출처도 전 세계에 걸쳐 있는 걸 보니 종조부가 자료 수집 전문 업체에 스크랩을 의뢰한 듯했다. 런던의 어떤 독신자가 한밤중에 자다 말고 비명을 지르다가 창밖으로 뛰어내려 자살한 사건, 남아메리카의 어떤 광신도가 끔찍한 미래를 예지하는 환상을 보았다며 신문사에 투고한 편지, '영광된 예언의 실현'을 맞는다며 흰 예복 차림으로 모여든 캘리포니아 신지론자 집단을 다룬 속보, 인도에서 3월 말에 일어난 심각한 원주민 소요 사태를 조심스럽게 언급한 기사가 있었다. 필리핀 주재 미국 공사관에서는 토착 부족들이 말썽을 일으켰다는 공보를 내보냈고, 뉴욕 경찰청에서는 3월 22일에서 23일로 넘어가는 밤에 레반트*계 폭도들에게 습격을 당했다고 전했다. 아이티에서는 부두교 집회가 급증하는가 하면, 아프리카 변경에서는 불길한 속삭임이 들려온다는 소식도 있었다. 아일랜드 서부 지역은 이상한 소문과 전설들로 들썩거렸고, 1926년 파리 신춘 전람회에서는 아르도보노라는 엉뚱한 화가가 〈꿈속의 풍경〉이라는 신성모독적인 작품을 발표했다. 그리고 수많은 정신병원들에서 이상 사태가 일어났는데, 각 사례들이 기이하게 일치하는 점이 있었으나 의사회 측에서는 혼란스러운 결론밖에 내릴 수 없었다.

그야말로 희한한 내용 일색이었다. 지금의 나로서는 그 기사들을 도저히 무시할 수 없지만, 그때만 해도 냉철한 합리주의자였던 나는 윌콕스가 종조부를 속여 이상한 내용이 담긴 기사들을 수집하게 한 것이라고 철석같이 믿었다.

2. 레그라스 경위의 이야기

어쨌거나 윌콕스의 꿈과 조각상에 관한 일은, 종조부의 긴 유고의 절반을 차지할 만큼 그에게 중요한 문제였다. 종조부는 그 조각상에 새겨진 소름 끼치는 괴물의 형상과 정체불명의 상형문자를 일찍이 본 적이

---

*동부 지중해 연안 지역을 이르는 말로 주로 시리아, 레바논 두 국가를 지칭한다.

있었고, '크툴루'라고 적을 수 있는 불길한 단어를 들어 본 적도 있었기 때문이다. 따라서 그 일과 윌콕스 이야기 사이의 놀랍고도 섬뜩한 연관성을 깨닫고 조사에 들어간 것은 무리가 아니었다.

종조부가 그 괴물의 형상을 처음 본 것은 그때로부터 17년 전인 1908년, 세인트루이스에서 열린 미국 고고학 협회 연례 학회에서였다. 종조부는 학계에서 쌓은 권위와 성과에 걸맞게 그 학회에서 중요한 역할을 맡았다. 전문가의 자문을 구하고자 학회에 참석한 외부인들도 가장 먼저 종조부를 찾았는데, 그중 한 사람이 대번에 학회 전체의 관심을 모았다.

그는 존 레이먼드 레그라스라는 평범한 외모의 중년 남성이었다. 자신을 경찰 경위라고 소개한 그는, 도저히 정체를 알 수 없는 수수께끼 같은 물건이 하나 있어서 도움을 얻고자 뉴올리언스에서 여기까지 먼 길을 찾아왔다고 했다. 레그라스 경위가 갖고 온 것은 기괴하고 혐오스럽게 생긴 작은 석상이었다. 아주 오래된 유물 같기는 한데 기원은 전혀 모르겠다고 했다. 그는 고고학에 아무런 흥미도 없었고, 순전히 직업상의 문제를 해결할 지식이 필요할 뿐이었다.

석상, 혹은 우상이나 물신이라 불러야 할지도 모를 그 물건은 몇 달전에 경찰이 뉴올리언스 남부의 울창한 늪지대에서 부두교 집회를 급습했다가 발견한 것이었다. 집회에서 치르던 의식이 너무나도 특이하고 끔찍했기에 경찰은 그들이 부두교도가 아니라 훨씬 더 극악무도한, 알려진 적 없는 제3의 종교 집단이라고 판단했다. 하지만 붙잡힌 신도들을 심문해 보아도 터무니없는 횡설수설만 늘어놓아 그 종교의 정확한 실체를 밝혀낼 수가 없었다. 그래서 그들의 집회에서 쓰였던 흉악한 석상이라도 고고학자들에게 보여 주면 그 종교의 근원을 추적할 단서를 얻을 수 있을까 해서 경위가 학회에까지 참석하게 된 것이었다.

레그라스 경위는 자신이 그렇게 큰 소란을 불러올 줄은 미처 예상하지 못했다. 석상을 보자마자 학자들은 극도의 흥분에 빠져 앞다투어 몰려들어 그 작은 조각상을 살펴보기 시작했다. 완전히 생소하면서도 만들어진 시기를 짐작할 수 없을 만큼 오래된 것으로 보이는 그 유물은 이제껏 알려지지 않았던 고대의 새로운 지평을 열어 줄 가능성을 암시하고 있었다. 어떤 미지의 조각가가 석상에 생명을 불어넣은 것도 아닐 텐데 마치 살아 있는 듯 생생했고, 그것의 칙칙한 녹색 표면에는 수백 수천 년의 세월이 고스란히 기록되어 있는 듯했다.

학자들은 한 명씩 돌아가면서 석상을 면밀히 뜯어보았다. 18~20센티미터 정도의 높이에 정교한 예술적 솜씨가 돋보였다. 전반적인 체형은 사람 비슷한데, 문어를 닮은 얼굴에 촉수가 잔뜩 달렸고 고무질 같은 몸은 비늘로 뒤덮여 있었다. 앞발과 뒷발에 커다란 발톱이 튀어나와 있었고 등에는 길고 좁은 날개가 돋혀 있었으며, 부풀어 오른 듯 다소 통통한 몸집이었다. 뜻 모를 문자들이 빽빽이 새겨진 사각형 받침돌 위에 웅크려 앉은 그 괴물은 무시무시하고 사악한 기운으로 가득 찬 듯 보였다. 엉덩이는 받침돌 중앙에, 양쪽 날개 끝은 뒤쪽 모서리에 닿았고, 받침돌의 앞쪽 모서리를 움켜쥔 뒷발의 길고 휘어진 발톱은 받침돌 높이의 4분의 1 정도를 덮고 있었다. 앞으로 수그린 문어 머리 같은 얼굴에서 튀어나온 촉수들은 무릎을 감싸 쥔 앞발 발톱에까지 닿아 있었다. 석상은 꼭 살아 있는 생명체처럼 보였고, 출처를 전혀 알 수 없다는 점 때문에 묘하게 섬뜩했다. 오래된 유물임은 분명했으나 지금까지 알려진 인류 초기 문명이나 그 어떤 시대의 예술 양식과도 맞지 않았다. 이질적이고 독특한 재질 역시 수수께끼였다. 초록빛을 띤 거무스름한 색깔에

금빛의 반점과 줄무늬가 나 있는 미끌미끌한 돌이었는데, 지질학적으로나 광물학적으로나 전대미문의 소재였다. 받침돌에 새겨진 문자들도 당황스러웠다. 전 세계 고고학자들 절반이 모인 자리인데도, 그 문자와 조금이라도 관련 있어 보이는 언어를 안다는 사람이 아무도 없었다. 어느 모로 보나 지금까지 알려진 인류 문명과는 아득히 동떨어진 물건이었다. 우리가 아는 세상이나 개념으로는 이해할 수 없는, 어떤 불길하고도 유구한 생명의 순환이 깃들어 있는 듯했다.

학자들이 레그라스 경위가 가져온 수수께끼 같은 물건 앞에서 고개를 젓고 있을 때, 그 형상과 문자를 어디서 본 것 같다고 자신 없게 나선 사람이 딱 한 명 있었는데, 지금은 고인이 된 윌리엄 채닝 웹 교수였다. 프린스턴 대학 인류학 교수였던 그는 상당히 유명한 탐험가이기도 했다. 웹 교수는 48년 전에 룬 문자*가 새겨져 있다는 비석을 찾아 그린란드와 아이슬란드를 탐사한 적이 있었는데, 비록 원래의 목적은 달성하지 못했지만 그린란드 서부 해안의 고원 지대에서 아주 특이한 이누이트 부족 혹은 집단을 마주쳤다고 했다. 그들은 독특한 악마 숭배 종교를 믿는 자들로, 혐오스럽고 잔인무도한 의식을 계획적으로 수행하고 있었다. 다른 이누이트 부족들은 그 종교에 대해 잘 몰랐고, 다만 천지가 창조되기도 전 까마득한 고대에 생긴 종교라며 진저리를 쳤다고 한다. 그 종교 집단은 인신 공양을 비롯해 입에 담기도 끔찍한 의식들은 물론 '토르나수크'라는 이름의 최고신을 섬기는 기묘한 제의도 치르고 있었다. 웹 교수는 그들 말로 '안게코크'라고 불리는 늙은 주술사가 읊조리는 말을 로마자 표기로 최대한 세심하게 채록했다. 무엇보다 중요

---

*초기 게르만족이 3~16세기에 사용한 고대 문자로, 주로 주술적인 용도로 쓰였다.

해 보였던 것은 그 부족이 소중히 모시던 물신이었다. 그들은 오로라가 빙벽 위로 높이 떠오를 때면 그 물신 주위를 돌면서 춤을 추었다. 그 물신은 흉악한 그림과 불가사의한 글이 돋을새김된 조악한 석판이었는데, 웹 교수는 자기가 생각하기에 레그라스 경위가 가져온 석상과 그 물신의 핵심적인 부분이 거의 유사하다고 했다.

웹 교수의 이야기는 학회 전체에 전율과 경악을 불러일으켰다. 누구보다 흥분한 레그라스 경위는 웹 교수에게 즉시 질문 세례를 퍼부었으며, 특히 이누이트 부족에게서 채록한 말들을 최대한 기억해 내달라고 부탁했다. 레그라스는 늪지대의 신도들이 의식에서 쓰던 말들을 적어 둔 기록을 가져온 참이었기에, 웹 교수는 그것을 자신이 기억하는 말과 철저히 비교 분석할 수 있었다. 그 결과에 모두가 충격에 빠져서 할 말을 잃고 말았다. 물리적으로 그토록 멀리 떨어진 두 지역의 종교 집단이 비슷하게 생긴 우상을 섬길 뿐 아니라 똑같은 주문까지 사용하고 있기 때문이었다. 그린란드의 이누이트 주술사들과 루이지애나 늪지대의 이교도들이 동일하게 읊조렸던 주문은 다음과 같이 옮겨 적을 수 있다. 띄어쓰기는 읊조릴 때 반복적으로 끊기는 부분에 따라 어림짐작한 것이다.

'판글루이 므글루나파 크툴루 르리예 우가나글 파타근!'

이 주문에 대해서는 레그라스가 웹 교수보다 한발 앞서 있었다. 체포한 이교도들을 취조하는 과정에서 그 주문의 뜻까지 알아냈기 때문이다. 이교도들이 손위 신도들로부터 배웠다는 그 뜻은 다음과 같다.

'죽은 크툴루가 르리예의 거처에서 꿈꾸며 기다리고 있다.'

이쯤 되자 사람들은 레그라스에게 아는 것을 모두 공개하라고 채근했다. 그래서 경위는 수사 과정에서 겪은 일들을 가능한 한 전부 털어놓았는데, 과연 종조부가 심각하게 여길 만한 내용이었다. 그 이야기는 신화

작가나 신지론자도 감히 꿈꾸기 어려운 내용이었으며, 혼혈인과 부랑자 집단이 지어냈다고 하기에는 너무나도 경이로운 우주적 상상이 담겨 있었다.

1907년 11월 1일, 뉴올리언스 경찰은 늪지대와 호수밖에 없는 남부의 황무지로 긴급히 출동해 달라는 요청을 받았다. 그곳은 미개하지만 선량한 장 라피트*의 후손들이 무단 거주하고 있는 마을이었는데, 밤마다 근처에서 일어나는 불가사의한 집회 때문에 너무 공포스럽다며 신고를 한 것이었다. 신고하러 경찰서까지 찾아온 마을 주민은 부두교 집회 같기는 한데 그렇게 끔찍한 종류의 부두교는 듣도 보도 못했다며 자세한 사정을 말했다. 귀신이 들렸다는 소문 때문에 아무도 들어가지 않는 어두컴컴한 숲에서 어느 날부턴가 사위스러운 북소리와 함께 미친 듯한 고함과 참혹한 비명, 숨 막히게 오싹한 주문 소리가 들리고 악마 같은 불길이 너울너울 춤추는 광경까지 보이기 시작하더니, 그때부터 마을의 여자들과 아이들이 하나둘씩 실종된다고 했다. 신고자는 겁에 질린 표정으로 도저히 더 이상 견딜 수가 없다고 토로했다.

그리하여 늦은 오후 무렵, 경찰 부대 20명이 마차 두 대와 자동차 한 대를 나누어 타고 출동했다. 신고자는 여전히 두려움에 덜덜 떨며 길을 안내해 주었다. 도로가 끝나는 지점에서부터는 모두 차에서 내려 걸어가야 했다. 햇빛이 전혀 들지 않는 음산한 사이프러스 숲을 말없이 저벅저벅 지나가는 동안, 흉측하게 튀어나온 나무뿌리며 치렁치렁하게 드리워진 기생식물들이 그들을 괴롭혔다. 이따금 축축한 돌무더기나 썩어가는 성벽의 파편들이 나타나면 어떤 기괴한 이들이 남긴 흔적인가 싶

*19세기 초 뉴올리언스 남부 해안에서 활약했던 프랑스 출신의 해적.

180

어 모골이 송연해졌다. 기형으로 일그러진 나무들과 작은 섬처럼 군집한 균류가 더더욱 음울한 분위기를 자아냈다. 그러다가 마침내 누추한 오두막집들이 모여 있는 마을이 눈앞에 나타났다. 랜턴을 들고 다가오는 경찰들을 발견한 사람들이 너도나도 뛰어나와 주위를 에워쌌다. 둥둥 하는 북소리가 아주 멀리서 어렴풋이 들려왔고, 바람의 방향이 바뀔 때면 오싹한 비명 소리가 귓가에 스치기도 했다. 끝없는 밤의 장막에 휩싸인 숲 속에서 새어 나오는 불그스름한 불빛 역시 전해 들은 말 그대로였다. 겁먹은 주민들은 길을 안내해 달라는 경찰의 부탁을 단호히 거절했다. 저기로는 한 발짝도 다가가기 싫고, 또 경찰이 들어가 있는 동안 밖에서 혼자 남아 있는 것도 싫다면서. 그래서 레그라스 경위를 포함한 경찰 스무 명은 아무도 발을 들여 본 적 없다는 공포의 숲으로 길잡이도 없이 무작정 뛰어드는 수밖에 없었다.

그 숲은 예로부터 흉흉한 소문이 떠돌아 백인들의 개척의 손길조차 한 번도 닿은 적 없는 미지의 영역이었다. 숲 속 어딘가에 아무도 본 적 없는 호수가 있는데, 그 안에 히드라처럼 생긴 무정형의 흰색 괴물이 야광 눈을 번뜩이며 도사리고 있다는 전설이 전해졌다. 한밤이 되면 박쥐 날개를 단 악마들이 그 괴물을 숭배하러 지하 동굴로부터 그곳으로 날아온다는 이야기도 있었다. 주민들은 그 괴물이 아메리카 대륙에 디베르빌*이나 라살**이 오기 전부터, 아니 인디언이 살기 전부터, 아니 야생동물이나 새가 살기도 전부터 그 숲에 있었다고 수군거렸다. 존재 자체가 악몽인 그 괴물과 맞닥뜨리면 바로 목숨을 잃게 되지만, 주민들은

*Pierre Le Moyne d'Iberville(1661~1706). 프랑스계 캐나다인 탐험가이자 군인으로, 루이지애나에 최초로 프랑스 식민지를 건설했다.
**Rene Robert Cavelier de La Salle(1643~1687). 프랑스의 탐험가로, 미시시피 강 유역을 탐험하다가 1682년 그 지역을 프랑스 소유라고 선언한 뒤 '루이지애나'라는 지명을 붙였다.

꿈을 통해 괴물의 경고를 들었기에 지금까지 알아서 잘 피해 왔다고 했다. 그러면서 지금 부두교 집회가 벌어지고 있는 곳은 그 무시무시한 숲의 변두리에 불과하지만, 거기까지만 들어가도 충분히 위험하다고 했다. 즉 마을 주민들이 정말로 두려워하는 것은 소름 끼치는 비명 소리나 실종 사건보다 그 숲 자체인 셈이었다.

레그라스의 경찰대가 시커먼 늪지대를 가로질러 붉은 불빛과 북소리가 나는 쪽으로 나아가는 중에, 상상력 넘치는 시인들이나 미치광이들만 이해할 법한 해괴망측한 소리들이 들려왔다. 사람 소리도 짐승 소리도 아닌 듯한 그 소리에 모두가 공포에 질릴 수밖에 없었다. 환희에 찬 비명과 울부짖음이 마치 지옥에서 휘몰아쳐 온 태풍처럼 숲 전체를 뒤흔들고 있었다. 짐승처럼 날뛰며 흥청거리는 집회 분위기는 거의 악마적인 상태에 다다른 듯했다. 이교도들은 이따금씩 마구잡이로 내지르던 포효를 멈추고 목쉰 소리로 다음과 같은 체계적인 합창을 하기도 했다.

"판글루이 므글루나파 크툴루 르리예 우가나글 파타근!"

계속 전진하니 어느 지점부터 나무들이 듬성듬성해지더니 시야가 탁 트였다. 드디어 드러난 집회 현장을 본 경찰들 중 네 명이 비틀거렸고, 한 명은 기절했으며, 두 명은 미친 듯이 비명을 질렀으나 다행히도 온갖 아우성 소리에 묻혀서 들리지는 않았다. 레그라스는 늪의 물을 끼얹어서 기절한 부하를 깨웠다. 모두가 공포로 넋을 잃은 채 덜덜 떨고만 있었다.

눈앞의 늪지대에 풀로 덮인 1에이커 정도 크기의 섬이 하나 있었다. 나무는 없고, 다른 데에 비해 그나마 물이 덜 고여 있는 곳이었다. 바로 거기서 시드니 사임*이나 앤서니 앤거롤라** 같은 화가의 그림에나 나올 법한 기괴한 아수라장이 펼쳐지고 있었다. 실오라기 하나 안 걸친 알

몸의 혼혈인들이 모닥불을 둘러싸고서 울부짖고 고함치고 몸부림치고 있었던 것이다. 너울거리는 모닥불 너머로 약 2.5미터 높이의 거대한 화강암 기둥이 보였고, 그 기둥 위에 흉악하게 생긴 조그만 조각상 하나가 얹혀 있었다. 불꽃에 휩싸인 그 돌기둥은 커다란 원 모양으로 늘어선 열 대의 처형대로 에워싸여 있었는데, 바로 거기에 실종된 주민들이 고개를 떨군 채 매달려 있었다. 하나같이 무참하게 난도질당한 기괴한 모습이었다. 신도들이 날뛰고 있는 곳은 그 원 안쪽이었다. 그들은 시체들과 모닥불 사이에서 시계 방향으로 빙빙 돌며 떠들썩한 광란의 카니발을 즐기는 중이었다.

바로 그때 그 공포의 숲 깊은 곳으로부터 이교도들의 합창에 화답하는 듯한 무슨 소리를 들었다고 증언한 경찰이 있었다. 스페인 출신의 조지프 D. 갈베스라는 다혈질 사내였다. 하지만 나는 그가 메아리를 착각했거나 환청을 들었을 거라고 생각한다. 나중에 직접 만나서 얘기를 들어 보니 확실히 상상력이 좀 과한 사람 같았다. 그는 커다란 날개가 퍼덕이는 듯한 희미한 소리를 정말로 들었으며, 나무들 사이에서 번뜩이는 눈동자와 희끄무레하고 거대한 형체까지 똑똑히 보았다고 단언했는데, 아무래도 토속 미신을 너무 많이 접했던 듯했다.

경찰들이 공포로 얼어붙었던 시간은 그리 길지 않았다. 어쨌든 임무가 우선이었기에, 그들은 무기에 의지해서 백 명에 가까운 신도들 사이로 결연히 뛰어들었다. 이후 5분 동안 벌어진 온갖 난장판은 말로 표현 못할 정도였다고 한다. 난투극과 총격이 이어졌고 그 혼란을 틈타 많은 신도들이 도망쳤지만, 결국 총 마흔일곱 명을 체포할 수 있었다. 레그라

*Sidney Sime(1867~1941). 영국의 화가. 환상적이고 기괴한 장면을 많이 그렸다.
**Anthony Angarola(1893~1929). 미국의 화가이자 판화가.

스의 명령에 따라 신도들은 무뚝뚝한 표정으로 서둘러 옷을 주워 입고 두 줄로 정렬한 경찰들 사이에 집합했다. 진압 과정에서 다섯 명이 사망했고, 중상을 입은 두 명은 다른 신도들이 임시로 만든 들것에 실렸다. 돌기둥 위의 석상은 물론 레그라스가 조심스럽게 챙겼다.

경찰서로 돌아가는 길은 멀고도 험난했다. 마침내 도착한 뒤 본격적으로 심문을 개시해 보니, 그들은 모두 비천한 신분의 혼혈인이었고 정신 상태도 정상이 아니었다. 대다수가 선원이었으며, 서인도제도나 카보베르데 출신의 흑인 및 물라토도 몇몇 섞여 있어 그 다인종 집단에 부두교 문화의 색깔을 덧입히고 있었다. 그러나 그들의 종교에 흑인들의 물신숭배로만 국한할 수 없는 어떤 깊고도 유구한 요소가 있다는 사실이 금방 드러났다. 하나같이 미천하고 무지한 사람들인데도 자기들의 혐오스러운 종교에 있어서만은 놀라울 만큼 일관적인 교리와 신앙을 유지하고 있었던 것이다.

그들이 섬기는 신은 '옛 지배자'들로서, 인류가 나타나기도 전의 먼 옛날에 하늘에서 내려온 존재라고 했다. 옛 지배자들은 비록 땅과 바다 밑으로 사라졌지만 그 시신들은 남아 인류의 시조에게 꿈으로 계시를 했고, 그때 생겨난 종교가 오늘날까지 살아남았다고 했다. 그들은 자기네 종교가 전 세계의 어둡고 버려진 곳들에 숨은 채 명맥을 이어 왔으며 앞으로도 변함없이 존속하리라 믿었다. 그 은밀한 종교가 기다리는 것은 위대한 사제 크툴루의 부활이었다. 신도들은 크툴루가 지금도 르리예라는 웅장한 해저 도시의 어두운 처소에서 안식하고 있으며, 언젠가 별들이 준비를 마쳐 크툴루가 세상을 다시 지배할 날이 오면 자신들을 부를 것이라고 장담했다.

그때까지는 모든 진실을 밝히면 안 된다는 게 그 종교의 철칙이었다.

그들은 고문을 당하면서도 진짜 중대한 비밀들은 절대로 털어놓지 않았다. 고문을 당한다고 해도 절대로 발설하지 못할 비밀이 있다면서. 옛 지배자를 실제로 본 인간은 아무도 없다고 했다. 지구에는 인간 외에도 지성을 갖춘 생명체들이 존재하며, 어둠 속에 숨어 있는 그 생명체들이 신앙이 깊은 신도들의 눈앞에 간혹 나타나기도 하지만, 그것들은 옛 지배자가 아니라고 했다. 집회에서 섬기던 조각상은 위대한 크툴루를 본 떠 만든 것이기는 하지만 다른 옛 지배자들도 크툴루처럼 생겼을지는 알 수 없는 일이었다. 조각상에 새겨진 글귀를 읽을 수 있는 사람도 이제는 아무도 없으며, 모든 비밀은 구전될 따름이라고 했다. 또한 그들은 의식에서 크게 외쳤던 주문은 비밀이 아니라고, 진정한 비밀은 그렇게 외치지 않고 작은 소리로 속삭이기만 한다고, 크게 외친 주문은 '죽은 크툴루가 르리예의 거처에서 꿈꾸며 기다리고 있다'는 뜻일 뿐이라고 알려 주었다.

합당한 재판을 받아 교수형에 처해질 수 있을 만큼 정신이 멀쩡한 신도는 단 두 명뿐이었다. 나머지는 여러 보호시설에 수용되었다. 인신 공양을 위해 살인을 저질렀다는 혐의를 인정한 사람은 한 명도 없었다. 모두가 '검은 날개의 존재들'이 주민들을 죽인 것이라고 극구 주장했다. 그 존재들은 태곳적부터 숲 속 어딘가의 정해진 장소에서 회합을 가졌으며 가끔 신도들을 만나러 밖으로 나오는 일도 있다고 했다. 그러나 그 불가사의한 존재들을 잡아 봤자 아무런 해명도 들을 수 없을 터였다.

경찰에게 가장 많은 진술을 해준 사람은 카스트로라는 엄청난 고령의 메스티소계 노인이었다. 그는 항해를 하며 기이한 항구들을 방문한 적이 있으며, 중국의 어느 산자락에서 영생을 누리며 살고 있는 그 종교의 지도자들을 만나서 이야기를 나누기도 했다고 주장했다. 카스트로가 그 중국인들에게서 들었다며 털어놓은 전설은 신지론자들의 온갖 이론을 무색케 할 만큼 끔찍한 내용이었고, 듣고 있으면 인류의 역사가 극히 짧고 무상하다는 생각이 들 만한 이야기였다. 그 내용을 요약하면 다음과 같다.

먼 옛날 지구에는 인간이 아닌 다른 지배자들이 살고 있었다. 그들은 영겁과도 같은 오랜 시간 동안 지구를 다스렸으며, 오늘날 태평양 섬에 남아 있는 거석들이 바로 옛 지배자들이 세웠던 대도시의 잔해다. 옛 지배자들은 인류가 도래하기도 전에 죽었지만, 영원히 순환하는 별들이 다시금 적절한 위치로 돌아오는 날 그들을 소생시킬 수 있는 비법이 암암리에 전해지고 있다.

옛 지배자들은 다른 별에서 태어났으며, 피와 살로 이루어진 생명체도 아니다. 그들이 지구로 건너올 때 직접 가져온 석상에 묘사되어 있듯이 일정한 형체가 있는 존재이기는 하나, 결코 물질적인 육체를 갖춘 생물이라고는 할 수 없다. 별들이 제자리에 있을 적에는 하늘을 가로지르며 이 행성 저 행성으로 날아다닐 수도 있었던 신비한 존재들인데, 지금은 별들의 위치가 어긋났기에 살지 못하고 있을 뿐이다. 그렇다고 옛 지배자들이 아예 소멸된 것은 아니다. 그들은 지금도 강력한 크툴루의 마법을 통해 생명을 유지하며 르리예라는 대도시의 석조 신전에 누워 있으며, 천체와 지구가 다시금 준비를 갖출 때 영광스럽게 부활할 날만을 기다리고 있다.

그들의 육신을 해방시키려면 외부에서 어떤 힘을 가해야만 한다. 크툴루의 마법은 옛 지배자들을 보호할 뿐만 아니라 움직이지 못하게 봉인하고 있기 때문이다. 그래서 옛 지배자들은 헤아릴 수 없이 오랜 세월 동안 어둠 속에 갇혀 누워만 있었으나, 정신은 깨어 있었기에 우주에서 일어나는 모든 일을 꿰뚫어 보았으며 말도 할 수 있었다. 지금도 그들은 어둠의 무덤 속에서 말을 하고 있다. 단 발성기관을 거치지 않고 생각을 직접 전송하는 방식을 쓰는데, 기나긴 혼돈의 시대 이후 최초의 인류가 나타났을 때 특별히 감각이 예민한 사람들의 꿈에 나타나 바로 그런 방식으로 계시를 내렸다. 피와 살로 이루어진 포유동물에게 자신들의 언어를 전달하려면 꿈을 통하는 수밖에 없기 때문이다.

그리하여 인류의 시조들은 어둑한 장소에 숨겨져 있던 옛 지배자들의 작은 석상들을 발견했고, 그것을 우상 삼아 종교를 만들었다. 그 종교는 별들이 다시 제자리로 돌아올 때까지 결코 사라지지 않을 것이다. 그때가 되면 비밀의 사제들이 위대한 크툴루를 무덤에서 깨울 테고, 크툴루는 자신의 권속들을 되살려 지구를 다시 지배할 것이다. 그때가 언제인지는 쉽게 알 수 있다. 인류 자체가 옛 지배자들처럼 변하는 시기, 즉 모든 인간이 법과 도덕을 내던지고 선악의 구분에서도 벗어나 마음껏 소리치고 살육하며 즐겁게 날뛰는 때이므로. 무덤에서 해방된 옛 지배자들이 새롭게 소리치고 살육하고 즐길 방법들을 인간에게 가르치는 그때, 지구 전체가 자유롭고 황홀한 대학살의 불길로 활활 타오를 것이다. 그날을 보려면 적절한 의식을 통해 고대의 방식을 보전하고 옛 지배자들의 재림을 준비해야 한다.

옛날에는 몇몇 선택된 인간들이 무덤에 안치된 옛 지배자들과 꿈을 통해 대화할 수 있었다. 그런데 어느 날 거대한 석조 도시 르리예가 바다 밑으로 가라앉는 바람에 교류가 중단되었다. 태고의 신비로 가득한 심해는 옛 지배자들의 언어로도 넘을 수 없었던지, 돌기둥과 묘지가 모두 파도에 휩쓸려 사라지고 나니 영적 대화도 불가능해지고 말았다. 그래도 기억은 사라지지 않고 신도들에게 전해 내려오고 있다. 대사제들은 별들이 제자리로 돌아오는 날 르리예도 다시 솟아나리라고 예언한 바 있다. 게다가 땅속에 숨어 있던 검은 유령들이 곰팡내를 풍기며 날아 나오기도 하고, 잊혀진 해저의 동굴에서 떠도는 흉흉한 소문들이 들려오기도 한다.

여기까지가 카스트로가 전해 준 전설이었다. 그러나 검은 유령이니 해저 동굴의 소문이니 하는 것에 대해서는 구체적으로 말하지 않았다. 카스트로는 황급히 입을 다물더니, 경찰의 온갖 설득과 회유에도 굴하지 않고 침묵을 고수했다. 옛 지배자라는 존재들의 체격이 얼마나 크냐는 질문에도 이상하게 대답을 회피했다. 대신 자기 종교의 중심지가 어디인지는 나름의 추측을 제시했다. 아마도 아라비아의 사막 한가운데에, 전설 속의 옛 도시 이렘의 꿈이 고스란히 숨겨진 곳에 자리 잡고 있는 것 같다고. 더불어 자신의 종교는 유럽의 마녀 숭배와 아무 관계가 없으며, 교단 밖의 세상에는 사실상 알려져 있지도 않다고 했다. 카스트로는 자신의 종교가 언급된 문헌조차 존재하지 않는다고 말했다. 다만 그 불사의 중국인들이 말하기를 미친 아랍인 압둘 알하즈레드가 쓴 『네크로노미콘』이라는 책에 중의적인 표현으로나마 언급되어 있는데, 자기들의 선택을 받아 이 종교에 입문한 자들이라면 읽을 수 있는 그 책에서 가장 자주 토론의 주제로 떠오르는 구절은 다음의 두 행이라고 했다.

영원히 누워 있을 수 있다면 죽은 것이 아니며,
기이한 영겁 속에서라면 죽음도 죽을 수 있다.

레그라스 경위는 카스트로의 말에 깊은 인상을 받았고 한편으로는 크게 당황했다. 그는 그 종교의 역사적인 계보를 더 알아내려고 탐문 조사도 해보았지만 헛수고였다. 자신의 조직이 완전한 비밀결사라던 카스트로의 말이 사실인 모양이었다. 툴레인 대학의 권위자들조차 그 종교나 조각상에 대해 설명하지 못했다. 그래서 결국은 전국에서 내로라하는 학자들이 모인다는 학회까지 찾아온 것이었는데, 거기서도 그는 웹 교수의 그린란드 일화 외에 이렇다 할 단서를 건지지 못하고 말았다.

레그라스의 이야기는 증거품인 조각상과 함께 학회 전체에 비상한 관심을 불러일으켰기에, 나는 종조부의 원고만이 아니라 당시에 참석했던 다른 학자들이 주고받은 편지에서도 같은 내용을 확인할 수 있었다. 하지만 고고학 협회의 공식 출판물에는 별로 언급되지 않았다. 학문의 특성상 허풍이나 사기에 많이 노출되는 분야이니만큼 최대한 신중하게 접근할 수밖에 없었을 것이다. 조각상은 한동안 웹 교수가 맡고 있었지만 그의 사후에 다시 레그라스의 소유로 돌아왔다. 얼마 전에 내가 그를 직접 만나서 조각상을 확인해 보았는데, 과연 정말로 끔찍한 물건이었으며 윌콕스가 꿈속에서 만들었다는 조각상과도 틀림없이 일치했다.

사정이 이러했으니, 종조부가 윌콕스의 이야기를 접하고 흥분했던 것은 당연했다. 그 젊고 예민한 조각가가 늪지대 집회에서 발견된 우상과 그린란드에서 발견된 악마의 석판에 새겨져 있는 상형문자를 꿈속에서 보았을 뿐 아니라, 이누이트 악마 숭배자들과 루이지애나의 혼혈인들이 똑같이 읊던 주문 중 적어도 세 단어를 정확히 듣기까지 했다니, 종조부가 무슨 생각을 했겠는가? 즉시 철저한 조사에 착수할 수밖에 없었으리라. 하지만 솔직히 말하면 나는 그때까지도 윌콕스가 종조부를 속였으리라 의심하고 있었다. 윌콕스가 간접적인 경로로 그 종교에 대해 알게 되어, 미스터리를 더욱 부풀릴 심산으로 그럴싸한 꿈 이야기를 지어내 종조부에게 의도적으로 접근한 게 아닐까 싶었다. 물론 종조부의 설문 조사 내용이나 스크랩한 신문 기사들을 강력한 증거로 볼 수도 있었지만, 그 모든 황당무계한 이야기를 최대한 합리적으로 따져 보면, 나로서는 윌콕스의 사기극이라는 결론을 내릴 수밖에 없었다. 종조부의 유고를 다시금 면밀히 검토하고 신지학 및 인류학 자료들과 레그라스의 수사 내용을 비교 분석한 후, 나는 그토록 정통한 학자이자 고령의 노인에게 감히 사기를 친 윌콕스라는 조각가를 직접 만나서 면박을 줘야겠다 결심하고 프로비던스까지 찾아갔다.

윌콕스는 여전히 토머스 가의 플뢰르드리스라는 건물에 혼자 살고 있었다. 미국에서 가장 멋진 조지 왕조풍 첨탑 그늘 아래 식민지 시대풍의 예쁜 집들이 늘어선 언덕 한가운데에서, 그 건물만 회반죽을 바른 흉측한 모습으로 서 있었다. 18세기 브르타뉴 건축을 모방해서 지은 빅토리아 시대 건물이었다. 윌콕스는 자기 셋방에서 작업 중이었는데, 바닥에 흩어진 작품 견본들을 보고 나는 윌콕스의 재능이 진실로 뛰어나다고 인정하지 않을 수 없었다. 얼마 뒤면 훌륭한 데카당 예술가로 이름을 날릴 인물로 보였다. 아서 매켄*이 산문으로, 클라크 애슈턴 스미스**가 시와 그림으로 보여 주었던 악몽과 환상을 윌콕스는 점토로 표현하고 있었고, 언젠가는 대리석에 완벽하게 새겨 넣을 게 분명했다.

윌콕스는 가무잡잡하고 단정치 못한 용모에 허약해 보이는 청년이었다. 내 노크 소리를 듣고는 앉은 자리에서 께느른하게 돌아보더니만 일어나지도 않고 용건부터 물었다. 내가 누구인지 밝히자 그는 뚜렷한 호기심을 보였다. 종조부가 그에게 이상한 꿈에 대해 이것저것 물으면서도 정작 연구 목적은 설명해 주지 않아 내내 궁금했던 눈치였다. 나 역

*Arthur Machen(1863~1947). 웨일스의 소설가로 환상소설과 고딕소설을 주로 썼다.
**Clark Ashton Smith(1893~1961). 미국의 시인이자 화가이자 소설가.

시 전말을 자세히 알려 주지는 않았지만, 교묘한 방법으로 윌콕스와의 대화를 이어 갈 수 있었다. 그런데 몇 마디 나누지 않고도 윌콕스가 정직한 사람임을 대번에 알 수 있었다. 꿈에 대해 이야기하는 그의 어투나 태도에서, 거짓말이 아니라는 게 뻔히 보였기 때문이다. 꿈의 잔재는 윌콕스의 작품 세계에 깊은 영향을 미쳤다. 그가 새로 만들었다며 보여 준 조각상에는 사악한 힘이 도사리고 있는 듯해서 몸서리가 쳐질 정도였다. 윌콕스는 꿈속에서 본 그 괴물의 모습을 기억하지 못한다고 했다. 다만 그때 무의식중에 만들었던 점토 조각상으로 짐작할 수 있을 따름이라고. 그런데 그때 그 괴물의 형체가 그의 손에 스며들기라도 한 모양인지, 윌콕스가 새 작품에 묘사한 것은 틀림없이 그가 착란상태에 빠졌을 때 고래고래 악을 쓰며 설명했던 바로 그 거대한 생물체였다. 그리고 그 비밀스러운 종교에 대해 물어보니, 내 종조부의 끈질긴 질문 세례를 받는 과정에서 주워들은 지식 외에는 아무것도 모르는 게 확실했다. 그래도 나는 윌콕스가 그런 기괴한 환상을 보게 된 계기가 따로 있으리라 생각하며 머리를 쥐어짜고 있었다.

윌콕스의 꿈 이야기는 이상하리만치 시적이었다. 그의 설명을 듣노라니, 죄다 기묘하게 일그러진 기하학적 구조라는 그 축축하고 끈적끈적한 녹색의 석조 도시가 섬뜩할 만큼 생생하게 눈앞에 떠올랐다. 그리고 그 도시의 지하로부터 끊임없이 울려 퍼진다는 '크툴루 파타근, 크툴루 파타근'이라는 소리까지 실제로 들리는 듯해서 조마조마한 기분이었다. 그 말은 '죽은 크툴루가 르리예의 거처에서 꿈꾸며 기다리고 있다'는 뜻이라던 흉악한 주문의 일부였다. 아무리 합리주의자인 나라 해도 크게 동요할 수밖에 없었다.

그래도 나는 끝내 의심을 버리지 않았다. 윌콕스가 우연히 들었다가

까먹은 그 종교에 대한 소문이, 무의식중에 그가 읽은 이런저런 기이한 책들의 내용과 그만의 상상에 뒤섞여 꿈에 나타났으며, 그 바람에 종조 부한테 보여 준 점토 조각상과 나한테 방금 보여 준 무시무시한 조각상 까지 만들게 됐다고 생각한 것이다. 어쨌든 그가 종조부를 고의로 속이지는 않은 듯했다. 조금 무례하고 살짝 겉멋도 부리는, 내가 영 못마땅하게 여기는 부류의 청년이었지만, 그의 천재성과 진실성만큼은 인정하지 않을 수 없었다. 나는 재능이 빛을 보기를 바란다는 친절한 작별 인사를 건넨 후 그곳을 떠났다.

그 후에도 나는 크툴루 숭배에 관한 이야기에 사로잡혀 있었다. 그 종교의 기원과 계보를 파헤친 연구 논문을 발표해서 개인적인 명성을 얻는 꿈을 꾸기도 했다. 뉴올리언스까지 가서 당시 기습 작전에 투입되었던 레그라스 경위 및 다른 경찰들도 만나 보았고, 그 끔찍한 우상을 직접 눈으로 확인하기도 했으며, 아직 살아 있는 혼혈인 죄수들과 면담까지 했다. 애석하게도 카스트로 노인은 몇 년 전에 세상을 떠난 뒤였지만. 비록 종조부의 기록을 재확인하는 정도에 지나지 않았으나, 당사자들을 만나 생생한 경험담을 들으니 새삼 흥분이 되었다. 내가 그 고대의 비밀 종교를 추적하여 그 실체를 밝혀낸다면 일약 저명한 인류학자가 되리라는 실감도 들었다. 한편 유물론적인 태도는 여전히 철저하게 고수하고 있었다. 지금도 그럴 수 있다면 좋으련만. 그때만 해도 나는 종조부의 꿈 관련 설문과 스크랩된 신문 기사에 분명하게 드러난 일관성을 고집스러울 만큼 한결같이 무시해 버렸다.

다만 한 가지, 종조부의 죽음이 자연사가 아닌 듯하다는 의혹은 들었다. 지금은 유감스럽게도 그게 사실이라는 걸 알고 있지만. 종조부는 혼혈 외국인들로 북적대는 오래된 부두에서 이어지는 좁은 언덕길을 오르다가 한 흑인 선원이 무심코 떠미는 바람에 쓰러졌다고 했다. 나는 루이지애나에서 체포된 이교도들이 혼혈인이거나 선원 출신이었다는 점을 잊지 않았다. 그들의 비밀스러운 의식과 신앙을 생각하면, 그들이 오래된 암살 비법을 알고 있거나 독침 따위를 가졌다 해도 놀랄 일이 아니었다.

레그라스와 그 부하 경찰들은 이 글을 쓰고 있는 지금까지도 무사하다. 하지만 노르웨이의 어느 선원이 그 종교에 얽힌 모종의 사건을 목격한 뒤 사망한 사건이 있었다. 이제 나는 종조부가 너무 많은 것을 알아 버렸거나 혹은 그럴 위험이 다분하다는 이유로 살해당했다고 확신한다. 나 또한 많은 진실을 알게 되었으니, 종조부처럼 죽을지도 모르는 일이다.

3. 바다에서 시작된 광기

하늘이 소원을 들어준다면, 나는 바다에 깔려 있던 신문지에서 우연히 어느 기사를 눈여겨본 바람에 일어났던 모든 일들을 깡그리 없애 달라고 빌 것이다. 그건 평소 같았으면 내가 자연스럽게 볼 수 있는 신문도 아니었다. 발행된 지 한참 지난, 1925년 4월 18일자 오스트레일리아 신문 〈시드니 불러틴〉이었으니까. 거기 실린 기사는, 종조부의 의뢰를 받아 관련 정보들을 닥치는 대로 스크랩해 주었던 자료 수집 업체도 발견하지 못한 것이었다.

당시 종조부가 '크툴루 숭배'라고 칭한 종교를 추적하던 나는 그 방면에 조예가 깊은 한 친구를 만나러 뉴저지의 패터슨에 방문한 참이었다. 친구는 지역 박물관의 큐레이터이자 저명한 광물학자이기도 했는데, 나는 그가 근무하는 박물관 보관실을 둘러보다가 광석들 밑에 깔려 있는 낡은 신문을 보게 되었다. 앞에서 말한 〈시드니 불러틴〉이었다. 세계 각지로 폭넓게 교류하는 친구이기에 그런 외국 신문도 갖고 있던 것이다. 그 신문에 이상한 사진 한 장이 실려 있었는데, 바로 레그라스가 늪지대에서 발견한 우상과 거의 똑같이 생긴 흉측한 석상을 찍은 것이었다.

즉시 신문지 위에 놓여 있는 광물들을 치우고 기사를 자세히 읽어 보았다. 분량이 그리 길지 않아서 실망했지만, 거기 담긴 내용은 시들해져 가던 내 조사에 중대한 변화를 예고하고 있었다. 나는 일단 그 기사를 찢어서 주머니에 챙겼다. 전문은 다음과 같다.

바다에서 정체불명의 난파선 발견

비질런트 호가 난파된 뉴질랜드 무장선을 구조. 생존자 한 명과 시신 한 구 발견.

생존자는 바다에서 필사적인 전투가 벌어져 수많은 사망자가 발생했다고 전했으나 자세한 진술은 거부.

생존자의 소지품 중 이상한 조각상이 발견되어 관련 조사가 이어질 예정.

모리슨 사의 화물선 비질런트 호가 난파선 한 척을 예인하여 오늘 아침 달링 항에 도착했다. 구조된 선박은 뉴질랜드 더니든 선적의 얼러트 호로, 해상 전투로 파손된 중무장 증기선이었다. 지난 4월 12일 남위 34도 21분 서경 152도 17분 지점에서 발견된 얼러트 호에는 생존자 한 명과 시신 한

구가 있었다.

3월 25일 칠레 발파라이소에서 출발한 비질런트 호는 4월 2일 이례적인 폭풍과 파도를 만나 항로에서 남쪽으로 멀리 벗어나 항해하던 중 얼러트 호를 목격했다. 버려진 배 같아 보였으나, 이윽고 반 혼수상태인 생존자와 일주일 전 사망한 것으로 추정되는 시신을 찾아냈다. 구출 당시 생존자는 약 30센티미터 높이의 흉측한 석상을 움켜잡고 있었다. 시드니 대학, 영국 학술원, 칼리지 가 박물관의 전문가들도 그 석상의 정체를 밝혀내기 어렵다며 난색을 표하고 있다. 생존자의 증언에 따르면 석상은 그 배의 한 선실에 놓여 있던 평범한 무늬의 성물함 속에 들어 있었다고 한다.

생존자 구스타프 요한센은 적정한 지성을 갖춘 노르웨이인으로, 뉴질랜드 오클랜드 선적의 쌍돛대 범선 엠마 호에서 2등 항해사로 근무하고 있었다. 요한센은 의식을 회복한 뒤 폭행과 학살이 등장하는 기묘한 일화를 털어놓았다.

2월 20일 요한센을 비롯한 승무원 11명을 싣고 페루의 카야오로 출항했던 엠마 호는 3월 1일 강력한 폭풍을 만나 남쪽으로 멀리 떠내려갔다. 그리고 3월 22일, 남위 49도 51분 서경 128도 34분 지점에서 얼러트 호와 맞닥뜨렸다. 그 배에는 오세아니아 원주민 혼혈로 보이는 괴이하고 흉악한 인상의 선원들이 타고 있었는데, 뱃머리를 돌리라는 그들의 강압적인 명령을 엠마 호 콜린스 선장이 거부하자 얼러트 호는 아무런 사전 경고도 없이 육중한 황동 대포를 동원해 무자비한 공격을 개시했다. 엠마 호 선원들도 반격했다. 포격을 받은 선체가 흘수선 밑으로 가라앉았지만 그들은 기어이 얼러트 호 옆에 배를 대고 적선의 갑판 위로 건너갈 수 있었다. 그리고 그 야만적인 선원들과 격투를 벌였다. 적들은 수적으로 약간 열세인 데다가 싸움 기술도 서툴렀으나, 대단히 혐오스러운 방식으로 발악하듯 덤벼들었기에 모두 죽이는 수밖에 없었다. 엠마 호 선원들 중에도 콜린스 선장과 일등항해사를 포함한 세 명이 사망했지만, 남은 여덟 명은 포획한 얼러트 호를 타고 요한센의 지휘하에 항해를 계속했다. 얼러트 호 선원들이 돌아가라고 요구한 까닭이 무엇인지 알아보기 위해서였다. 다음 날인 3월 23일 그들은 지도상에 표시되지 않은 작은 섬 하나를 발견하고 상륙했다.

요한센은 그 섬의 해안에서 동료 선원 여섯 명이 사망했다고 진술했으나, 자세한 정황에 대해서는 말을 아끼며 그들이 바위 틈으로 떨어져 숨졌다고만 했다. 이후 요한센은 남은 동료 한 명과 함께 다시 얼러트 호에 타서 항해를 했지만 4월 2일의 폭풍우로 배가 파손되었고, 그때부터 12일에 구조될 때까지 반 혼수상태에 빠져서 윌리엄 브라이던이라는 동료가 언제 죽었는지도 모른다고 한다. 브라이던의 사망 원인은 명확하게 밝혀지지 않았으나 쇼크나 저체온증 때문일 것으로 추정된다.

더니든 측의 소식통에 따르면 얼러트 호는 섬들을 오가는 교역선으로서, 기이한 혼혈인 집단의 소유였다고 한다. 그들은 곧잘 집회를 열거나 한밤중에 숲으로 몰려가는 기행으로 악명이 높았지만 자세히 알려진 바는 없으며, 3월 1일 폭풍과 지진이 일어나자 급히 항해에 나섰다고 전해진다. 한편 본지의 오클랜드 특파원은 현지에서 엠마 호와 그 승무원들의 평판이 매우 좋았으며 요한센도 건실하고 훌륭한 사람으로 알려져 있다고 전했다. 해사海事 법원은 내일부로 조사에 착수하여 요한센이 더욱 솔직한 진술을 할 수 있도록 각고의 노력을 다할 예정이다.

여기까지가 그 섬뜩한 조각상 사진과 함께 실린 기사의 전문이다. 그 사건은 크툴루 숭배와 관련된 새로운 정보의 보고寶庫이자, 그 종교가 육지뿐만 아니라 바다에도 영향력을 미치고 있다는 증거였다. 여러 가지 궁금증이 꼬리를 물었다. 흉측한 우상을 가지고 항해하던 혼혈인 선원들은 대체 왜 엠마 호에게 돌아가라고 경고했을까? 엠마 호 선원 여섯 명이 죽었다는 그 미지의 섬은 어떤 곳이며, 요한센이라는 항해사는 어째서 그렇게 말을 아낀 것일까? 그 후 법원에서는 요한센을 통해 무엇을 더 알아냈을까? 또한 더니든 지역에 떠도는 그 불온한 집단에 대한 소문이란 어떤 내용일까? 무엇보다 놀라운 점은, 요한센이 언급한 날짜들과 종조부가 그토록 주의 깊게 기록해 둔 여러 사건들이 일어난 날짜들이 절묘하게 일치한다는 점이었다. 그건 도저히 단순한 우연으로 치부할 수 없는 어떤 의미심장하고도 소름 끼치는 연관성이 존재함을 뜻했다.

3월 1일, 국제 날짜 변경선에 따라 미국은 2월 28일이었을 때 각지에서 지진과 폭풍이 일어났다. 더니든에서 얼러트 호의 선원들이 긴급한 호출이라도 받은 듯 맹렬히 출항했던 바로 그때, 지구 반대편에서는 시인들과 예술가들이 기묘하고 축축한 고대 도시가 등장하는 꿈을 꾸는가 하면 한 젊은 조각가는 잠든 채로 무시무시한 크툴루의 형상을 조각해 냈다. 그리고 엠마 호의 선원들이 미지의 섬에 상륙했다가 여섯 명이 사망한 3월 23일, 미국에서는 감각이 예민한 사람들이 거대하고 사악한 괴물에게 쫓기는 극도로 생생하고 공포스러운 악몽을 꾸었다. 한 건축가는 그 때문에 미쳐 버렸고, 한 조각가는 착란상태에 빠졌다! 게다가 사람들이 고대 도시가 등장하는 꿈에서 일제히 깨어나고 윌콕스도 이상한 열병에서 씻은 듯이 나았던 4월 2일에는 바다에 또 폭풍우가 불어닥쳤다고 했다. 이게 대체 다 무슨 뜻이란 말인가? 나는 카스트로의 이야기를 떠올릴 수밖에 없었다. 별에서 태어난 옛 지배자들이 바다 밑에 잠겨 있으며 다시 군림할 날을 기다리고 있다던, 그리고 옛 지배자들이 사람의 꿈에 나타나 메시지를 전할 수 있으며 그들을 충실히 섬겨 온 종교 집단이 존재한다던 이야기. 거기까지 생각하자 한 인간으로서는 감당할 수 없는 우주적인 공포에 휘말린 듯 아찔해졌다. 하지만 오로지 내 마음이 자아내는 공포였을 뿐이다. 대체 무엇이 인류의 정신에 그런 가공할 위협을 가했는지는 몰라도, 4월 2일을 기해 이미 모두 중단되었으니까.

그날 저녁 나는 여기저기 전보를 쳐서 황급히 여행 채비를 마친 뒤 친구에게 작별 인사를 하고 샌프란시스코행 기차를 탔다. 그리고 거기서 배를 타고 뉴질랜드 더니든까지 가서 한 달 남짓 머무르며, 부둣가의 허름한 선술집들을 어슬렁거리는 혼혈인 부랑자들에 대해 알아보았다. 하지만 아무 소득이 없었다. 다만 목격담 하나는 들을 수 있었다. 그 혼혈인들이 내륙으로 이동할 때 먼 산등성이에서 희미한 북소리가 들리고 붉은 불꽃이 보였다는 이야기였다.

오클랜드로 가보니 요한센은 이미 웨스트 가의 자택을 팔고 아내와 함께 고향 노르웨이의 오슬로로 떠난 뒤였다. 요한센의 친구들은 그가 오클랜드로 돌아왔을 때 금발 머리가 백발로 변해 있더라고 수군거렸다. 요한센은 시드니의 해사 법원에서뿐만 아니라 친구들에게도 그 기이한 사건에 대해 한사코 입을 열지 않았던지, 내가 거기서 얻을 수 있었던 정보는 요한센의 오슬로 집 주소뿐이었다.

나는 시드니로 건너가서 선원들과 해사 법원 관계자들을 만나 이야기를 해보았지만 역시나 소득은 없었다. 얼러트 호는 매각되어 시드니만의 서큘러 부두에서 상선으로 쓰이고 있었는데, 화물을 확인했으나 별다른 특이점은 발견할 수 없었다. 요한센이 난파선에서 발견됐을 당시

쥐고 있었던 조각상을 소장하고 있다는 하이드 파크 박물관에 찾아가서 그 실물을 찬찬히 살펴보기도 했다. 역시나 상형문자가 새겨진 받침돌 위에 문어 같은 머리, 용 같은 몸통, 비늘투성이 날개를 단 괴물이 웅크려 앉은 형상이었다. 불길할 만큼 정교한 솜씨, 까마득한 태고에 만들어진 듯한 불가사의함, 이 세상 물건이 아닌 듯한 기묘한 재질, 모두 레그라스가 발견한 작은 석상과 동일했다. 박물관 큐레이터가 설명하기를, 지질학자들이 그 조각상의 재질은 지구상 그 어디에도 존재하지 않는 광물이라고 확언했다고 했다. 그 말을 듣자 갑자기 소름이 끼치며 불사의 중국인들이 카스트로에게 해주었다는 말이 떠올랐다. '옛 지배자들은 다른 별에서 태어났으며, 지구로 건너올 때 자신을 본뜬 석상을 가져왔소.'

경험한 적 없던 정신적 충격에 사로잡힌 나는 급기야 오슬로까지 가서 요한센을 만나기로 작정했다. 그리하여 나는 런던으로 가서 거기서 다시 노르웨이행 배편에 몸을 실었고, 어느 가을날 에게베르그 산의 그늘 속에 자리 잡은 말끔한 부두에 도착했다. 요한센의 집이 위치한 노르웨이의 수도는 하롤드 하르드라다 왕이 건설한 유서 깊은 도시로, 오랜 세월 '크리스티아니아'라는 공식 명칭으로 불렸으나 오슬로라는 원래의 이름도 여전히 사용되고 있었다.* 택시를 타고 얼마 안 가 도착한 요한센의 집은 회반죽이 발린 단정하고 고풍스러운 건물이었다. 설레는 마음으로 문을 두드리자 검은 옷차림에 슬픈 표정을 한 여자가 나를 맞았다. 그리고 영어로 더듬더듬 하는 말이, 구스타프 요한센은 이 세상에 없

---

*오슬로는 1624년 화재로 파손된 후 크리스티안 4세에 의해 재건되었을 때 '크리스티아니아'라는 이름으로 바뀌었다가, 후에 다시 원래의 이름을 찾았다. 이 작품이 발표된 당시 오슬로의 공식 명칭은 '크리스티아니아'였다.

다는 것이었다. 나는 쓰라린 실망감을 느낄 수밖에 없었다.

요한센 부인은 남편이 1925년 바다에서 겪은 사건 때문에 쇠약해져서 숨을 거두었다고 했다. 그리고 공개적으로 밝힌 사항 외의 이야기는 자신에게도 말해 주지 않았지만 대신 장문의 유고를 남겼다고. 요한센은 '전문적인 문제'에 관한 글이라고 말했다는데, 구태여 영어로 적은 걸보면 아내가 읽지 못하기를 바란 모양이었다. 요한센은 스웨덴 예테보리 부두 근처의 좁은 길을 걷다가 급사했다고 한다. 옆 건물의 다락방 창문에서 떨어진 웬 종이 뭉치에 맞아서 쓰러졌는데, 동인도인 선원 두 명이즉시 그를 부축했으나 구급차가 도착하기 전에 숨지고 말았다. 의사들은 명확한 사인을 밝혀내지 못했으며, 몸이 약해진 데다 심장 이상이 겹쳐서 사망한 것으로 일단락 지었다.

거기까지 듣자 나는 엄습해 오는 공포로 간장이 녹는 느낌이었다. 이글을 쓰고 있는 지금도 마찬가지다. 언젠가 내가 '우연한 사고'로든 뭘로든 목숨을 잃는 순간까지 그 공포는 계속될 것이다. 아무튼 그때 나는 부인에게, 요한센이 말한 '전문적인 문제'와 관련된 사람이 바로 나이므로 내가 그 유고를 읽을 자격이 있다고 말했다. 그렇게 설득해서 넘겨받은 유고를 런던행 배에서 읽어 보았다. 그건 단순하고 두서없는 글이었다. 한 순박한 선원이 공들여 작성한 일종의 사후 보고서로, 끔찍했던 마지막 항해를 날짜별로 최대한 기억해 내려고 애쓴 티가 역력했다. 그 모호하고 장황한 글을 여기에 그대로 옮길 수는 없으니 요점만 추려서 밝히기로 한다. 그래도 내가 뱃전에 부딪히던 파도 소리를 차마 견딜수 없어 솜으로 귀를 틀어막기까지 했던 까닭은 충분히 전달할 수 있으리라. 원고를 읽어 보니 천만다행히도 요한센은 그 도시와 괴물을 직접목격했음에도 불구하고 모든 것을 알아차리지는 못했던 것으로 보인다.

그러나 삶의 시공간 너머에서 끊임없이 기회를 노리고 있는 그 공포의 존재들을, 고대의 별에서 건너와 바다 밑에서 꿈을 꾸고 있는 신성모독적인 그 존재들을 아는 나는 두 번 다시 편히 잠들지 못할 것이다. 언젠가 또 지진이 일어나서 그 무시무시한 석조 도시가 바다 위로 솟아오르는 날이 오면 그 존재들을 해방시키겠다고 벼르고 있는 악몽의 종교 집단이 나를 예의 주시하고 있기 때문이다.

요한센이 남긴 원고에 따르면 항해의 시작은 그가 해사 법원에서 진술한 바와 같았다. 2월 20일 오클랜드에서 바닥짐만 싣고 출항했던 엠마 호는, 지진에서 비롯된 엄청난 폭풍과 맞닥뜨렸다. 수많은 사람들의 꿈에 나타난 공포의 진원지가 바다 밑바닥에서 올라온 것도 그때였으리라. 겨우 폭풍에서 벗어난 뒤로는 순조롭게 항해를 하다가, 3월 22일 얼러트 호에 의해 저지를 당했다. 엠마 호가 포격을 받고 침몰하던 순간을 서술한 대목에서는 요한센의 비통한 심정이 느껴졌고, 거무스름한 악마 같던 얼러트 호의 선원들에 대한 서술에서는 그가 느꼈을 엄청난 두려움이 짐작되었다. 요한센은 그들의 행각이 가히 엽기적일 만큼 끔찍했기에 몰살시켜야 마땅하다는 생각만 들었다며, 법원에서 그가 적선 선원들을 무자비하게 학살했다고 추궁당했을 때는 진심으로 당황스러웠다고 적고 있었다. 어쨌거나 그 후 자신을 비롯해 살아남은 엠마 호의 선원들은 대체 바다에 무엇이 있기에 그자들이 그런 행동을 했는지 궁금해서 포획한 얼러트 호를 타고 항해를 계속했다고 했다. 이윽고 수면에서 솟구쳐 나온 거대한 돌기둥이 보이더니, 남위 47도 9분 서경 123도 43분 지점에서 으리으리한 고대의 석조 건축물이 있는 잡초투성이의 습지 해안이 나타났다. 그것이 바로 세상에서 가장 치명적인 공포의 실체였다. 이 세상에 인간이 존재하기도 전에 어둠의 별에서 내려온 거대하고도 추악한 괴물들이 지었다는 도시 르리예였던 것이다. 그곳의 끈적끈적한 녹색 무덤 안에 헤아리기도 힘든 오랜 세월 동안 숨어 있었던 크툴루의 무리들이 마침내 깨어나, 예민한 인간들의 꿈에 공포를 불어넣는 한편 신도들에게는 속히 해방과 부활의 순례에 오르라 명하고 있었다. 그 모든 것을 요한센은 꿈에도 몰랐으나, 머지않아 똑똑히 보고야 말았다!

그때 물 위로 떠올라 있었던 땅은 르리예의 일부분에 불과했을 것이다. 흉측한 돌기둥이 우뚝 서 있는, 크툴루가 묻혀 있는 산봉우리 하나. 나는 그 아래에 잠겨 있었을 어마어마한 규모의 도시를 상상하면 너무 공포스러워 자살하고 싶은 기분마저 든다. 아무것도 몰랐던 요한센 일행도 그것이 지구는커녕 그 어떤 정상적인 행성의 산물도 아니라는 사실을 알 수 있었다. 터무니없이 거대한 녹색 석괴, 아찔할 만큼 높게 솟은 조각된 돌기둥, 얼러트 호의 성물함에서 찾아낸 기괴한 우상과 똑같이 생긴 커다란 석상과 조각상 등등, 물에 푹 젖은 바빌론의 장엄한 모습을 묘사하는 요한센의 글에서 행마다 절절히 공포가 묻어 나왔다.

요한센은 미래파라는 사조를 몰랐는데도, 그 도시에 대해 이야기하는 대목에서는 미래파와 흡사한 문체를 구사했다. 특정한 건물들을 명확하게 묘사하지 않고 그것들의 모서리와 크기에 대한 전체적인 인상만 적어 놓았다. 석재들이 하나같이 너무도 거대해서 지구상의 그 어떤 물질과도 들어맞지 않는 데다가, 무시무시한 석상과 상형문자에서는 신성모독적인 분위기마저 풍기더라는 내용이었다. 거기까지 읽자 나는 윌콕스의 꿈 이야기가 떠올랐다. 윌콕스는 꿈속에서 본 도시가 유클리드 기하학에 들어맞지 않는 비정상적인 구조여서 어떤 새로운 천체나 차원을 보는 듯했다고 했었다. 요한센은 기하학을 모르는 무지렁이 선원이었고 더욱이 꿈도 아닌 현실에 나타난 장소를 묘사했는데도, 윌콕스와 똑같은 이야기를 하고 있었다.

요한센 일행은 그 가공할 고대 도시의 비탈진 개펄에 배를 대고 원래 인간이 오르는 계단이 아닌 게 분명한 미끌거리는 거석들을 디디며 위태롭게 올라갔다. 바닷물에 폭 젖은 그 도시는 빛이 비정상적인 각도로 굴절되는 듯했고, 태양조차 기묘하게 일그러져 보였다. 조각된 거석들의 모서리는 언뜻 볼록해 보이다가 다시 보면 오목해 보여서 도무지 종잡을 수가 없었다. 그 너머로 음험한 위협과 긴장이 도사리고 있는 듯했다. 때때로 바위, 진흙, 잡초 외의 무언가가 보일라치면 오금이 저렸다. 비난을 살까 봐 서로 눈치만 보지 않았다면 다들 도망쳤을 터였다. 뭐라도 가져갈 만한 것을 찾아보자고 하기는 했지만 건성이었고, 그나마도 헛수고로 끝났다.

그러던 중 로드리게스라는 포르투갈인이 돌기둥의 받침판 위로 올라가더니 무언가를 발견했다고 소리쳤다. 일행이 따라가 보니, 그곳에는 오징어와 용을 합쳐 놓은 듯한 형상이 돋을새김된 으리으리한 문이 있었다. 요한센의 설명에 따르면 커다란 헛간 문 같았다고 한다. 화려하게 장식된 문미門楣, 문지방, 양옆의 문설주 때문에 문이겠거니 짐작은 했지만, 그게 뚜껑 문처럼 바닥에 평평하게 나 있는지 아니면 지하 저장고 문처럼 비스듬한지 분간할 수가 없었다. 윌콕스가 말한 대로 공간의 기하학적 구조가 죄다 어긋나 있었기 때문이다. 바다와 땅의 수평이 맞는지조차 알 수 없었기에 모든 것의 상대적인 위치가 시시각각 변하는 환영처럼 보였다.

브라이던이 여기저기를 밀어 보았지만 돌문은 꿈쩍도 하지 않았다. 그러자 도너번이 문짝 가장자리를 한 부분씩 조심스럽게 눌러 보았다.

그가 기괴하게 조각된 문짝 가장자리를 따라서 하염없이 올라가는 동안(그 문이 수평이 아니라고 친다면 '올라간다'고 표현할 수 있다는 애기다), 모두가 어떻게 저토록 거대한 문이 존재할 수 있는지 아연실색하고 있었다. 그리고 어느 순간 수천 미터에 육박하는 문짝의 윗부분이 안쪽으로 아주 천천히 열리기 시작했다. 균형을 유지하며 움직이고 있다는 걸 알 수 있었다. 도너번이 문설주를 따라 다시 내려와 일행과 합류한 뒤, 돌문이 열리는 광경을 다 같이 지켜보았다. 모든 게 프리즘을 통한 듯 일그러져 보였는데 그 문만큼은 대각선 방향으로 반듯이 움직이니 원근의 법칙이 깨져 버린 것 같았다.

열린 문 안은 너무나도 캄캄해서 암흑 자체가 하나의 물질처럼 보였다. 그래서 안쪽의 벽면들이 보이지 않았으니 다행이었던 셈이다. 영겁의 세월 동안 갇혀 있었던 어둠은 연기처럼 뿜어져 나와 박쥐처럼 하늘로 날아올랐고, 그러자 기묘하게 일그러져 있던 태양까지 어두워졌다. 열린 지하에서 올라오는 악취는 견딜 수 없을 정도였다. 그러던 중 귀가 유난히 밝은 호킨스가 저 아래에서 무언가가 털버덕거리는 괴악한 소리가 들린다고 했다. 그래서 모두가 귀를 기울였다. 숨을 죽이고 잠잠히 듣고만 있던 그때, 마침내 그것이 눈앞에 나타났다. 어두컴컴한 문간을 이리저리 비집으며 광기 어린 도시로 빠져나오려 하는 거대한 녹색의 젤라틴 같은 형체가.

가엾은 요한센의 필체는 이 부분에서 끊어질 듯 말 듯 위태로워졌다. 영영 배로 돌아오지 못한 선원 여섯 명 중 두 명이 그 저주받은 순간에 엄습한 공포로 즉사한 것 같다고 요한센은 적고 있었다. 그 괴물을 묘사하기란 불가능했다. 태고의 광기가 비명을 내지르며 소용돌이치는 그 심연을, 모든 힘과 물질과 우주적 질서 사이에 불거진 섬뜩한 모순을 표현할 수 있는 언어는 세상에 존재하지 않았다. 요한센의 눈앞에 산 하나가 통째로 걷고 있었다. 혹은 비틀거리고 있었다. 바로 그 순간 지구 반대편의 훌륭한 건축가는 미쳐 버리고, 불쌍한 윌콕스는 정신적 감응 때문에 열병에 사로잡혀 고함을 질러 댈 수밖에 없었던 것이다. 당연한 일이었다. 비밀스러운 종교의 우상의 실체, 별이 낳은 끈적끈적한 알 덩어리가 자신의 땅을 되찾기 위해 깨어났으니까. 별들이 마침내 제자리로 돌아왔으나 그때를 오랜 세월 준비했던 신도들조차 이루지 못했던 일을 아무것도 모르는 선원들이 엉겁결에 해낸 것이었다. 바야흐로 억만년 만에 다시 깨어난 위대한 크툴루가 환희를 찾으러 나오고 있었다.

요한센의 일행 중 세 명인 도너번, 게레라, 앵스트롬이 그 문 앞에서 채 돌아서기도 전에 괴물의 흐물흐물한 발톱에 휩쓸리고 말았다. 부디 그들에게 안식이 있기를. 그리고 나머지 선원 세 명이 끝없이 펼쳐진 녹색 바위 위를 미친 듯이 내달리던 중, 파커라는 사람이 어떤 석조물의 모서리 너머로 미끄러져 사라져 버렸다. 요한센이 묘사한 바에 따르면 모서리가 도저히 있을 수 없는 위치였다고 한다. 게다가 모서리의 각이 겉보기엔 예리했는데도 파커는 꼭 둔각 위에서 미끄러지는 듯 보였다고 한다. 결국 브라이던과 요한센 두 명만 보트에 오를 수 있었다. 두 사람이 필사적으로 노를 저어 얼러트 호로 향하는 동안, 산처럼 거대한 괴물은 미끄러운 돌바닥을 저벅저벅 디디며 물가까지 내려와서 머뭇거리고 있었다.

얼러트 호는 승무원 없이 방치되어 있었는데도 증기력이 완전히 끊어지지는 않은 상태였다. 브라이던과 요한센이 타륜과 엔진 사이를 정신없이 왔다 갔다 한 지 몇 분 만에 얼러트 호가 작동되었다. 형언할 수 없이 공포스러운 광경을 뒤로한 채 그들이 죽음의 물살을 헤치며 천천히 나아가는 동안, 무덤이 있는 그 이계의 해안에서는 거대한 괴물이 침을 흘리며 괴성을 질러 대고 있었다. 마치 도망치는 오디세우스의 배에 저주를 퍼붓는 거인 폴리페모스처럼. 하지만 그 위대한 크툴루는 신화 속의 거인보다 더 대담했다. 마침내 바다로 미끄러져 들어오더니 무지막지하게 큰 파도를 일으키며 배를 뒤쫓기 시작한 것이다. 그 모습을 본 브라이던은 아예 실성해서 찢어지는 소리로 웃음을 터뜨렸다. 이후로도 낄낄 웃어 대기를 반복하다가, 며칠 후 어느 날 밤 요한센이 의식이 혼미한 상태로 서성거리고 있던 선실에서 숨을 거두고 말았다.

그래도 요한센은 완전히 제정신을 잃지는 않았다. 얼마 후면 괴물에게 붙잡힐 게 뻔했으므로 그는 최후의 수단을 쓰기로 작정하고 엔진을 최고 속력으로 높였다. 그리고 전광석화처럼 갑판을 가로질러 달려가서 타륜을 반대 방향으로 돌렸다. 역겨운 바닷물이 거품을 일으키며 커다랗게 소용돌이쳤지만 그 용감한 노르웨이인은 방향을 바꾼 배를 몰고 악마의 범선처럼 솟구친 젤라틴 괴물에게 정면으로 돌진했다. 오징어 같은 흉물스러운 머리가 촉수를 꿈틀거리며 이물 쪽의 돛대에까지 근접했으나 요한센은 가차 없이 배를 몰았다. 이윽고 부레가 터지는 듯한 소리와 함께 개복치의 배를 가르면 나올 법한 질척하고 더러운 물질이 쏟아져 나왔다. 천 개의 무덤이 일제히 열린 것 같은 악취가 진동하는 한편 어떤 역사가도 기록할 수 없을 굉음이 사방을 울렸다. 일순간 얼러트 호는 시큼하고 강렬한 녹색 연기로 뒤덮였지만, 선미 쪽의 바다에 부글거리는 거품만 남고 모든 게 다 끝나나 싶었다. 그런데 맙소사! 조각났던 괴물의 신체 부위들이 거품이 일고 있는 바로 그 자리로 구름처럼 몰려들어 원래의 혐오스러운 형체로 합쳐지는 것이 아닌가. 그러는 동안 얼러트 호는 증기를 맹렬히 내뿜으며 괴물로부터 시시각각 멀어져 가고 있었다.

그게 끝이었다. 이후 요한센은 선실에 있는 석상 앞에서 멍하니 생각에만 잠겨 있었다. 때때로 간단한 음식을 마련해서 자기도 먹고 실성한 채 연신 낄낄거리는 브라이던도 먹여 주었다. 영혼에서 무언가가 빠져나간 기분이었다. 배를 조종할 마음도 들지 않았다. 그러다가 4월 2일 폭풍이 불어오자 그의 의식은 구름이 낀 듯 흐릿해졌다. 무한의 심연 속으로 빙빙 빠져드는 것만 같았다. 혜성의 꼬리에 매달려서 휘청거리는 우주를 질주하고, 나락에서 달로 솟구쳤다가 다시 나락으로 뛰어들기를 반복하는 듯한 아찔한 느낌이 들었다. 기뻐 날뛰는 고대의 신들과 초록색 박쥐 날개가 달린 타르타로스의 요정들이 한데 어울려 껄껄 웃는 소리도 들리는 듯했다.

꿈에서 깨었을 때, 그는 구조되어 있었다. 비질런트 호, 해사 법원, 더니든의 길거리, 그리고 기나긴 항해를 거쳐 에게베르그 산 근처의 고향 집으로 돌아오는 내내 요한센은 자신이 겪었던 일을 아무에게도 말하지 않았다. 모두가 미쳤다고 생각할 테니까. 죽음이 다가오기 전에 그 모든 경험을 글로 남기리라 결심했지만 아내가 읽을 수 없는 글로 써야 함을 알고 있었다. 또한 그는 죽는 것도 괜찮다고 생각했다. 죽으면 그때의 기억이 사라질 테니까.

여기까지가 요한센의 유고에 담긴 내용이다. 나는 그 원고를 종조부의 조각상 및 유고와 함께 양철 상자 안에 고이 넣어 두었다. 전부 사라져야 할 것들이다. 내가 쓴 이 글도 마찬가지다. 내 정신이 온전한지 시험하려고 이 글을 통해 기억을 종합해 보긴 했지만 다시는 돌이킬 일이 없길 바란다. 우주의 모든 것이 공포스러워 보인다. 봄날의 하늘과 여름의 꽃들마저 내게는 평생 독이 될 것이다. 하지만 내 삶은 어차피 오래

가지 못할 듯하다. 종조부와 요한센처럼 나도 곧 죽을 테니까. 나는 너무 많은 것을 알고 있고, 그 종교는 여전히 살아 있으니까.

크툴루 역시 살아 있을 것이다. 태양이 아직 어렸던 먼 옛날부터 자신을 지켜 주었던 바위 틈새에서. 그 저주받은 도시가 떠올랐던 해상의 지점을 비질런트 호가 멀쩡히 지나왔으니, 4월의 폭풍 이후 그 도시는 다시 바닷속으로 가라앉은 모양이다. 지구 곳곳의 벽지에서는 여전히 우상이 얹힌 돌기둥 주변에 둘러선 크툴루의 사제들이 고함치고 날뛰고 살인을 저지르고 있겠지만. 크툴루도 도시와 함께 가라앉아 자신의 캄캄한 심연 속에 갇힌 것 같다. 그렇지 않다면 세상은 지금쯤 공포와 광기에 젖어 아비규환일 테니까. 하지만 앞으로 어찌 될지는 누가 알겠는가? 솟아올랐던 것이 가라앉았듯이 가라앉은 것은 또 솟아오를 수 있는 법이다. 혐오스러운 존재들이 심해에서 꿈을 꾸며 기다리고, 인간의 위태로운 도시는 점점 퇴락하고 있다. 언젠가는 그날이 올 것이다. 나로서는 상상할 수도 없고 상상해서도 안 되지만. 혹시라도 내가 이 원고를 없애기 전에 세상을 떠난다면, 유언 집행인은 모쪼록 무모한 행동을 삼가고 다른 사람이 읽지 못하도록 처리해 주길 바랄 뿐이다.

냉기
Cool Air

    사람들은 내게 왜 찬 공기를 두려워하냐고 묻곤 한다. 서늘한 방에 들어가면 남들보다 심하게 몸을 떨고, 포근한 가을날에도 저녁 무렵 한기가 돌면 역겨워하는 이유가 뭐냐고. 어떤 사람들은 내가 추위를 느끼면 고약한 악취를 맡은 듯이 반응한다고 하는데, 맞는 말이다. 이제부터 내 평생 가장 끔찍했던 경험을 털어놓도록 하겠다. 이것으로 내 기벽이 설명될지 안 될지는 독자 여러분의 판단에 맡긴다.

    공포가 반드시 어둠, 정적, 고독에서 비롯된다는 통념은 오해에 불과하다. 나는 백주 대낮에, 시끌벅적한 도심 한복판에서, 그것도 흔하디 흔한 어느 허름한 하숙집 안에서 평범한 주인아주머니와 일꾼 남자 두 명과 함께 있는 도중에 공포를 경험했다. 1923년 봄에 나는 뉴욕에서 따분하고 돈도 별로 안 되는 잡지 일을 맡은 참이었다. 비싼 집세를 감당할 형편이 아니었으므로 이 하숙집 저 하숙집을 돌아다니며 적당히 깨끗하고 가구가 딸린 저렴한 방을 찾고 있었다. 형편없는 방들 중 하나를 선택할 수밖에 없겠구나 싶던 차에, 웨스트 가 14번지에서 그나마 상태가 양호한 집을 발견했다.

그곳은 1840년대 말에 지어진, 갈색 사암으로 된 4층 주택이었다. 목재와 대리석으로 화려하게 장식되긴 했으나 얼룩이 지고 더러워져 우아한 고급 주택의 위상은 잃어버린 상태였다. 방들은 널찍하고 천장이 높았지만, 해괴한 벽지로 도배된 데다가 천장은 우스꽝스러운 회반죽 돌림띠로 장식되어 있어서 보기가 민망할 정도였다. 더군다나 퀴퀴한 곰팡내와 함께 정체 모를 음식 냄새 같은 것도 풍겼다. 그래도 바닥은 깨끗했고, 침대보나 베갯잇도 그럭저럭 참아 줄 만했으며, 온수도 그만하면 너무 자주 끊기거나 차가워지지 않는 편이었다. 제대로 된 생활을 꾸릴 때까지 겨울을 날 장소로는 견딜 만할 듯싶었다. 집주인은 품행이 단정치 못하고 얼굴에 옅은 수염이 난 에레로라는 이름의 스페인 여자였는데, 이런저런 소문을 떠벌려서 나를 괴롭히지도 않았으며 내가 세 든 3층의 문간방에 전깃불이 너무 늦게까지 켜져 있다고 나무라는 일도 없었다. 이웃 사람들은 대부분 스페인 출신의 하류층으로 조용하고 말이 별로 없는 편이라서 마음에 들었다. 집 밖의 간선도로를 지나는 차들의 소음만이 유일한 골칫거리였다.

그 집에서 3주쯤 지낸 어느 날, 처음으로 이상한 사건이 일어났다. 저녁 8시쯤 바닥에 무언가 후드득 떨어지는 소리가 나더니 코를 찌르는 암모니아 냄새가 풍기는 것이었다. 방 안을 둘러보니 젖은 천장에서 무언가가 뚝뚝 떨어지고 있었다. 길거리를 면한 쪽의 귀퉁이에서 흘러드는 것 같았다. 문제를 원인부터 확실히 해결하고 싶었던 나는 서둘러 밑으로 내려가서 주인아주머니에게 알렸다. 에레로 부인은 금방 조치를 취하겠다며 나를 안심시켰다.

"무뇨스 박사님!"

에레로 부인이 부랴부랴 위층으로 올라가면서 소리쳤다.

"박사님이 또 약을 엎질렀나 봐요. 아이구, 저렇게 아파서야 의사 노릇은 어떻게 하누. 갈수록 병세가 심해지는데 남 도움은 절대 안 받으려 한다니까요. 무슨 병인진 몰라도 퍽 까다롭게 극성을 부리세요. 이상한 냄새가 나는 물로 온종일 목욕을 하시는데, 무슨 일에도 흥분해선 안 되고 몸도 따뜻해지면 안 돼서 그런대요. 그 작은 방에 약병이며 기계가 잔뜩 차 있어서 누가 건드리면 안 된다고 청소도 꼭 본인이 직접 하시고요. 지금은 환자를 안 받으시는데, 바르셀로나에 계신 우리 아버지 말이 옛날에는 아주 훌륭한 의사였대요. 바로 얼마 전에도 배관공이 사고를 당했을 때 무뇨스 박사님이 그의 팔을 고쳐 주셨어요. 외출은 절대 안 하시고 방에만 틀어박혀 계셔서 우리 아들 에스테반이 음식, 세탁물, 약, 화학약품 같은 걸 날라다 주지요. 염화암모니아로 몸을 늘 차갑게 한다나? 어휴, 나 원!"

에레로 부인은 4층으로 올라가고 나는 내 방으로 돌아갔다. 이제는 암모니아가 새지 않고 있었다. 바닥에 떨어진 액체를 닦고 창문을 열어서 환기를 시키고 있는데, 위에서 에레로 부인이 내려오는 묵직한 발소리가 들렸다. 이제껏 무뇨스 박사의 기척은 한 번도 들어 본 적이 없다. 위층에서는 휘발유로 작동되는 듯한 기계 소음 같은 게 들렸을 뿐, 얼마나 조용조용 걷는지 발소리는 전혀 들리지 않았다. 그 사람이 대체 어떤 기이한 고통에 시달리고 있는지가 궁금했다. 그저 성격이 별나서 남들의 도움을 거부하는 건 아닐 듯했다. 진부한 생각이긴 하지만, 몰락한 유명 인사의 삶에 연민이 느껴지기도 했다.

나는 무뇨스 박사와 영영 마주치지 않고 살 수도 있었다. 그런데 어느 날 오전 방에서 글을 쓰던 중에 심장 발작이 일어났다. 그런 발작이 얼마나 위험한지 의사들에게 들어서 익히 알고 있었으므로 최대한 빨리 진료를 받고 싶었다. 무뇨스 박사가 부상당한 배관공을 치료해 주었다는 이야기를 떠올린 나는 힘겹게 계단을 올라가서 내 방 바로 위편에 위치한 방문을 두드렸다. 그러자 오른편 어딘가에서 유창한 영어로 이름과 용건을 묻는 목소리가 들려왔다. 내가 사정을 설명하자, 내가 두드린 문이 아니라 그 옆의 방문이 열렸다.

서늘한 냉기가 나를 맞아 주었다. 몹시 무더운 6월 말이었는데도 방 안으로 들어가니 몸서리가 쳐질 만큼 오싹한 한기가 끼쳤다. 게다가 그 커다란 방이 남루한 건물에 어울리지 않게 우아하고 호화로운 점도 놀라웠다. 낮에는 소파로 쓰는 접이식 침상, 마호가니 가구, 화려한 벽걸이, 고풍스러운 그림, 고상한 책장에 이르기까지, 어느 모로 보나 하숙방보다는 어엿한 신사의 서재 같았다. 에레로 부인이 약병과 기계로 가득 차 있다고 했던 내 방 바로 위쪽의 문간방은 무뇨스 박사의 연구실일 뿐이었고, 그 옆에 딸린 그 널찍한 방이 그가 주로 생활하는 공간이었다. 서랍장을 비롯하여 보기 흉한 가구들은 적절하게 배치된 벽감과 커다란 욕실에 가려져 있었다. 무뇨스 박사는 좋은 집안 출신에 교양과 양식을 갖춘 사람이 분명했다.

그는 키는 작았으나 보기 좋게 균형 잡힌 체형으로, 완벽하게 맞춘 정장 차림이었다. 철회색 수염이 풍성한 기품 있는 얼굴에서는 권위적인 표정이 엿보였지만 오만해 보이지는 않았고, 구식 코안경 너머로 커다란 검은 눈동자가 자리 잡고 있었다. 전형적인 스페인 사람의 이목구비였지만 매부리코 때문이 살짝 무어인 같은 인상도 풍겼다. 정기적으로 손질을 하는 듯 잘 다듬어진 머리카락은 우뚝한 이마 위로 말쑥하게 가르마가 타져 있었다. 고귀한 혈통과 빼어난 지성을 갖춘 인물임을 알 수 있었다.

그런데 싸늘한 냉기 속에서 무뇨스 박사를 마주 보자니 왠지 모를 반감이 들었다. 그의 용모 어디에도 반감을 살 만한 구석이 없는데도, 굳이 따지자면 거무죽죽한 낯빛과 서늘한 체온을 꼽을 수 있겠지만, 병약한 사람이니 당연히 그럴 만도 한 일이었다. 어쩌면 이상한 한기 때문이었는지도 모른다. 무더운 여름날 방 안이 그렇게 써늘한 건 비정상적인 현상이고, 비정상적인 것은 으레 혐오감과 불신과 두려움을 자아내기 마련이니까.

하지만 반감은 이내 잊어버리고 무뇨스 박사에게 크나큰 존경심을 품게 되었다. 얼음장처럼 차가운 데다 덜덜 떨리기까지 하는 창백한 손으로도 대단한 의술을 펼쳐 보였던 것이다. 박사는 한눈에 내 상태를 파악하고 능수능란하게 진료를 하면서 섬세한 억양에 어딘지 공허하고 단조로운 목소리로 말하기를, 자신은 죽음을 능히 물리치는 의사이니 걱정하지 말라고 했다. 죽음을 저지하고 더 나아가 극복할 수 있는 방법을 찾기 위해 평생 기괴한 실험을 하느라 친구도 재산도 모두 잃었다면서. 박애주의적인 이상에 광적으로 몰두한 학자인 듯했다. 무뇨스 박사는 청진기로 진찰을 할 때도, 옆방 연구실에서 가져온 이런저런 약품들을 배합할 때도 내내 장황하게 이야기를 늘어놓았다. 그런 누추한 곳에서 자신과 비슷한 교양인을 만나는 일이 워낙 드물다 보니, 좋았던 옛 시절이 떠올라 평소와 달리 수다를 떨고 싶어진 모양이었다.

그의 목소리는 기묘하기는 해도 위안이 되었다. 얼마나 세련된 어투로 달변을 이어 가던지 숨 쉬는 소리조차 안 들릴 정도였다. 박사는 자기 이론과 실험에 대한 이야기로 내 주의를 돌려서 병에 너무 마음 쓰지 않도록 배려해 주었다. 또한 인간의 의지와 정신은 생명 자체보다 강하다며, 본래 건강했고 잘 보존된 육체라면 심각한 손상이나 결함이 생겨도, 심지어 장기를 여럿 잃게 돼도 살 방법이 있다고 나를 교묘하게 위로하기도 했다. 의지와 정신력을 과학적으로 증강시키면 일종의 신경 활동을 지속할 수 있기 때문이라나. 게다가 언젠가는 심장이 없이도 살 수 있는(아니면 적어도 의식 있는 존재로 활동할 수 있는) 방법을 가르쳐 주겠다는 농담인지 진담인지 모를 말까지 던졌다.

한편 자신은 무슨 합병증에 시달리고 있어서 철저한 생활 관리가 필요하다고 했다. 특히 주변 기온을 낮게 유지하는 게 필수적이라고, 온도가 현저히 상승할수록, 그리고 상승한 온도가 오래 이어질수록 자신에게는 치명적인 악영향을 미친다고 했다. 그 방이 12도에서 13도 사이로 싸늘한 까닭은 암모니아를 이용한 흡수식 냉각장치로 기온을 늘 떨어뜨리기 때문이었다. 아래층의 내 방에서 들리던 휘발유 엔진 펌프 소리가 바로 그 소리였다.

내 발작 증세는 놀랄 만큼 짧은 시간 만에 진정되었고, 그 썰렁한 방에서 나올 때쯤 나는 그 천재 은둔자의 열렬한 제자이자 추종자가 되어 있었다. 그날 이후로 나는 자주 외투를 걸치고 무뇨스 박사를 찾아가서 비밀 연구며 섬뜩한 실험 결과들에 대한 이야기를 들었으며, 책장에 꽂혀 있는 독특한 고서들을 살펴보면서 전율을 느끼기도 했다. 게다가 무뇨스 박사의 뛰어난 치료를 받은 덕분에 내 심장병은 거의 완치되었다. 그는 중세의 주술적인 요법들도 무시하지 않고 진지하게 고려하는 듯했다. 그러한 수수께끼의 요법들 중에는 생명 작용이 멈춘 뒤에도 신경계에 독특한 영향을 미칠 수 있는 희귀한 정신 자극 요법이 포함되어 있기 때문이었다. 나는 그에게서 발렌시아 출신의 노숙한 의학자 토레스 박사 이야기를 듣고 깊은 감명을 받았다. 18년 전 무뇨스 박사가 중병에 걸리자, 토레스 박사는 자신이 해오던 연구를 그에게 알려 주고 병을 치료하기 위한 실험을 함께 진행했다고 한다. 그가 지금과 같은 증세에 시달리는 것도 그 병의 후유증 때문이라고 했다. 덕망 있는 의사였던 토레스는 결국 동료의 목숨을 구하는 데 성공했으나 정작 자신은 병에 걸려 세상을 뜨고 말았단다. 무뇨스 박사는 자세히 설명해 주지는 않았지만, 토레스 박사가 보수적인 원로 의사들은 인정하지 않는 특이한 치료법까지 동원해 자신을 치료하는 과정에서 극심한 긴장에 시달린 탓에 병에 걸린 것 같다고 했다.

그런데 그렇게 무뇨스 박사와 몇 주를 지내다 보니, 에레로 부인 말마따나 그가 서서히, 그러나 명백히 쇠약해져 가고 있음을 알 수 있었다. 얼굴은 흙빛이 되어 갔고, 목소리는 공허하고 불분명해졌으며, 몸의 움직임도 완벽하지 않았고, 정신적으로도 활기와 결단력을 잃어 갔다. 그런데도 본인은 자신의 서글픈 변화를 전혀 인지하지 못하는 눈치였다. 그의 표정이며 말에서 점차 섬뜩한 아이러니가 느껴지자 처음에 품었던 그에 대한 내 미묘한 반감도 다시 고개를 들었다.

박사의 기벽 역시 갈수록 심해져만 갔다. 다양한 이국의 향신료와 이집트 향료를 애지중지 모아들이는 바람에 방에서 마치 파라오 왕릉의 납골당 같은 냄새가 풍겼다. 게다가 실내 온도를 지금보다 더 낮춰야 한다고 우기더니, 내 도움을 받아 암모니아 배관을 늘리고 냉각장치와 펌프를 개조해서 기온을 1도에서 4도 사이로 낮추었다가 급기야 영하 2도까지 내리기도 했다. 물론 욕실과 연구실 쪽은 물이 얼거나 화학 실험에 지장이 생기면 안 되니 덜 춥도록 신경 써야 했다. 옆방에 사는 사람이 샛문에서 냉기가 새어 든다고 불평을 한다기에 내가 두꺼운 커튼을 달아 주기도 했다. 무뇨스 박사는 어떤 기괴하고 병적인 공포에 점점 더 시달리는 듯 보였다. 그는 끊임없이 죽음에 대한 이야기를 했지만 내가 조심스럽게 매장이나 장례 절차를 언급하면 공허하게 웃기만 했다.

아무리 친구가 되었다지만 영 당황스럽고 섬뜩하기까지 한 사람이었다. 그래도 내 병을 고쳐 준 은인을 낯선 사람들 사이에 홀로 내버려 둘 수는 없는 노릇이라, 나는 두꺼운 외투까지 따로 사서 입고 매일같이 그를 찾아가서 방을 청소해 주고 수발을 들어 주었다. 필요한 물건을 대신 사다 주기도 했는데, 그가 약국과 실험 자재 상점에 주문한 약품들 중에는 간혹 입이 떡 벌어질 만큼 당혹스러운 것들도 있었다.

무뇨스 박사의 방에 왠지 모를 공포스러운 분위기가 짙어져 갔다. 퀴퀴한 곰팡내야 그 하숙집 어디에나 났지만 그의 방은 유독 심했다. 온갖 향신료며 향료 냄새, 목욕물에 늘 넣는 화학약품의 톡 쏘는 냄새까지 진동했고, 그때부터 목욕도 쉴 새 없이 자주 했는데, 목욕만은 내 도움을 극구 거절했다. 병 때문에 그러는 것 같았는데, 대체 어떤 병일지 생각하면 할수록 소름이 끼쳤다. 에레로 부인은 그를 볼 때마다 성호를 긋는 한편 에스테반에게 그의 심부름을 그만두라고 하고는 그를 전적으로 내게 맡겼다. 내가 병원에 가보는 게 어떻겠냐고 권하면 무뇨스 박사는 길길이 날뛰면서 아주 격하게 화를 냈다. 격렬한 감정이 병을 악화시킬까 두려워하면서도, 그는 침대에 가만히 누워 있지 않고 오히려 무슨 일에든 전보다 더 열성적으로 나섰다. 무기력하게 앓던 시기는 지나고 맹렬한 삶의 의욕이 솟구치는지, 죽음의 손길이 닥쳐오는 순간 힘껏 저항할 기세였다. 그런데 정작 식사는 입에도 대지 않았다. 전에도 이상할 만큼 의례적인 태도로 먹는 시늉만 하는 정도였지만. 오로지 정신력만으로 간신히 무너지지 않고 버티는 것 같았다.

뭔지 모를 장문의 편지를 쓰는 버릇도 생겼다. 그는 자신이 죽고 나면 특정인들에게 보내 달라며 세심하게 밀봉한 그 편지들을 내게 맡겼다. 수신자 대부분은 동인도인들이었지만, 한 명은 저명한 프랑스 의사로 이미 사망했다고 알려져 있는 데다가 상상도 못할 기묘한 소문이 떠도는 사람이었다. 나중에 무뇨스 박사가 죽었을 때 나는 그 편지들을 보내지도, 뜯어보지도 않고 죄다 불태워 버렸다. 그의 외모도 목소리도 갈수록 소름 끼쳐서 옆에 있는 것이 고역이었다. 9월 어느 날에는 책상 스탠드를 고치러 온 수리공이 무뇨스 박사를 무심코 본 것만으로 간질 발작을 일으켰다. 박사는 적절한 처방을 내려서 발작을 가라앉혀 주었지만 그 동안 환자가 자신을 보지 못하도록 숨어 있어야 했다. 수리공은 1차 대전 때에도 그렇게 엄청난 공포를 겪어 본 적은 없다며 학을 뗐다.

그리고 10월 중순의 어느 날, 어느 때보다 무시무시한 사건이 벌어졌다. 밤 11시경에 암모니아 냉각장치의 펌프가 고장 나더니 세 시간 뒤에는 작동이 아예 멈춰 버렸다. 무뇨스 박사는 발을 쾅쾅 굴러서 아래층에 있던 나를 불렀다. 그가 생기 없고 건조한 어조로 욕을 뇌까리는 동안 나는 다급히 기계를 뜯어보았으나 전문가가 아닌 나로서는 수리할 도리가 없었다. 근처의 야간 정비소에서 사람을 불러왔지만 피스톤을 교체해야 하니 아침까지 기다리라는 대답만 돌아왔다. 초주검이 된 무뇨스 박사는 기괴할 만큼 어마어마한 분노와 두려움이 북받쳐 오르는 표정이었다. 안 그래도 쇠약한 몸이 아예 부서질 것만 같았다. 한차례 경련이 일자 그는 손으로 홱 눈을 덮고서 욕실로 뛰어 들어가더니, 붕대로 단단히 싸맨 얼굴로 더듬거리며 밖으로 걸어 나왔다. 이후로 나는 그의 눈을 두 번 다시 보지 못했다.

그때 방 안의 공기는 뚜렷이 느낄 수 있을 만큼 훈훈해져 있었다. 새벽 5시쯤 되자 박사는 다시 욕실로 들어갔다. 그러더니 그때부터 내게 심야 약국이나 식당에 가서 구할 수 있는 얼음은 죄다 구해 오라고 여러 차례 명령했다. 나는 매번 그의 말에 따랐지만 얼음을 못 구하고 돌아오는 경우도 왕왕 있었고, 돌아와서 닫힌 욕실 문 밖에 얼음 자루를 내려놓을 때마다 안에서는 쉴 새 없이 첨벙거리는 소리와 함께 "더, 더!" 하고 꺽꺽 외치는 탁한 목소리가 들려왔다. 드디어 날이 밝고 가게들이 하나하나 문을 열자 나는 에스테반에게 찾아가서 부탁을 했다. 내가 피스톤을 구해 오는 동안 얼음을 얻어다 주든지, 아니면 내가 얼음을 더 가져올 테니 피스톤을 사다 달라고. 하지만 에스테반은 어머니에게 단단히 당부를 들었는지 딱 잘라 거절했다.

결국은 8번가 모퉁이에서 만난 어느 추레한 행색의 건달에게 삯을 주고서, 작은 가게 한 군데를 일러 주고 거기서 얼음을 구해다가 환자에게 전해 달라고 부탁할 수밖에 없었다. 그런 다음 나는 펌프 피스톤과 그것을 설치해 줄 정비공을 찾아 열심히 돌아다녔다. 그런데 둘 다 도무지 찾을 수가 없었다. 몇 시간째 공복으로 숨 가쁘게 뛰어다니며 여기저기 전화를 걸고 지하철과 전차로 오락가락 헤매다 보니 나는 무뇨스 박사만큼이나 격하게 울분이 치밀었다. 정오쯤에야 먼 시내 지역의 공구점에서 피스톤을 찾아냈고, 건장하고 숙련된 정비공 두 명도 찾아냈다. 그들을 대동하고 하숙집에 도착했을 때는 오후 1시 30분경이었다. 최선을 다한 나는 너무 늦지 않았기만을 바랐다.

그러나 불길한 공포가 나를 기다리고 있었다. 하숙집은 발칵 뒤집어져 온통 소란스러웠고, 굵은 저음으로 기도를 하는 어떤 남자의 목소리도 들렸다. 그런 기괴한 분위기 속에서 닫혀 있는 박사의 방문 밑으로 악취가 흘러나왔으며, 사람들은 그 앞에서 묵주를 돌리며 기도하고 있었다. 듣자 하니 내가 심부름을 맡겼던 건달이 박사에게 얼음을 두 번째로 갖다 주고 나온 직후 혼겁한 눈빛으로 비명을 지르며 도망친 모양이었다. 아마도 그의 지나친 호기심이 화를 부른 것 같았다. 그가 방문을 닫고 떠날 정신은 없었을 테니, 문은 안에 있는 사람이 잠근 듯했다. 고요한 박사의 방 안에서는 어떤 액체가 천천히 뚝뚝 떨어지는 소름 끼치는 소리만 흘러나왔다.

공포가 영혼을 좀먹는 듯했지만 나는 에레로 부인과 정비공들과 함께 짧게 의논을 했다. 내가 방문을 부수자고 하자 에레로 부인은 철사 같은 것으로 자물쇠를 풀 수 있다고 했다. 박사의 방과 같은 층에 있는 다른 방들의 문은 물론 건물의 창문들도 꼭대기 층 것까지 전부 활짝 열어 둔 참이었다. 그 남쪽 방문의 자물쇠가 풀리자, 우리는 손수건으로 코를 막고 덜덜 떨면서 이른 오후의 따스한 햇볕이 드는 그 저주받은 방 안으로 발을 들였다.

열려 있는 욕실 문에서부터 현관문까지 어떤 거무스름하고 끈적끈적한 액체가 묻어 있었다. 그 액체 자국은 다른 방향으로도 이어져 책상 앞에는 아예 흉물스러운 웅덩이 하나가 만들어져 있었다. 책상 위에는 종이 한 장이 놓여 있었는데, 유언을 서둘러 휘갈겨 쓴 바로 그 손으로 문지르기라도 했는지 심하게 얼룩진 상태였다. 액체 자국은 소파까지 이어지다가 끝이 났다.

그 소파 위에 무엇이 있었는지는 차마 말할 수도 없고 말하고 싶지도 않다. 다만 끈적끈적하게 얼룩진 종이에 적혀 있던 글이 어떤 내용이었는지는 짚고 넘어가야겠다. 나는 그 글을 찬찬히 읽은 뒤 성냥불로 태위 없애 버렸다. 에레로 부인과 정비공 두 명이 그 섬뜩한 방을 미친 듯이 뛰쳐나가서 가장 가까운 경찰서를 찾아가 횡설수설하는 동안에도, 나는 그 글의 의미를 곱씹으며 공포에 사로잡혀 있었다. 승용차와 트럭으로 붐비는 14번가 도로의 소음과 황금빛 햇살이 가득한 곳에서 그 글을 읽고 있자니 터무니없는 헛소리로 느껴지기도 했지만, 그래도 사실이라고 믿을 수밖에 없었다. 지금도 믿고 있는지는 솔직히 잘 모르겠다. 세상에는 깊이 생각하지 않는 편이 좋은 일도 있는 법이다. 어쨌든 나는 그 후로 암모니아 냄새에 질색을 하게 되었으며, 차가운 외풍이 느껴지면 기절하기까지 한다.

유서의 내용은 다음과 같았다.

'이제 끝장이군. 얼음은 다 떨어졌는데 그 심부름꾼은 나를 보고 달아나 버렸으니. 시시각각 실내 온도가 높아지니 내 생체 조직은 더 이상 버틸 수가 없네. 일전에 내가 했던 이야기를 기억하겠지? 의지력이니, 신경이니, 장기들의 기능이 정지된 후 육체를 보존하는 방법 운운했던 것 말일세. 그건 훌륭한 이론이었지만, 실행해 보니 효과가 영구적이지는 않았네. 미처 예상하지 못한 퇴화 현상이 조금씩 일어났거든. 토레스 박사도 그 사실을 알게 됐지. 그는 내가 편지에 적어 둔 지침에 따라 나를 어느 이상하고 어두운 장소에 데려가서 되살려야 했는데, 그 과정에서 충격을 견디지 못하고 죽고 말았네. 그리고 내 장기들은 두 번 다시 작동할 수 없는 상태였기에, 인공 보존법을 써야 했어. 그래, 나는 18년 전 그때 이미 죽은 몸이라네.'

픽먼의 모델
Pickman's Model

엘리엇, 내가 미쳤다고 생각할 필요는 없네. 더 기이한 편견을 갖고 있는 사람들도 수두룩하잖나. 올리버의 조부님만 해도 자동차는 절대 못 타겠다고 고집을 피우시는데, 그렇다고 자네가 그분을 비웃지는 않지? 나도 마찬가지일세. 내가 지하철을 싫어한다는데 남들이 무슨 상관이냐 이거야. 게다가 이 동네는 어차피 택시를 타는 편이 더 빠르다고. 우리가 차를 가져왔더라면 파크 가에서부터 여기까지는 언덕을 걸어서 올라와야 했을걸.

작년에 봤을 때보다 내가 좀 예민해 보이긴 할 거야. 하지만 병원에 데려갈 필요까진 없어. 난 정말로 멀쩡하다네. 완전히 제정신이라서 얼마나 다행스러운지 몰라. 거 참, 왜 이렇게 닦달인가? 원래 이런 식으로 꼬치꼬치 캐묻던 사람이 아니었는데.

뭐, 자네가 꼭 알고 싶다면야 얘기 못할 것도 없지. 어차피 모른 척 넘어가 줄 생각은 없는 것 같으니. 내가 미술가 클럽에 발을 끊고 픽먼을 멀리하게 되었다고 하자, 자네는 내 부모라도 된 양 슬퍼하면서 무슨 일이냐고 계속 편지를 보냈었지. 이제는 픽먼이 실종된 터라서 이따금씩 클럽에 들르기는 하네. 하지만 예전처럼 마음이 편하진 않아.

아니, 픽먼이 어떻게 되었는지는 나도 모르네. 추측하고 싶지도 않고. 자네는 내가 픽먼과 절교한 것이 무언가에 대한 내막을 알아냈기 때문이라고, 내가 픽먼의 행방에 대해 생각하지 않으려는 것도 다 그 때문이라고 생각하지? 그냥 경찰이 알아서 하게 내버려 두게. 픽먼이 피터스라는 이름으로 세 들었던 노스엔드*의 낡은 집조차 아직 못 찾아낸 걸 보면 경찰이 뭘 제대로 할까 싶긴 하네만. 사실 나도 거길 다시 찾아갈 수 있을지 모르겠어. 아, 그렇다고 찾고 싶단 얘긴 아니야! 백주 대낮이라도 그 집 근처에는 얼씬도 않을 걸세.

맞아, 픽먼이 그 집에 세 든 이유가 뭔지는 잘 알고 있다네. 이제부터 그 이야기를 할 참인데, 듣다 보면 내가 경찰에게 왜 말을 안 하는지도 이해가 될 걸세. 경찰은 나더러 거기까지 안내해 달라고 할 텐데, 설령 길을 안다 하더라도 절대로 갈 생각이 없네. 그 집에 뭔가가 있거든. 이제 나는 지하철도 못 탈 뿐 아니라, (이 대목에서 또 웃어도 좋네) 지하실에도 못 들어가는 몸이 됐네.

내가 리드 박사나 조 마이넛, 혹은 보즈워스 같은 호들갑스러운 여자들과 같은 어리석은 이유로 픽먼과 절교한 건 아닐세. 자네도 그 정도는

---

*보스턴에서 가장 유서 깊은 지역으로서 1630년대부터 사람들이 거주했다. 19세기부터 상업적으로 발달하면서 외국인 이주민들이 많이 몰렸으며, 생활환경이 열악한 지역으로 악명이 높았다.

알고 있겠지. 나는 병적인 예술 작품 때문에 충격받는 사람이 아니잖나. 그리고 작품 세계가 어떻든 간에 픽먼처럼 천재적인 예술가와 친구로 지내는 건 내게 영광스러운 일이었네. 처음 봤을 때부터 나는 보스턴에 리처드 업턴 픽먼처럼 위대한 예술가는 일찍이 없었다고 생각했으니까. 픽먼이 〈구울 먹이 주기〉라는 작품을 보여 줬을 때도 그 생각은 조금도 달라지지 않았네. 마이넛은 그 그림 때문에 픽먼과 절교했다지만.

픽먼과 같은 작품을 만들려면 심오한 기교와 자연에 대한 통찰력이 필요하지. 잡지 표지나 그리는 삼류들은 물감을 아무렇게나 뿌려 놓고 악몽이라느니 마녀 집회라느니 악마의 초상이라느니 제목만 거창하게 붙이는데, 정말로 두려움을 자아내는 진실을 담고 있는 그림은 위대한 화가만 그릴 수 있는 법이야. 오로지 진정한 예술가만이 두려움의 해부학과 공포의 생리학을 이해할 수 있네. 인간에게 잠재된 본능이나 오래전부터 유전된 공포의 기억과 연결되는 선과 비례를, 우리 안에 잠들어 있는 기이함에 대한 감각을 일깨우는 색채 대비와 조명 효과를 정확히 알고 있는 화가들이 있다네. 예컨대 싸구려 유령 이야기책 권두 삽화들은 우스꽝스럽기만 한데 어째서 퓨절리*의 그림은 전율을 불러일으키겠나? 그 화가가 화폭에 담아 놓은 삶 너머의 진실을 우리도 잠깐이나마 일별할 수 있기 때문이지. 귀스타브 도레, 시드니 사임, 앤서니 앤거롤라의 그림도 마찬가지야. 그리고 픽먼은 지금껏 누구도 이루지 못했고, 바라건대 앞으로도 다시는 이루어지지 못할 경지를 실현한 사람일세.

내가 언급한 화가들이 보는 것이 무엇이냐고 묻지는 말게. 알다시피, 텅 빈 작업실에서 정해진 규칙에 따라 상업적인 그림을 그리는 예술가

---

*Henry Fuseli(1741~1825). 영국에서 활동한 스위스 출신 화가. 주로 문학적 주제로 환상성이 짙은 그림을 그렸다.

들은 살아 숨 쉬는 자연이나 실제 모델의 진면모는 담아 내지 못하는 법이지. 그런데 진정으로 기이한 예술가들은 모델이나 자연 자체를 창조해 낸다네. 자신이 사는 신비의 세상 속에 존재하는 것들을 화폭으로 불러다 놓거든. 통신학교 출신 화가들이 기계적으로 그려 낸 조잡한 그림과 실물을 직접 보고 그린 화가들의 그림이 질적으로 다르듯이, 예술가연하는 작자들이 시시껄렁한 몽상을 풀어 놓은 그림과 픽먼의 창조물은 엄연히 차원이 다르단 말일세. 만약 픽먼이 본 것을 나도 보았더라면…… 아니, 그건 안 될 말이지! 이야기를 더 하기 전에 뭐라도 좀 마셔야겠어. 아, 그가 본 걸 나도 보았더라면, 나는 지금 이렇게 살아 있지도 못했을 걸세.

자네도 기억하겠지만 픽먼은 사람의 얼굴을 특히 잘 그렸어. 이목구비의 조합과 뒤틀린 표정으로 엄청난 지옥을 표현하는 화가는 고야 이후로 그가 처음이었을 걸세. 고야 이전에는 노트르담 대성당이나 몽생미셸에 가고일*과 키메라**를 새겨 넣은 중세인들이 있었지. 그들은 모든 것을 보았고, 또 모든 것을 믿었을 걸세. 중세는 기이한 시대였으니까. 그러고 보니 자네가 떠나기 1년 전쯤인가, 픽먼에게 직접 물었던 적이 있지? 도대체 어디에서 그런 아이디어와 상상력을 얻느냐고. 그랬더니 그 친구가 자네 면전에서 심술궂게 웃어 대지 않았던가?

리드가 픽먼과 절교했던 이유도 반쯤은 바로 그 고약한 웃음 때문이었네. 당시 리드는 비교병리학에 빠져서, 이런저런 정신적 육체적 증상들의 생물학적 진화학적 의미를 깨달았다느니 하면서 허풍을 떨었잖나. 리드는 픽먼에게 나날이 혐오감을 느꼈고, 막판에는 거의 두렵기까지

*유럽 기독교 교회의 지붕이나 벽에 붙어 있는 괴물 형상의 석상.
**그리스 신화에 나오는 사자의 머리, 염소의 몸통, 뱀 꼬리를 한 괴물.

224

했다더군. 픽먼의 인상이나 표정이 인간이 아닌 듯 서서히 변해 가고, 식생활도 이상하게 변했다고 했지. 자네는 아마 리드와 편지를 주고받으면서 픽먼의 그림이나 상상력이 신경에 거슬려서 그렇게 느껴지는 거라고 리드를 달랬을 거야. 나도 그렇게 얘기했네. 당시에는 말이야.

그러니 나도 리드와 같은 이유로 픽먼과 절교했다고는 생각하지 말게나. 오히려 픽먼에 대한 내 존경심은 더 커져만 갔어. 〈구울 먹이 주기〉는 대단한 걸작이었으니까. 물론 그 그림은 클럽에서는 전시하지 못할 작품이었고, 미술관에서도 받아 주지 않았을 테고, 사겠다는 사람도 아무도 없었을 거야. 그래서 픽먼은 마지막까지 그 그림을 자기 집에 보관해 두었네. 지금은 세일럼에 있는 그의 아버지 집에 있지. 자네도 알다시피 픽먼은 유서 깊은 세일럼 가문 출신이고, 1692년 마녀재판 때 처형된 조상도 있다더군.

나는 기괴한 미술에 대한 논문을 쓰면서부터 픽먼을 더 자주 찾아가게 됐네. 애초에 그런 논문을 생각해 낸 게 그의 영향인지도 모르지만, 어쨌든 본격적으로 착수했을 때 픽먼에게서 귀중한 자료와 조언을 많이 얻을 수 있었어. 그는 갖고 있는 채색화며 드로잉 중 내 논문 주제와 관련 있는 건 모두 보여 주었는데, 일부 클럽 회원들이 보았다면 제명 사유로 삼았을 법한 펜화들도 몇 점 있더군. 얼마 지나지 않아 나는 열성 신자라도 된 듯 몇 시간이고 그의 논변을 들었네. 픽먼은 댄버스 정신병원에 수용되어도 할 말 없을 만큼 광기 어린 예술 이론과 철학적 사유를 내게 들려주었지. 다른 사람들은 갈수록 그와 거리를 두었는데 나만이 그를 영웅처럼 존경해 주니 내게만은 속내를 가감 없이 털어놓았던 것 같아. 어느 날 저녁, 그는 다른 집에 놓아둔 아주 색다른 그림들을 보여 주겠다고 했네. 내가 호들갑을 떨지 않고 비밀을 지켜 주기만 한다면,

무엇보다 강렬한 그림들을 보여 주겠다고.

픽먼은 이렇게 말했네.

"그것들은 여기 뉴버리 가에 있기에는 부적절한, 여기서는 이해될 수도 없는 그림들일세. 화가로서 나는 영혼의 뉘앙스를 포착해야 하는데, 졸부들이 사는 이 인공적인 거리에선 그런 뉘앙스를 절대로 찾을 수가 없네. 이 백베이 지역은 보스턴이라고 할 수도 없어. 아직은 그 무엇도 아니라고 봐야지. 기억이 쌓이고 사람들의 영혼이 모일 만큼 역사가 오래된 곳이 아니니까. 만약 여기에도 유령이 있다면, 소금기 밴 습지와 얕은 바다에서 살았던 온순한 동물들의 유령밖에 없을 걸세. 나는 그런 게 아니라 인간의 유령을 원해. 지옥을 바라보았고 그게 무슨 의미인지도 알 만큼 지적인 유령을.

예술가가 살 곳은 노스엔드야. 진정한 유미주의자는 오랜 전통이 살아 있는 곳이라면 설령 빈민가라 해도 참고 살 수 있어야 하네. 아아, 이 보게! 모르겠나? 노스엔드 같은 지역들은 만들어지는 게 아니라 스스로 성장한다네! 대대로 수많은 사람들이 살고 느끼고 죽었던 곳이니까 말이야. 옛날에는 사람들이 살고 느끼고 죽기를 두려워하지 않았거든. 노스엔드의 콥스힐 언덕만 해도 1632년부터 풍차 방앗간이 있었고 1650년대에는 오늘날 있는 거리들 중 절반이 만들어졌을 만큼 유서 깊은 곳이라고. 그때부터 거기서 250년도 넘게 제자리를 지켜 온 집들도 있지. 그 집들은 현대식 주택이라면 진작 무너져서 먼지가 되고도 남았을 법한 사건들을 숱하게 목격한 걸세. 삶에 대해, 그 이면의 힘에 대해 현대인들이 대체 뭘 알겠는가? 자네는 세일럼의 마법이 오해와 망상의 산물일 뿐이라고 하겠지만, 우리 6대조 조모님이 살아 계셨더라면 그에 대해 할 말이 많으셨을 거야. 그분은 갤로즈힐에서 코튼 매더*가 짐짓 경건한 표정으로 지켜보는 가운데 처형당하셨으니까. 매더 그 자식은, 누군가가 천편일률적인 감옥 같은 사회를 벗어날까 봐 두려웠던 걸세. 빌어먹을, 누가 그놈에게 저주를 내렸거나 밤중에 피를 빨아먹었다면 속이 시원하겠네!

매더가 살았던 생가도 보여 줄 수 있네. 말만 용감하게 주워섬겼던 그 작자가 무서워서 들어가지도 못했던 집도 보여 줄 수 있고. 매더는 한심하고 유치한 자신의 책『미국에서의 그리스도의 위업』이나『보이지 않는 세계의 경이』에서는 감히 밝힐 수 없었던 비밀들을 알고 있었어. 지금 자네에게도 하나 알려 줄까? 옛날엔 어떤 사람들이 노스엔드 전체에 깔린 굴들을 통해 서로의 집을 오갔다네. 그 굴들은 공동묘지와 바다에까지 이어져 있었네. 땅 위에서 고발과 박해가 횡행하든 말든, 그 굴속에서는 낮이면 누구도 생각지 못했던 일들이 벌어졌고 밤이면 웃음소리가 울려 퍼졌지!

장담하건대, 1700년대 이전에 지어져서 오늘날까지 고스란히 남아 있는 집들 중 십중팔구는 지하실에 아주 기묘한 것이 있을 걸세. 왜 가끔 신문에 오래된 건물을 철거하는 도중에 정체 모를 아치형 구조물이나 우물이 발견되었다는 기사가 나지 않나. 거의 한 달에 한 번꼴로 말이야. 작년에는 고가 전철역에서 내려다보이는 헨치먼 가 근처에서도 그런 게 하나 발견되었네. 어디 그뿐인가, 옛날에는 마녀와 해적도 있었지. 마녀들이 마법으로 불러낸 존재들과 해적들이 바다 밑에 가라앉은 밀수선과 사략선에서 건져 낸 것들도 있었고. 옛날 사람들은 살아가는 방법

---

*Cotton Mather(1663~1728). 매사추세츠에서 활약한 회중파 목사이자 역사가로, 청교도주의 사회에 큰 영향을 미쳤으며 신권정치를 지지했다. 저서『보이지 않는 세계의 경이』에서 세일럼 마녀재판을 다루었다.

을, 삶의 경계를 넓히는 방법을 알고 있었거든! 특별히 용감하고 현명한 사람들만 그런 방법을 알고 있었던 게 아니야. 그런데 오늘날은 어떤가? 순 허약하고 가식적인 속물들만 넘쳐 나지. 새로 등장한 그림의 주제가 비컨 가에서 차 마시며 노닥거릴 만한 것이 아니면, 소위 예술가라는 작자들조차 벌벌 떨며 경기를 일으키지 않나!

현대사회에 존재하는 미덕이라면 단 하나, 너무 멍청해서 과거를 제대로 탐구하지도 못한다는 거야. 지도나 기록이나 안내 책자 따위로 노스엔드에 대해 뭘 알 수 있나? 웃기는 노릇이야! 프린스 가 북쪽만 해도 아는 사람이 열 명도 안 되는 골목길이 삼사십 개는 족히 있을걸. 지금 거기서 떼 지어 몰려다니는 이탈리아 이민자 놈들은 그 골목들이 뭔지 아무것도 모르고. 이보게 서버, 노스엔드처럼 오래된 지역은 진부한 일상에서 벗어난 온갖 찬란한 꿈과 경이와 공포가 넘쳐흐르는 곳일세. 그런데 그 의미를 이해하거나 활용하는 사람이 한 명도 없다니까. 아니, 딱 한 명은 있다고 할 수 있겠지. 내가 이제껏 그곳을 뒤지고 다니면서 헛걸음만 친 건 아니었으니까!

자네도 이런 쪽에 관심이 많지 않았나. 실은 내가 노스엔드에 또 다른 작업실을 마련해 두었네. 옛 공포가 서린 밤의 기운이 떠도는 그곳에서야말로 뉴버리 가에서는 상상도 할 수 없는 그림을 그릴 수 있지. 당연히 클럽에 있는 노처녀들한테 이런 말은 하지 않네. 리드 녀석에게도 마찬가지고. 빌어먹을 그놈은 내가 무슨 진화를 역행한 괴물이라도 되는 것처럼 수군거리고 다닌다며? 서버, 나는 화가란 무릇 삶의 아름다움뿐 아니라 공포도 표현해야 한다고 오래전부터 믿어 왔네. 그래서 공포가 살아 숨 쉴 만한 곳들을 찾아다녔던 거야.

내가 작업실로 구한 건물은 나랑 북유럽인 세 명 외에는 아무도 본

적이 없는 곳일세. 거리로 따지자면 고가 전철역에서 그리 멀지 않지만, 영혼의 세월로 따지면 몇 세기는 동떨어져 있지. 그 집 지하실에 벽돌로 지은 기이하고 오래된 우물이 있더라고. 아까 얘기했던 그런 기묘한 것들 중 하나가 말이야. 그 때문에 그곳을 작업실로 삼아야겠다고 결정을 내렸네. 다 쓰러져 가는 판잣집이라서 나 말고는 아무도 살고 싶어 할 사람이 없을 테고, 집세도 얼마나 싼지 말하기가 민망할 정도야. 창문은 판자로 다 막혀 있지만, 어차피 햇빛이 들면 작업에 방해만 되니까 나는 그게 훨씬 마음에 들어. 그림 작업은 영감이 가장 풍부하게 떠오르는 지하실에서 주로 하지만 1층의 다른 방들도 정돈해 두긴 했네. 집주인은 시칠리아 사람인데, 계약을 할 때 나는 피터스라는 가명을 썼지.

어때, 보고 싶지 않나? 자네만 좋다면 오늘 밤 데려가 주겠네. 그림이 마음에 들 거야. 말했듯이 거기서는 마음 가는 대로 자유롭게 그리거든. 별로 멀지도 않네. 나는 가끔 걸어가기도 하는걸. 택시 타고 그런 데 갔다가 괜히 남들 이목을 끌기 싫어서 말이야. 아니면 사우스 역까지 택시를 타고 가서 고가 전철을 타고 배터리 가에서 내려도 되지. 거기서 걸어가면 금방이야."

엘리엇, 저런 장광설을 듣고서 내가 달리 뭘 할 수 있었겠나. 도망치고 싶은 마음을 꾹 참고 픽먼과 함께 밖으로 나가서 택시를 잡을 수밖에. 우리는 사우스 역에서 내린 다음 전철로 갈아탔고, 자정쯤에는 배터리 가에 도착해서 컨스티튜션 부두를 지나 오래된 부둣가를 따라 걸었네. 교차로를 여러 번 지났는데 제대로 살피지 않아서 이제는 가는 길이 기억이 잘 안 나. 작업실이 있던 길 이름이 뭐였는지도 정확히 모르겠는데, 아무튼 그리노 가는 아니었네.

거긴 사람이 아무도 안 사는 황량한 오르막길이었네. 내 평생 그렇게 낡고 지저분한 길은 처음 보았어. 박공은 죄다 허물어졌고, 조그마한 유리창들은 깨져 있고, 반쯤 무너진 구식 굴뚝들이 달빛이 비치는 하늘로 솟아올라 있었지. 그 길에 1700년대 이후에 세워진 걸로 보이는 건물은 세 채나 될까 말까 했고, 보스턴에서는 아주 오래전에 사라졌다고 알려진 건축양식이 수두룩했네. 차양이나 벽이 돌출된 집이 적어도 두 채는 있었고, 2단 박공 양식이 생기기 이전의 뾰족지붕까지 보이지 뭔가.

그 어두침침한 길을 걷다가 왼쪽으로 꺾으니, 더 좁고 괴괴한 골목길이 나타났네. 너무 캄캄해서 주위가 잘 안 보였지만, 걸으면서 느끼기로는 길이 오른쪽으로 서서히 구부러졌던 것 같아. 얼마 안 가서 픽먼이 손전등을 꺼내서 앞을 비추자 하도 오래되어서 심하게 좀먹은 양판문이 하나 보이더군. 픽먼은 열쇠로 문을 열고 나를 휑한 현관으로 안내했네. 거무스름한 떡갈나무 널판을 보니 한때는 아주 멋진 현관이었을 듯했어. 물론 소박한 구조였지만, 뉴잉글랜드 자치령이 처음 세워지고 벌어졌던 마녀재판 시대의 풍취가 떠올라서 짜릿한 흥분이 느껴지더라고. 픽먼은 왼편의 한 방으로 나를 데려간 다음 기름 등불을 켜더니 내 집처럼 편히 있으라고 말했네.

엘리엇, 자네도 알지? 나는 냉철한 성격으로 정평이 난 사람이잖나. 그런데 그 방의 벽에 걸린 그림들을 봤을 때는 도무지 평정을 유지할 수가 없었네. 픽먼이 뉴버리 가에서는 결코 그릴 수도 없고 남에게 보여 줄 수도 없는 것이라고 했던 그림들이 내 눈앞에 걸려 있었지. '마음 가는대로 자유롭게' 그렸다던 말이 무슨 뜻인지 그제야 알겠더군. 아아, 목이 타는군. 한 잔 더 마셔야겠네.

어떤 그림들이었는지 자세히 설명할 수는 없네. 붓자리 하나하나에서 배어 나오던 그 끔찍하고 신성모독적인 공포와 부패해 버린 도덕의 악취를 어떻게 말로 표현할 수 있겠나. 시드니 사임처럼 이국적인 기법도 없었고, 클라크 애슈턴 스미스처럼 토성 너머의 풍경과 달의 균류를 묘사해서 피를 얼어붙게 하는 그림도 아니었어. 대부분은 오래된 교회 묘지, 깊은 숲, 바닷가의 절벽, 벽돌 터널, 장식 판자를 붙인 예스러운 방, 지하 석실 등을 배경으로 삼고 있었네. 특히 그 집에서 멀지 않은 콥스힐에 있는 공동묘지가 자주 배경으로 쓰였더군.

광기와 기괴함이 담겨 있는 쪽은 배경이 아니라 그 앞에 그려진 인물들이었네. 픽먼의 병적인 작품 세계에서 단연 압권은 역시 악마적인 초상화 아닌가. 그것들은 완전한 인간이라고 볼 순 없었지만, 여러 면에서 인간에 가까운 형상이었네. 두 발로 선 자세이긴 한데 앞으로 구부정하게 숙이고 있어선지 개와 유사한 느낌이 나더군. 그리고 질감이 고무처럼 흐들흐들한 게 영 불쾌했네. 맙소사! 지금도 눈에 선해! 그 인물들이 하고 있던 일…… 아, 정확히 묘사하기는 무리일세. 무언가를 먹고 있는 모습이었는데, 그 먹이가 뭐였는지는 차마 말하고 싶지 않아. 그들이 공동묘지나 지하 통로를 배경으로 먹잇감을 두고 다투는 그림도 있었는데, 마치 땅속에서 파낸 귀한 보물을 두고 싸우는 것 같았네. 그 먹잇감은 이미 앞을 못 보는 상태인데도 얼굴에 아주 생생한 표정이 떠올라 있더군! 한밤중에 창밖으로 뛰어내리거나, 잠든 사람의 가슴 위에 올라앉아 목을 물어뜯는 인물을 그린 그림들도 있었네. 한 그림에는 갤로즈힐에서 처형된 마녀를 둘러싸고 으르렁대는 인물들이 있었는데, 그들과 죽은 마녀의 얼굴이 꼭 닮았더라고.

내가 현기증을 느꼈던 이유는 그 작품들의 주제와 배경이 너무 끔찍했기 때문은 아닐세. 나는 세 살짜리 어린애도 아니고, 더군다나 그런 그림은 전에도 많이 봤으니까. 엘리엇, 문제는 인물들의 얼굴이었네. 그 저주받은 얼굴들 말이야. 그게 화폭 안에서 음흉하게 히죽거리고 침을 흘리며 살아 움직이지 뭔가! 아아, 세상에! 놈들은 살아 있었던 거야! 픽먼이라는 마법사가 물감으로 지옥의 불길을 일으키고, 붓을 지팡이 삼아 악몽을 불러왔던 걸세! 엘리엇, 술을 더 따라 주게나!

그중에서 〈수업〉이라는 제목의 그림은…… 생각만 해도 미칠 것 같아! 상상이 되나? 개처럼 생긴 추악한 괴물들이 교회 묘지에 빙 둘러앉아 어린아이에게 시체 먹는 법을 가르치는 광경이! 그건 자네도 잘 아는 옛날이야기를 비틀어 표현한 그림이었네. 왜, 못된 요정들이 인간 아기를 훔치고 대신 자기 아기를 요람에 두고 간다는 전설 있잖나. 그렇게 사라진 아기들이 자라서 어떤 존재가 되는지를 보여 주는 그림이었던 거야. 그제야 나는 픽먼의 그림에 등장하는 인간과 괴물의 얼굴이 서로 닮았다는 걸 깨달았네. 픽먼은 반쯤 인간인 존재들이 서서히 완전한 괴물로 변해 가는 과정을 그려서 진화를 냉소적으로 비꼬고 있었어. 개 형상의 괴물이 인간이 진화한 존재라는 뜻이었지!

그렇다면 인간의 아기와 바꿔치기된 괴물의 자식들은 어떻게 되었을까 궁금해하던 차에, 또 다른 그림을 보고 해답을 찾았네. 옛날 청교도 집안의 풍경이었네. 격자 창문과 육중한 기둥이 있는 방에 긴 나무 의자와 엉성한 17세기 가구들이 놓여 있고, 거기서 성경을 읽고 있는 아버지 앞에 모여 앉은 가족의 모습이었지. 다들 품위 있고 공손한 얼굴인데 유독 한 청년만은 지옥을 비웃는 듯한 표정이었네. 경건하게 성경을 읽는 남자의 아들이 분명한데, 본질에서는 그 불결한 괴물들과 흡사했네. 바로 바꿔치기된 괴물의 자식이었던 거지. 그리고 아이러니하게도 픽먼은 그 청년의 이목구비를 자신과 매우 닮게 그려 놓았지 뭔가.

그때쯤 픽먼이 옆방 문을 열고 불을 켜더니, 자신의 '현대적 습작들'

을 보지 않겠냐고 정중히 묻더군. 나는 가타부타 대답할 수가 없었네. 공포와 혐오감에 질려서 말문이 막혔으니까. 하지만 픽먼은 내 그런 반응을 충분히 이해할뿐더러 큰 칭찬으로 여겼을 거야. 거듭 말하건대 엘리엇, 나는 정상에서 조금 벗어난 것을 보면 비명을 질러 대는 나약한 겁쟁이가 아닐세. 나는 중년이고, 일정 수준 교양도 갖추었고, 자네도 프랑스에서 보았다시피 쉽사리 충격을 받는 사람이 아니잖나. 게다가 첫번째 방을 돌아보며 식민지 시대의 뉴잉글랜드를 지옥의 별관쯤으로 바꿔 놓은 그 무시무시한 그림들에 조금 적응된 터라 슬슬 안정을 되찾던 참이었다고. 그런데도 다음 방에 들어갔을 땐 악 하고 비명이 터져 나오지 뭔가. 무릎에 힘이 풀리는 바람에 문고리를 꽉 붙잡기까지 했네. 이전까지 본 그림들이 우리 선조들의 땅에 구울과 마녀 무리가 들끓는 광경이었다면, 그 방에 걸린 그림들은 바로 우리의 일상에 공포를 불러오고 있었던 거야!

세상에, 도대체 어떻게 그런 그림을 그릴 수 있었을까? 〈지하철역에서 일어난 사고〉라는 습작에서는, 정체불명의 지하 묘지로부터 보일스턴 가 역사 바닥의 갈라진 틈을 통해 기어 올라온 역겨운 괴물들이 승강장에 있는 시민들을 습격하고 있었네. 현대 배경의 콥스힐 공동묘지에서 열린 무도회 장면을 담은 그림도 있었고. 가정집에 딸린 지하실을 그린 작품도 꽤 여러 점 있었는데, 석벽에 뚫린 구멍이나 갈라진 틈으로 기어 나온 괴물들이 나무통이나 보일러 뒤에 웅크리고 앉아 히죽거리며 계단을 내려올 첫 번째 먹잇감을 기다리고 있었네.

벌집처럼 빼곡히 구멍이 뚫려 있는 비컨 언덕의 굴들 속에 개미 떼 같은 괴물들이 서로를 비집으며 지나다니는 장면을 단면도로 그려 놓은 거대하고 역겨운 그림도 있었네. 그 단면도에는 현대식 공동묘지에서 춤을 추는 괴물들도 나와 있더군. 하지만 가장 충격적인 부분은 따로 있었네. 그 묘지 아래 지하 납골당에 정체불명의 괴물들이 수십 마리 모여 있고 그중 하나가 유명한 보스턴 여행 안내서를 소리 내어 읽고 있는 거야. 모두 책장의 한 구절을 가리키면서 미친 듯이 웃느라 한껏 뒤틀린 얼굴들이었는데, 보고 있자니 쩌렁쩌렁 메아리치는 사악한 웃음소리가 들리는 것 같더군. 작품 제목은 〈홈스, 로웰, 롱펠로, 마운트오번 공동묘지에 잠들다〉*였네.

그 방의 사악하고 병적인 그림들에 적응하면서 차차 마음을 가라앉힌 나는, 욕지기가 치미는 불쾌감이 어디서 비롯되었는지 곰곰이 따져 보았네. 우선은 픽먼이라는 사람의 내면에 있는 냉혹한 비인간성 때문인 것 같았어. 그림을 통해 인간의 육체를 고문하고 정신을 타락시키면서 그렇게 즐거워하는 자라면, 인류의 적이 아니고 뭐겠나. 하지만 무엇보다도 겁이 나는 점은 불가사의할 만큼 뛰어난 작품성이었네. 픽먼의 작품들은 단순히 악마를 소재로 그린 그림이 아니라 악마를 직접 보여 주는 것처럼 강력한 공포를 자아냈네. 그렇다고 무슨 으스스한 특수 효과를 쓴 것은 아냐. 그 그림들에서 기괴하게 왜곡하거나, 흐릿하게 뭉뚱그리거나, 특이하게 강조하거나 생략한 부분 따위는 전혀 없었다고. 픽먼은 모든 것을 지극히 명료하게 그려 놓았네. 윤곽도 또렷하고 디테일도 고통스러울 만큼 세밀해서 실물 같았단 말이야. 특히 그 얼굴들이!

그건 단순한 화가의 해석이 아니었네. 냉혹할 만큼 객관적이고 명료한 지옥 자체였다고. 픽먼은 결코 몽상가나 낭만주의자가 아니었네. 그의 그림은 흔들리고 굴절된 채 한순간 떠올랐다 사라지는 꿈속의 장면

*미국 시인인 올리버 웬들 홈스, 에이미 로웰, 헨리 롱펠로를 뜻하며, 셋 모두 실제로 매사추세츠의 마운트오번 공동묘지에 묻혔다.

이 아니었단 말일세. 픽먼은 자신이 똑바로, 흔들림 없이, 선명하게 바라본 그 공포의 세계를 견고하고 확고부동하며 기계처럼 정확하게 그려냈을 뿐이네. 그 세계의 실체가 무엇인지, 그곳을 걸어 다니거나 기어 다니는 신성모독적인 형상들을 픽먼이 대체 어디서 보았는지는 알 도리가 없네. 하지만 적어도 한 가지만은 명백했어. 픽먼은 개념적인 면으로 보나 실천적인 면으로 보나 거의 과학자라 할 만큼 철저한 사실주의자라는 것.

다음으로 픽먼은 나를 작업실이 있는 지하로 안내했네. 완성되지 않은 화폭들은 또 얼마나 섬뜩한 느낌을 자아낼까 긴장하지 않을 수 없었지. 습기 찬 계단을 내려가서 지하의 넓은 빈터에 이르자, 픽먼은 한쪽 구석을 손전등으로 비추어서 흙바닥에 있는 둥근 벽돌담 같은 걸 보여 주었네. 커다란 우물처럼 보이더군. 더 가까이 가서 보니 직경은 약 1.5미터고, 지표면에서 15센티미터쯤 올라온 담의 두께는 30센티미터쯤 되었네. 탄탄한 17세기식 우물인 줄 알았는데, 픽먼은 그게 아까 이야기한 비밀 굴의 출입구라는 거야. 듣고 보니 과연 벽돌담이 그리 높지도 않고, 묵직한 나무 원판이 뚜껑처럼 덮여 있더라고. 픽먼 말대로 그 우물이 어딘가로 이어지는 통로라고 생각하니 오싹해지더군. 곧이어 픽먼은 작업실 안으로 나를 들여보냈네. 마루가 깔린 그 큰 방에 각종 화구들이 갖추어져 있고, 아세틸렌등 불빛이 작업에 필요할 만큼의 조명을 비추고 있었네.

이젤에 올려져 있거나 벽에 기대어 있는 미완성 그림들은 위층의 완성작들과 마찬가지로 소름 끼쳤지만, 한편으로는 힘겨운 작업 과정을 여실히 보여 주었네. 스케치 단계인데도 매우 주의 깊게 구성되어 있었고, 연필로 그은 기준선들을 보면 픽먼이 얼마나 정밀하게 원근과 비례를 잡는지 알 수 있었지. 그는 실로 대단한 화가였어. 너무 많은 것을 알게 된 지금에도 그 사실은 인정하네. 탁자 위에 놓인 큼지막한 카메라가 눈에 띄었는데, 픽먼은 그것으로 그림에 배경으로 쓸 풍경을 찍는다고 했네. 그러면 화구를 바리바리 싸들고 시내 곳곳을 돌아다닐 필요가 없다면서. 장기적인 작업을 할 때는 실제 풍경이나 모델 못지않게 사진이 유용하다고 하더군.

방 전체를 둘러싼 혐오스러운 스케치들 속의 그리다 만 괴물들이 나를 음흉한 눈빛으로 힐끔거리는 듯해서 몹시 거북한 기분이었네. 불빛에서 멀찍이 떨어진 곳에 천으로 덮인 커다란 캔버스가 하나 있었는데, 픽먼이 천을 휙 걷어 냈을 때 나는 또다시 비명을 내지르고 말았어. 내 비명은 군데군데 초석이 묻은 어두침침한 아치형 천장에 메아리쳐서 자꾸자꾸 되울렸고, 너무 놀라 발작적인 웃음까지 터져 나오려 해서 꾹 참아야만 했네. 신이시여! 엘리엇, 나는 어디까지가 현실이고 어디부터가 망상이었는지 분간이 되질 않네. 이 세상에 그런 이미지가 존재할 수 있다는 것 자체가 믿어지지 않아.

그건 이루 말할 수 없이 끔찍하고 거대한 신성모독적인 존재였네. 시뻘건 눈이 이글거리고, 앙상한 발톱으로 인간의 시체를 움켜쥐고서 사탕을 핥아 먹는 어린애처럼 머리를 물어뜯고 있었네. 웅크려 앉은 자세를 보니 더 맛있는 먹잇감이 나타나면 금방이라도 손에 든 걸 떨어뜨리고 뛰쳐나갈 기세더군. 하지만 그런 건 다 상관없네. 그 그림이 모든 공포의 근원으로 보였던 까닭은 그 사악한 주제 때문도 아니고, 뾰족한 귀에 개 같은 얼굴, 핏발 선 눈동자, 납작한 코, 침을 질질 흘리는 입 때문도 아니었어. 비늘로 뒤덮인 발톱, 곰팡이가 말라붙은 몸뚱이, 반쯤 자라난 발굽까지도 참아 줄 수 있었네. 물론 심약한 사람은 그것만 보고도 실성했겠지만.

엘리엇, 문제는 테크닉이었네. 지독할 만큼 사악하고 기괴한 테크닉! 화폭에 그토록 생생한 생명의 숨결을 불어넣은 그림은 어디에서도 본 적이 없어. 괴물은 거기에 실재했네. 눈을 번뜩이고, 먹이를 물어뜯고 또 물어뜯고, 다시 눈을 번뜩이면서. 한 명의 인간이 진짜 모델도 없이 그런 그림을 그릴 수 있다니, 자연의 법칙이 깨지지 않고서야 불가능한 일이었네. 마왕에게 영혼을 팔아서 지옥의 풍경을 직접 목격한 인간이라면 모를까!

캔버스의 여백에는 돌돌 말린 종이 한 장이 압정으로 고정되어 있었네. 아마 픽먼이 그 괴물만큼이나 끔찍한 배경을 그리는 데에 쓰려고 찍어 둔 사진이 아닐까 싶었지. 그래서 사진을 펼쳐 보려고 손을 뻗었는데, 픽먼이 느닷없이 총에 맞기라도 한 듯이 소스라치게 놀라는 게 아닌가. 어둑하고 조용하던 지하실에 내 비명이 쩌렁쩌렁 메아리친 이후로 이상할 만큼 열심히 주위에 귀를 기울이고 있던 픽먼이 바로 그때 무슨 이상한 소리라도 들었는지 돌연 겁을 집어먹은 눈치였네. 픽먼은 웬 리볼버를 꺼내더니 내게 조용히 하라고 손짓하고는 작업실 밖으로 나가서 문을 닫아 버리더군.

나는 일순간 그 자리에 얼어붙어서 픽먼이 하던 대로 주위에 귀를 기울였네. 어디선가 쥐가 달음질치는 소리 같은 게 희미하게 들리는 듯했어. 그리고 끼익 하는 새된 울음소리 같은 게 연이어 울려 퍼졌는데 정확히 어디서 나는지는 모르겠더군. 커다란 쥐라도 있나 생각하면서 몸서리를 쳤지. 잠시 후 뭔가가 떨어지는 듯한 소리가 나지막이 들렸는데, 어쩐지 온몸에 소름이 돋더라고. 살갗을 더듬는 듯한 은근하고 기분 나쁜 소리였네. 글쎄, 뭐라고 표현해야 할까? 묵직한 나무가 쓰러지며 돌이나 벽돌 같은 데 부딪히는 소리 같았다고 할까?

똑같은 소리가 더욱 크게 들려왔네. 나무가 완전히 쓰러져 바닥에 세게 부딪힌 것처럼 사방에 진동이 느껴졌어. 뒤이어 삐걱거리는 소음과 함께 픽먼이 뜻 없는 말을 뇌까리는 고함 소리가 들리더니, 귀청을 찢는 총성 여섯 발이 울려 퍼지지 뭔가. 마치 길들이는 사자에게 겁을 주려고 공포탄을 쏘는 듯했지. 그러자 꽥꽥거리는 울음 소리 같은 게 새어 나오다가 쿵 하는 소리가 들렸고, 벽돌에 나무가 삐걱삐걱 쓸리는 소음이 이어지더니 비로소 완전히 잠잠해졌네. 문이 벌컥 열리자 나는 화들짝 놀랄 수밖에 없었네. 연기가 피어오르는 총을 들고 돌아온 픽먼은 벽이 하도 낡아 커다란 쥐가 들었다며 욕을 하더니, 히죽 웃으며 말했네.

"서버, 원래 쥐들은 먹잇감을 알아서 잘 찾는다네. 저 오래된 비밀 굴은 공동묘지와 마녀 소굴과 해안까지 이어져 있으니까. 그런데 최근에 먹을 게 떨어진 모양이야. 얼마나 배가 고팠는지 굴 밖으로 나오려고 기를 쓰고 있더군. 자네의 고함 소리도 자극이 좀 됐나 봐. 그러니 이렇게 오래된 곳에서는 조심하는 편이 좋아. 저놈들 때문에 성가시긴 하지만, 그래도 어떤 때는 쥐가 좀 있어야 분위기도 사는 것 같고 색깔도 잘 나오는 것 같다네."

엘리엇, 그날 밤의 모험은 그렇게 끝났네. 픽먼은 돌아가는 나를 배웅해 주었네. 그는 나를 이끌고 복잡한 골목길들을 누비며 걸어갔는데, 올 때와는 다른 방향이었던 것 같아. 가로등이 있는 지역까지 나와 보니 거긴 차터 가였거든. 너무 경황이 없어서 얼른 알아보지 못했는데, 둘러보니 공동주택과 낡은 집들이 섞여 있는 단조롭고도 낯익은 거리더라고. 전철을 타기에는 너무 늦은 시간이라 우리는 하노버 가를 통해 시내로 걸어갔네. 그때부터는 기억이 다 나네. 트레먼트 가에서 비컨 가로 꺾은 다음, 조이 가로 접어드는 길목에 이르렀을 때 픽먼과 헤어졌지. 그 뒤로 다시는 그에게 연락하지 않았네.

왜 절교했냐고? 너무 채근하지 말게. 일단 커피 좀 시키고 마저 이야기하지. 지금까지도 충분히 많은 이야기를 했지만 아직 한 가지가 남아 있네. 아니, 거기서 본 그림 문제가 아냐. 물론 그것만으로도 보스턴 주민들과 클럽들 중 열에 아홉은 픽먼을 추방할 만하지만. 내가 왜 지하철과 지하실을 피하게 되었는지도 충분히 설명이 되었겠지. 하나 픽먼과 절교하게 된 결정적인 이유는 다음 날 아침 내 코트 주머니에서 발견한 물건 때문이었네. 왜, 작업실에서 본 그 무시무시한 그림에 돌돌 말린 종이가 붙어 있었다고 했잖나. 괴물 뒤편의 배경을 그리는 데 쓰려고 찍은 사진이겠거니 생각했던 것 말이야. 그걸 펴보려고 손을 뻗은 순간 한바탕 소동이 일어나는 바람에 부지불식간에 주머니에 쑤셔 넣었던 것 같네. 아, 커피가 왔군. 설탕 넣지 말고 마시게, 엘리엇. 그편이 좋을 거야.

그래, 그거였네. 내가 아는 가장 훌륭한 예술가, 삶의 경계를 넘어 신화와 광기의 심연으로 뛰어든 불온한 존재인 리처드 업턴 픽먼과 절교한 이유는 다 그 종이 한 장 때문이었네. 엘리엇, 리드가 옳았어. 픽먼은 엄밀히 말하면 인간이 아니었네. 기이한 어둠 속에서 태어난 존재거나, 아니면 원래는 인간이었지만 그만 금단의 영역에 발을 들여놓은 존재거나 둘 중 하나야. 어쨌든 픽먼은 이제 사라져서 그토록 찾아 헤매던 광막한 어둠 속으로 돌아갔네. 엘리엇, 샹들리에 불을 좀 켜주게.

나는 그 종이를 불태워 없앴네. 거기에 무엇이 담겨 있었는지 자세히 알려고도, 추측하려고도 들지 말게. 두더지가 지나가는 듯한 소음에 픽먼이 열심히 쥐 떼라고 둘러댔던 그 소동의 정체가 무엇이었는지도 묻지 말게. 이 세상엔 비밀이, 옛 세일럼에서 전해 내려오는 비밀이 있다네.

코튼 매더의 책에는 심지어 그보다 더 기이한 일들도 나와 있지 않던가. 자네도 알 걸세, 픽먼의 그림이 얼마나 사실적인지. 그런 얼굴을 대체 어떻게 그리는지 우리 모두 신기해했지.

그 종이는…… 그림의 배경으로 쓰일 풍경을 찍은 사진이 아니었네. 거기엔 픽먼의 그림에 나왔던 바로 그 괴물이 담겨 있었어. 배경은 그냥 지하 작업실의 벽면일 뿐이고, 그 앞에 세워 둔 모델을 찍은 사진이었다고. 아아, 엘리엇, 그건 실물을 찍은 사진이었네.

현관 앞에 있는 것
The Thing on the Doorstep

1

내가 가장 친한 친구의 머리에 총을 여섯 발이나 쏜 건 사실이다. 그럼에도 나는 살인범이 아니라는 것을 이 진술을 통해 밝히고자 한다. 아컴 정신 병동에서 내 총에 맞았던 그 남자보다 더 심각하게 미친 사람의 헛소리로 보이겠지만, 부디 이 글을 끝까지 읽고 다른 증인들의 진술과 지금껏 알려진 사실들을 연결 지어서 숙고해 보길 바란다. 그러면 누구라도 나처럼 생각할 수밖에 없겠다고 수긍할 것이다. 나는 바로 내 집 현관 앞에서 무시무시한 증거를 똑똑히 맞닥뜨렸으니까.

그 전까지는 나도 들려오는 이야기를 죄다 미친 소리로만 여겼다. 지금까지도 내가 혹시 무언가를 오해한 건 아닌지, 내가 정말로 실성한 게 아닌지 자문하곤 한다. 하지만 에드워드와 애시내스 부부에 얽힌 기이한 이야기들은 다른 사람들도 알고 있고, 막판에 찾아왔던 그 소름 끼치는 방문자에 대해서는 둔감한 경찰들조차 설명할 도리가 없어서 갈팡질팡하는 중이다. 경찰들은 누군가 고약한 장난을 쳤거나 해고당한 하인들이 협박성으로 벌인 짓이라는 조야한 가설을 내놓긴 했지만, 이 사건에는 그보다 훨씬 끔찍하고 어마어마한 진실이 도사리고 있음을 그들도 내심으로는 잘 알고 있다.

그러므로 나는 에드워드 더비를 살해하지 않았다고 주장한다. 오히려 나는 에드워드 대신 복수를 함으로써 인류 전체에 끼칠 막대한 공포의 근원을 제거한 셈이다. 우리가 나날이 지나다니는 일상이라는 이름의 길 근처에는 어두컴컴한 위험 지대들이 존재하며, 이따금씩 거기서 악령이 나타나기도 한다. 누군가 그것을 목격한다면 결과를 미리 고민하지 말고 즉각 처단해야 한다.

에드워드 픽먼 더비는 내가 평생을 알고 지낸 친구였다. 나보다 여덟 살이나 어렸지만 워낙 조숙했기 때문에 내가 열여섯 살, 그가 여덟 살이던 시절부터 서로 통하는 게 많았다. 에드워드는 내가 아는 누구보다 경탄스러운 신동으로서, 이미 일곱 살 때 음울하고 몽환적이다 못해 거의 병적인 시를 써서 가정교사들을 깜짝 놀라게 한 적도 있었다. 그렇게 일찍 재능이 꽃피었던 데에는 고립된 환경에서 곱게 자라면서 개인 교습으로만 공부한 영향이 컸던 듯하다. 외아들인 데다가 몸이 약했기 때문에 부모는 그를 옆에 꼭 붙들어 두고 애지중지 아꼈다. 유모 없이는 밖에 혼자 나갈 수 없었고, 다른 아이들과 마음대로 놀 기회도 거의 없었다. 그러다 보니 기이하고 은밀한 상상 속의 세계를 키워 가면서 그것을 자신만의 자유로운 탈출구로 삼았던 것이다.

어쨌든 어린아이의 학식이라기에는 출중하다 못해 기괴할 정도였다. 게다가 별 노력도 없이 술술 써 내려간 글은 얼마나 빼어나던지 훨씬 연장자인 내가 흠뻑 빠져들 정도였다. 당시에 그로테스크한 예술 방면을 공부하던 내게 에드워드는 흔히 만나기 어려운 동지가 되었다. 둘 다 어둡고 불가사의한 분야에 심취하게 된 데에는 우리가 어릴 때부터 살았던 아컴이라는 도시의 으스스한 분위기도 한몫했다. 아컴은 아주 낡고 오래된 도시로 옛 전설과 마녀의 저주가 떠도는 곳이다. 옹기종기 모여 있는 축 처진 2단 박공지붕이며 부서져 가는 조지 왕조풍 난간마다 수백 년의 세월이 담겨 있고, 인접한 미스캐토닉 계곡으로부터 음울한 속삭임이 흘러들곤 한다.

세월이 흘러 나는 건축 분야로 진로를 바꾸면서 에드워드의 악마적인 시집에 삽화를 맡겠다는 계획을 포기하게 되었다. 그래도 우리의 우정은 흔들리지 않았다. 에드워드의 천재성은 갈수록 빛을 발했고, 열여덟 살에는 그간 썼던 악몽 같은 서정시들을 엮어서 『아자토스와 또 다른 공포들』이라는 시집을 출간해 일대 반향을 일으키기도 했다. 보들레르를 계승한 악명 높은 시인인 저스틴 제프리*와 비견할 만한 시풍이었다. 「돌기둥의 사람들」이라는 시를 썼던 저스틴 제프리는 불길한 소문이 떠도는 헝가리의 어느 마을을 방문한 이후에 1926년 정신병원에서 비명을 지르면서 사망했다.

에드워드는 응석받이로 귀하게 자란 탓에 자립심이나 현실감각은 한참 모자란 편이었다. 건강이 나아져도 부모의 과잉보호는 계속되어 타인에게 의존하는 그의 유아적 습성은 심해져만 갔다. 혼자서는 먼 데로

---

* 로버트 E. 하워드의 1931년작 단편소설 「검은 돌」에 등장하는 인물.

가지 못했고, 독립적인 결정을 내리거나 스스로 책임을 지고 무언가를 해내는 법도 없었다. 사업계나 전문직 영역에서 남들과 경쟁하는 일은 감당하지 못할 게 일찍부터 뻔히 보였으나, 워낙 부유한 집안이라서 큰 곤란을 겪지는 않았다. 에드워드는 성인이 되어서도 영락없는 소년 같은 외모였다. 금발에 푸른 눈의 그는 얼굴빛이 어린애처럼 풋풋했으며, 나름대로 수염을 기르긴 했지만 아주 자세히 보아야 간신히 알 수 있는 정도였다. 목소리도 부드럽고 경쾌했다. 험한 일 한 번 안 겪고 큰 덕분에, 나이가 들어서도 애티가 안 가신 포동포동한 남자로 보였다. 배가 불룩 나온 다른 중년 남자들과는 확연히 다른 모습이었다. 키도 훤칠하고 얼굴도 잘생겨서 책에 파묻혀 지내는 내성적인 성격이 아니었더라면 여자들에게 인기깨나 끌었을 것이다.

그는 매년 여름이면 부모님과 함께 해외여행을 다녀왔는데, 그 영향으로 유럽의 사고 및 표현 방식들을 빠르게 익혀 나갔다. 에드거 앨런 포를 연상시키는 그의 예술적 재능은 가면 갈수록 데카당스에 가까워졌으며, 다른 종류의 예술에 대한 감성이나 열정은 반만 꽃피는 데에 그쳤다. 그 시절에 우리는 토론을 엄청나게 많이 했다. 나는 하버드에서 수학한 뒤 보스턴의 한 건축가 밑에서 수습 기간을 거친 후 결혼을 하고 다시 아컴으로 돌아와서 정식으로 건축 일을 시작한 참이었다. 마침 아버지가 건강 문제로 플로리다로 이주해서 나는 솔턴스톨 가의 본가에 들어가 살았다. 에드워드는 거의 매일 저녁 우리 집에 찾아왔기에 한식구처럼 여겨졌다. 초인종을 울리거나 문고리를 두드리는 에드워드 특유의 방식이 있었는데, 나중에는 그것이 우리 사이의 일종의 신호가 되었다. 저녁 식사를 마치고 나면 나는 늘 빠르게 세 번, 잠깐의 정적 뒤 다시 두 번 더 울리는 그 친숙한 초인종 소리나 노크 소리를 듣곤 했다. 내가 에드워드 집에 가는 경우는 상대적으로 적었는데, 갈 때마다 그 집 서재에 꽂혀 있는 엄청난 양의 책들을 부러워하며 훑어보았다.

에드워드는 아컴의 미스캐토닉 대학에 진학했다. 먼 지역의 대학에서 기숙 생활을 하는 건 부모님이 허락하지 않았기 때문이다. 그는 열여섯 살에 입학해서 3년 만에 영문학 및 불문학 전공 과정을 모두 이수했고, 수학과 과학을 제외한 전 과목에서 높은 학점을 받았다. 다른 학생들하고는 거의 어울리지 못했다. 당돌하고 자유분방한 대학생 무리들의 행동거지를 부러운 눈빛으로 지켜보기만 할 뿐이었다. 에드워드는 얄팍하고 영리한 말들을 늘어놓거나 아무 의미 없이 빈정대는 그들의 태도를 어설프게 흉내 내곤 했으며, 속내를 알 수 없는 애매모호한 그들의 행동 방식까지 다 따라 하고 싶어 했다.

하지만 에드워드는 평범한 대학생이 되기는커녕 은밀히 전승되는 마법학 분야에 광적으로 심취했다. 미스캐토닉 대학 도서관은 워낙 그런 책이 많기로 유명한 곳이었다. 원래도 환상이나 기이한 것들을 좋아했던 에드워드는 그 책들을 통해 룬 문자며 고대의 수수께끼에 파고들 수 있었다. 옛날 사람들이 지혜를 전수하려고 남겼는지 아니면 도리어 후대를 혼란스럽게 하려고 남겼는지 알 수 없는 고서들이었다. 에드워드는 『에이본의 서』 같은 무시무시한 책이나, 폰 윤트의 『형언할 수 없는 제사들』, 미치광이 아랍인 압둘 알하즈레드의 금서 『네크로노미콘』까지 읽었지만, 자기 부모님에게는 그런 사실을 말하지 않았다. 에드워드가 스무 살 때 내 외아들이 태어났다. 그의 이름을 따서 에드워드 더비 업턴이라는 이름을 붙여 주자 에드워드도 기뻐해 주었다.

스물다섯 살 때 에드워드 더비는 매우 박식한 지식인이자 유명한 환상주의 시인이 되어 있었다. 그러나 사회 경험이 부족하고 철도 덜 든 탓에 글이 지나치게 현학적이고 피상적이라는 한계에서 벗어나지 못했다. 아마 내가 그의 가장 친한 친구였을 것이다. 에드워드는 내게 중요한 이론적 화제들을 끊임없이 던져 주는 한편 부모님에게 말 못 할 고민들을 내게 상담하며 의지하곤 했다. 그는 딱히 독신주의자까지는 아니었지만 숫기 없고 내성적인 성격과 부모의 과잉보호 탓에 미혼으로 지냈으며, 사교 활동 역시 꼭 필요한 행사에만 마지못해 참석하는 정도였다. 전쟁이 일어났을 때도 건강 문제와 소심한 기질 탓에 참전하지 않았다. 나는 그때 장교로 임관되어 플래츠버그로 파견되었지만 해외까지 나간 적은 없다.

그렇게 몇 해가 흘렀다. 서른네 살 때 어머니를 여읜 에드워드는 그 충격으로 이상한 정신 질환에 걸려서 몇 달 동안 정상적인 생활을 하지 못했다. 아버지에게 이끌려 유럽에 다녀오고 나서는 별다른 후유증 없이 회복되는 듯싶더니, 이후로는 괴이쩍을 정도로 발랄해졌다. 내내 자신을 옭아맸던 속박에서 반쯤 해방된 사람처럼 후련해 보였다. 중년에 접어드는 나이인데도 일단의 진보적인 대학생들과 어울리기 시작하더니 굉장히 무모한 활동에 참여하기까지 했다. 때로는 그 사실을 아버지에게 알리겠다는 협박을 당하는 바람에 입막음을 할 돈을 내게서 빌려 가는 일도 있었다. 소문에 의하면 그 대학생들은 매우 특이한 부류인 모양이었다. 흑마술을 쓸 줄 안다거나, 상상도 할 수 없는 일을 벌이고 다닌다는 이야기도 들려왔다.

2

에드워드가 애시내스 웨이트를 만났을 때는 서른여덟 살이었다. 애시내스는 아마 스물세 살이었을 테고, 미스캐토닉 대학에서 중세철학 특강을 수강 중이었다. 내 친구 하나가, 딸이 킹스포트의 홀 고등학교에 다닐 때 동급생인 애시내스에 대한 이상한 소문이 돌아서 그녀를 피했었다는 말을 했다. 피부가 가무잡잡하고 체구가 조그마한 애시내스는 툭 튀어나온 눈만 제외하면 썩 예쁜 얼굴이었지만, 예민한 사람들은 표정이 어쩐지 꺼림칙하다며 그녀를 멀리했다. 무엇보다 애시내스의 출신과 언행이 문제였다. 그녀의 고향인 인스머스는 다 허물어져 가는 유령촌이나 다름없는 곳으로, 그 지역과 주민들에 얽힌 오싹한 전설이 있었다. 1850년에 주민들이 무슨 무시무시한 계약을 했다는 둥, 그 황폐한 어촌의 유서 깊은 가문 사람들은 인간이라고 보기 힘든 기이한 면이 있다는 둥, 옛날 북부인들이 지어냈을 법한 해괴한 이야기들이었다.

애시내스는 다름 아닌 이프리엄 웨이트의 딸이었기에 더욱 불길하게 여겨질 수밖에 없었다. 이프리엄은 느지막한 나이에 딸을 보았고, 그의 아내는 정체가 전혀 알려지지 않은 미지의 인물이었다. 이프리엄은 인스머스의 워싱턴 가에 있는 다 쓰러져 가는 저택에서 살았다. 거기를 보았다는 사람들 말에 따르면(아컴 주민들은 되도록이면 인스머스에 얼씬도 하지 않았지만), 다락방 창문들이 항상 판자로 막혀 있었고 저녁나절부터 안에서 이상한 소리가 흘러나오곤 했다고 한다. 이프리엄이 한창 시절에는 바다에 폭풍을 일으키거나 잠재울 수도 있었던 뛰어난 마법사였다는 이야기도 들렸다. 나도 젊었을 때 이프리엄을 두어 번 본 적이 있다. 그가 대학 도서관에 소장된 두툼한 금서들을 보려고 아컴에 찾아왔을 때였는데, 철회색 수염이 엉켜 있는 그 음침한 늑대 같은 얼굴은 내 눈에도 영 께름칙하게 보였다. 이프리엄은 무슨 기이한 상황에서 광기에 사로잡혀 세상을 떠났고, 그 직후 애시내스는 홀 고등학교에 입학했다. 이프리엄의 유언에 따라 그 학교 교장이 애시내스의 후견인이 되었기 때문이다. 이프리엄의 열렬한 제자이기도 했던 애시내스는 때때로 제 아버지처럼 사악한 인상을 풍겼다고 한다.

에드워드가 애시내스 웨이트를 만난다는 소문이 퍼지자, 딸이 애시내스와 같은 고등학교를 나온, 아까 말한 내 친구가 기묘한 이야기를 많이 들려주었다. 애시내스가 학교에서 마법사 행세를 하고 다녔다는 것이다. 실제로도 매우 불가사의한 기적을 행한 적이 몇 번 있고 천둥과 폭풍우를 일으킬 수 있다는 소문도 있었다고 했다. 실상 그녀의 마법은 미래를 알아맞히는 재주에 지나지 않았다지만, 그게 사실이라면 으스스할 만큼 뛰어난 예지력이긴 했다. 동물들은 애시내스를 눈에 띄게 싫어했고, 그녀가 오른손으로 무슨 동작을 취하면 어떤 개든 짖었다고 했다. 어떨 땐 어린 여학생이라고 믿을 수 없을 만큼 지적인 어법을 구사했고, 때로는 형언할 수 없이 섬뜩한 미소나 윙크를 보내 다른 학생들을 질겁하게 했단다. 자신이 처한 상황을 해괴한 방식으로 비꼬는 것처럼.

그러나 무엇보다 비범한 점은 타인의 정신을 조종하는 능력이었다. 그녀는 의심할 여지 없는 진짜 최면술사였다고 많은 학생들이 증언한 바 있었다. 그들은 애시내스가 보내는 이상한 눈빛을 마주하면 그녀와 인격이 뒤바뀌는 느낌이 들었다고, 툭 튀어나온 눈을 번뜩이며 이질적인 표정으로 자신을 주시하는 애시내스의 모습을 분명 보고 있는데도 자신의 의식이 일시적으로 애시내스의 몸 안에 들어간 듯했다고 말했다. 또한 애시내스는 정신의 본질에 대해 과격한 견해를 펼쳤다고 한다. 정신은 육체와 별개의 존재이거나, 적어도 육체의 생명 작용이 멎더라도 따로 지속될 수 있는 현상이라는 것이었다. 그리고 자신이 남자가 아니라는 사실을 무척이나 분하게 여겼다고 한다. 남성의 두뇌는 독특하고 광대한 우주적 힘을 지녔다고 믿기 때문이었다. 자신이 남자로 태어났더라면 아버지만큼, 아니 그 이상으로 능수능란하게 미지의 능력을 구사할 수 있었을 거라며 아쉬워했다고 한다.

에드워드는 대학에서 열린 자칭 '지식인'이라는 학생들 모임에 갔다가 애시내스를 만났고, 다음 날 내게 찾아와서는 줄곧 그녀 얘기만 늘어놓았다. 애시내스의 방대한 지식과 관심 영역에 매혹됐을 뿐 아니라 외모에도 반한 것 같았다. 나는 애시내스를 직접 본 적은 없었지만 그녀에 대한 소문은 들었기에, 에드워드가 그렇게 심하게 그녀에게 빠져드는 게 솔직히 염려스러웠다. 하지만 부정적인 말은 한마디도 하지 않았다. 주변에서 반대하면 더 맹목적으로 집착할 수 있으니까. 에드워드는 자기 아버지에게도 애시내스에 대해서는 말하지 않았다고 했다.

이후 몇 주 동안 에드워드는 애시내스를 거의 입에 올리지 않았다. 하지만 나는 물론이고 다른 사람들도 에드워드의 늦깎이 첫사랑을 알아차렸다. 그가 전혀 중년의 나이로 보이지 않으니만큼 그토록 천사처럼 떠받드는 젊은 여자의 짝이 되더라도 모양새가 흉하지는 않겠다는 의견이 대다수였다. 에드워드는 나태하고 방종한 생활에도 불구하고 배가 거의 나오지 않았고 얼굴에도 주름 하나 없었다. 반면 애시내스는 정신력을 고도로 집중하는 일이 많다 보니 벌써부터 눈가에 잔주름이 잡혀 있었다.

얼마 후 에드워드가 애시내스를 내게 소개해 주었다. 둘의 관계가 에드워드의 일방적인 짝사랑으로 유지되는 것이 아님을 한눈에도 알 수 있었다. 애시내스는 흡사 먹잇감을 보는 포식 동물 같은 눈빛으로 에드워드를 응시했으며, 두 사람의 관계는 이미 떼어 놓을 수 없을 만큼 발전한 상태였다. 그로부터 얼마 뒤 내가 늘 존경해 마지않던 에드워드의 부친이 찾아왔다. 그는 '우리 애'가 만나는 여자에 대한 소문을 듣고 에드워드를 살살 구슬려서 둘의 관계를 다 알게 되었다고 했다. 그러면서 에드워드가 애시내스와 결혼할 작정으로 교외에 신혼집까지 알아보고 있으니, 에드워드에게 영향력이 큰 내가 나서서 그에게 경솔한 불장난을 그만두고 그 여자와 헤어지라고 설득할 수 없겠냐고 했다. 나는 애석하지만 그러기 힘들 것 같다고 대답할 수밖에 없었다. 에드워드가 애인과 헤어질 마음이 없기 때문이 아니라, 애시내스가 그와 결혼하려는 의지가 워낙 강하기 때문이었다. 만년 어린아이인 에드워드가 부모에 대한 의존에서 벗어나 더욱 강하고 새로운 존재에게 의존하게 된 셈이니, 그것을 말릴 방도는 어디에도 없었다.

결국 두 사람은 한 달 뒤에 결혼했다. 신부 측 요청으로 주례는 치안판사가 맡았다. 에드워드의 부친은 내 조언에 따라 더 반대하지 않고 조촐한 결혼식에 참석했고, 나 역시 아내와 아들을 데리고 갔다. 하객들 대부분은 젊고 소란스러운 대학생들이었다. 부부는 애시내스의 친정이 있는 인스머스로 짧은 신혼여행을 다녀온 후, 교외의 하이 가 끝자락에 있는 낡은 크라우닌실드* 저택에서 살림을 차릴 예정이었다. 그 집은 애시내스가 사둔 곳이었다. 그녀는 친정집에서 책과 세간도 좀 가져오고 하인 세 명도 데려온다고 했다. 그녀가 자신의 고향이 아니라 아컴에 머물기로 결정한 것은 대학과 도서관과 지성인들 근처에 머무르고 싶어

*크라우닌실드 가는 17세기에 세일럼 지역을 개척한 가문이다.

하는 에드워드나, 그의 부친에 대한 배려 때문은 아닌 듯했다.

신혼여행을 다녀온 뒤 에드워드가 내게 들렀을 때, 그의 인상이 살짝 변한 듯 보였다. 평소 어설프게 길렀던 수염을 애시내스의 설득으로 깎아 버린 탓도 있었지만 그게 다는 아니었다. 냉철하고 진중해진 듯했으며, 아이처럼 토라져서 입술을 비죽거리던 버릇도 사라지고 깊은 슬픔에 잠긴 표정마저 엿보였다. 나는 그의 변화를 좋게 보아야 할지 걱정해야 할지 헷갈렸다. 어쨌든 예전보다 훨씬 어른스러워 보였기에 결혼하길 잘했다고 생각했다. 단순히 의존할 상대를 바꾼 것이 아니라 비로소 진정한 성장의 과정을 거쳐 책임감 있는 어른으로 독립하게 되지 않을까 싶었다. 애시내스는 너무 바빠서 같이 오지 못했다고 했다. 인스머스(에드워드는 그 이름을 꺼내면서 몸서리를 쳤다)의 친정에서 잔뜩 가져온 책과 실험 기구를 정리하고, 신혼집과 정원을 손질하느라 정신이 없다며.

에드워드는 처갓집이 다소 거북스러웠지만 그곳에 있는 어떤 물건들을 통해 놀라운 것을 배웠다고 했다. 그리고 아내가 이끌어 주는 덕분에 비밀리에 전수되는 지식들을 빠르게 습득하고 있다고 했다. 자세히 설명하는 건 꺼렸지만 그녀가 어떤 과격하고 급진적인 실험을 제안한 모양인데, 그래도 아내의 능력과 의도를 한결같이 믿고 있었다. 애시내스가 친정에서 데려온 하인 세 명도 매우 특이하다고 했다. 그중에서 이프리엄을 모셨던 고령의 노부부는 종종 애시내스의 죽은 어머니에 대한 수수께끼 같은 말을 하고, 거무스름한 피부의 젊은 하녀는 생김새가 괴이하고 항상 생선 비린내를 풍긴다고 했다.

3

이후 두 달간 에드워드의 방문이 뜸해졌다. 현관문을 세 번 두드렸다가 다시 두 번 두드리는 그 익숙한 노크 소리가 2주일 동안 한 번도 들리지 않는 때도 있었다. 나 역시 그의 집에 예전보다 덜 찾아가게 되었고, 드물게나마 만나더라도 에드워드는 중요한 화제에 대해 이야기하기를 꺼렸다. 예전에 끊임없이 늘어놓던 오컬트 연구 이야기도 잘 꺼내지 않으려 했고, 아내에 대한 언급도 피하고 싶어 했다. 애시내스는 결혼 이후 심하게 겉늙어서 에드워드보다 두어 살 많아 보일 정도였다. 얼굴은 전에 없이 결연한 표정을 띠었으며 전반적으로 어딘지 모르게 불쾌한 느낌이 들었다. 내 아내와 아들도 이를 눈치챘기 때문에 우리는 점차 애시내스를 찾지 않게 되었는데, 애시내스 본인은 그것을 오히려 다행스러워한다고 했다. 에드워드가 워낙 철이 없다 보니 눈치 없이 털어놓은 말이었다. 가끔 부부끼리 멀리 여행을 다녀오기도 했다. 유럽행이라고는 했지만 사실은 잘 알려지지 않은 어느 외딴 지역으로 가는 거라고 에드워드가 넌지시 알려 주었다.

1년쯤 지나자 에드워드 더비가 변했다는 소문이 돌았다. 정신적인 변화라서 그리 눈에 띄지 않아 사람들이 심각하게 여기는 분위기는 아니었지만, 몇 가지 흥미로운 이야기가 들려오긴 했다. 이따금씩 에드워드가 원래의 무기력한 성정과는 완전히 상반되는 표정이나 행동을 보이곤 한다는 것이었다. 예컨대 운전이라고는 전혀 못했던 그가 이제는 아내의 강력한 패커드 차량을 자기 차인 양 몰면서 집을 드나들 뿐 아니라 평상시와는 전혀 다른 결단력과 운전 솜씨를 발휘해 혼잡한 도로를 누비고 다닌다고 했다. 항상 여행에서 돌아오거나 혹은 떠나는 길인 듯했는데, 인스머스행 도로에서 자주 목격된다는 말만 있을 뿐 정확히 무슨 여행인지는 아무도 짐작하지 못했다.

사람들이 그런 에드워드의 변화를 달갑게 생각하지만은 않았다. 전에는 볼 수 없던 광경이라서 비정상적으로 보인 건지 몰라도, 운전할 때 에드워드의 모습이 애시내스 같을 뿐 아니라 때때로 죽은 이프리엄 웨이트처럼 보인다고들 했다. 가끔은 몇 시간 뒤에 어디서 고용한 게 분명한 운전사나 정비공에게 운전대를 맡기고 그는 뒷좌석에 노곤하게 널브러진 채 돌아온다고 했다. 에드워드가 대인 관계가 더욱 줄어든 상태에서(그때는 나마저도 잘 만나지 않았다) 그렇게 차만 몰고 돌아다닌다면 예전의 우유부단하고 철딱서니 없는 성향이 더 심해졌다는 뜻일 수도 있었다. 사실 나날이 늙어 가는 애시내스와는 대조적으로 에드워드는 운전할 때만 제외하면 과하다 싶을 만큼 어리광스러운 태도로 풀어져 있는 게 보통이었다. 그러다가도 간혹 서글픈 눈빛이나 이해심 어린 표정을 짓기도 했으니, 정말이지 어리둥절한 일이 아닐 수 없었다. 그리고 부부는 방종한 대학생들의 모임에도 발길을 끊었다. 부부가 모임에 질려서 탈퇴했다기보다는, 그들이 진행 중인 연구가 너무나도 해괴망측해서 그런 분야에 면역이 된 그 퇴폐주의 대학생들조차 충격을 받았기 때문이라고 했다.

에드워드가 두려움과 불만을 내게 터놓고 이야기하기 시작한 때는 결혼한 지 3년째나 되어서였다. '너무 멀리 갔던' 일들에 대해 슬쩍 언급하기도 하고, 자신의 '정체성을 되찾아야' 한다며 울적하게 하소연하기도 했다. 나는 그런 말들을 무심히 흘려 넘겼지만, 이후 돌이켜 보니 내 친구가 딸에게 들었다는 애시내스의 최면술 이야기가 마음에 걸렸다. 최면을 당한 학생들이 자신을 마주 보는 애시내스의 몸 안으로 들어간 느낌이 들었다고 했다던 이야기가. 그래서 조심스럽게 그 이야기를 꺼내 보았더니, 에드워드는 듣자마자 흠칫 놀라더니 이내 고맙다면서 나중에 진지하게 대화를 나누고 싶다고 웅얼거렸다.

그때쯤 에드워드의 부친이 세상을 떠났다. 이제 와서 말이지만 나는 그분이 더 오래 살지 못하신 게 얼마나 다행스러운지 모른다. 에드워드 는 크게 상심했으나 혼란에 빠지지는 않았다. 그는 결혼 이후로 놀라 울 만큼 아버지를 찾지 않았었는데, 애시내스가 오로지 자신하고만 가 족의 유대감을 나누도록 유도했기 때문이었다. 에드워드가 오히려 전보 다 더 자주 의기양양하게 차를 몰고 다니자 사람들은 아버지를 여읜 사 람이 너무 무정하다고 힐난하기도 했다. 에드워드는 이제 빈집이 된 본 가로 돌아가고 싶어 했지만, 애시내스는 크라우닌실드 저택에 적응해서 잘 살고 있는데 무슨 소리냐며 거절했다고 한다.

그로부터 얼마 지나지 않아 내 아내가 친구에게서 이상한 이야기를 전해 들었다. 그 친구는 에드워드 부부와 그때까지 교류하고 있던 몇 안 되는 사람들 중 한 명이었는데, 어느 날 그 부부를 만나려고 집 앞에 도 착해서 보니, 에드워드가 자신만만하다 못해 거의 냉소적인 표정으로 운전대를 잡고 진입로 밖으로 거칠게 차를 빼고 있었단다. 초인종을 누 르자 기분 나쁘게 생긴 하녀가 나와서는 애시내스도 외출 중이라고 했 는데, 돌아가는 길에 집을 올려다보니 에드워드의 서재에서 창밖을 내 다보던 애시내스가 허둥지둥 얼굴을 숨기더란다. 그 얼굴에 얼마나 고통 과 절망이 가득하던지 말로 표현하기 힘들 정도인데, 특유의 오만한 분 위기로 보면 틀림없이 애시내스였지만 서글프고 혼란스러운 눈동자만은 에드워드 같았다고 단언했다는 것이다.

에드워드는 조금씩 더 자주 우리 집에 찾아오면서 자신의 경험을 구체적으로 털어놓게 되었다. 아무리 이곳이 수백 년 묵은 전설이 깃든 도시 아컴이라지만, 도무지 믿을 수 없을 만큼 터무니없고 무시무시한 일화들이었다. 그런 이야기를 한결같이 진술하고 확신에 찬 어투로 말하는 에드워드가 과연 제정신인지 의심스러울 정도였다. 메인 주의 숲 한가운데에는 키클롭스 양식의 폐허가 된 건물이 있는데 그 외딴 곳에서 끔찍한 집회가 열린다느니, 그 건물의 거대한 계단 아래에는 어두운 비밀들이 도사리고 있는 심연이 있다느니, 건물의 복잡한 모서리들은 보이지 않는 벽을 통해 또 다른 시공간으로 연결된다느니, 게다가 타인과 인격을 맞바꿈으로써 멀리 떨어진 금단의 장소, 다른 세계, 다른 시공간을 체험할 수 있다는 말까지 했다.

에드워드가 자신의 말을 입증할 물건까지 가져와서 보여 줬을 때는 경악할 수밖에 없었다. 생전 듣도 보도 못한 그 미묘한 색깔과 질감을 보니 마치 지구상의 물건이 아닌 것 같았고, 굴곡이나 표면도 희한해서 그것의 용도는커녕 기하학적으로 어떻게 그런 모양이 가능한지 알 수가 없었다. 에드워드는 그것이 '외계'의 물건이라며, 그것을 얻는 방법은 아내가 안다고 했다. 가끔은 공포에 질린 목소리로 이프리엄 웨이트에 대한 이야기를 소곤거리기도 했다. 오래전에 대학 도서관에서 몇 번 본 적이 있다면서. 늘 두루뭉술하게만 말할 뿐 구체적인 설명은 회피했지만, 에드워드는 그 늙은 마법사가 정말로 죽은 게 맞는지 의심하는 듯 보였다. 영혼만이 아니라 육체적인 차원에서도.

그리고 한창 말을 하던 도중에 별안간 입을 다물어 버릴 때도 있었다. 나는 애시내스가 멀리서 그의 말을 엿듣고 텔레파시를 통한 최면술이라도 써서 말을 가로막는 게 아닐까 싶었다. 고등학교 때 다른 학생들에게 선보였던 초능력으로 말이다. 어쨌든 에드워드가 내게 비밀을 털어놓고 있다는 사실을 애시내스가 눈치채긴 한 듯했다. 몇 주가 지나자 그녀가 불가해할 만큼 강력한 힘이 담긴 말과 눈빛을 동원해서 남편에게 나를 만나지 말라고 요구했기 때문이다. 그때부터 에드워드는 나를 찾아오기가 매우 어려워졌다. 다른 곳에 간다고 둘러대고 나와 봤자, 무언가보이지 않는 힘 때문에 발을 움직일 수 없게 되거나 원래의 목적지가어디였는지 잊어버리기 일쑤였다. 그나마 만날 수 있을 때는 애시내스가외출 중인 경우였는데, 에드워드는 '아내가 자기 몸으로 외출 중일 때'라고 이상하게 표현했다. 하인들이 에드워드의 일거수일투족을 감시하고있었으므로 애시내스가 집에 돌아오면 어차피 나를 만난 사실을 들키게 되어 있었다. 하지만 그녀는 극단적인 방법까지 써서 남편이 나를 만나는 것을 막을 필요는 없다고 생각하는 모양이었다.

4

에드워드가 결혼한 지 3년째였던 8월의 어느 날, 메인 주에서 내게 전보 한 통이 날아왔다. 그때 나는 몇 달째 에드워드를 못 본 참이었고 어디로 '업무차' 갔다는 것만 알고 있었다. 애시내스도 같이 갔다고 들었는데, 이상하게도 그 집 2층의 창문 이중 커튼 뒤에 누가 숨어 있다는 소문이 돌았다. 하인들이 식료품이나 생필품을 사들이는 것을 목격했다는 사람도 있었다. 그런 상황에서 내가 받은 전보의 내용은 실로 당혹스러웠다. 메인 주 체선쿡 지역의 경찰서에서 어떤 추레한 행색의 사내가 발광을 하면서 나를 불러 달라고 악을 쓰고 있다는 내용이었다. 바로 에드워드였다. 그는 자신의 이름과 내 이름, 그리고 내 주소만 겨우 기억하고 있다고 했다.

체선쿡은 메인 주에서 가장 야생적이고 깊은 미개발 삼림지대 근처에
있었다. 기이하고 으스스한 풍경이 펼쳐지는 험한 비포장도로를 차로 덜
컹덜컹 달리면서 꼬박 하루가 지나서야 그곳에 도착할 수 있었다. 농장
의 한 감방에서 광란에 젖어 날뛰다가 무감각하게 늘어져 있기를 반복
하던 에드워드는 나를 보자마자 뜻 모를 횡설수설을 마구잡이로 쏟아
냈다.

"대니얼 형! 아아, 맙소사! 쇼고스*가 드글드글했어! 6천 개의 계단
밑에…… 그렇게 역겨운 게…… 절대로 아내에게 나를 내주지 않으려
했는데, 정신을 차려보니까 내가 거기에 있더라고…… 이아!** 슈브니
구라스!*** 그것이 제단에서 솟아오르자 500명이 일제히 울부짖었
고…… 두건을 뒤집어쓴 것이 '카모그! 카모그!'라고, 집회에서 쓰이는
이프리엄의 비밀 이름을 외쳐 댔어. 나를 그곳으로 보내지 않겠다고 아
내가 분명 약속했는데, 결국 거기 가게 된 거야. 1분 전만 해도 난 서
재에 갇혀 있었는데, 정신을 차려 보니 그 여자가 내 몸으로 거기에 갔
던 거라고. 파수꾼이 입구를 지키고 있는 그 끔찍하고 신성모독적인 암
흑의 나락으로…… 난 보고야 말았어. 쇼고스를, 그놈의 형체가 변하
는 것을…… 난 견딜 수가 없었어. 도저히 견딜 수가…… 나를 또 그리
로 보내면 아내를 죽여 버릴 거야. 그 여자인지 남자인지도 모를 존재

---

*러브크래프트의 여러 작품들에 등장하는 존재로, 지구 밖의 지성체들이 창조한 점액성 생
물체.
**Iä. 러브크래프트 작품에 쓰이는, 신화 속 존재에 대한 경배나 감탄을 표현하는 독특한 감
탄사.
***러브크래프트가 1929년에 발표한 단편 「더니치 호러」에 처음 등장하는 존재. 천 마리의
새끼를 배고 있는 염소 형태의 대지모신大地母神이다.

를…… 내 손으로 직접 죽여 버릴 거라고!"

나는 한 시간이 걸려서야 에드워드를 진정시킬 수 있었다. 다음 날 마을에서 적당한 옷을 사 입힌 다음 아켬으로 출발했다. 에드워드는 더 이상 발작을 일으킬 기운도 없는지 잠잠해졌지만, 차가 오거스타 시를 지나갈 때 음침하게 혼잣말을 중얼거리긴 했다. 도시의 경관을 보자 무슨 기분 나쁜 기억이 떠오른 듯했다. 집에 가고 싶어 하지 않는 눈치가 빤했고, 그가 사로잡혀 있는 아내에 대한 망상을 고려하면 내 생각에도 돌아가지 않는 편이 좋을 성싶었다. 그 망상은 다 아내가 건 최면 때문인 것 같았기에. 나는 애시내스와 어떤 말썽이 생기더라도 당분간은 내가 에드워드를 데리고 있어야겠다고 결심했다. 그리고 나중에 이혼 수속을 밟도록 도와줄 생각이었다. 무엇보다 정신 건강 차원에서 그 결혼 생활은 에드워드에게 자살 행위나 다름없었다. 탁 트인 시골 지역에 들어섰을 때에야 에드워드는 혼잣말을 그치고 잠에 곯아떨어졌다. 나는 조수석에서 고개를 끄덕이며 조는 그를 가만히 내버려 두었다.

저물녘 포틀랜드를 지날 때 에드워드의 중얼거림이 다시 시작되었다. 그래도 아까보다는 말투가 분명해서 어느 정도는 알아들을 수 있었는데, 애시내스에 대해 그야말로 황당무계한 헛소리를 늘어놓고 있었다. 그의 아내에 대한 극도로 정교하고 광범위한 망상을 듣고 있자니, 애시내스가 에드워드의 정신을 얼마나 망가뜨렸는지 분명히 알 수 있었다. 에드워드는 지금 겪는 고충이 기나긴 고난의 일부분에 불과하다면서, 아내가 자신을 옭아매고 있으며 언젠가는 완전히 정복하고야 말 거라고 속닥거렸다. 아직까지는 한 번에 너무 오랫동안 지배할 수 없다는 한계 때문에 부득이하게 자신을 놓아줄 때가 있을 뿐이라고. 애시내스는 끊임없이 자신의 몸을 빼앗아서 소름 끼치는 종교의식이 벌어지는 곳으로 떠났으며, 그동안 자신은 그녀의 몸에 붙박인 채 꼼짝없이 집에 갇혀 있어야 한다는 것이었다. 가끔 애시내스의 지배력이 깨지는 순간에는 원래의 몸으로 돌아가는데, 그러면 어느 무시무시하고 머나먼 미지의 장소 한가운데에서 불현듯 깨어난다고 했다. 직후에 다시 아내에게 몸을 빼앗길 때도 있지만 아닐 경우에는 이번처럼 낯선 곳에서 발이 묶이는 일도 종종 벌어졌고, 그때 차라도 다시 찾을 수 있으면 운전해 줄 사람을 어떻게든 구해 지독하게 먼 거리를 달려 집으로 돌아오곤 했다고.

에드워드는 아내에게 몸을 빼앗기는 시간이 가면 갈수록 길어지고 있다고 했다. 애시내스는 남자가 되어야만 완벽한 인간이 될 수 있다고 믿고 있고, 바로 그래서 에드워드의 몸을 차지하려 든다는 것이었다. 애시내스는 그의 우수한 두뇌와 허약한 의지력을 일찌감치 감지하고 접근했으며, 언젠가는 그의 정신을 아예 몰아낸 몸을 탈취하여 아버지처럼 위대한 마법사가 되려 떠날 작정이라고 에드워드는 믿고 있었다. 그는 이대로 가다간 인간이라고 보기도 힘든 그녀의 껍데기 속에 영영 갇혀 버릴 거라고 탄식했다. 그러고는 뒤늦게 깨달았다는 인스머스 혈통의 진실에 대해 털어놓았다. 이프리엄은 인스머스의 바다에서 섬뜩한 물건들이 밀거래되고 있는 것을 알고 있었다는 둥, 말년에 죽지 않기 위해 흉악한 짓을 저질러 영생을 얻는 데 성공했다는 둥, 애시내스의 존재 자체가 이프리엄이 성공했다는 증거라는 둥, 그러면서 애시내스도 같은 방법으로 영생을 얻고야 말 거라고 했다.

에드워드가 그런 말을 중얼거리는 동안 나는 그를 면밀히 뜯어보았다. 먼젓번에 살펴보았을 때도 느꼈는데, 확실히 인상이 변해 있었다. 역설적이지만 어떤 면에서는 예전보다 훨씬 나아 보였다. 보다 냉정해졌고, 어른의 면모가 엿보였으며, 나태한 습관에 길들여진 병약하고 무기력한 모습도 더는 찾아볼 수 없었다. 내내 온실 속에서만 살아왔던 그가 비로소 세파에 적당히 닳은 활동적인 성인이 된 걸 보니, 애시내스 때문에 이런저런 고생을 하긴 한 모양이었다. 하지만 당장 시급한 문제는 엉망진창이 된 그의 정신 상태였다. 애시내스, 이프리엄, 흑마술 등에 대한 그 허무맹랑한 망상이라니. 하지만 꽤 그럴싸한 이야기들도 있었다. 에드워드가 거듭 입에 올린 몇몇 이름들은 나도 예전에 도서관에서 금서들을 훑다가 얼핏 본 적이 있었고, 횡설수설하는 와중에도 그가 들려준 가상의 신화만큼은 지극히 논리 정연하고 일관성이 있어 소름 끼칠 만큼 설득력이 있었다. 에드워드는 마지막으로 무슨 어마어마한 비밀이라도 폭로하려는 듯 자꾸만 말을 멈추면서 망설였다.

"형, 형도 기억나지? 이프리엄의 그 험악했던 눈동자, 아무리 나이를 먹어도 희어지지 않던 헝클어진 수염도 말이야. 그자가 나를 노려보던 눈빛을 도저히 잊을 수가 없어. 그런데 이제는 아내가 나를 그런 식으로 봐. 왜인지는 뻔하지! 그자가 『네크로노미콘』에서 그 공식을 찾아냈거든. 정확히 몇 페이지에 있는지까지는 아직 말 못 하지만, 형도 읽어 보면 무슨 뜻인지 이해가 될 거야. 나를 집어삼키고 있는 것의 정체가 뭔지도 그걸 보면 다 이해가 돼. 그러니까…… 계속 계속, 이 몸에서 저 몸으로 옮겨 다니는 거야. 그러면 죽지 않고 영원히 살 수 있지. 그자는 생명의 불꽃과 그걸 담는 육체 사이의 연결고리를 파괴해 버려서…… 육체가 사망하더라도 생명의 불꽃은 계속 타오를 수 있게 하거든. 형, 내가 힌트를 줄 테니 잘 듣고 생각해 봐, 알았지? 내 아내가 고생스럽게 꼭 왼손으로 글을 쓰려고 하는 이유가 뭘까? 이프리엄이 남긴 유고를 혹시 본 적 있어? 나는 애시내스가 허둥지둥 갈겨 쓴 글 몇 개를 보고 몸서리가 쳐질 만큼 소름이 끼쳤었어. 내가 왜 그랬을 것 같아?"

에드워드는 힘겹게 말을 이었다.

"애시내스…… 그런 사람이 과연 존재하기는 할까? 사람들은 이프리엄이 독살당했다고들 해. 그리고 길먼 부부가 수군거리는 말이, 애시내스가 실성한 이프리엄을 다락방에 가둬 버렸을 때 그가 꼭 겁에 질린 어린애 처럼 비명을 질러 대더래. 게다가 그 다락방은 원래 애시내스의 방이었 고. 생각해 봐. 거기 갇혔던 사람이 정말 영혼까지 이프리엄이었을까? 누가 누 구를 가둔 걸까? 이프리엄이 총명하고도 의지가 약한 사람을 몇 달 동안 이나 찾아다닌 이유는 뭐였을까? 애시내스가 아들이 아니라 딸이라고 욕을 했던 이유는 뭐고? 생각해 봐, 형. 그 무시무시한 집에서, 순진하고 심 약하고 불완전한 여자아이를 손아귀에 넣고 멋대로 주무르면서, 그 사악한 괴 물이 대체 무슨 짓을 저질렀을지. 이프리엄은 애시내스의 몸을 완전히 빼 앗은 거야. 그리고 내 몸도 결국 빼앗고 말겠지. 지금 자칭 애시내스라고 하는 그 존재는 방심할 때면 글씨체가 평소와 달라져. 형도 그걸 보면 그 게 누구의 글씨체인지……"

바로 그때, 높고 가느다란 음색으로 외치던 에드워드가 돌연 말을 뚝 그쳤다. 마치 기계가 작동을 멈춘 것처럼 급작스럽게. 그가 우리 집에 찾 아왔을 때도 한창 이야기를 늘어놓던 도중 그렇게 입을 다무는 일이 종 종 있었다. 그럴 때마다 나는 애시내스가 텔레파시 같은 능력으로 끼어 들어 말을 막은 게 아닐까 상상했었다. 하지만 이번에는 차원이 달랐다. 훨씬 더 무시무시했다. 에드워드의 얼굴이 일순간 알아볼 수도 없을 만 큼 심하게 뒤틀리면서 몸 전체에 부르르 경련이 일어났던 것이다. 마치 체내의 모든 뼈, 장기, 근육, 신경, 분비선이 완전히 다른 자세와 인격과 심적 스트레스에 맞춰서 재조정되는 것처럼.

정확히 무엇 때문에 내가 그런 극도의 공포를 느끼는지는 알 수 없었다. 다만 너무나도 이질적이고 비정상적인 느낌에 온몸이 얼어붙는 듯했고, 어마어마한 혐오감과 욕지기가 치밀어 오른 나머지 운전대를 잡은 손에서 힘이 쭉 빠질 지경이었다. 내 옆에 앉아 있는 사람은 평생의 친구가 아니라 꼭 외계에서 침입한 괴물처럼 보였다. 어떤 미지의 가공할 힘이 응집된 저주받은 존재 같았다.

내가 아주 잠깐 움찔거리는 사이에 그가 운전대를 붙잡더니 나를 조수석으로 냅다 밀쳐 냈다. 땅거미가 짙게 깔리고 포틀랜드의 불빛들도 멀어져 가던 때라서 그의 얼굴이 제대로 보이지는 않았다. 하지만 눈에서 번뜩이는 광채만은 또렷이 보였다. 지금의 에드워드는 평소의 그가 아니라, 많은 사람들이 목격했다던 그 묘하게 활기찬 상태의 그가 분명했다. 자기 입장을 밀어붙이는 일도 없고 운전을 배운 적조차 없는 무기력한 에드워드 더비가 나를 좌지우지하고 내 차를 직접 운전까지 한다는 게 도무지 믿기지가 않았지만 엄연한 실제 상황이었다. 에드워드는 한동안 아무 말도 하지 않았는데, 공포에 질린 나로서는 그의 침묵이 차라리 다행스러웠다.

비더퍼드와 소코를 지날 때 도시의 불빛 속에 에드워드의 꼭 다문 입술이 드러났고, 이채가 번뜩거리는 눈동자를 보자 진저리가 났다. 떠도는 소문은 사실이었다. 그 순간 에드워드는 정말 애시내스처럼 보였고, 더 나아가 이프리엄처럼 보였다. 사람들이 그런 상태의 에드워드를 꺼림칙해하는 것도 무리가 아니었다. 확실히 기괴하고 사악한 분위기가 감돌았으니까. 더군다나 아까까지 에드워드가 쏟아 내던 열변을 들은 터라 더더욱 음산하게 느껴졌다. 에드워드 픽먼 더비를 평생에 걸쳐 알고 지낸 내가 보기에 그 사내는 결코 에드워드가 아니었다. 어둠의 심연에서 빠져나온 낯선 침입자였다.

다시 어둑한 길에 접어들었을 때야 그가 말문을 열었다. 목소리 역시 여느 때와는 달리 훨씬 낮고 딱딱하고 단호했다. 억양이나 발음도 완전히 달랐는데, 막연하긴 하지만 어디선가 들어 본 듯한 어투여서 찜찜한 기분을 버릴 수가 없었다. 그리고 심오한 조롱기가 배어 나왔다. 평상시 에드워드가 '세련된 교양인' 행세를 한답시고 짐짓 번지르르하게 멋 부리는 어투로 빈정거리는 차원이 아니었다. 보다 근본적인 악의가 느껴지는 암울한 음성이었다. 방금 전만 해도 패닉에 빠져서 헛소리를 중얼거리던 사람이 그렇게 금방 침착해지다니 기가 막힐 노릇이었다.

"형, 아까 내가 발작 일으켰던 건 신경 쓰지 마. 형도 알다시피 내가 워낙 신경이 예민한 편이잖아. 이해해 줄 수 있지? 물론 그 먼 데까지 나를 데리러 와줘서 정말로 고맙게 생각해. 아, 그리고 우리 집사람이나 여러 가지 일에 대해 늘어놓았던 허튼소리도 그냥 못 들은 걸로 해줘. 이런 분야를 연구하다 보면 아무래도 정신적으로 무리가 있거든. 기이한 개념들을 깊이 파고들다 보니, 피곤해지면 머릿속에서 온갖 상상이 꼬리를 물면서 구체적인 망상으로 발전하기도 하고 그래. 한동안은 집에서 쉬어야겠어. 당분간 만나기 힘들 것 같네. 그래도 애시내스 잘못은 아니니까 탓하지는 말고.

이번 여행은 약간 이상하긴 했지만, 정말로 별거 아니었어. 북부 지역 숲에 고대의 선돌 같은 것들이 있는 미국 원주민의 유적이 있어. 민속학적으로 중요한 가치가 있는 곳인데, 아내도 나도 그쪽을 연구 중이라 답사하러 갔던 거야. 조사 과정이 힘들어서 잠깐 머리가 이상해졌던 모양이야. 집에 도착하면 사람을 보내서 우리 차를 가져오라고 해야겠어. 한 달쯤 푹 쉬다 보면 나아지겠지 뭐."

대화를 나누는 동안 내가 무슨 말을 했는지는 기억나지 않는다. 옆자리에 앉은 사내에게서 느껴지는 이질감에 온 정신이 쏠려 있었기 때문이다. 시시각각 짙어져만 가는 공포 속에서 아컴에 얼른 도착하기만을 바라고 또 바라다 보니 의식이 혼미해질 지경이었다. 에드워드는 내내 운전대를 넘기지 않았다. 차가 포츠머스와 뉴버리포트를 쏜살처럼 스쳐 지나가는 것이 나로서는 고마울 따름이었다.

간선도로가 내륙으로 접어든 후 한쪽으로 인스머스행 도로가 갈라지는 교차로에 이르렀을 때, 나는 에드워드가 그 저주받은 곳으로 향하는 황량한 해안 도로를 탈까 봐 조마조마했다. 다행히도 그는 원래의 목적지 방향으로 계속 나아가서 롤리와 입스위치를 빠르게 지나쳤다. 아컴에 도착했을 때는 자정 전이었다. 크라우닌실드 저택에는 아직 불이 켜져 있었다. 에드워드는 부랴부랴 고맙다고 거듭 인사하면서 차에서 내렸고, 나는 묘한 안도감에 젖어 집으로 돌아왔다. 끔찍한 여행이었다. 왜 끔찍한지 몰라서 더더욱 끔찍했다. 그래서 앞으로 오랫동안 못 만날 거라는 에드워드의 암시도 별로 서운하지 않았다.

5

이후 두 달 동안 온갖 소문이 나돌았다. 활기차게 변한 에드워드는 점점 더 자주 눈에 띄는 반면, 애시내스는 누가 찾아가도 집에 있는 날이 거의 없다는 것이었다. 나는 딱 한 번 에드워드를 만난 적이 있었다. 그가 나한테 빌려 줬던 책을 돌려받으려고 우리 집에 들렀을 때였다. 메인 주에 놔두고 왔던 애시내스의 차를 되찾았는지, 예의 그 활기찬 모습으로 차를 끌고 나타나서는 정중한 인사말 정도만 건네고는 금방 떠나 버렸다. 마치 이제는 나에게 할 이야기가 없다는 듯이. 그는 노크나 초인종 소리를 세 번 냈다가 두 번 더 내는 고유의 신호도 사용하지 않았기에, 나는 일전에 그와 함께 차에 있었을 때 느꼈던 설명할 수 없는 공포가 되살아나 그가 금방 떠나자 오히려 몹시 안도했다.

9월 중순 무렵 에드워드는 일주일 동안 어디론가 떠났다. 그와 어울렸던 일군의 퇴폐주의 대학생들 말로는, 최근 영국에서 추방되어 뉴욕으로 본부를 옮긴 어느 악명 높은 종교의 지도자를 만나러 갔다고 했다. 한편 나는 메인 주에서 에드워드를 데리고 돌아올 때 겪었던 기이한 체험을 머릿속에서 지울 수가 없었다. 눈앞에서 에드워드가 변신하는 장면을 똑똑히 목격한 이후로, 나는 그 존재에 대해, 그리고 내가 갖게 된 극도의 공포에 대해 어떻게든 합리적으로 설명할 방법을 찾아야만 했다.

그 무렵 크라우닌실드 저택에서 누가 흐느끼는 소리가 흘러나온다는 이상한 소문이 돌았다. 여자 목소리 같다고 했고, 젊은 사람들은 그게 애시내스의 음성이라고 수군거렸다. 그 띄엄띄엄 새어 나오는 울음소리는 어느 순간 꼭 누가 억지로 입을 틀어막은 듯 뚝 그친다고 했다. 경찰에 신고해야 한다는 얘기까지 나왔지만, 얼마 뒤 흐지부지되었다. 어느 날 애시내스가 길거리에 나타나 많은 사람들 앞에서 명랑하게 수다를 떨었기 때문이다. 그녀는 자신이 오랫동안 집을 비웠는데 마침 그때 보스턴에서 온 손님이 자기 집에 머무르다가 신경쇠약과 히스테리 증세를 일으킨 것 같다며 미안하다고 말했다. 사람들은 그 손님이라는 사람을 한 번도 본 적이 없었지만, 애시내스가 나타나서 직접 그렇게 해명하는데 뭐라고 할 수가 없었다. 그러고 나서 누군가가 그 손님의 울음소리가 두어 번은 남자 목소리로 들렸다고 하여 사태를 더욱 복잡하게 만들었다.

10월 중순 어느 날 저녁, 나는 현관문 초인종이 세 번, 그리고 다시 두 번 울리는 익숙한 소리를 들었다. 나가서 문을 열어 보니 에드워드가 서 있었다. 보자마자 그의 인격이 원래대로 돌아왔음을 알 수 있었다. 체선쿡에서 돌아오는 길에 발광하던 때 이후로는 처음 보는 에드워드의 본모습이었다. 그는 공포와 승리감이 엎치락뒤치락하는 듯한 기묘한 표정으로 얼굴을 꿈틀거렸다. 내가 그를 안으로 들인 후 현관문을 닫을 때는 뒤를 흘끔거리도 했다.

에드워드는 나를 따라 어색하게 서재로 들어오더니 마음을 가라앉혀야겠으니 위스키를 좀 달라고 했다. 나는 아무것도 묻지 않고 에드워드가 말을 꺼낼 때까지 기다렸다. 한참 뒤 그가 갈라지는 목소리로 말문을 열었다.

"형, 애시내스가 떠났어. 어젯밤에 하인들이 나가고 없는 동안 아내와 긴 이야기를 나눴고, 더 이상 나를 괴롭히지 않겠다는 약속을 받아 냈거든. 지금껏 말 안 했는데, 사실 나는 마법에 저항하는 기술 몇 가지를 알고 있어. 그래서 아내는 내 요구를 들어줄 수밖에 없었지. 엄청나게 화를 내긴 했지만. 방금 짐을 싸서 나갔어. 보스턴행 8시 20분 차를 탄 다음 뉴욕으로 떠날 건가 봐. 사람들이 쑥덕거리겠지만 어쩔 수 없지. 형, 사람들한테 우리 부부에게 무슨 문제가 있었다고 말할 필요는 없어. 그냥 애시내스가 연구 목적으로 장기 여행을 떠난 걸로 알고 있다고 해.

애시내스는 아마 그 소름 끼치는 신도들 중 누구 집에 머물 생각이겠지. 그냥 나랑 이혼하고 멀리 서부로 떠나 주면 좋겠는데…… 어쨌든 이제부터 나한테 접근 안 하겠다고 약속했으니까 된 거야. 아아, 정말 끔찍했어, 형! 애시내스는 내 몸을 훔치곤 했어. 내 영혼을 내 몸에서 몰아내서 자기 몸에다 가둬 놨다고! 나는 고분고분 따르는 척했지만 속으로는 경계를 늦추지 않고 있었어. 신중하게 기회를 엿보면서 작전도 짰고. 애시내스가 내 생각까지 속속들이 읽어 낼 수 있는 건 아니거든. 내가 반발심을 품고 있다는 것 정도는 알고 있었겠지만 그래 봤자 아무 힘도 없다고 여겼겠지. 내가 자기를 이길 수 있으리라고는 꿈에도 생각하지 못했겠지. 하지만, 나도 쓸 줄 아는 몇 가지 주술이 있었어."

에드워드는 또 뒤를 흘끔 돌아보더니 위스키를 마셨다.

"그 빌어먹을 하인들도 전부 해고했어. 그들이 아침에 집에 돌아왔을 때 급료를 주고 다 내쫓았지. 나한테 이것저것 캐물으면서 싫은 소리를 하긴 했지만, 어쨌든 떠나긴 했어. 그 사람들도 인스머스 출신이니 애시내스와 동족이야. 다 한통속이라고. 이제부턴 제발 나를 가만 놔뒀으면 좋겠는데…… 떠나기 전에 낄낄거리면서 웃어 대던 게 얼마나 기분 나쁘던지. 이제 나는 본가로 돌아갈 거야. 아버지를 모셨던 하인들을 최대한 다시 고용할 생각이야.

형, 내가 미쳤다고 생각하지? 하지만 아컴의 역사를 생각해 봐. 내가 지금까지 한 이야기를 뒷받침하는 증거들이 있잖아. 형은 내 인격이 변하는 것도 직접 봤어. 지난번에 메인에서 돌아오는 차 안에서 내가 애시내스 이야기를 하던 도중에 갑자기 변했지? 바로 그때 애시내스가 내 영혼을 몰아내고 내 몸을 지배했던 거야. 나는 형한테 그녀가 어떤 악마인지 설명하느라 열을 올리던 기억밖에 안 나. 그러다가 애시내스가 끼어들었고, 순식간에 나는 우리 집으로 돌아와 있었어. 빌어먹을 하인들이 나를 가둬 놓은 서재로, 그 저주받은 여자의 몸속으로 말이야. …… 그건 도저히 인간이라고 할 수도 없어. 형도 알고 있었잖아. 그때 형이랑 같은 차에 타고 있었던 건 애시내스였다는 걸, 내 몸을 잡아먹은 늑대였다는 걸…… 형도 뻔히 알고 있었잖아!"

에드워드가 말을 멈추자 나는 몸서리가 쳐졌다. 확실히, 나도 그때 그 사내가 에드워드가 아님은 알고 있었다. 하지만 그렇게 황당무계한 설명을 당최 어떻게 믿을 수가 있겠는가? 그러나 정신이 산란해 보이는 방문객은 더욱 흥분하여 말을 이었다.

"나는 나 자신을 구해야 했어. 심각한 위기였다고! 애시내스는 만성절*에 내 몸을 영영 빼앗을 작정이었어. 그날 체선쿡 뒤편 숲에서 악마의 집회를 열어 제물을 바치는 의식을 치르고 내 몸을 완전히 제 것으로 만들려 했다고. 그렇게 영원히 애시내스가 내가 되고, 내가 애시내스가 되었다면…… 정말 돌이킬 수 없었을 거야. 애시내스는 그토록 원했던 남자의 몸으로, 완전한 인간으로 거듭났을 테지. 그러고는 자신의 옛 몸뚱이에 갇힌 나를 죽여 없애 버렸을 거야! 애시내스는 전에도 똑같은 짓을 한 적이 있어. 아니, 애시내스가 아니라 이프리엄이라고 해야겠지만……"

그때쯤 에드워드의 얼굴이 흉측하게 일그러졌다. 그는 불편할 만큼 바짝 내 앞으로 얼굴을 들이대고는 낮은 목소리로 속닥거렸다.

"그날 차 안에서 내가 했던 이야기, 무슨 뜻인지 잘 알 거야. 그 여자는 애초부터 애시내스가 아니었어. 이프리엄이야. 1년 반 전부터 그런 의심이 들었는데 이제는 확실히 알겠어. 애시내스가 방심할 때 쓴 글을 보면 딱 자기 아버지 글씨체야. 한 획 한 획 다 그래! 가끔은 이프리엄 정도 나이의 노인이 아니고는 도저히 할 수 없는 말들을 하기도 해. 그래, 이프리엄은 죽기 직전에 애시내스와 몸을 맞바꿨던 거야. 두뇌가 적당

---

*11월 1일로, 가톨릭에서 모든 성인들을 기리는 축일. 만성절 전야인 10월 31일이 바로 죽은 자들의 혼령들이 돌아온다고 하는 핼러윈이다.

히 우수하면서도 정신력이 약한 사람이 그때는 애시내스밖에 없었겠지. 그래서 지금 내 몸을 차지하려는 것처럼 그때는 애시내스의 몸을 차지한 후, 진짜 애시내스는 자신의 예전 몸에 가둬 놓고 독살해 버렸어! 형, 형은 못 봤어? 애시내스의 눈동자 안에서 빛나던 이프리엄의 눈빛을 말이야…… 내 몸이 그의 지배를 당할 때 내 눈빛도 분명 그럴 거야. 그렇지?"

에드워드는 헐떡거리며 하던 말을 멈추고는 숨을 몰아쉬었다. 나는 아무 말도 하지 않았다. 에드워드가 다시 입을 열었을 때는 목소리가 정상으로 돌아와 있었다. 나는 이 정도로 정신 질환이 심각해졌으면 그를 격리 병동에 수용시켜야 한다는 판단이 들었지만, 차마 내 손으로 보낼 수는 없었다. 애시내스와 떨어져 살면 자연스럽게 회복될 수도 있다는 생각도 들었다. 이제 다시 그 스스로 병적인 신비학에 손댈 일도 없을 테니까.

"나중에 더 얘기해 줄게. 지금은 일단 좀 쉬어야겠어. 그러고 나서 애시내스가 나를 끌고 들어간 금단의 공포가 무엇이었는지 다 설명할게. 지금 이 순간에도 세계 곳곳의 벽지에서 소름 끼치는 사제들이 집전하는 고대의 향연이 벌어지고 있어. 누구도 알아서는 안 되는 우주의 비밀을 알고 있고, 누구도 해서는 안 되는 일을 할 줄 아는 사람들이 있다고. 나도 거기에 깊이 관여했지만 이젠 다 때려치울 거야. 아아, 내가 미스캐토닉 대학 도서관 사서라면 오늘이라도 당장 『네크로노미콘』 따위의 금서들을 죄다 불살라 버릴 텐데.

그래도 이제는 애시내스가 나를 지배할 수 없어. 최대한 빨리 그 저주받은 집을 나가서 본가로 돌아갈 거야. 형, 나를 도와줄 거지? 그 악마 같은 하인들이 들러붙거나, 동네 사람들이 애시내스가 어떻게 됐냐고 꼬치꼬치 캐물으면…… 그렇잖아? 내가 애시내스의 주소를 알려 줄 수도 없는 노릇이고…… 그녀와 나 사이가 틀어진 게 알려지면 그 이상한 종교 신도들이 나를 찾아 나설지도 몰라. 그중에는 별 해괴망측한 수단을 쓰는 사람들도 있어. 그러니까 무슨 일이 생기면 형이 나를 지켜 줘야 해. 그렇게 해줄 거지? 내가 아무리 충격적인 이야기를 하더라도……"

그날 밤 에드워드는 우리 집 손님방에서 묵었다. 다음 날 아침 한결 차분해진 에드워드는 옛 더비 저택으로 이사 가는 데 필요한 절차를 나와 의논했다. 나는 그가 최대한 빨리 이사 가기를 바랐다. 그날 저녁에는 다시 나를 찾아오지 않았지만, 이후 몇 주 동안 우리는 자주 만났다. 하지만 그 기이하고 불쾌한 일들에 대해서는 가급적 서로 말을 아꼈고, 더비 저택 보수 문제만 주로 상의했다. 에드워드는 나한테 이번 여름에 내 아들까지 데리고 여행을 가자고도 했다.

애시내스에 대해서는 피차 아무 말도 꺼내지 않았다. 무엇보다 불편한 화제였으니까. 물론 동네에 그녀에 대한 소문이 무성했으나, 그 부부야 늘 이상했으니 새삼스러울 건 없었다. 다만 에드워드를 담당하는 은행원이 미스캐토닉 클럽에서 떠벌였다는 이야기가 마음에 걸렸다. 에드워드가 인스머스의 모지스 사전트, 애버게일 사전트, 유니스 뱁슨에게 정기적으로 수표를 부치고 있다는 이야기였다. 그 악랄한 하인들이 돈을 뜯어내고 있는 모양인데, 에드워드는 내게 그에 대해 한마디도 하지 않았다.

어서 여름이 오기만을 바랐다. 하버드에 다니는 내 아들이 방학을 맞아 돌아오면 에드워드와 함께 유럽 여행을 떠날 예정이었다. 에드워드는 생각만큼 쉽게 회복되지 못하고 있었다. 이따금씩 쾌활해질 때는 약간의 히스테리 증세가 엿보였고, 공포와 우울감에 시달리는 일도 잦았다. 12월쯤 더비 저택 보수공사가 끝났지만 에드워드는 이사를 차일피일 미루기만 했다. 크라우닌실드 저택에 넌더리를 내고 무서워하면서도 한편으로는 그 집에 노예처럼 묶여 있는 것 같았다. 짐을 싸지도 않았고, 온갖 핑계를 대며 이사 날짜를 자꾸 연기했다. 내가 대체 왜 그러냐고 한마디 하자 이해할 수 없을 만큼 심하게 겁을 먹는 눈치였다. 예전에 더비 가문에서 일하던 하인들이 다시 에드워드를 모시고 있었는데, 늙은 집사의 말에 따르면 가끔 에드워드가 집 안을 돌아다니는 모습이 어딘지 기묘하고 꺼림칙해 보인다고 했다. 특히 지하실에 내려갈 때면 유난히 그런 느낌이 든다고. 나는 혹시 애시내스가 불편한 내용의 편지라도 보내고 있는 게 아닐까 했지만, 집사는 애시내스가 보내오는 우편물 같은 건 전혀 없다고 했다.

6

크리스마스 무렵 어느 날 저녁, 에드워드가 나를 찾아왔다가 발작을 일으켰다. 나는 내년 여름에 떠날 여행 이야기로 화제를 몰아가고 있었는데, 별안간 에드워드가 비명을 지르더니 의자에서 벌떡 일어났다. 마치 지옥의 악몽이라도 본 사람처럼 걷잡을 수 없이 막막한 공포와 혐오감에 휩싸인 표정이었다.

"내 머리가! 머리가! 맙소사, 형! 뒤에서 잡아당기고 있어. 마구 두들기고 할퀴어 대고 있다고! 그 악마가 또…… 이프리엄이, 카모그가 또 나를! 카모그! 쇼고스의 구덩이…… 이아! 슈브니구라스! 그 천 마리의 새끼를 밴 염소가!

　불꽃이…… 불꽃이…… 육체 너머, 삶 너머…… 지하에서…… 으아악!"

　나는 에드워드를 끌어다 앉히고 와인을 마시게 했다. 광란하던 그는 차차 힘없이 축 늘어지더니 계속 입술을 달싹이며 혼잣말을 중얼거렸다. 그런데 잘 들어 보니 혼잣말이 아니라 내게 하는 이야기였다. 나는 그의 입에서 흘러나오는 희미한 목소리에 귀를 바싹 기울였다.

　"……또, 또야. 애시내스가 또 나를…… 그래, 이럴 줄 알았지…… 무엇도 그 힘을 막을 순 없어. 아무리 멀리 달아나도, 마법을 써도, 심지어는 죽여 버려도 막을 수 없…… 그게 자꾸만 찾아와. 주로 밤에…… 나는 벗어날 수 없어…… 끔찍해…… 아아, 형, 이게 얼마나 끔찍한지 형은 꿈에도 모르겠지……"

　에드워드는 그예 의식을 잃고 쓰러져 버렸다. 나는 베개를 받쳐 주고 그 자리에서 자게 내버려 뒀다. 의사는 부르지 않았다. 의사가 무슨 진단을 내릴지는 뻔했으니 가능하면 스스로 회복하게 놔두고 싶었다. 에드워드는 한밤중이 되어서야 정신을 차렸다. 나는 위층 침실에 그의 잠자리를 봐주었지만 다음 날 아침에 보니 그는 아무도 모르게 조용히 떠난 뒤였다. 집에 연락해 보니 집사가 전화를 받아 에드워드가 귀가했다고 알려 주었다. 서재 안을 불안하게 서성거리는 중이라면서.

　이후로 에드워드는 급속히 무너져 갔다. 그는 나를 찾아오지 않았지만 내가 매일같이 에드워드를 보러 갔다. 그는 항상 서재에 앉아 허공만 쳐다보며 무언가를 듣는 듯 귀를 기울이고 있었다. 때때로 조리 있게 말하기도 했지만 사소한 화제일 경우에만 그랬다. 그의 병이나 미래 계획이나 애시내스에 대해 한마디라도 꺼낼라치면 광란에 빠져들었다. 집사는 에드워드가 밤이면 지독한 발작을 일으킨다며, 저러다가 언젠가는 몸이 상할 것 같다고 했다.

나는 에드워드의 주치의, 은행가, 변호사와 오래 이야기를 나눈 끝에 의사 한 명과 전문가 두 명을 불러서 그를 진찰하게 했다. 에드워드는 몇 가지 질문을 받고는 차마 보기 힘든 격렬한 발작을 일으켰고, 그날 저녁 몸부림을 치면서 구급차에 실려 아컴 요양소로 이송되었다. 나는 보호자 자격으로 매주 두 번씩 면회를 갔다. 요양소에서 그의 거친 비명과 섬뜩한 속삭임과 몇 번이고 반복되는 헛소리를 듣고 있으면, 울음이 터져 버릴 것만 같았다.

"난 그럴 수밖에 없었어…… 안 그러면…… 그게 날 빼앗을 테니까…… 나를…… 저 밑에서…… 그 어둠 속에서…… 어머니, 어머니! 대니얼 형! 나 좀 살려 줘! 살려 줘요……"

회복 가능성이 얼마나 되는지는 아무도 장담할 수 없었지만 나는 최대한 긍정적으로 생각하려 노력했다. 그리고 에드워드가 퇴원하면 더비 저택으로 돌아갈 수 있도록 하인들에게 미리 그 집으로 들어가라고 했다. 에드워드도 정신이 온전했다면 똑같은 결정을 내렸을 테니까. 크라우닌실드 저택에 남은 복잡한 장치며 용도를 알 수 없는 물건들은 어떻게 처리해야 할지 몰라서 일단은 가만히 놔두고는, 하인들에게 일주일에 한 번씩 그 집에 가서 청소를 하고 난롯불을 때라고 했다.

최후의 악몽은 성촉절* 전에 일어났다. 드디어 희망의 빛이 보이나 싶었는데 오히려 잔혹한 결과가 찾아온 순간이었다. 1월 말의 어느 날 아침, 요양소에서 전화가 와서 에드워드가 느닷없이 정신을 차렸다고 알

---

*2월 2일. 성모마리아의 정화와 그리스도 봉헌을 기리는 축일.

렸다. 심각한 기억상실을 입긴 했지만 확실히 정상으로 돌아왔다고, 당분간은 더 경과를 지켜봐야겠지만 틀림없이 완치된 것으로 보이니 별문제만 없으면 일주일 안으로 퇴원할 수 있을 거라고.

나는 기쁨에 겨워서 즉시 병원으로 달려갔다. 그런데 간호사의 안내를 받아 에드워드의 병실로 들어서자마자 당황하고 말았다. 환자는 자리에서 일어나 정중한 미소를 지으면서 내게 손을 내밀었지만, 나는 에드워드의 본성과 판이하게 어긋나는 기묘한 활기를 즉시 알아볼 수 있었다. 내가 이전에 막연한 두려움을 느꼈던, 에드워드가 아내의 영혼이 침입한 상태라고 주장했던, 바로 그 모습이었다. 애시내스나 이프리엄과 너무도 닮은 번뜩이는 눈동자며 굳게 다문 입술, 악의가 선명하게 느껴지는 암울하고 조롱기 어린 목소리까지. 다섯 달 전 한밤중에 내 차를 운전했던 바로 그 사내였다. 오랜 초인종 신호도 빼먹고 우리 집에 잠깐 들렀다 가버린 뒤로는 한 번도 본 적 없던 그자가, 다시 내 앞에 나타나서 형언할 수 없이 사악하고 흉측한 이질감으로 나를 뒤덮고 있었다.

그는 싹싹한 말투로 퇴원 수속에 대해 이야기했다. 최근의 일만 거의 기억하지 못할 뿐 모든 상황을 알아서 잘 판단하고 있었기에, 나는 동의해 주는 것 말고는 할 일이 전혀 없었다. 그런데도 무언가 끔찍하게 잘못되었으며 정상이 아니라는 느낌이 들었다. 도저히 헤아릴 수 없는 공포가 느껴졌다. 그의 정신은 분명 멀쩡했다. 그러나 정녕 내가 아는 에드워드 더비가 맞나? 아니라면 대체 누구이며, 진짜 에드워드는 어디에 있단 말인가? 이 사람이 정말 퇴원해도 되나? 계속 격리되어 있어야 하는 건 아닐까? 아니, 이 세상에서 아예 사라져야 하는 건 아닐까? 그가 하는 말마다 극도의 냉소가 배어났는데, 특히 "근신 생활 덕분에 일찍 자유를 얻었다"고 말할 때는 애시내스와 닮은 두 눈에서 묘한 조롱기가 빛났다. 그 앞에서 나는 아마 무척 어색하게 굴었을 것이다. 서둘러 면회를 끝내고 허둥지둥 돌아가는 길에는 가슴을 쓸어내렸다.

나는 그날부터 이틀 내내 머리를 싸매고 고민했다. 대체 무슨 일이 일어난 건가? 얼굴은 에드워드가 맞는데, 이질적인 눈동자로 나를 쳐다보던 그 존재는 무엇인가? 그러나 아무리 고민을 거듭해도 어렴풋하고 무시무시한 느낌뿐 아무것도 생각나지 않았고, 너무 혼란스러운 나머지 일상생활이고 뭐고 다 팽개칠 수밖에 없었다. 그다음 날 아침 환자의 상태에 여전히 이상이 없다는 병원의 연락을 받고 나니 저녁 즈음에는 신경쇠약에 걸릴 지경이었다. 사람들은 그런 상태를 문제 삼아 당시부터 내 판단력이 흐려졌다고 말하겠지만, 나 하나 미친 사람으로 몬다고 모든 증거가 설명되지는 않는다.

7

어마어마한 공포가 나를 덮친 것은 그날 밤이었다. 그때 닥쳐왔던 충격과 혼란에서 나는 앞으로도 영영 헤어 나올 수 없을 것 같다.

사건은 자정 직전에 걸려온 전화 한 통에서 시작되었다. 집에서 깨어 있는 사람이 나밖에 없었으므로 졸음을 참고 서재에서 전화를 받았다. 아무 소리도 안 들리기에 그냥 끊고 침대로 가려 했는데, 수화기 저편에서 아주 희미한 소리가 들려왔다. 누군지는 몰라도 제대로 말하기 힘든 상황인 듯했다. 가만히 귀를 기울이니 액체가 부글부글 끓는 듯한 "꼬륵…… 꼬륵…… 꼬륵" 소리가 들렸다. 발음이 뚜렷하지 못할 뿐 사람 말소리 같아서 "누구세요?"라고 물어봤지만 돌아오는 대답은 "꼬륵 꼬륵…… 꼬륵 꼬륵"일 뿐이었다. 전화기 소음인가 싶었지만, 혹시 전화 수신에 문제가 생겨 내 쪽에서만 안 들릴 뿐 저쪽에서는 들릴 수도 있기에 "잘 안 들립니다. 끊고 전화국에 연락해 보세요"라고 말했다. 그러자 상대방은 즉시 전화를 끊었다.

그때가 자정 직전이었다. 이후에 경찰이 통화 내역을 추적해 본 결과 발신지가 크라운닌실드 저택이었음이 밝혀졌다. 하지만 그 집을 매주 한 번씩 청소하는 하녀가 사흘 전에 다녀가고 아무도 없는 집이었는데, 과연 누가 나한테 전화를 건 것일까. 이제 그 집이 어떤 꼴로 발견되었는지 간략하게 짚고 넘어가겠다. 본채에서 멀리 떨어진 지하 저장고는 그야말로 난장판이었고, 집 안은 여기저기 발자국이 찍혀 있어 온통 흙투성이였으며, 옷장은 급히 뒤진 흔적이 역력했다. 전화기에는 이상한 자국이 남아 있었고, 펜과 노트가 아무렇게나 팽개쳐져 있었다. 그리고 사방에 메스꺼운 악취가 진동했다. 한심한 경찰들은 그 집에서 해고된 후 행방이 묘연한 옛 하인들을 용의자로 지목하고 수색 중이다. 하인들이 해고당한 데 앙심을 품고 엽기적인 방식으로 복수를 저질렀으며, 에드워드의 절친한 친구이자 조언자인 나 역시 복수 대상에 포함시켰다는 게 경찰 측의 어쭙잖은 가설이다.

멍청이들 같으니! 그 야만스러운 하인들이 에드워드의 글씨체를 위조했다는 게 말이나 되나? 게다가 이후에 벌어진 사건을 어떻게 하인들의 소행으로 치부할 수 있단 말인가? 에드워드의 몸에 일어난 변화는 보이지도 않는 건가? 나로 말할 것 같으면, 이제 에드워드 더비가 생전에 했던 이야기를 모두 믿게 되었다. 삶의 가장자리 너머에는 우리가 생각지도 못하는 공포가 도사리고 있으며, 가끔 사악한 인간이 그 공포를 우리의 삶 안으로 불러들이기도 한다. 애시내스, 즉 이프리엄이 바로 그런 악마이며, 에드워드를 집어삼켰듯이 이제는 나까지 삼키려 하고 있다.

과연 지금 내가 안전하다고 확신할 수 있을까? 그것이 들어 있던 육체가 죽었어도 그것의 힘은 계속 살아남아 있는데. 어쨌거나 얘기를 계속하자면, 나는 최후의 사건을 겪고 다음 날 오후 탈진 상태에서 회복되어 걷고 말할 수 있게 되자, 정신병원으로 가서 에드워드와 이 세계 전체를 위해 그 남자를 쏘아 죽였다. 하지만 시신이 화장되지 않는 한은 안심할 수 없다. 경찰 측은 여러 의사들에게 부검을 맡긴답시고 여전히 시신을 보관하고 있는데, 제발 화장해라. 그건 화장되어야만 한다. 내가 쏘아 죽인 자는 결단코 에드워드 더비가 아니다. 그것이 화장되지 않으면 내가 미쳐 버릴 것이다. 다음 표적이 바로 나니까. 그래도 나는 의지가 약하지 않으니 내 주위에서 들끓는 공포에 무릎 꿇지 않을 것이다. 이프리엄, 애시내스, 에드워드를 잇는 삶. 그다음 차례는 누구일까? 나는 절대로 내 몸에서 쫓겨나지 않을 것이다. 정신병원에서 내 총에 죽은 그자와 영혼을 맞바꾸진 않을 것이다!

이제 그 최후의 사건을 일목요연하게 설명하고 싶다. 물론 경찰은 나 외에 다른 사람의 목격담도 끈질기게 외면하고 있다. 예컨대 그날 새벽 2시 직전에 하이 가에서 고약한 악취를 풍기는 조그마하고 기괴한 사람을 보았다는 사람이 적어도 세 명은 된다. 어떤 장소들에서는 한 발만 찍힌 발자국들도 발견되었다. 하지만 그런 증거들은 차치하고, 오로지 내가 겪은 경험만을 이야기하려 한다.

그날 새벽 2시경, 나는 초인종 소리와 문 두드리는 소리에 잠에서 깼다. 미약하고 어설프지만 어딘지 모르게 필사적인 느낌이 전해져 오는 소리였다. 게다가 그 방문자는 세 번, 그리고 다시 두 번인 에드워드의 신호를 사용하고 있었다.

단잠에서 벌떡 깨어난 나는 혼란에 빠졌다. 에드워드가 문밖에 있었다. 그것도 예전의 신호를 기억하고 있는 에드워드가! 새로운 인격은 그 신호를 기억하지 못했었다. 어떻게 갑자기 원래의 인격으로 돌아온 것일까? 그리고 왜 한밤중에 이렇게 다급하게 찾아왔을까? 예정보다 일찍 퇴원한 걸까 아니면 병원에서 탈출한 걸까? 나는 가운을 걸쳐 입고 아래층으로 내려가면서 생각을 정리했다. 아마도 원래 정신으로 돌아오는 바람에 또 발작이 일어나서 폭력을 휘둘렀고, 병원 측에서 퇴원 결정을 취소하자 절박해진 나머지 탈출한 것이리라. 무슨 일이 있었건 상관없다. 그는 내 오랜 친구 에드워드이기에 당연히 도와주어야 한다.

느릅나무로 된 아치문을 열어젖히자, 캄캄한 밖에서 참을 수 없이 지독한 악취가 풍겨서 하마터면 쓰러질 뻔했다. 욕지기로 숨이 막히는 와중에 현관 앞 계단에 서 있는 조그마한 곱사등이 같은 형체를 발견했다. 문을 두드린 사람은 분명 에드워드였는데, 저 역겨운 인물은 뭐란 말인가? 에드워드가 그새 돌아갔을 리는 없다. 마지막 초인종이 울린 지 불과 1초 만에 문을 열었으니.

그 방문객은 에드워드의 외투를 입고 있었다. 그에게는 너무 커서 밑단이 바닥에 닿았고, 걷어 올린 소매도 너무 길어 손이 보이지 않았다. 머리에는 챙이 달린 모자를 눌러쓰고 검은 실크 머플러로 얼굴을 꼭꼭 가리고 있었다. 내가 비틀거리며 앞으로 몇 발짝 내딛자, 그는 내가 자정 직전에 전화로 들었던 "꼬륵…… 꼬륵……" 하는 액체 끓는 소리를 냈다. 그리고 긴 연필에 꿰어 놓은, 글씨가 빽빽하게 쓰인 커다란 종이 한 장을 내밀었다. 나는 끔찍한 악취로 휘청거리면서도 그 종이를 받아 문간의 전등불에 비추어 보았다.

틀림없는 에드워드의 필체였다. 그런데 방금 초인종을 눌렀으니 지척에 있을 텐데 왜 굳이 이 사람을 통해 편지를 주는 걸까? 그리고 편지의 필체가 왜 이렇게 떨리고 서투른 걸까? 어렴풋한 불빛으로는 제대로 읽을 수가 없어서 나는 조금씩 현관 안으로 들어왔다. 그 곱사등이도 쿵쿵거리는 기계적인 몸짓으로 따라 들어왔지만, 거실과 현관을 가르는 안문의 문지방에서 멈춰 섰다. 그 특이한 배달원의 악취가 너무 역했기에, 아내가 잠에서 깨어 그를 보는 일이 없기만을 바랐다(다행히도 그런 일은 일어나지 않았다).

나는 편지를 읽다가 다리에 힘이 풀리며 눈앞이 캄캄해졌다. 정신이 들었을 때 나는 바닥에 쓰러져 있었고, 공포로 얼어붙은 내 손에는 여전히 그 저주스러운 편지가 쥐어 있었다. 내용은 다음과 같다.

형, 병원으로 가서 그놈을 죽여. 없애 버리라고. 그건 에드워드 더비가 아니야. 애시내스가 결국 내 몸을 빼앗아 버렸어. 그 여자는 석 달 반 전에 이미 죽었는데도 그 일을 해내고야 말았어. 애시내스가 떠났다고 한 건 거짓말이었어. 내가 죽었거든. 우발적인 일이었지만 그럴 수밖에 없었어. 집에 우리 둘만 있고 나는 내 몸에 제대로 있을 때였는데, 촛대가 보이길래 그걸로 머리를 후려쳤지. 안 그러면 만성절에 내 몸을 영원히 빼앗을 테니까.

지하 저장고의 낡은 상자들 밑에 시체를 묻고 흔적도 깨끗이 치웠어. 다음 날 아침에 하인들이 의심하긴 했지만 자기들도 뒤가 구린 게 있으니 경찰에 신고는 못 했고, 나는 그 하인들을 내쫓아 버렸어. 그자들과 다른 신도들이 앞으로 무슨 짓을 벌일지는 신만이 아실 거야.

한동안은 괜찮아진 줄 알았어. 그런데 어느 날부터 누가 머릿속을 잡아당기는 느낌이 들더라고. 그게 뭔지는 뻔했지. 진작 알았어야 했는데. 애시내스, 혹은 이프리엄 같은 자들의 영혼은 육신과 반쯤 분리되어 있기 때문에, 육신을 죽이기만 해서는 사라지지 않아. 시신이 남아 있는 한 계속 살아남을 수 있어. 그래서 애시내스는 또 자신의 몸과 내 몸을 맞바꾸려 하기 시작한 거야. 내 몸을 빼앗아 버리고, 지하실에 묻혀 있는 자신의 시체 속에 내 영혼을 집어넣으려 했지.

앞으로 무슨 일이 벌어질지 너무나도 잘 알았기에 나는 미쳐 버릴 수밖에 없었어. 병원에 실려 간 후 얼마 뒤에 정신을 차려 보니 나는 애시내스의 썩어 가는 시체 속에 갇혀 있더군. 어두컴컴한 지하실의 상자들 밑에 짓눌린 채 숨이 막혀 가고 있었어. 정신병원에 있는 진짜 내 몸을 결국 애시내스가 영원히 차지해 버렸다는 걸 나는 금세 깨달았지. 애시내스가 만성절에 희생 의식 현장에 참석하지 못했어도 효과가 나타났던 거야. 그자는 이제 에드워드 더비를 사칭해 온전한 정신으로 퇴원할 테고, 그러면 세상에 엄청난 위험이 닥치겠지. 나는 너무나도 절박해서 온갖 고생을 무릅쓰고라도 밖으로 나올 수밖에 없었어.

시체 상태가 너무 안 좋아서 말을 할 수가 없어. 전화로 얘기하려고 해 봤는데 안 되더군. 그래도 아직 글은 쓸 수 있네. 어떻게든 몸을 수습해서 이 경고가 담긴 유언을 형에게 전하려고 해. 이 글을 본다면 부디 이 세상의 평화와 안전을 위해 그 악마를 죽여 줘. 그리고 반드시 그 시체를 화장해 버려. 화장하지 않으면 그건 앞으로도 계속 몸을 갈아타면서 살아남을 테고, 그게 어떤 결과를 초래할지는 짐작도 할 수 없어.

형, 흑마술을 멀리하도록 해. 그건 악마의 영역이야. 잘 있어. 형은 정말 좋은 친구였어. 경찰한테는 적당히 둘러대고. 형에게 이런 일을 떠맡겨서 정말로 미안해. 이 몸이 오래 버티진 못할 테니 나는 곧 안식을 찾을 수 있을 거야. 이 편지가 꼭 형에게 전해지기를, 그리고 그놈을 죽여서 없애기를 바라.

에드워드

세 번째 문단까지만 읽고 기절해 버린 탓에 나머지 내용은 잠시 후에야 읽을 수 있었다. 그런데 현관 문지방에 서 있는 것을 본 순간, 따뜻한 공기와 함께 훅 끼치는 그것의 악취를 맡은 순간, 나는 또다시 실신하고 말았다. 그것은 한 발짝도 움직이지 않았다. 아니면 그때는 의식이 없어진 상태였는지도 모른다.

집사는 나보다 비위가 강해서, 그날 아침 현관에서 그것을 맞닥뜨리고도 기절하지 않고 경찰에 신고를 했다. 경찰이 도착했을 때 나는 위층 침실로 옮겨져 있었고, 간밤에 현관에서 쓰러진 그 시체는 그 자리에 그대로 놓여 있었다. 경찰들은 손수건으로 코를 틀어막았다.

에드워드의 옷가지 안에서 발견된 것은 거의 액화되어 버린 시체였다. 뼛조각들과 으스러진 두개골이 나왔고, 치아를 검사한 결과 두개골은 애시내스의 것으로 밝혀졌다.

우주에서 온 색채

The Colour Out of Space

아컴 서부에는 험준한 산악 지대가 있다. 인간의 손길이 미치지 않은 계곡과 울창한 숲이 펼쳐진 곳이다. 캄캄한 협곡을 따라 비스듬히 자라 난 나무들이 기상천외한 풍경을 자아내며, 그 밑으로 흐르는 실개천에 는 햇살 한 조각 비치지 않는다. 완만한 언덕에는 거대한 절벽에 숨겨진 뉴잉글랜드의 옛 비밀들을 영원토록 품고 있는 오래된 바위투성이의 농 장과 이끼로 뒤덮인 작달막한 오두막집들이 자리 잡고 있다. 그러나 사 람은 아무도 살지 않는다. 농가의 굴뚝은 다 무너져 가고, 낮은 박공지 붕 아래의 벽 널판들은 금방이라도 떨어져 나올 듯하다.

토박이들은 떠난 지 오래고 외지인도 살고 싶어 하지 않는 곳이다. 프 랑스계 캐나다인, 이탈리아인, 폴란드인들이 정착해 보려 했지만 못 버 티고 다시 떠나 버렸다. 딱히 눈에 보이거나 귀에 들리거나 손에 만져지는 문제가 있기 때문은 아니었다. 워낙 상상력을 자극하는 곳이라서 자꾸만 안 좋은 생각이 들고 밤이면 꿈자리가 뒤숭숭해지기 때문이었다. 외지인들이 정착하지 못하는 까닭은 그게 전부이리라. 아미 피어스가 과거의 기이한 사건을 그들에게 말한 적은 없을 테니까. 아미는 몇 년 사이에 정신이 약간 이상해진 노인으로, 단 하나 남은 그 지역 토박이이자 그 기이한 사건을 말해 줄 수 있는 유일한 사람이다. 탁 트인 들판과 아컴 주변 도로 근처에 살기에 그나마 아직 떠나지 않고 있는 것이다.

한때는 언덕과 계곡을 가로지르는 도로도 있었다. 현재는 '저주받은 황야'로 불리는 땅을 똑바로 관통하는 길이었다. 아무도 그 길로 다니지 않게 되자 멀리 남쪽으로 우회하는 도로가 새로 개통되었지만, 무성해져 가는 잡초들 사이에 옛 도로의 흔적이 아직 남아 있다. 앞으로 저수지가 건설되면 골짜기의 절반이 물에 잠기겠지만 그 흔적의 일부는 지워지지 않을 것이다. 그때가 되면 어두침침한 숲도 벌목될 테고, 황야는 햇살이 일렁거리고 하늘이 비치는 푸른 물속에 조용히 잠들게 될 것이다. 그러면 기이한 과거의 비밀들도 저수지에 잠겨 자연의 수많은 비밀 중 하나가 될 것이다. 옛 바다에 숨겨진 전설과 태초의 땅에 얽힌 수수께끼처럼.

내가 저수지 조성 사전 조사를 위해 산악 지대로 향했을 때 아컴 사람들은 거기가 악마 들린 땅이라고 수군거렸다. 아컴은 수많은 전설이 깃든 오래된 도시이니, 나는 그게 할머니가 손자에게 들려주는 수백 년 전해 내려온 옛날이야기쯤 되려니 생각했다. '저주받은 황야'라는 이름도 무척 이상하고 과장스러운 느낌이었다. 청교도인들 사이에 어떻게 그런 민담이 생겨날 수 있었는지 의아할 따름이었다. 그런데 서쪽으로 뒤얽힌 어두컴컴한 협곡과 언덕을 내 눈으로 직접 보고 나니, 거기에 오랜 미스터리가 깃들어 있다는 게 하나도 놀랍지 않았다. 내가 갔을 때는 아침이었는데도 모든 게 그늘에 잠겨 있었다. 숲의 나무들은 너무 빽빽했고, 뉴잉글랜드에서 자생하는 보통의 건강한 나무들과 달리 둥치가 지나치게 컸다. 그 사이로 난 음침한 오솔길은 너무나도 고요했으며 까마득히 오랜 세월 동안 썩은 풀 무더기와 축축한 이끼가 깔린 땅바닥은 너무나도 부드러웠다.

옛날에 도로가 있었던 탁 트인 비탈에는 농가가 몇 채 남아 있지 않았는데, 모든 건물이 성한 농가도 있는 반면 한두 건물만 남은 곳도 있고 달랑 굴뚝 한 개나 무너져 가는 지하 저장고만 남은 곳도 있었다. 무성한 잡초와 가시나무 덤불 속에서 야생동물들이 부스럭거리는 소리가 났다. 모든 것이 불안하고 울적한 안개에 휩싸여 있었다. 마치 원근이나 명암이 잘못된 그림처럼 비현실적이고 그로테스크한 풍경이었다. 외지인들이 정착하지 못한 것도 무리가 아니었다. 그곳은 사람이 잠을 잘 수 있는 장소가 아니었다. 꼭 살바토르 로사*의 풍경화나 공포소설 속 목판화에 나오는 곳 같았다.

하지만 그곳은 저주받은 황야에 비하면 아무것도 아니었다. 넓은 계곡 밑을 지나다가 어느 지점에 이르렀을 때, 나는 그곳이 저주받은 황야임을 대번에 알아차릴 수 있었다. 그런 장소에 어울리는 이름은 그것밖에 없고, 그런 이름에 어울리는 장소는 거기밖에 없으리라. 셰익스피어나 밀턴이 이곳을 방문하고서 '저주받은 황야'라는 지명을 만들어 낸 게 아닐까 싶을 정도였다.** 들불에 다 타버려 잿빛 황무지가 된 듯했지만, 아무리 그래도 그렇지 드넓게 펼쳐진 6천 평에 어떻게 풀 한 포기

---

*살바토르 로사(1615~1673). 이탈리아 바로크 시대에 활동한 나폴리파 화가.
**셰익스피어의 『맥베스』와 밀턴의 『실낙원』에 '저주받은 황야'라는 지명이 나온다.

자라지 않을까 의아했다. 마치 숲과 들 한복판에 황산이라도 들이부은 듯했다. 황야는 옛 도로를 기준으로 북쪽에 위치했는데 남쪽으로도 약간 걸쳐져 있었다. 들어가기가 꺼림칙했지만, 업무 때문에 어쩔 수 없었다. 넓디넓은 땅에 식물이라곤 하나도 없었고 먼지인지 재인지 모를 미세한 회색 가루만 바람에도 날리지 않은 채 고이 쌓여 있었다. 황야 주변의 나무들은 제대로 자라지 못하고 병들어 있었으며 쓰러져 있는 나무의 둥치들은 가장자리부터 썩어 가는 중이었다. 부랴부랴 걸어가는데 오른편에 굴뚝과 지하 저장고의 잔해인 듯한 벽돌과 석재가 보였다. 버려진 우물의 시커먼 구멍에 고여 있는 수증기는 햇빛을 받아 기묘한 색깔로 아른거렸다. 이곳보다는 저편에 길게 뻗어 있는 어둑한 삼림 지대에 있는 게 차라리 낫겠다 싶을 정도였다. 아컴 사람들이 두려움에 젖어 수군거리는 이야기가 더는 이상하게 생각되지 않았다. 근처에는 집 한 채도, 폐허조차 없었다. 그 외딴 벽지는 아주 오래전부터 그런 모습이었던 듯했다. 해가 저물자 그 불길한 황야를 다시 지나기가 무서워서 나는 남쪽으로 빙 돌아가는 도로를 따라 시내로 걸어갔다. 구름이라도 좀 끼었으면 좋겠다 싶었다. 황야 위로 펼쳐진 텅 빈 하늘이 공연히 겁이 났기 때문이었다.

저녁에는 아컴의 노인들을 붙잡고 그 저주받은 황야에서 일어났다는, 다들 얼버무리기만 하는 기이한 사건이 대체 무엇이냐고 물었다. 하지만 누구도 속 시원한 대답을 들려주지 않았다. 그 괴담이 내 생각보다는 최근에 생겨났다는 사실만 알아낼 수 있었다. 그건 오래된 전설 같은 게 아니라, 노인들 생전에 실제로 일어났던 일을 바탕으로 생긴 이야기였다. 1880년대에 어느 가족이 실종 혹은 살해됐다고는 하는데 다들 정확한 설명은 해주지 않았다. 그리고 아미 피어스라는 노인의 얼토당토

않은 이야기는 믿지 말라고 하나같이 신신당부를 하기에, 나는 다음 날 아침 그 노인을 직접 찾아 나섰다.

아미 피어스는 숲이 울창해지기 시작하는 지점에 있는 다 쓰러져 가는 오두막에 혼자 살고 있었다. 어마어마하게 오래된 집이라 낡은 건물 특유의 찝찝한 악취가 희미하게 풍겼다. 내가 끈질기게 문을 두드리자 마지못해 문을 열어 주는 걸 보니 반갑지 않은 눈치였다. 예상만큼 쇠약해 보이지는 않았지만 기묘하게 처진 눈이며 헙수룩한 옷차림이며 흰 수염 때문에 무척 음울하고 지쳐 보였다. 어떻게 얘기해야 그의 말문을 열 수 있을지 모르겠어서, 일단은 저수지 사업 때문에 조사차 나왔다고 둘러댄 다음 주변 지역에 대해 이런저런 질문을 던졌다. 아미는 생각보다 훨씬 밝고 교양 있는 사람이었고, 아컴에서 만났던 누구보다 그 지역을 빠삭하게 꿰고 있었다. 또한 저수지 개발 소식에 여타 주민들과는 다른 반응을 보였다. 오래된 숲과 농지가 몽땅 밀려 나갈 거라고 해도 아무런 항의를 하지 않았다. 그의 집이 개발 지역에 포함되었더라면 불만을 표했을지 모르지만, 어쨌든 자신이 한평생 거닐었던 어두컴컴한 골짜기들이 사라진다는데 오히려 다행스럽다는 반응이었다. 그렇게 기이한 사건이 벌어졌던 땅은 수몰되는 편이 낫다고 운을 뗀 아미는, 몸을 숙이고 부들부들 떨리는 오른손으로 여기저기를 가리키면서 착 가라앉은 쉰 목소리로 이야기를 이어 나갔다.

그리하여 나는 그 사건에 대해 알게 되었다. 끽끽 긁어 대는 듯한 목소리로 들려주는 아미의 두서없는 이야기를 듣다 보니, 여름인데도 자꾸만 오한이 났다. 나는 아미의 말이 논리와 일관성 면에서 구멍이 뚫리면 그것을 연결시켜 주기도 했고, 그가 어렴풋한 기억에 의지해 교수들의 설명을 전해 줄 때면 과학적 근거를 보충해 주기도 했다. 이야기가 끝나자 그의 정신에 문제가 생긴 것도, 아컴 사람들이 저주받은 황야에 대해 말을 아끼는 까닭도 다 이해가 되었다. 나는 내 위의 횅한 천공에 별이 뜨는 것이 두려워서 해가 지기 전에 서둘러 호텔로 돌아갔다. 그리고 다음 날 곧장 보스턴의 직장으로 귀환해서 내 직무를 그만두겠다고 했다. 내가 그 오래된 숲과 언덕으로, 그 어두컴컴한 혼돈 속으로 걸어 들어갈 일은 앞으로 두 번 다시 없을 것이다. 그 저주받은 회색 황야의 무너져 내린 벽돌과 석재 옆에 있는 시커먼 우물 곁을 지나갈 일도 없을 것이다. 곧 저수지 공사가 시작되면 모든 비밀은 깊은 물속에 영원히 잠길 테지만, 그렇게 되어도 그 지역에는 절대로 발을 디디지 않을 생각이다. 특히 불길한 별이 뜨는 밤 시간에는. 그리고 누가 억만금을 준다 해도 아컴에 들어오게 될 수돗물은 결코 마시지 않을 것이다.

아미의 이야기에 따르면 모든 문제는 운석이 떨어지고 나서부터 시작되었다. 원래 그 지역에는 괴이한 전설 따위도 없었고, 마녀재판으로 한창 뒤숭숭하던 시절에도 딱히 사람들의 두려움을 사는 곳이 아니었다. 미국 원주민의 역사보다 오래된 기묘한 석조 제단 옆에서 악마가 집회를 연다는 미스캐토닉 계곡의 작은 섬에 비한다면, 서부의 그 울창한 숲은 새 발의 피였다. 귀신 들린 숲도 뭣도 아니었고, 땅거미가 깔리는 몽환적인 정경 역시 그 기이한 사건이 벌어지기 전까지는 전혀 무섭게 보이지 않았다. 그런데 어느 날 한낮에 흰 구름이 몰려오더니 공중에서 폭발음이 연이어 울려 퍼지고 숲 멀리 계곡 쪽에서 연기 기둥이 솟구쳤다. 그리고 밤이 되자 거대한 바위가 나훔 가드너의 집 우물가에 떨어졌다. 그 소리를 아컴의 모든 주민들이 들었다. 나훔의 집은 현재 저주받은 황야가 된 곳에 위치해 있었다. 비옥한 밭과 과수원이 딸린 산뜻한 흰색 건물이었다.

나훔은 마을 사람들에게 운석이 떨어졌다고 말하러 가는 길에 아미 피어스의 집에도 들렀다. 당시 아미의 나이는 40대였다. 다음 날 아침 미스캐토닉 대학의 교수 세 명이 우주에서 내려온 그 미지의 물체를 보기 위해 부랴부랴 찾아왔고, 아미와 그의 아내가 그들을 나훔의 집으로 안내했다. 직접 보니 전날 나훔의 설명과 달리 운석은 그리 거대하지 않았다. 앞뜰의 낡아 빠진 우물 근처, 땅이 쪼개지고 풀이 그을린 곳에 놓여 있는 그것은 그저 큼지막한 갈색 흙더미 같았다. 나훔은 운석이 쪼그라들었다고 말했지만 교수들은 돌의 크기가 줄어드는 법은 없다고 단언했다. 운석은 아직도 열기가 남아서 뜨거웠는데, 나훔은 간밤에는 희미한 빛까지 났다고 주장했다. 교수들이 지질학 연구용 망치로 두드려 보니 돌의 질감이 이상하리만치 연했다. 거의 플라스틱에 가까운 경도였다. 실험용으로 쓸 표본을 채취하려고 끌을 대고 망치질을 하자 쪼개진다기보다는 도려진다고 해야 할 만큼 조각이 잘 떼어졌다. 교수들은 나훔의 부엌에서 낡은 양동이를 꺼내 왔다. 떼어 낸 조각의 열기가 좀처럼 식지 않아 거기 넣어 가져가야만 했다. 돌아가는 길에 교수들은 잠시 쉴 겸 아미의 집에 들렀다. 그런데 아미의 아내가 운석 조각이 아까보다 작아졌으며 양동이 밑바닥이 타들어 가고 있다고 말했다. 교수들은 고민에 잠길 수밖에 없었다. 정말로 작아진 듯 보였지만, 애초에 표본이 더 크다고 착각했는지도 몰랐다.

이 모든 게 1882년 6월의 일이었다. 다음 날 교수들은 극도로 흥분한 채 다시 그 동네로 찾아왔다. 그들이 나훔의 집에 가는 길에 아미에게 들러서 말하기를, 실험용 비커에 넣어 두었던 운석이 비커와 함께 통째로 사라졌다고, 아무래도 운석이 비커의 실리콘 재질에 이상 반응을 나타낸 것 같다고 했다.

그 외에도 환경이 엄격히 통제되는 실험실 안에서 도저히 믿기 힘든 기현상들이 일어났던 모양이다. 예컨대 운석을 숯으로 가열해도 연기가 나지 않았고, 붕사구시험*에도 반응이 없었고, 산수소취관을 비롯하여 온갖 방법으로 최대한 온도를 높여도 휘발되지 않았다. 그러면서도 가단성이 높아 쉽게 변형되었고, 어둠 속에서는 또렷하게 발광했고, 열은 절대로 식지 않았다. 대학 전체가 흥분의 도가니에 빠지기에 충분한 일이었다. 그리고 분광기로 분석해 보니 일반적인 스펙트럼과는 전혀 다른 색깔의 띠들이 나타났다. 미지의 현상에 맞닥뜨린 과학자들은 새로운 원소라느니 특수한 광학적 성질을 가졌다느니 온갖 가설을 내놓으며 숨 가쁜 토론을 펼쳤다. 운석이 뜨거워서 도가니 안에 넣은 상태로 가능한 한 모든 시약을 테스트해 보았지만 물에도 염산에도 아무 반응이 없었고, 질산과 왕수조차 쉭 하는 소리를 내며 튀어 오르기만 할 뿐 그 뜨거운 물체는 요지부동이었다. (아미는 교수들의 설명을 다 기억해 내기 힘들어했지만, 내가 통상적인 실험 방법에 따른 용액의 이름들을 하나하나 짚어 주면서 아미가 기억을 되살릴 수 있도록 도와주었다.) 교수들은 암모니아, 수산화나트륨, 알코올, 에테르, 이황화탄소, 그 외 십수 가지를 시도했다. 시간이 지날수록 운석의 무게가 차차 줄어들고 열도 살짝 식었지만, 시약에 반응하여 나타나는 변화는 전혀 없었다. 그러나 그것이 금속임은 분명했다. 자성이 있는 데다가 산성 용액에 담그니 운철隕鐵에서 발견되는 비드만슈테턴 무늬**가 희미하게 나타났기 때문이었다. 운석의 열이 많이 식자 교수들은 그것을 유리 기구에 넣어서 실험

---

*붕사를 가열하면 붕사구슬이 생기는데, 그것에 금속화합물을 묻혀서 다시 가열하면 나타나는 불꽃의 색깔로 금속 성분을 분석하는 시험.

**철과 니켈 합금의 결정체가 이루는 특이한 격자무늬로, 철질 운석에서 발견된다.

을 계속했고, 그 후 실험 과정에서 잘게 부서진 운석 파편을 유리 비커에 넣어 두었다. 그런데 다음 날 아침에 보니 파편도 그것을 담아 둔 유리 비커도 모두 홀연히 사라지고 나무 선반에 그을린 자국만 남은 것이었다.

여기까지가 아미의 집에 들른 교수들이 그에게 해준 설명이다. 아미는 다시금 교수들과 함께 우주에서 내려온 돌의 전령을 보기 위해 나훔의 집으로 발걸음을 재촉했다. 그때는 아내를 데려가지 않았다. 그날 다시 보니 운석은 확실히 크기가 줄어 있었다. 냉철한 교수들도 눈앞의 진실을 인정하지 않을 수 없었다. 우물가에 놓인 갈색 운석 둘레의 땅이 풀한 포기 없이 다 타버린 상태를 보니, 운석의 뜨거운 표면이 땅에 닿았던 면적이 지금보다 더 넓었음을 확연히 알 수 있었다. 교수들이 운석의 크기를 재어 봤더니 전날만 해도 2미터가 넘었던 것이 1.5미터 남짓이었다. 운석이 뜨거운 건 여전했다. 교수들은 운석 표면을 이모저모 관찰하면서 망치와 끌로 표본을 다시 채취했다. 전날보다 더 큰 조각을 도려내느라 깊숙하게 팠는데, 조각을 들어내 보니 운석의 중심부에 전혀 다른 물질로 이루어진 덩어리가 있었다.

드러난 부분은 큼지막한 구체형 물질의 한 면인 듯했다. 실험에서 나타났던 기이한 스펙트럼과 비슷한 색깔을 띠고 있었는데, 도무지 형언할 수 없는 색깔이었다. 애초에 그것을 색깔이라고 부르는 것 자체가 유추에 의한 말일 뿐이었다. 표면은 반질반질 윤이 났고, 두드려 보니 쉽게 부서질 듯한 질감이었으며 안이 비어 있는 느낌이었다. 교수 한 명이 망치로 쳤더니 기분 나쁜 펑 소리와 함께 터져 버렸다. 구체는 아무것도 방출하지 않은 채 흔적도 없이 사라졌고, 운석 내부에는 직경 8센티미터 정도의 텅 빈 구멍만 남았다. 교수들은 구멍 주변을 더 파면 또 다른 구체형 덩어리가 발견되리라 추측했다.

그러나 예상은 빗나갔다. 아무리 파내도 다른 구체형 물질은 나오지 않았다. 교수들은 전날과 똑같은 표본 조각만 가져갈 수 있었다. 재실험 결과도 전날과 마찬가지였다. 플라스틱에 가까운 경도, 높은 열, 자성, 희미한 빛을 발한다는 점, 강력한 산성 용액에 넣으면 온도가 약간 내려간다는 점, 정체 모를 스펙트럼, 공기 중에 두면 차츰 줄어들다가 사라지는 현상, 실리콘 화합물과 만나면 둘 다 파괴되는 현상— 그 외에는 감별할 만한 특징이 아무것도 보이지 않았다. 과학자들은 운석의 정체를 도무지 판별할 수 없다는 결론에 도달하고 말았다. 그것은 이 지구상에는 없었던, 외계의 특성과 법칙을 따르는 외계 물질 그 자체였다.

그날 밤 천둥 번개와 함께 폭풍우가 몰아쳤다. 다음 날 다시 나훔의 집에 간 교수들은 실망스러운 결과와 맞닥뜨렸다. 운석은 자성뿐 아니라 무슨 특이한 전기적 속성까지 있었던 모양인지, 나훔은 운석이 끊임없이 번개를 끌어당기는 바람에 한 시간 동안 앞마당에 번개가 여섯 번이나 내리쳤다고 말했다. 그러고는 폭풍이 멎은 후 우물 근처로 가보니 우둘투둘하게 파인 구덩이만 남고 운석은 감쪽같이 사라졌더라고 했다. 땅을 파도 아무것도 나오지 않자 과학자들은 운석이 사라졌다는 사실을 인정해야만 했다. 연구실의 납 용기 안에 보관해 둔, 서서히 사라져가는 표본을 가지고 다시 실험을 하는 수밖에 없었다. 표본은 일주일 뒤에 완전히 없어졌고, 그때까지도 가치 있는 소득은 전무했다. 잔여물조차 아무것도 남지 않아서 교수들은 외계의 헤아릴 수 없는 심연에서 날아온 신비로운 잔재를 자신의 두 눈으로 똑똑히 본 게 맞는지 의심스러울 지경이었다. 다른 세계에서, 물질과 힘과 실재가 다른 영역에서 도착한 단 하나의 기이한 메시지는 그렇게 자취를 감추었다.

자연히 아컴의 지역신문들은 대학의 후원하에 그 사건을 대대적으로 보도하고 나훔 가드너의 가족과 인터뷰도 했다. 보스턴 쪽 일간지 기자까지 취재를 하러 왔다. 나훔은 순식간에 아컴의 유명 인사가 되었다. 그는 호리호리한 체격에 온화한 성품의 오십대 농부로, 아내와 세 아들과 함께 계곡 안에 위치한 쾌적한 농가에 살고 있었다. 나훔과 아미는 서로 자주 왕래하는 사이였고 아내끼리도 친했다. 아미는 오랜 세월이 지난 지금까지도 나훔에 대한 칭찬을 아끼지 않았다. 자신의 집이 세간의 집중적인 조명을 받자 다소 우쭐해진 나훔은 이후 몇 주 동안 운석에 대한 이야기를 곧잘 늘어놓았다. 그해 7월과 8월은 무더웠다. 나훔은 채프먼 개천이 가로지르는 1만 2천 평에 달하는 목초지에서 열심히 건초를 만들었고, 그가 덜컥거리는 짐수레를 몰고 거듭 지나다닌 그늘진 오솔길에는 깊은 바퀴 자국이 파여 갔다. 여느 해보다 일이 고되었기에 나훔은 자신도 나이가 들었구나 생각했다.

　이윽고 결실과 수확의 계절이 왔다. 천천히 익어 가는 배와 사과를 보며 나훔은 이번 농사가 유례없는 풍작임을 확신했다. 과일의 크기가 매우 컸고 윤기도 유난히 자르르 흘렀기 때문이다. 그래서 수확물을 담을 통을 추가 주문하기까지 했는데, 막상 다 익고 보니 결과는 참담했다. 때깔만 탐스러울 뿐 하나도 먹을 수가 없었기 때문이다. 배와 사과의 달콤한 맛 안에 쓰고 역겨운 맛이 배어 있어서 한 입만 먹어도 계속 토기가 치밀었다. 멜론과 토마토도 마찬가지였다. 나훔은 애써 키운 과일이 몽땅 쓰레기가 되는 것을 안타깝게 지켜보는 수밖에 없었다. 일이 일어난 순서를 재빨리 따져 보니 운석 때문에 토지가 오염되었다는 판단이 섰다. 도로 위쪽 고지대에 있는 경작지는 무사해서 그나마 천만다행이었다.

그해 겨울은 일찍 찾아왔고 무척 추웠다. 나훔은 평소보다 아미와 왕래가 뜸해진 데다 근심스러운 표정이 엿보였다. 나훔의 식구들도 말수가 적어졌고, 교회나 마을의 이런저런 모임에도 잘 나오지 않았다. 본인들은 몸이 안 좋고 괜히 기분이 울적해서 그렇다고 했지만 진짜 이유가 뭔지는 모를 일이었다. 다만 나훔은 한 가지 일은 털어놓았다. 눈밭에 찍혀 있는 어떤 발자국을 발견하고 불안해졌다고. 겨울이면 청설모, 토끼, 여우 등의 발자국이 눈에 띄는 일이야 예사지만, 나훔이 본 그 발자국은 모양새도 그렇고 찍혀 있는 배치도 그렇고 어딘가 이상했다고 했다. 자세한 말은 하지 않았으나 그 자국을 남긴 것의 신체 구조나 습성이 다람쥐나 토끼나 여우 같은 짐승들의 그것과는 전혀 다르다고 여기는 눈치였다. 처음에 아미는 그 이야기를 그리 귀담아듣지 않았는데, 어느 달밤에 나훔의 집 앞을 지나다가 이상한 일을 겪었다. 말이 끄는 썰매를 타고 클라크스 코너스에 갔다가 돌아오는 길이었다. 토끼 한 마리가 도로를 달음질쳐 갔는데 한 번 뛰는 거리가 지나치게 길어서 어쩐지 꺼림칙하다 싶었다. 그렇게 느낀 건 아미뿐만이 아니었다. 고삐를 틀어쥐고 계속 나아가려고 하자 말이 펄쩍 뛰면서 달아나려고 했던 것이다. 그때부터 아미는 나훔의 이야기를 주의 깊게 되새겼고, 그 집 개들이 아침마다 심하게 주눅이 들어 덜덜 떠는 것도 이상하다는 생각이 들었다. 그 개들은 짖을 기력조차 없는 듯 보였다.

2월에는 메도 언덕에 사는 맥그리거네 아이들이 마멋을 사냥하러 다니다가 나훔의 집 근처에서 무척 독특한 놈을 잡았다. 몸의 비례가 기묘하게 변형되어 있고 얼굴도 그때까지 본 마멋들과는 전혀 다른 놈이었다. 아이들이 겁에 질려 즉시 그 짐승을 내버렸기 때문에 그에 대한 으스스한 소문만 돌았다. 말들이 나훔의 집 가까이만 가면 주춤거린다는 것은 이제 다들 알고 있는 사실이었다. 구체적인 근거들이 속속 갖춰지면서 소문은 빠르게 퍼져 나갔다.

사람들은 나훔의 집 주위에 쌓인 눈이 다른 데보다 빨리 녹는다고 입을 모았다. 3월 초에는 클라크스 코너스의 포터 잡화점에서 한바탕 토론이 일어나기도 했다. 스티븐 라이스가 말하길, 그날 아침 말을 타고 나훔의 집 근처를 지나다가 도로 건너 숲가의 진흙을 뚫고 자라난 앉은부채를 보았는데 꽃이 무지막지하게 큰 데다가 말로 표현 못할 이상한 색깔을 띠고 있더라고 했다. 생김새도 해괴했으며, 생전 처음 맡아 보는 냄새에 말도 코를 힝힝거리더라고. 그날 오후 몇 사람이 함께 나훔 집 쪽으로 가서 그 기괴한 식물을 직접 확인하고는 건강한 땅에서는 절대로 자랄 수 없는 식물이라고 결론 내렸다. 지난가을에 수확했던 불량한 과일도 그렇고, 어느 모로 보나 나훔의 경작지가 오염된 게 틀림없다는 말이 입에서 입으로 전해졌다. 당연히 운석 탓일 터였다. 일전에 교수들이 운석을 무척 이상하게 여겼다는 걸 떠올린 몇몇 농부들은 대학으로 찾아가서 그 문제를 이야기했다.

그리하여 교수들이 다시 나훔의 집에 방문했지만, 떠도는 소문과 괴담을 곧이곧대로 믿을 수는 없었기에 지극히 보수적인 관점으로 접근했다. 그들이 보기에도 그 식물이 확실히 이상하긴 했다. 하지만 앉은부채는 원래 모양도 냄새도 색깔도 이상한 식물이지 않던가. 운석에서 어떤 무기물이 나와 토양에 스며들었을 수도 있지만 얼마 뒤면 빗물에 씻겨 사라질 터였다. 그리고 수수께끼의 발자국이 발견되었다든가 말들이 겁에 질린다든가 하는 이야기는 운석 추락 같은 사건이 일어나면 얼마든지 생겨날 수 있는 시골 특유의 괴담에 불과하다고 보았다. 미신에 사로잡힌 촌사람들은 무슨 말이든 하고 무엇이든 무턱대고 믿어 버리기

십상이니, 이성적인 사람이라면 그런 뜬소문에 반응할 필요가 없다는 게 교수들의 생각이었다. 그래서 대학 측에서는 끝까지 그 문제를 무시하고 외면했다. 그로부터 1년 반 뒤에 경찰이 흙을 두 병 채취해서 대학에 분석을 맡겼을 때, 그 요청을 진지하게 받아들인 교수는 딱 한 명이었다. 그 교수가 경찰이 맡긴 흙을 분광분석해 보니 나훔의 농지에서 자란 앉은부채의 색깔, 운석 표본을 분광기로 보았을 때 나타났던 비정상적인 스펙트럼, 그리고 운석 중심부에 박혀 있던 구체형 물질의 색깔과 매우 유사한 스펙트럼이 드러났다. 하지만 흙의 그런 특성은 이내 사라져 버렸다.

나훔의 땅에서 자라난 나무들은 철 이르게 싹을 틔웠고 밤이면 기분 나쁘게 바람결에 흔들거렸다. 나훔의 둘째 아들인 열다섯 살 소년 새디어스는 바람 한 점 없을 때도 나무가 흔들린다고 단언했지만, 남 얘기하기 좋아하는 사람들조차 그 말까지는 믿지 않았다. 그런데 확실히 공기 중에 무언가 불길한 기척이 감돌기는 했다. 그래서 나훔의 식구들 모두 자꾸만 주위에 귀를 기울이는 버릇이 생겼다. 정확히 어떤 소리를 듣고 있다기보다는 넋이 반쯤 나가서 멍한 상태가 된 것에 가까웠다. 날이 갈수록 그런 일이 잦아졌기에 사람들 사이에 '나훔네 식구들이 이상하다'는 말이 자주 오르내렸다. 이르게 꽃을 피운 바위취 역시 색깔이 이상했다. 앉은부채와 같은 빛깔은 아니었지만 정체를 알 수 없는 색이라는 점에서 분명히 연관이 있어 보였다. 나훔은 바위취 꽃을 몇 송이 꺾어다가 아컴으로 가져가서 〈가제트〉지의 편집장에게 제보했지만, 신문에는 촌 동네의 미신적인 공포를 점잖은 투로 조롱하는 익살스러운 기사만 실렸다. 몸집이 비정상적으로 비대한 신부나비들이 바위취 꽃에 모여들어 이상한 행동을 하더라는 이야기를 무신경한 도시 사람에게 털어놓은 게 실수였다.

4월에 이르자 주민들은 거의 집단적인 공포에 질려서 아무도 나훔의 땅을 통과하는 도로는 지나가지 않았다. 식물들 때문이었다. 과수원의 나무들이 죄다 괴상한 색깔의 꽃을 피웠고, 마당과 인근 목초지의 자갈 투성이 땅에는 식물학자들이나 알아볼 법한 해괴한 종의 식물들이 우후죽순처럼 생겨났다. 초록색의 풀과 잎사귀를 제외하면 정상적이고 건강한 색깔이라곤 하나 없었다. 알려진 적 없는 병적이고 요란하고 변화무쌍한 색채의 식물들이 천지에 가득했다. 금낭화는 불길한 위협감을 자아냈고, 혈근초는 변질된 색채를 자랑이라도 하는 듯했다. 그런데 아미와 나훔 가족에게는 그 색깔들이 대부분 섬뜩할 만큼 낯익었다. 운석 안에 박혀 있던, 터져 버린 구체형 물질이 딱 그런 색깔들이었기 때문이다. 나훔은 1만 2천 평의 목초지와 고지대의 땅을 갈아엎고 씨를 뿌렸지만 집 주변의 땅은 가만히 놔두었다. 거기에 뭘 심어 봤자 아무것도 거둘 수 없을 게 뻔했기 때문이다. 여름에 무성하게 자라날 저 기괴한 식물들이 땅에서 독소를 모두 빨아들여 주기만을 바랄 뿐이었다. 이제 무슨 일이 일어나도 놀라지 않을 심정이 된 그는 허공에서 무언가가 끊임없이 자신의 기척을 들어 주기를 기다리고 있는 듯한 느낌에 익숙해져 갔다. 이웃 사람들이 나훔의 가족을 피하자 그는 물론이고 아내인 내비가 특히 괴로워했다. 아이들은 그나마 학교에서는 친구들과 어울릴 수 있었다. 하지만 자기 집을 둘러싼 온갖 소문으로 인해 겁에 질려 있었다. 민감한 나이인 새디어스가 특히 심했다.

5월에는 곤충이 들끓었다. 여기저기 윙윙 날아다니고 기어 다니는 곤충으로 온통 아수라장이었다. 생김새도 움직임도 보통의 곤충 같지 않았고, 밤에는 희한한 습성을 나타냈다. 나훔의 가족은 밤이면 밖을 바라보는 버릇이 생겼다. 사방을 주시하면서 무언가 알 수 없는 것이 나타나기를 막연히 기다리곤 했다. 예전에 새디어스가 바람이 안 불어도 나뭇가지가 흔들린다고 했던 말이 사실임을 가족 모두가 깨달은 것도 그 무렵이었다. 새디어스 다음으로 그 현상을 목격한 사람은 내비였다. 바람 없는 달밤에 창밖을 내다보고 있었는데, 단풍나무의 퉁퉁한 가지가 흔들리는 모습이 분명히 보였다. 가지에 흐르는 수액 때문인지도 몰랐지만. 이제 그들 눈에 그야말로 모든 것이 기이해 보였다. 하지만 그다음에 이상한 현상을 발견한 사람은, 주변의 변화에 둔감해져 있었던 나훔의 가족이 아니라 어느 외지인이었다. 그는 볼턴에서 온 소심한 풍차 외판원이었는데, 나훔의 농가를 둘러싸고 떠도는 소문을 전혀 모르는 채로 한밤중에 마차를 타고 그곳을 지나가다 기현상을 경험했다. 그가 아컴으로 돌아가 그 이야기를 떠들자, 〈가제트〉가 그의 목격담을 단신으로 실었다. 그제야 나훔을 비롯한 모든 농부들이 그 현상을 알게 되었다. 그 외지인은 마차에 달린 전조등만 희미하게 빛나는 어두컴컴한 밤에 나훔의 농가 주변만 유독 희부옇게 빛나는 것을 목격했다고 했다. 풀이고 잎사귀고 꽃이고 가릴 것 없이 모든 식물이 어슴푸레하지만 분명 빛나고 있었으며, 어느 순간에는 헛간 근처의 뜰에서 또 다른 불빛 같은 것이 슬그머니 나타났다가 사라졌다고 했다.

나훔은 집 근처 목초지에 젖소들을 놓아길렀다. 풀밭만은 겉보기에 별다른 문제가 없었기 때문이다. 그런데 5월 말이 되자 우유 맛이 이상해졌고, 소를 고지대로 옮기고 나서야 원래의 맛이 돌아왔다. 얼마 지나지 않아 풀과 잎사귀에 생긴 이상이 눈에도 보이게 되었다. 초록빛의 잎이 전부 회색으로 변했고 살짝만 건드려도 파스스 부서져 버리는 것이었다. 나훔의 농가를 찾는 사람은 이제 아미밖에 없었지만 그의 방문도 갈수록 뜸해졌다. 학교가 방학을 맞자 나훔의 식구 모두가 세상으로부터 고립되었다. 가끔은 아미가 시내에 나가서 그들의 심부름을 해줘야만 했다. 나훔의 가족은 육체적으로나 정신적으로나 피폐해지고 있었고, 급기야 내비가 실성했다는 소식이 들려도 아무도 놀라지 않았다.

운석이 떨어진 지 1년째인 6월이 되자 내비는 허공에 말로 표현 못할 무언가가 있다며 비명을 질러 댔다. 그렇게 내뱉는 말들 중에는 특정한 것을 가리키는 명사는 없고 오로지 동사와 대명사만 있었다. 내비의 눈은 무언가가 움직이고 변하고 퍼덕거리는 광경을 보았으며, 귀는 소리라고 할 수도 없는 어떤 기척을 감지했다. 그녀의 몸에서 무언가가 빠져나가고 있었고, 어떤 존재가 그녀를 집요하게 괴롭히고 있었다. 내비는 제발 그놈을 자신에게서 떨어뜨려 달라고 했다. 밤이 되면 모든 것이 살아 움직인다고, 벽도 창문도 모조리 제멋대로 들썩거린다고 했다.

나훔은 아내를 정신병원에 보내지 않았다. 아내가 자기 자신이나 남들에게 해를 끼치지 않는 한은 마음대로 집 안을 돌아다니게 놔둘 생각이었다. 아내의 표정이 괴이하게 변했을 때조차 아무런 조치도 취하지 않았다. 하지만 아이들이 엄마를 무서워했고 특히 새디어스는 엄마가 노려보는 눈길에 기겁해서 졸도할 뻔하기까지 했기에, 부득이 아내를 다락방에 격리할 수밖에 없었다. 7월이 되자 그녀는 아예 벙어리가 되었으며 네 발로 방 안을 기어 다니기에 이르렀다. 이때쯤 인근 식물들이 밤마다 발하는 빛은 매우 선명해졌는데, 나훔은 아내도 어두울 때면 그 식물들처럼 어렴풋이 빛난다는 터무니없는 말을 했다.

그보다 조금 앞서 나훔의 말들이 난동을 부리는 사건이 있었다. 밤중에 무얼 보고 흥분했는지, 마구간에서 난폭하게 울어 대고 발을 구르는 소리가 끔찍할 정도였다. 무슨 방법을 동원해도 진정이 되지 않았고, 마구간 문을 열자 겁에 질린 야생 사슴처럼 일제히 튀어나와 도망쳐 버렸다. 나홈은 꼬박 일주일 걸려서 네 마리를 찾아냈지만 다들 어떻게 손쓸 도리가 없을 만큼 망가져 있었다. 뇌에 이상이 생긴 것 같았다. 별 수없이 총으로 쏘아서 편히 잠들게 해주고, 건초 운반에 쓸 말 한 마리를 아미에게서 빌려 왔다. 하지만 녀석은 주춤거리고 뒷걸음질 치고 히힝거리며 좀처럼 헛간 가까이 가려 하지 않았다. 결국 나홈은 말을 마당에 놔두고, 아미와 둘이서 직접 건초가 실린 무거운 짐마차를 건초 다락 근처까지 끌고 가야 했다. 한편 식물들은 전부 회색으로 변했고 쉽게 바스러졌다. 그토록 기이한 색을 띠던 꽃들조차 이제는 잿빛으로 바래 갔고, 마찬가지로 회색이 된 과일들은 크기가 작고 여물다 말아서 아무 맛도 안 났다. 과꽃과 미역취 꽃도 납빛으로 변색되었고 모양이 뒤틀렸다. 앞뜰에 핀 장미, 백일홍, 접시꽃은 너무 섬뜩하게 변해 큰아들인 지나스가 전부 잘라 버렸다. 몸이 기이하게 부풀었던 곤충들도 그 시기에 다 죽어 버렸고 벌 떼조차 벌집을 떠나 숲으로 날아갔다.

9월이 되자 모든 식물이 부서져서 회색 가루가 되었다. 나홈은 땅에서 독이 다 빠지기도 전에 나무들이 죽어 버릴까 봐 두려웠다. 내비는 소름 끼치는 비명을 질러 대기 일쑤였기에 식구들 모두가 항상 초조한 마음으로 지내야 했다. 그들은 이제 사람을 피했고, 학기가 시작되었는데도 아이들은 학교에 가지 않았다. 그런데 그 집 우물마저 오염되었다는 걸 처음 알아챈 사람은 그 집 식구들이 아니라 아미였다. 뜸하게나마 나홈의 집을 방문하던 아미가 어느 날 우물물을 마셔 보니 구린 것도 아니고 쩝찔한 것도 아닌 희한한 맛이 났다. 그래서 고지대 쪽에 우물을 하나 따로 파서 토질이 정상으로 돌아올 때까지 그 물을 마시라고 충고했는데, 나홈은 말을 듣지 않았다. 그때쯤에는 기이하고 불쾌한 현상들에 무감각해지고 있었기 때문이다. 나훔과 아이들은 다분히 기계적이고 무기력한 태도로 오염된 물을 계속 들이마시고, 빈약하고 형편없는 음식을 먹고, 보람도 없는 단조로운 허드렛일만 하면서 아무런 목표 없이 시간을 흘려보냈다. 다들 될 대로 되라는 식으로 체념한 분위기였다. 반쯤은 이미 다른 세상에 가 있는 듯 붕 떠 있었고, 마치 정체 모를 교도관들에게 이끌려서 익숙하고도 확고한 운명으로 한 발 한 발 걸어 들어가는 사람들 같았다.

그 9월에 새디어스가 우물에 갔다가 실성하고 말았다. 양동이를 가져갔다가 빈손으로 돌아오더니 팔을 흔들며 비명을 질렀고, 가끔씩 뜻 없이 키득거리거나 '저 밑에서 색깔이 움직인다'고 속닥거리곤 했다. 가족 중 두 명이 병들었는데도 나훔은 덤덤했고 새디어스가 마음대로 쏘다니도록 내버려 두었다. 그러다가 일주일쯤 지나서 아들이 자꾸 넘어져 다치기 시작하자 그를 제 엄마가 있는 방 맞은편 다락방에 가두었다. 두 사람이 마주 보는 잠긴 문 안에서 동시에 고함을 질러 댈 때면 끔찍하기 이를 데 없었는데, 특히 막내 머원에게 심각한 영향을 미쳤다. 엄마와 형이 지구상에 존재하지 않는 어떤 무시무시한 언어로 대화를 나누고 있다는 상상에 빠져든 것이다. 단짝 친구나 다름없던 형이 갇힌 이후로 머원은 점점 깊은 망상에 사로잡히고 있었다.

거의 같은 시기에 가축들이 죽어 나가기 시작했다. 닭, 오리, 거위 등이 회색으로 변해 금방 죽어 버렸는데, 그 말라비틀어진 살을 잘라 보면 역겨운 냄새가 났다. 돼지는 몸집이 심하게 비대해지다가 원인 불명의 증상을 보이며 징그럽게 변해 갔다. 당연히 그 고기는 먹을 수 없었다. 나훔은 망연자실했다. 인근의 수의사는 근처에도 오지 않으려 했고, 아컴에서 겨우 불러온 수의사들도 당혹감에 젖어 쩔쩔맬 뿐이었다. 돼지들은 눈과 주둥이가 기괴하게 변형되며 납빛이 되어 가다가 몸이 조각조각 부서져 버렸다. 오염된 식물을 먹인 적이 한 번도 없는데 어찌 된 일인지 도무지 알 수 없는 노릇이었다. 이윽고 젖소들에게도 이상이 생겼다. 몸의 일부분 혹은 전체가 쪼글쪼글해지거나 짜부라졌고, 자꾸만 주저앉거나 살점이 분해되는 일이 허다했다. 마지막 단계에서는 돼지들과 마찬가지로 회색으로 변하면서 부스러져 죽었다. 가축들은 모두 운석의 영향권 밖에 있는 외양간에 철저히 격리된 상태였으므로 오염 물질에 중독되었을 가능성은 없었다. 주변의 다른 짐승이나 곤충을 멋대로 잡아먹었을 리도 없었다. 어떤 생물체가 그렇게 견고한 외양간 벽을 뚫고 들어갈 수 있단 말인가? 자연 발생한 질병이라고밖에 볼 수 없었다. 그러나 대체 어떤 질병이기에 그런 증상이 일어나는지는 아무도 몰랐다. 추수철이 되었을 때 나훔의 땅에 동물이라곤 한 마리도 남아 있지 않았다. 가축은 다 죽었고, 세 마리 있던 개는 어느 날 밤 전부 도망쳐서는 행방이 묘연했다. 고양이 다섯 마리는 그보다 좀 전에 떠났지만, 어차피 잡아야 할 쥐도 없어졌고 식구 중 유일하게 고양이를 애지중지하던 내비는 미쳐 버렸기에 녀석들이 사라졌다는 걸 아무도 눈치채지 못했다.

10월 19일에는 나훔이 비틀거리며 아미의 집으로 찾아와 참혹한 소식을 전했다. 가엾은 새디어스가 다락방에서 죽었다고, 게다가 말도 못하게 끔찍하게 죽어서 시신도 제대로 남지 않았다고. 나훔은 시신의 잔재나마 수습해서 농장 뒤편의 울타리 쳐진 가족 묘지에 안장하고 온 길이었다. 무언가가 새디어스의 방에 침입한 것은 아니라고 했다. 작은 창문에 쳐놓은 빗장도 방문의 자물쇠도 멀쩡했으니까. 그런데 외양간에서 가축들에게 일어났던 일과 똑같은 참경이 벌어져 있었던 것이다. 아미

부부는 비탄에 빠진 나훔을 최선을 다해 위로했지만 한편으로는 몸서리가 쳐졌다. 나훔네 주변과 그들의 손길이 닿는 모든 곳에 치명적인 공포가 들러붙어 있고, 그들의 집 안에 아무도 알지 못하고 알 수도 없는 세계에서 흘러 들어온 숨결이 도사리고 있는 듯했다.

아미는 정말로 내키지 않았지만 마지못해 나훔의 집으로 함께 갔다. 막내아들 머윈이 발작적으로 흐느껴 울고 있어서 온갖 방법을 동원해 달래 주었다. 지나스는 진정시킬 필요가 없었다. 그 애는 당시 아무것도 안 하고 허공을 멍하니 쳐다보거나 아버지가 시키는 일만 묵묵히 하고 있었다. 그 정도면 감지덕지한 일이었다. 이따금씩 머윈의 비명에 대답하듯이 울부짖는 소리가 위층 다락방에서 희미하게 들려오기에 아미가 의문스러운 표정을 짓자, 나훔은 아내가 무척 쇠약해졌다고만 대답했다. 날이 저물었을 때 아미는 겨우 그 집에서 빠져나왔다. 아무리 친한 친구라지만 밤이면 식물들이 어슴푸레 빛나고 바람도 없는데 나뭇가지가 흔들리는 곳에서 더 이상 머무를 수는 없었다. 아미가 상상력이 풍부한 편이 아니었기에 망정이지, 안 그랬으면 큰 정신적인 타격을 입었을 것이다. 만약 자기 주변에 나타난 온갖 징후들을 깊이 따져 보았다면 완전히 미쳐 버릴 수밖에 없었으리라. 실성한 여자와 패닉에 빠진 아이의 비명 소리가 귓가를 쟁쟁 울리는 가운데 아미는 땅거미가 깔린 길을 헐레벌떡 걸어서 집으로 돌아갔다.

사흘 뒤 이른 아침에 나훔이 아미의 집 부엌에 불쑥 들이닥쳤다. 아미가 집에 없자 나훔은 아미의 아내를 붙잡고 또다시 절망적인 소식을 더듬더듬 털어놓았다. 그녀는 숨 막히는 공포에 휩싸인 채 그 이야기를 듣고 있을 수밖에 없었다. 이번에는 머윈이 실종되었다고 했다. 밤늦게 등불과 양동이를 들고 물을 길러 갔다가 행방불명이 되었다고. 머윈은

며칠 사이에 정신적으로 완전히 무너져서 자기가 뭘 하는지도 몰랐고 아무 일에나 무턱대고 비명을 질러 대던 참이었다. 실종 당시 마당에서 찢어지는 듯한 비명이 울려 퍼지기에 나훔이 밖으로 달려 나갔지만 머원은 이미 사라진 뒤였다. 아이가 가지고 나갔던 등불의 빛은 어디에도 보이지 않았고 아이의 흔적도 없었다. 처음에는 등불과 양동이도 같이 없어진 줄 알았는데, 밤새도록 숲과 들판을 뒤지다가 새벽이 되어서야 터벅터벅 돌아오는 길에 보니 우물가에 무척 기묘한 것들이 눈에 띄었다. 으스러지고 녹아 붙은 쇳덩어리였는데, 틀림없이 등불의 잔해 같았다. 양동이의 잔해로 보이는 구부러진 손잡이와 비틀린 쇠테 역시 반쯤 녹은 채로 뒹굴고 있었다. 그게 전부였다.

나훔은 이제 아무것도 생각할 수 없는 상태였다. 아미의 아내는 아연할 따름이었고, 뒤늦게 집에 돌아와서 이야기를 들은 아미 역시 어떻게 된 영문인지 짐작도 안 됐다. 나훔은 아들이 실종되었어도 할 수 있는 일이 없었다. 자신의 가족을 한사코 기피하는 이웃들에게 도와 달라고 해봤자 아무 소용도 없을 터였다. 아컴 사람들에게는 말해 봤자 비웃음만 살 것이었다. 새디어스가 죽었고, 이제는 머원까지 사라졌다. 무언가가 살금살금 숨통을 죄어 오면서 자신의 존재를 보고 듣고 느껴 주기를 기다리고 있는 것만 같았다. 나훔은 어서 돌아가 봐야 한다며, 자신이 혹시 잘못되면 아내와 지나스를 부탁한다고 말했다. 아무래도 무슨 천벌을 받고 있는 모양이라고, 하지만 자신은 언제나 하느님의 뜻을 섬기는 삶을 살아왔다고 생각하는데 대체 무슨 죄로 이런 일을 당해야 하는지 모르겠다고 하면서.

그로부터 2주가 넘도록 나훔을 볼 수 없었다. 무슨 일이 생겼는지 걱정이 된 아미는 두려움을 억누르고 나훔 집에 찾아갔다가 굴뚝에서 연기가 나지 않는 걸 보고 엄청나게 겁에 질렸다. 농장의 풍경은 그야말로 충격적이었다. 시들어 버린 회색 풀이며 잎사귀가 바닥에 온통 깔려 있고, 오래된 벽과 박공을 덮은 덩굴 가지는 파삭파삭해져서 다 떨어져 가고, 11월의 잿빛 하늘로 치솟은 앙상하고 거대한 나무들이 가지를 조금씩 까닥거리는 모습에서는 주도면밀한 악의마저 느껴졌다.

그러나 나훔은 다행히도 살아 있었다. 쇠약해져서 천장이 낮은 부엌의 소파에 드러누워 있긴 했으나, 정신은 멀쩡한 듯했다. 실내가 지독하게 써늘해서 아미가 눈에 띄게 몸을 떨자 쉰 목소리로 지나스를 부르며 장작을 더 패 오라고 고함치는 걸 보니, 힘도 조금 남아 있는 듯했다. 정말로 장작이 필요했다. 벽난로의 아궁이엔 불은커녕 아무것도 없었고, 굴뚝에서 들어오는 싸늘한 바람에 재만 흩날렸다. 그런데 지나스는 어디에 있는지 코빼기도 보이지 않았고, 나훔은 불을 더 때니 이제 좀 편안하냐는 이상한 말을 했다. 그제야 아미는 상황을 파악했다. 저 강인한 나훔도 더 이상 슬픔을 견디지 못하고 이성의 끈을 놓고 만 것이다.

아미는 나훔에게 지나스가 어디 있냐고 물었지만 이상한 대답만 돌아왔다. "우물에 있지. 갠 우물 속에 살거든." 문득 내비에게 생각이 미쳐서 그녀는 어디 있냐고 물었더니, 나훔은 그게 무슨 소리냐는 듯 "우리 마누라? 여기 있잖아!"라고 대꾸했다. 아무래도 자신이 직접 찾아봐야 할 듯싶었다. 나훔은 횡설수설만 할 뿐 무슨 위험한 짓을 벌일 상태는 아니니 소파에 그대로 누워 있게 놔두고, 문 옆의 못에 걸려 있는 열쇠 꾸러미를 집어 들고서 다락방으로 향하는 계단을 삐걱삐걱 올라갔다. 위층은 공기가 무척 텁텁하고 악취가 풍겼으며 아무런 소리도 들리지 않았다. 방이 네 개 있었는데 문이 잠겨 있는 방은 하나뿐이었다. 열쇠를 하나하나 꽂아 보니 세 번째 열쇠에서 드디어 자물쇠가 풀렸다. 아미는 나지막한 흰색 문을 벌컥 열어젖혔다.

　방은 어두침침했다. 창문이 작은 데다가 그나마도 엉성한 나무 빗장에 반쯤 가려져 있었기에 넓은 마룻널이 깔린 바닥에 뭐가 있는지 전혀 보이지 않았다. 그리고 악취가 도저히 참을 수 없는 수준이었다. 아미는 일단 다른 방으로 가서 신선한 공기를 들이마신 다음 다시 돌아왔다. 안으로 들어가자 방구석에 뭔가 검은 형체가 보였다. 그것의 윤곽이 더 또렷하게 눈에 들어왔을 때, 아미는 곧바로 비명을 내질렀다. 길게 비명을 토해 내는 동안 언뜻 구름이 창문을 가리는 듯하더니 어떤 소름 끼치는 증기 같은 것이 그의 몸을 훑고 지나가는 느낌이 들었다. 이상한 색깔들이 허공에서 춤을 추고 있었다. 공포에 마비되지 않았더라면 그 색깔들이 예전에 교수들이 망치로 부쉈던 운석 안의 구체형 물질이나 지난봄에 자라났던 기괴한 식물들과 흡사한 색임을 알아차렸을 테지만, 그는 자기 앞에 있는 무시무시한 괴형체에만 정신이 팔려 있었다. 결국 내비 역시 새디어스나 가축들과 같은 운명을 맞이한 것이었다. 그런데 정말로 끔찍한 점은 따로 있었다. 한때 내비의 몸이었던 그것이 천천히 부스러지면서도 분명 계속 움직이고 있었던 것이다.

　그다음에 무슨 일이 일어났는지는, 아미는 내게 자세히 설명해 주지 않았다. 세상에는 차마 말할 수 없는 것들이 있는데, 평범한 인간으로서 어쩔 수 없이 해야만 했던 일도 법의 가혹한 심판을 받기 때문이다. 나는 아미가 다락방을 뛰쳐나갔을 때는 그 형체가 이미 움직임을 멈춘 뒤였으리라 믿고 싶다. 만약 어떤 식으로든 움직이고 있는 사람을 거기 가두고 도망쳐 버렸다면, 아미는 그 끔찍한 기억을 내내 껴안고 끝없는 고통에 시달리며 살아야 할 테니까.

　여느 사람이라면 기절하거나 미쳐 버리고도 남을 상황이었지만 아미는 정신력이 강한 농부였다. 그는 나지막한 문 밖으로 무사히 빠져나갔고, 가공할 비밀이 숨어 있는 다락방 문을 잠가 버렸다. 일단은 나홈부터 챙겨야 했다. 돌봐 줄 수 있는 어딘가로 그를 데려가는 일이 급선무였다.

그런데 어둑한 계단을 내려가다 보니 아래층에서 웬 쿵 하는 소리가 들렸다. 그 순간 비명조차 목구멍에 걸려서 나오지 않았다. 아까 무시무시한 다락방에서 자신을 스치고 지나갔던 축축한 증기가 생각났다. 거기 들어가서 비명을 지르는 바람에 무언가를 깨워 버리기라도 한 걸까? 막연한 두려움에 얼어붙은 채로 아미는 아래층에서 계속 들려오는 소리에 귀를 기울였다. 뭔지 모를 묵직한 것이 질질 끌리는 소리, 그리고 어떤 흉악한 괴물이 뭔가를 쭉쭉 빨아들이는 듯한 소름 끼치는 소리가 울려 퍼졌다. 불길한 직감이 퍼뜩 뇌리를 스치면서 어쩐지 위층에서 보았던 내비의 몸뚱이가 떠올랐다. 아아, 대체 어떤 가공할 미지의 세계에 발을 들인 것인가? 앞으로든 뒤로든 한 발짝도 내디딜 수가 없었다. 그저 벽으로 가려진 계단 모퉁이의 어둠 속에 못 박힌 듯 서서 덜덜 떨고 있을 뿐. 보이고 들리는 것 하나하나가 너무나도 선명하게 머릿속에 각인되었다. 계속 들려오는 소리, 곧 맞닥뜨릴 진실에 대한 어마어마한 공포, 어둠, 좁고 가파른 계단, 그리고…… 신이시여! 눈앞에 보이는 실내의 모든 목조 부분이 어렴풋이, 그러나 틀림없이 빛나고 있었다. 계단도, 벽도, 대들보도, 기둥도 전부!

그때 밖에서 아미가 타고 온 말이 미친 듯이 히잉거리는 소리가 들렸다. 곧이어 말이 헐레벌떡 도망을 치는지 마구가 덜그럭대는 소리가 나더니, 말의 울음도 마차의 소음도 금방 사라져 버렸다. 아미는 겁에 질린 채 계단에 서서 무슨 일이 일어난 건지 상상만 하고 있었다. 그게 끝이 아니었다. 밖에서 또 다른 소리가 나고 있었다. 풍덩거리는 소리인 걸 보니 분명 우물에서 나는 것 같았다. 우물 근처에 두었던 말이 난동을 피우는 바람에 마차 바퀴에 치인 우물 벽에서 떨어진 돌멩이들이 우물 속으로 빠지고 있는 듯했다. 집의 낡아 빠진 목재들은 여전히 흐릿하게 빛나고 있었다. 그러고 보니 이 집은 얼마나 오래되었던가, 그 생각에 순간 아찔해졌다. 주요 부분은 1670년 이전에 지어졌고 박공지붕은 1730년 이후에나 얹은 집이었다.

아래층에서 바닥을 힘없이 긁어 대는 소리가 또렷하게 들려왔다. 아미는 아까 다락방에서 자신도 모르게 집어 왔던 묵직한 막대기를 단단히 틀어쥐고서 천천히 마음을 다잡았다. 그리고 계단을 마저 내려가서 용감하게 부엌으로 향했다. 하지만 문가에서 다시 멈춰 설 수밖에 없었다. 나훔이 더 이상 거기 남아 있지 않았기 때문이다. 사실 어떤 면에서는 아직 살아 있기는 했고, 아미를 향해 다가오고 있었다. 아니, 기어 오고 있었다. 혹은 어떤 외부의 힘에 의해 질질 끌려오는 것 같기도 했다. 어쨌든 죽음이 목전에 닥친 것만은 분명했다. 아미가 위층과 계단에 머물러 있던 시간은 고작 30분 남짓이었는데도, 몸이 주저앉고 회색으로 변해 조각조각 분해되는 증상이 벌써 많이 진행되어 있었다. 금방이라도 부서질 듯 파삭파삭한 몸에서 말라붙은 피부 조직들이 떨어져 나왔다. 아미는 감히 나훔에게 손도 대지 못하고 아연실색한 채 추악하게 비틀린 그의 얼굴을 쳐다보고만 있었다.

"나훔, 이게 대체…… 대체 어떻게 된 건가?"

아미가 나지막이 묻자, 나훔의 갈라지고 툭 튀어나온 입술에서 치직거리는 말이 새어 나왔다.

"색깔이…… 색깔 때문이야. 그 색깔이 활활 타올라…… 차가운 물속에 있는데도, 그런데도 타오른단 말이야…… 놈은 우물 속에 살고 있네. 내가 봤어…… 늦봄에 피었던 그 꽃들하고 똑같은, 연기처럼 아른거리는 색깔이…… 밤마다 우물 속에서 빛난다고…… 놈은 새디어스도, 머윈도, 지나스도, 살아 있는 건 몽땅 닥치는 대로 생명을 빨아들였네. 그 운석에서…… 운석에서 나온 게 분명해. 그게 이 땅을 모조리 오염시켰네. 놈이 대체 뭘 원하는진 모르겠지만…… 교수들이 운석 속에서 찾아냈던 둥그런 거, 터졌던 거 있잖나…… 놈은 딱 그 색깔이네. 꽃이나 식물도 그거랑 똑같은 색으로 변한 거고…… 그 공이 더 있었던 모양일세. 씨앗처럼…… 씨앗처럼 이 땅에 자라나서 색깔을 퍼뜨린 거지…… 나, 나는 이번 주에야 처음으로 그 색깔을 보았네. 지나스도 놈이 데려가 버린 거야. 그렇게 튼튼하고 기운이 넘치던 아이를 잡아먹고 더 강해졌겠지…… 놈은 사람의 정신을 무너뜨린 다음 집어삼키네. 그리고 그 우물 속에서 태워 버리지…… 우물이 오염됐다고 했던 자네 말이 맞았어. 그건 악마의 물이야. 지나스는…… 우물에서 돌아오지 못했네. 나올 수가 없었으니까…… 놈은 사람을 끌어당기거든…… 무언가가 다가온다는 걸 알 수는 있지만 알아 봤자 아무 소용도 없어. 지나스가 사라진 뒤로 내게도 자꾸만 그 색깔이 보이더라고…… 아미, 내비는 어디에 있나? ……내 머리가 이상해…… 집사람한테 너무 오랫동안 끼니를 안 챙겨 준 것 같아. 조심하지 않으면 놈이 내비마저 빼앗아 갈 텐데…… 그건 그냥 색깔일 뿐이야…… 그런데 가끔 밤이 되면 내비 얼굴이 그 색깔을 띠어…… 그 색깔은 태우고 빨아들이고…… 그래, 예전에 어느 교수가 말했었지. 운석이 우리 세상이랑은 전혀 다른 데에서 왔다고…… 그 말이 옳았어. 조심하게, 아미. 놈이 무슨 짓을 더 할 거야…… 생명을 빨아들…… "

거기까지가 끝이었다. 나훔은 더 이상 말을 잇지 못한 채 몸이 완전히 산산조각 나고 말았다. 아미는 빨간 체크무늬 식탁보를 그의 몸 위에 덮어 놓고 뒷문을 통해 밖으로 나갔다. 그리고 1만 2천 평의 목초지가 펼쳐진 언덕을 걸어 올라가서 북쪽 도로와 숲을 지나 집으로 비척비척 돌아왔다. 도망친 말을 찾자고 그 우물가에 들를 수는 없었다. 아까 나훔의 집 창문에서 내다봤더니 우물 벽에 부서진 흔적이라곤 전혀 없었다. 그렇다면 아까 풍덩거리던 소리는 마차에 부딪혀 우물 속으로 떨어진 돌멩이들 소리가 아니라는 뜻이었다. 무언가가 우물 속으로 들어간 것이었다. 가엾은 나훔을 그렇게 만들어 버린 후에……

집에 도착해 보니 말과 마차가 먼저 돌아와 있었고, 아내는 남편 걱정에 초주검이 되어 있었다. 아미는 자세한 설명을 미루고 우선 아내를 달래 주었다. 그리고 즉시 아컴으로 가서 나훔 일가가 죽었다고 경찰에 신고했다. 구체적으로 이야기하지는 않았다. 이미 사망신고가 된 새디어스에 이어서 이제는 나훔과 내비마저 죽었으며, 가축이 걸렸던 괴질에 감염되어서 그렇게 된 걸로 보인다고만 말했다. 그리고 머윈과 지나스도 행방불명이라고 덧붙였다. 경찰서에서 심문을 당한 아미는 결국 경찰관 세 명, 검시관 두 명, 전에 가축을 진단했던 수의사를 데리고 나훔의 농가까지 가야만 했다. 때는 늦은 오후였고, 그 시간에 그 저주받은 집에 갔다가 자칫 날이 저물까 봐 아무리 싫다고 버텨도, 경찰은 우격다짐으로 아미를 동행시켰다. 그래도 여러 사람들과 함께라 조금은 안심이 되었다.

아미가 자신의 마차를 몰고 앞섰고, 나머지 여섯 명은 말 두 필이 끄는 마차를 타고 뒤따랐다. 역병으로 초토화된 농가에 도착했을 때는 오후 4시경이었다. 섬뜩한 장면에 익숙한 경찰들도 다락방과 부엌에 있는 것을 목도하고 충격을 받지 않을 수 없었다. 온통 잿빛의 폐허가 된 농장 풍경만으로도 충분히 끔찍했는데, 조각조각 부서지고 있는 시신 두 구는 그야말로 상상을 초월했다. 아무도 오래 쳐다보지 못했고, 심지어는 검시관조차 검사할 게 별로 없다며 꽁무니를 뺐다. 물론 현장 증거는 가져가야 했으므로 검시관은 그걸 채취한다고 바쁘게 돌아다녔다. 미리 이야기하자면 그때 채취한 흙 두 병을 나중에 대학 연구실이 분광분석해 보니, 두 표본 모두 미지의 스펙트럼을 나타냈다. 그 희한한 색의 띠들 중 상당수는 작년에 기이한 운석을 분광분석했을 때 나타났던 띠들과 정확히 일치했다. 그런데 한 달이 지나자 흙은 더 이상 그런 스펙트럼을 내지 않았고, 주로 알칼리 인산염과 탄산염 성분으로 이루어진 평범한 흙으로 돌아갔다.

경찰들이 바로 무언가를 하려 들 줄 알았더라면 아미는 우물에 대해 일언반구도 하지 않았을 것이다. 해가 저물고 있었고, 어서 떠나고 싶어서 안절부절못했던 그는 커다란 도르래가 달린 돌우물 쪽을 자꾸만 흘긋거릴 수밖에 없었다. 한 형사가 왜 그러냐고 묻자 아미는 나훔이 생전에 우물 속에 있는 무언가를 무서워했다고 털어놓았다. 실종된 두 아들을 찾아 나설 엄두도 못 낼 만큼 심하게 무서워했다고. 그 말을 들은 경찰들은 즉시 우물에서 물을 빼고 밑바닥을 조사하겠다고 나섰다. 그들이 악취가 풍기는 물을 양동이로 길어 올려서 밖의 바닥에 쏟아 버리는 일을 반복하는 동안 아미는 덜덜 떨면서 기다리고 있을 수밖에 없었다. 경찰들은 그 역겨운 액체에 코를 킁킁거리다가 마침내 코를 틀어쥐었다. 그래도 안에 물이 얼마 없어서, 걱정했던 것만큼 오래 걸리지는 않았다. 거기서 무엇이 발견되었는지 굳이 자세히 설명할 필요는 없을 것 같다. 거의 해골만 남은 머윈과 지나스의 시신, 똑같은 상태인 작은 사슴 한 마리와 커다란 개 한 마리, 그리고 더 작은 동물들의 뼈도 여러 개 나왔다. 밑바닥에 고여 있는 개흙과 점액에는 웬일인지 구멍이 잔뜩 뚫려 부글부글 거품이 끓고 있었다. 경찰 한 명이 사다리를 타고 내려가서 기다란 막대기로 우물 바닥을 이리저리 찔러 보더니, 아무리 깊이 찔러 넣어도 막대기가 딱딱한 부분에 닿지 않는다고 했다.

슬슬 땅거미가 지자 경찰들은 집 안에서 등불을 가지고 나왔다. 우물에서 더 이상 건질 것이 없다는 판단이 섰을 때에야 모두 안으로 들어가서 거실에 모여 앉아 앞으로의 일을 논의했다. 창밖에는 유령처럼 파리한 반달이 떠올라 회색의 폐허 곳곳을 비추고 있었다. 사람들은 이 사건 전체가 대체 어떻게 된 영문인지 전혀 갈피를 잡지 못했다. 식물들의 기이한 변형, 가축과 인간에게 전염된 괴질, 오염된 우물 속에서 발견된 머윈과 지나스의 원인 모를 죽음, 이 모두를 엮어서 명쾌하게 설명할 방법을 찾을 수가 없었다. 물론 그들도 인근에 떠도는 소문을 접하기는 했지만, 자연법칙에서 벗어난 현상이 일어났다고 곧이곧대로 믿을 수는 없는 일이었다. 운석이 토양을 오염시켰다는 것까지는 분명했다. 하지만 그 땅에서 자란 채소나 곡물을 먹지도 않은 사람과 동물이 왜 병에 걸렸단 말인가? 우물물 때문일까? 그럴 가능성이 높았다. 물을 분석해 봐야 할 듯했다. 하지만 머윈과 지나스는 대체 어떤 정신병에 걸렸기에 우물에 뛰어든 것인가? 두 사람의 행동 패턴이 너무 유사하다는 점이 이상했다. 게다가 시신을 보면 회색으로 변하고 조각조각 부서지는 증상도 둘이 똑같았다. 어째서 모든 것이 회색으로 변하고 부서져 버리는 것인가?

우물가가 빛나는 광경을 처음 목격한 사람은 검시관이었다. 그는 창가에 앉아서 완연한 밤의 어둠에 잠긴 마당을 내다보고 있었는데, 우물 근처의 땅이 희미하게 빛나고 있는 게 보였다. 구름 사이로 간간이 새어 나오는 달빛보다 더 밝고 또렷한 빛이었다. 자세히 보니 우물 속에서 마치 탐조등 불빛 같은 섬광이 솟아나고 있었으며, 아까 퍼낸 물이 흥건히 고인 바닥에 그 빛이 희미하게 반사되고 있는 것 같았다. 색깔도 매우 기묘했다. 모두가 웅성거리면서 창가로 모여드는 가운데 아미는 혼비백산해서 펄쩍 뛰었다. 섬뜩한 독기를 품은 저 빛줄기의 색깔이 낯설지 않았기 때문이다. 작년 여름에 운석 속에서 발견된 그 구체형 물질, 봄에 피어났던 괴상한 식물들, 그리고 바로 그날 아침 무시무시한 일을 겪었던 다락방의 빗장 처진 창문에 어른거리던 빛도 분명 저 색이었다.

아미는 기억을 되짚었다. 그때 창문에서 일순 빛이 번뜩이더니 끈적끈적하고 소름 끼치는 수증기가 자신을 스치고 지나갔었고, 이후에 나훔이 그 정체 모를 색깔에게 사로잡혔었다. 나훔이 마지막에 직접 그 색깔은 운석 속에 박혀 있던 구체나 이상한 식물들과 똑같은 색깔이라고 말했었다. 마당에서 말이 도망치는 소리와 함께 우물에 무언가가 첨벙 빠지는 소리도 들렸었다. 그런데 지금 그 우물에서 문제의 색깔을 띤 엷은 빛줄기가 밤하늘로 솟아오르고 있는 것이었다.

그렇게 급박한 순간에, 더군다나 과학적으로 해명할 수도 없는 현상들의 전후 맥락을 머릿속으로 재구성했다니, 아미가 얼마나 예리한 사람인지 알 수 있는 대목이라 하겠다. 어쨌거나 아미가 창문에서 어른거리는 수증기를 본 건 환한 아침나절이었는데, 어두컴컴한 밤 시간에 저주받은 땅 위로 솟아오른 안개가 그 수증기와 똑같은 색으로 보이다니, 기가 막힐 노릇이었다. 자연법칙에 위배되는, 말도 안 되는 일이었다. 아미는 죽어 가던 친구의 마지막 말을 떠올렸다. '예전에 어느 교수가 말했었지. 운석이 우리 세상이랑은 전혀 다른 데에서 왔다고……'

도로변의 쪼그라든 묘목에 매어 두었던 말 세 마리가 히힝대면서 미친 듯이 발굽으로 땅을 긁어 댔다. 마부가 말들을 진정시키려고 밖으로 나가려 하자, 아미는 떨리는 손으로 그의 어깨를 잡았다.

"나가지 마시오. 저 밖에 우리가 모르는 게 더 있소. 우물 속에 산 것의 생명을 빨아들이는 괴물이 산다고 나훔이 말했소. 작년 6월에 떨어졌던 운석에서 둥그런 공 같은 게 나왔던 것, 기억하시오? 나훔은 그게 이 땅에 뭔가를 퍼뜨렸다고 했소. 이상한 색깔을 띤 연기가 돌아다니면서 사람을 빨아먹고 태워 버린다고…… 정체가 뭔지는 아무도 알 수 없지만, 지금 밖에 보이는 저 빛과 똑같은 색깔이랍디다. 나훔은 그 괴물이 생명체를 잡아먹으면서 점점 더 강력해진다고 했소. 자기는 지난주에 처음 봤는데, 교수 말마따나 우주 멀리 어딘가 다른 세상에서 온 것 같다고 했소. 생긴 것도 그렇고 하는 짓도 그렇고, 절대로 우리 세상의 것이 아니라고요."

그러자 마부는 어물쩍거리며 멈춰 섰다. 밖에서는 우물에서 나오는 빛이 점점 밝아져 갔고, 그럴수록 말들은 한층 격렬하게 울부짖고 발을 굴러 댔다. 실로 무시무시한 순간이었다. 그 오래된 흉가 자체도 섬뜩했거니와, 집 뒤편에는 장작 헛간에 넣어 둔 해괴망측한 시신 네 구(집 안에서 나온 두 구, 우물에서 나온 두 구)가 있고, 앞마당에는 끈적끈적한 우물 밑바닥에서 미지의 사악한 빛줄기가 올라오고 있었으니.

밖으로 나가려는 마부를 무작정 붙잡고 말렸던 아미 자신은 사실, 아침에 다락방에서 축축한 수증기로 된 색채에 스쳤어도 아무 탈이 없었다. 그래도 어쨌든 못 나가게 막은 건 잘한 일 같았다. 우물가에서 정확히 무슨 일이 일어나고 있는 건지 아무도 알 수 없으니까. 그때까지는 그 사악한 존재가 정신이 온전한 사람들까지 해치지는 못했다고 해도, 여러

314

징후로 보아 놈은 뚜렷한 악의를 갖고 움직이고 있는 데다가 지금껏 숱한 생명을 잡아먹고 더욱 강해져 있었다. 지금 이 순간 구름 사이로 달빛이 비치는 밤하늘 아래에서 놈이 무슨 짓을 벌일지 모를 일이었다.

별안간 창가에 있던 형사 한 명이 헉 숨을 들이켰다. 창밖을 이리저리 두리번거리던 시선이 한곳에 똑바로 붙박여 있기에, 다른 사람들도 일제히 그의 눈길을 좇아 위를 올려다보았다. 말이 필요 없는 순간이었다. 그간 떠돌던 소문 중에서도 가장 믿기지 않았던 내용이 끝내 사실로 밝혀졌다. 거기 있던 사람들 모두가 운석에서 비롯된 일련의 기이한 일들을 절대 남들에게 발설하지 말자고 약속한 까닭도, 바로 그 사건 때문이었다. 우선 그 시각에는 바람이 전혀 없었다는 점부터 밝혀 둬야겠다. 얼마 뒤에 바람이 불긴 했지만, 그때 그 순간만은 말라비틀어진 회색의 털갓냉이도, 마차 지붕에 달린 술 장식도 한 치 흔들리지 않을 만큼 공기가 잠잠했다. 그런데 그 괴괴하고 불길한 정적 속에서 마당의 앙상한 나무들이 일제히 흔들리기 시작한 것이다. 간질 발작이라도 일으킨 듯 가지들이 부르르 떨면서 미친 듯이 뒤틀리는 모습이 꼭 달빛에 물든 저 하늘의 구름을 마구 할퀴는 것만 같았다. 유독한 공기 속에서 무력하게 허우적대는 나뭇가지들을 보니, 지하에서 꿈틀거리는 어떤 이질적이고 공포스러운 힘에 모든 나무들이 반응해서 검은 뿌리에서부터 경련이 치솟는 것처럼 보였다.

몇 초 동안 모두가 숨조차 쉬지 못했다. 그러다가 짙은 구름이 달을 가리면서 나뭇가지들의 윤곽이 어둠에 잠겨 보이지 않게 되자, 사람들 사이에서 비명이 터져 나왔다. 두려움 때문에 차마 크게 고함을 지르지도 못하고 모두 거의 똑같은 음색의 목 쉰 소리를 토해 냈다. 나뭇가지가 안 보인다고 공포가 사라진 건 아니었다. 더욱 짙어진 어둠 저편에서 나무들 꼭대기에 희미하고도 섬뜩한 빛이 일렁이는 광경이 보였던 것이다. 코로나 방전* 현상이나 오순절에 예수의 제자들 머리에 떨어진 불꽃처럼, 수천 개의 가지 끝 하나하나가 모조리 빛나고 있었다. 마치 기괴한 빛들로 이루어진 별자리 같았다. 시체를 먹고 사는 개똥벌레들이 떼지어 날아다니며 저주받은 습지 위에서 지옥의 춤을 추는 것만 같았다. 게다가 빛들의 색깔은 아미가 익히 알고 있고 두려워 마지않는 바로 그 색이었다. 그러는 동안 우물에서 솟아나는 빛줄기는 점점 더 밝아져만 갔고, 옹송그리고 붙어 선 일행은 도저히 상상할 수 없는 가공할 파멸의 예감에 휩싸여야만 했다. 우물 속의 빛은 이제 그냥 솟아나는 정도가 아니었다. 봇물처럼 뿜어져 나오면서 하늘을 향해 똑바로 치솟고 있었다.

수의사가 덜덜 떨면서 현관문으로 걸어가더니 묵직한 빗장 하나를 더 걸어 잠갔다. 아미도 그 못지않게 온몸이 떨리는 데다 목소리조차 제대로 나오지 않았기에, 손짓으로 애써 창밖을 가리켜 가며 일행의 주의를 나무들 쪽으로 돌렸다. 나뭇가지의 빛 역시 더욱 밝아지고 있었던 것이다. 말들이 울부짖고 발길질하는 소리가 처절할 지경에 이르렀지만, 누가 억만금을 준다고 해도 말을 구하려고 밖으로 나갈 사람은 아무도 없었다. 빛들이 강해져 감에 따라 가지들은 점점 더 수직으로 뻗치는 것 같았다. 이제는 우물의 목재 도르래까지 빛나고 있었다. 그때 한 경찰이 아연히 손을 뻗어 서쪽 돌담 근처의 목재 헛간과 벌통 쪽을 가리켰다. 마찬가지로 빛을 발해서 윤곽이 환히 드러나 보였다. 도로변에 매어 둔 마차 두 대는 아직까지 영향을 받지 않은 듯했지만, 이윽고 무언가가

---

*폭풍이 불 때 대기의 정전기에 의해 뾰족한 물체의 끝에 발생하는 방전 현상.

부딪히고 깨지는 요란한 소음과 함께 타가닥타가닥 하는 말발굽 소리가 울려 퍼졌다. 아미가 밖이 더 잘 보이도록 실내의 등불을 끄자 사태가 파악되었다. 경찰 측의 마차를 끌던 말 두 마리가 말뚝을 부수고 마차째 달아난 것이다.

충격에 빠진 사람들 몇몇이 겨우 입을 열었고, 수군거리는 말들이 오갔다.

"인근에 있는 생명체란 생명체는 몽땅 전염될 겁니다."

검시관이 중얼거렸다. 모두가 침묵하는 가운데, 아까 우물 밑으로 내려가서 수색했던 경찰이 말문을 열었다. 자신이 막대기로 바닥을 찔러대는 바람에 어떤 존재를 자극한 것 같다고.

"……끔찍했습니다. 그 우물엔 애초에 바닥이랄 게 없었다고요. 아무리 찔러도 진흙이랑 거품만 있고, 그 밑에 꼭 뭔가가 도사리고 있는 것 같고……"

아미의 말은 여전히 도로변에 매인 채 귀청이 터지도록 울부짖으며 몸부림치고 있었다. 아미가 떨리는 목소리로 두서없이 웅얼거리는 이야기가 그 울음소리에 묻혀서 잘 들리지도 않을 정도였다.

"놈은 그 운석을 타고 와서 이 땅에 자라난 거요. 그리고 산 것들을 모조리 잡아먹은 거요…… 몸도 마음도 전부. 새디어스, 머윈, 지나스, 내비, 나훔까지…… 다들 우물물을 먹어서 그리 된 게지…… 놈은 나훔네 식구들을 다 먹어 치우고 강해졌소. 멀리 다른 세계에서 왔으니 이제는 다시 돌아가려는가 보오……"

그 순간 밖에서 정체 모를 색깔의 빛기둥이 한층 강렬하게 확 타오르더니 기이한 형상을 띠기 시작했다. 보는 사람마다 제각각 다르게 보이는 형상이었다. 아미의 말은 도무지 말이 낼 수 없을 법한 비명을 내질렀다. 경사진 천장 아래 모여 앉은 사람들은 귀를 틀어막았고, 아미는 치밀어 오르는 공포와 욕지기에 겨워 창문에서 고개를 돌려 버렸다. 말로 표현할 수 없을 만큼 참혹한 비명이었다. 잠시 후 다시 창밖을 내다봤을 때는 달빛이 비친 땅에 마차의 부서진 끌채 파편들이 널려 있고, 불쌍한 말은 그 한가운데에 웅크리고 쓰러져 있었다. 다음 날에야 사람들은 그 사체를 묻어 줄 수 있었다. 당장은 슬퍼할 겨를도 없었다. 집 안에서까지 무시무시한 현상이 일어나고 있었으니까. 널찍한 마룻널이 깔린 바닥과 너덜너덜한 카펫, 작은 유리들을 끼운 창문의 창틀까지 전부 빛나고 있었던 것이다. 등불을 꺼놓았기에 실내 전체에 서린 희미한 빛이 더더욱 또렷하게 보였다. 빛은 모퉁이의 기둥들을 타고 오르내리고, 선반 표면 위에서 반짝이고, 문과 가구에까지 퍼져 나가면서 시시각각 더 강해져 갔다. 살고 싶다면 즉시 그 집을 나가야 했다.

아미가 일행을 이끌고 뒷문을 통해 밖으로 빠져나갔다. 그리고 1만 2천 평의 목초지로 향하는 오르막길을 올라갔다. 사람들은 꿈을 꾸는 것처럼 비틀거리며 걸었고, 멀리 고지대에 이르기 전까지는 뒤를 돌아볼 엄두도 내지 못했다. 그 길 덕분에 우물이 있는 앞마당을 지나지 않아도 되어서 다행이었다. 그래도 빛나는 외양간과 헛간, 나무들이 소름 끼치게 뒤틀린 채 빛을 발하는 과수원을 지나가긴 해야 했지만, 그나마 가지들이 한껏 높게 뻗쳐오른 뒤였기에 더 이상 꿈틀거리지는 않았다. 채프먼 개천의 녹슨 다리를 건넜을 때 시커먼 구름이 달을 가려서 사위가 캄캄해졌다. 거기서부터 탁 트인 목초지까지는 어둠 속을 더듬거리며 나아가야 했다.

마침내 저 멀리 계곡 밑에 있는 나홈의 농가를 돌아보았더니 무시무시한 광경이 펼쳐져 있었다. 농가 전체가 흉악한 미지의 색채로 번쩍거렸다. 나무, 건물, 아직 회색 가루가 되지 않은 풀잎들까지 하나도 남김없이. 맨 끝에서 사악한 불꽃이 일렁거리는 가지들은 하늘로 바짝 솟구쳤고, 너울거리는 불꽃이 집의 대들보, 외양간, 헛간에까지 서서히 퍼져 나갔다. 퓨절리의 그림에나 나올 법한 장면이었다. 그렇게 모든 것을 장악해 버린 치명적인 독을 품은 수수께끼의 무지개는 여전히 우물에서 흘러나오고 있었다. 측량할 수 없는 우주의 색채로 번뜩거리는 빛이 우물에서 부글부글 끓어올라 출렁거리며 넘쳐흘렀고, 손을 힘껏 내뻗어 사방을 매만지듯이 퍼져 나갔다.

그러다가 별안간 그 흉악한 색채가 하늘을 향해 수직으로 튀어 올랐다. 그것은 마치 로켓이나 유성처럼, 구름 사이에 뚫린 기이할 만큼 반듯한 원형의 구멍 속으로 순식간에 흔적도 없이 사라졌다. 눈 깜짝할 새에 일어난 일이라서 숨을 들이켜거나 비명을 지를 틈도 없었다. 영영 잊지 못할 장면이었다. 아미는 미지의 색채가 사라져 버린 은하수의 백조자리 지점에서 가장 밝게 반짝이는 별 데네브를 멍하니 쳐다보았다. 다음 순간 계곡 쪽에서 돌연 굉음이 울려 퍼져 아미는 퍼뜩 아래를 내려다보았다. 그 자리에 있던 일행 모두가 증언했듯이, 그건 폭발이 아니었다. 단지 나무들이 빠지직 갈라지고 쪼개지고 있던 것뿐이었다. 그런데 결과적으로는 폭발과 똑같은 효과가 일어났다. 저주받은 농가 전체가 어마어마한 섬광과 함께 터지면서 기괴한 불똥들과 물질들이 튀어 올라 만화경처럼 환각적인 광경이 펼쳐진 것이다. 우리가 살고 있는 세계가 한사코 외면하는 그 기이한 색채의 파편들이 폭포수처럼 쏟아져 나와 시야를 흐리더니 하늘로 올라갔다. 아까 우물에서 나왔던 빛기둥과 마찬가지로 그것들 역시 시시각각 좁아져 가는 구름의 구멍 속으로 솟구쳐 사라져 버렸다. 그 밑에는 아무도 감히 돌아가지 못할 암흑만 남았고, 밤하늘의 별들 사이에서 불어오는 듯한 차디차고 시커먼 돌풍이 점점 더 거세게 휘몰아쳤다. 바람은 악을 쓰고 울부짖으며 들판과 뒤틀린 숲을 미친 듯이 휩쓸었다. 덜덜 떨면서 서 있던 사람들은 나훔의 농가가 어떻게 되었는지 확인하려고 달이 다시 구름 밖으로 나오기를 기다려 봤자 소용없다는 것을 깨달았다.

그 모든 사태를 설명할 생각도 못 할 만큼 공포에 질린 일행은 아무 말 없이 북쪽 도로를 따라 터벅터벅 걸으며 아컴으로 향했다. 누구보다 아미가 가장 심하게 겁을 먹었기에, 일행에게 곧장 아컴으로 가지 말고 자기 집에 들렀다 가라고 사정했다. 한밤중에 혼자서 바람이 휘몰아치는 숲 속의 도로를 걸어가고 싶지는 않았기 때문이다. 게다가 아미는 일행이 모르는 다른 충격적인 일도 겪었기에, 앞으로 오랫동안 누구에게도 털어놓지 못하고 두려움에 시달리며 살아야 할 터였다. 일행들이 폭풍이 몰아치는 언덕 위를 멍하니 앞만 보며 걷고 있을 때, 아미는 잠깐 돌아서서 얼마 전까지만 해도 친구가 살고 있던 황폐한 계곡을 내려다보았다. 그런데 어둠에 잠긴 그 폐허에서 어렴풋한 색채가 허공에 떠오르더니, 무시무시한 빛기둥이 올라왔던 그 우물 속으로 다시 가라앉는 것이었다. 그건 그냥 색깔일 뿐이었다. 하지만 이 세상 어디에도 존재하지 않았던 색이었다. 그는 그 색이 무엇인지 너무나도 잘 알뿐더러, 앞으로도 계속 저 희미한 색채의 잔재가 그 우물 속에 도사리고 있으리라는 걸 알아챘다. 그리고 그때부터 도저히 맨정신으로 살 수가 없었다.

아미는 두 번 다시 그 근처에 발도 들이지 않았다. 그 끔찍한 사건이 일어나고 50년도 넘는 세월이 흘렀지만 단 한 번도 그곳에 가지 않았으며, 저수지 공사를 위해 그 지역을 전부 밀어 버릴 거라는 소리를 듣고는 다행이라고 생각했다. 나도 마찬가지 심정이다. 버려진 우물가를 지날 때 우물 주위의 햇빛이 기묘한 색으로 변하던 모습을 내 눈으로 보았기 때문이다. 저수지의 물이 언제나 매우 깊은 상태를 유지하기만을 바랄 뿐이다. 그리고 설령 그렇다 해도 나는 절대로 그 물을 마시지 않을 테고, 아컴을 다시 찾을 일도 없을 것이다. 문제의 그날 밤 아미의 집에 머물렀던 사람들 중 세 명은, 다음 날 아침 폐허가 되었을 나홈의 농가를 확인하러 다시 그곳으로 갔다. 하지만 가서 보니 폐허라고 부르기도 뭣했다. 부서진 굴뚝과 지하 저장고에서 떨어져 나온 벽돌과 석재, 여기저기 흩어져 있는 광물과 금속 따위, 입을 쩍 벌리고 있는 끔찍한 우물이 다였다. 그들이 아미의 죽은 말을 다른 곳으로 끌고 가 묻어 주고 어제 놔뒀던 마차를 끌고 떠나자, 그 집과 주변에는 한때 생명을 지녔던 것이라곤 단 하나도 남지 않게 되었다. 회색 먼지만 쌓인 그 사막에는 이후로 아무런 식물도 자라지 않았다. 오늘날까지도 그곳은 숲과 들판 한가운데에 황산을 쏟아부어 생긴 구멍처럼 휑뎅그렁할 뿐이다. 인근에 떠도는 흉흉한 괴담에도 불구하고 그곳을 찾아온 극소수의 사람들은, 그곳에 '저주받은 황야'라는 이름을 붙였다.

저주받은 황야에 얽힌 시골 민담의 내용은 괴이하기 그지없다. 만약 도시 사람들과 대학의 화학자들이 그 버려진 우물의 물이나 바람에 흩어지지도 않는 회색 먼지를 분석하러 왔더라면 소문은 더더욱 괴이해졌을 테지만, 아직 그곳에 연구차 찾아온 사람은 없다. 식물학자들은 그 황야 변두리에 나 있는 성장이 멈춰 버린 식물들을 조사하러 갈 필요가 있다. 황야가 조금씩 넓어지고 있다는 소문이 돌고 있기 때문이다. 아주 조금씩, 한 해에 약 3센티미터 정도씩 팽창하고 있단다. 근처에 자라는 목초는 봄이 되면 색깔이 이상하게 변하고, 겨울 눈밭에 찍힌 야생 짐승의 발자국도 해괴하게 생겼단다. 그리고 저주받은 황야는 다른 곳에 비해 눈이 잘 쌓이지 않는다는 이야기도 있다. 이 자동차 시대에도 말을 몰고 다니는 소수의 사람들은 그 괴괴한 계곡에 들어갈라치면 말이 겁을 낸다고 말한다. 사냥꾼들 사이에도 회색 황야 근처에서는 개가 이상행동을 한다는 소문이 자자하다.

정신적인 악영향도 심각한 수준이다. 나훔 일가가 몰살되고 몇 해 뒤부터 인근의 몇몇 사람들도 머리가 이상해져 다른 데로 벗어날 의지도 상실한 채 하나같이 무기력증에 빠졌고, 그러자 심지 굳은 사람들은 전부 그 지역을 떠나 버렸다. 멀리서 찾아온 외지인들만이 다 쓰러져 가는 낡은 폐가들에 자리를 잡으려 했지만, 그들도 오래 버티지 못하고 떠났다. 기기묘묘한 전설과 마법 이야기를 수군거리는 그 이민족들은 우리와 또 다른 어떤 통찰력으로 불길한 기운을 알아차리는 모양이라고 누군가는 말하기도 했다. 그 이민족들은 밤마다 끔찍한 악몽을 꿨다고 주장했다는데, 하긴 그곳의 으스스한 풍경이 온갖 섬뜩한 상상을 불러일으킬 만도 하다. 그 깊은 산골짜기를 지나는 여행자들은 꺼림칙한 느낌을 떨쳐 내지 못했고, 울창한 숲을 그리러 온 화가들은 눈에 보이는 풍경뿐 아니라 보이지 않는 어떤 기운에서도 느껴지는 불가사의에 몸서리를 치곤 했다. 나 역시 아미의 이야기를 듣고 나서 홀로 그 먼 길을 돌아갈 때 기묘한 감각에 사로잡힌 바 있다. 그래서 머리 위에 펼쳐진 광활한 황혼 녘의 창공이 어쩐지 소름 끼쳐서 구름이라도 좀 끼었으면 좋겠다는 생각을 했던 것이다.

내 개인적인 의견이 어떤지는 묻지 않기를 바란다. 나 스스로도 잘 판단이 안 선다. 문제의 기이한 사건에 대해 물어볼 사람이라곤 아미밖에 없었다. 아컴 사람들은 그 일을 입에 올리려 하지 않았고, 운석과 그 내부에 있던 이상한 색깔의 구체형 물질을 직접 본 교수 세 명은 모두 죽었기 때문이다. 하지만 교수들이 부쉈던 것 말고도 다른 구체들이 있었다는 것만은 확실하다. 하나는 생명력을 빨아먹고 다른 세계로 떠났을 테고, 미처 떠나지 못한 다른 것들은 그 땅에 남아 있을 것이다. 적어도 우물 속에 하나가 남아 있음은 틀림없다. 우물 위에 비치는 햇살의 빛깔이 변질된 모습을 내가 똑똑히 보았으니까. 그리고 황야가 조금씩 넓어지고 있다는 이야기가 사실이라면, 놈은 심지어 지금도 생명력을 빨아들여 성장하고 있다는 말이다. 하지만 그 악마의 정체가 뭐든 간에, 그것은 무언가에 얽매여서 쉽게 움직이지 못하는 상황인 것 같다. 그렇지 않다면 황야는 훨씬 더 빠르게 넓어졌을 테니까. 혹시 허공을 할퀴어 댔다던 그 나무들의 뿌리에 얽혀 있는 게 아닐까? 현재 아컴에 떠도는 소문 중에는 밤이 되면 통통한 떡갈나무들이 빛을 내고 불가해한 방식으로 움직인다는 이야기도 있다.

그 색채의 정체가 무엇인지는 아무도 알 수 없다. 아미의 설명에 따르면 일종의 기체라고 추정되는데, 아무튼 우리 세계의 물리적 법칙과는 어긋나는 방식으로 작용하는 물질임에 틀림없다. 천문대의 망원경으로 관측할 수 있고 사진 건판에 나타날 수 있는 행성이나 항성이 아닌, 어떤 미지의 세계에서 온 것이다. 천문학자들도 계측하지 못하는 전혀 다른 운동과 차원의 법칙으로 이루어진 세계 말이다. 학자들 역시 저 광활한 우주의 법칙을 다 측정하기는 불가능하다고 시인하지 않던가. 그것은 우주에서 온 색채. 우리가 아는 자연 너머에 존재하는 형체 없는 무한의 영역에서, 먼 우주의 캄캄한 심연에서 날아온, 눈앞에 나타나는 것만으로도 우리를 충격에 빠뜨려 정신을 마비시키고 마는 섬뜩한 전령.

아미가 내게 의도적으로 거짓말을 했을 리는 없다. 아컴 사람들 말처럼 정신병자의 헛소리라고 치부할 수도 없다고 본다. 무언가 끔찍한 것이 운석을 타고 그 언덕과 계곡으로 내려왔으며, 양이나 농도가 얼마나 되는지는 몰라도 여전히 그곳에 남아 있을 것이다. 나로서는 하루 빨리 그곳에 저수지가 조성되기를 바랄 뿐이다. 그리고 모쪼록 아미의 신변에 아무 일도 일어나지 않기를. 그는 이미 너무 많은 것을 보았고, 서서히 그 여파에 잠식당하고 있다. 왜 아미는 다른 곳으로 떠나지 못하고 있는 것일까? 아미가 유난히 또렷이 기억하고 있던 나훔의 마지막 말, '높은 사람을 끌어당기거든. 무언가가 다가온다는 걸 알 수는 있지만 알아 봤자 아무 소용도 없어'라는 말이 마음에 걸린다. 저수지 공사가 시작되면 공사 책임자에게 편지라도 보내서 아미를 특별히 보살펴 달라고 당부해야겠다. 아미는 정말 선량하고 좋은 사람이었다. 요즘 내가 밤마다 꾸는 악몽에 나타나는 장면처럼 그의 온몸이 회색으로 변하고 뒤틀려 조각조각 부서져 버린 꼴은 보고 싶지 않다.

어둠 속의 손님

The Haunter of the Dark

(로버트 블로흐*에게 바침)

아가리를 벌린 어두컴컴한 우주를 보았네.
검은 행성들이 목적 없이
아무도 모르는 공포 속에서
지식도, 빛도, 이름도 없이 굴러다니는 곳을.

－「네메시스」** 중

　로버트 블레이크의 사망 원인은 벼락 감전 사고나 방전으로 인한 신경성 쇼크 때문이라고 알려져 있다. 신중한 수사관이라면 그 정설에 섣불리 이의를 제기하지는 않을 것이다. 비록 블레이크가 사망 당시 마주 보고 있던 창문은 깨지지 않은 상태였지만, 자연은 때로 오묘한 현상을

---

*Robert Bloch(1917~1994). 미국의 공포소설 작가이자 시나리오 작가. 러브크래프트에게 영향을 받았으며, 앨프리드 히치콕 감독은 그의 장편소설 『사이코』를 영화화했다. 1935년 발표한 단편 「별에서 찾아온 자」에서 러브크래프트를 모티프로 한 인물을 등장시켰고, 러브크래프트가 여기에 화답하여 로버트 블로흐를 모티프로 한 인물이 등장하는 이 작품 「어둠 속의 손님」을 썼다.
**러브크래프트가 1918년에 발표한 시.

일으키기도 하는 법이니까. 얼굴에 떠오른 표정은 죽기 직전에 무언가를 목격하고 지은 표정이 아니라 그저 원인 불명의 근육운동이 빚은 결과라고 보아도 무방할 것이다. 그리고 블레이크가 남긴 일기 역시, 인근 지역의 미신과 자신이 발견한 옛 유물들에 심취한 나머지 기상천외한 상상력으로 지어낸 내용이 분명하다. 페더럴힐의 버려진 교회가 난장판이었던 이유는 어느 기민한 분석가가 재빨리 설명해 낸 바 있다. 누군가가 현장을 거짓으로 꾸며 놓은 것이라고, 그 일에는 고의적이든 아니든 블레이크가 연루되어 있을 거라고.

로버트 블레이크는 신화, 꿈, 공포, 미신에 전념했던 작가이자 화가로, 기괴하고 으스스한 장면과 효과를 열성적으로 추구했던 인물이었다. 블레이크는 일찍이 자신만큼이나 오컬트와 금단의 지식에 깊이 탐닉하던 한 기이한 노인을 만나기 위해 프로비던스에 방문한 적이 있었다.* 그때 사람이 죽고 집이 불타는 참사가 벌어졌으나, 그럼에도 블레이크가 고향인 밀워키를 떠나 다시 프로비던스로 돌아오게 된 데에는 일종의 병적인 충동이 작용했던 것 같다. 일기장에는 그렇게 적혀 있지 않지만, 블레이크는 사실 인근에 떠도는 옛날이야기들을 진작부터 알고 있었을 것이다. 그는 그 전설을 바탕으로 어마어마하고 문학적인 사기극을 꾸며 내려 했으나, 그가 불의의 죽음을 맞는 바람에 그 사기극도 미완으로 막을 내렸다고 추측할 수 있다.

그런데 모든 증거를 조사한 사람들 중 일부는 합리성이 떨어지는 독특한 가설을 내세우고 있다. 그들은 블레이크의 일기를 문자 그대로 받아들이며, 다음과 같은 특정 사실들에 큰 의미를 부여한다. 예컨대 그

*로버트 블로흐의 「별에서 찾아온 자」에 나오는 에피소드.

326

오래된 교회의 기록이 틀림없는 진실이라는 점, 세간의 혐오를 샀다고 전해지는 이단 종파 '별의 지혜'가 1877년 이전에 실존했다는 점, 에드 윈 M. 릴리브리지라는 탐구심 강한 기자가 1893년에 실종되었다는 점, 그리고 무엇보다 죽은 로버트 블레이크의 얼굴이 알아보기 힘들 만큼 엄청난 공포에 휩싸인 표정이었다는 점. 그런 사실을 들어 자신들의 가설을 극단적으로 밀어붙인 사람들 중 하나는 증거품을 빼돌려 인멸시키기까지 했다. 교회에서 발견된, 이상한 장식이 새겨진 금속 상자와 거기에 들어 있던 기묘하게 각진 돌을 바다에 던져 넣어 버린 것이다. (참고로 말하자면 블레이크의 일기에는 그 상자가 랜싯 창*이 달린 탑에 있었다고 쓰여 있으나, 실제로는 그 위층의 창문 없는 검은 첨탑에서 발견되었다.) 증거품을 없앤 범인은 평소 민속학에 흥미가 있었던 저명한 의사로, 공식적으로나 비공식적으로나 큰 비난을 받았다. 그러나 그는 그것이 인류에 너무나도 위험한 물건이라서 제거했을 뿐이라고 극구 주장하고 있다.

이렇게 두 가지로 갈라진 견해 중 어느 쪽이 옳은지는 독자 여러분이 직접 판단해야 할 것이다. 신문 기사들은 회의적인 관점에 입각하여 구체적인 사실들을 제시하면서, 로버트 블레이크가 보았다는 장면을 묘사한 그림을 싣기도 했다. 물론 블레이크가 그런 장면을 정말로 보았는지, 보았다고 착각했을 뿐인지, 아니면 보았다고 거짓말한 것인지는 알 수 없는 일이지만. 그러면 지금부터 그의 일기를 냉정하고 꼼꼼하고 느긋하게 살펴보면서, 주역인 로버트 블레이크의 입장에서 이 사건의 맥락을 짚어 나가도록 하자.

*폭이 좁고 끝이 뾰족한 아치가 있는 창문.

1934년 겨울에 블레이크는 프로비던스로 돌아와서 새로운 거처를 마련했다. 그가 자리를 잡은 곳은 브라운 대학 근처인 칼리지 가에서 약간 떨어져 있는 한 번듯한 주택의 2층이었다. 대리석으로 지어진 존 헤이 도서관 건물을 등지고 동쪽으로 솟아오른 거대한 언덕 꼭대기에 위치한 그 집은 아늑하고 아름다웠다. 아담하고 편안한 중세풍의 정원이 딸려 있었고, 커다랗고 순한 고양이들이 창고 옥상에서 일광욕을 즐기곤 했다. 그 정사각형의 조지 왕조풍 저택에는 솟을지붕, 부채꼴 조각이 새겨진 고전적인 출입문, 작은 유리들을 끼워 만든 창문 등 곳곳에 19세기 초 수공예 기술이 녹아 있었다. 실내에는 널판 여섯 장을 댄 양판문, 널찍한 마루 널판, 식민지 시대풍의 구부러진 계단, 애덤 양식*의 흰색 벽난로 선반 등이 돋보였고, 집 뒤편의 방들은 앞쪽에 비해 세 계단 정도 낮게 내려앉은 구조였다.

블레이크의 커다란 서재는 저택의 남서쪽에 위치했다. 한쪽 벽의 창문으로는 앞뜰이 내다보이는 한편, 책상을 놓아둔 서쪽 창가에서는 언덕 아래로 드넓게 펼쳐진 마을 지붕들과 그 너머로 지는 신비로운 석양의 풍경을 감상할 수 있었다. 멀리로는 시골의 자줏빛 비탈이 이어져 있는 지평선이 보였다. 거기서 3킬로미터쯤 앞에 페더럴힐 지역이 유령처럼 솟아 있었다. 옹기종기 모인 지붕들과 첨탑들의 윤곽이 기이하게 흔들거렸다. 집집마다 소용돌이치며 피어오른 연기가 도시의 윤곽을 휩쌀 때면 몽환적인 장면이 펼쳐졌다. 블레이크는 창밖을 내다볼 때마다 어떤 미지의 비현실적인 세계를 마주하고 있다는 기분이 들었다. 직접 찾아가 저곳을 보고 온다면, 지금의 이 풍경은 덧없는 꿈결처럼 사라져 버

*건축가 로버트 애덤과 제임스 애덤이 주창한 18세기 후반 영국의 신고전주의 양식.

릴 것만 같았다.

　블레이크는 밀워키 집에 있던 대부분의 책들을 이곳으로 가져오고 실내 분위기에 어울리는 고가구 몇 점도 사들여 쾌적한 환경을 꾸민 후 집필과 그림 작업을 하면서 홀로 지냈다. 간단한 집안일도 손수 하면서. 작업실로 삼은 북쪽의 다락방은 솟을지붕에 끼워진 판유리 때문에 채광이 무척 좋았다. 이사하고 처음 맞은 겨울 한 철 동안 블레이크는 그의 단편소설 중 대표작에 해당하는 「토굴을 파는 것」, 「교회 지하실의 계단」, 「샤가이」, 「프나스의 골짜기」, 「별에서 찾아온 자」를 썼으며, 비인간적인 괴물들과 지구와 동떨어진 낯선 풍경을 묘사한 그림 일곱 점을 그렸다.

　블레이크는 저물녘이면 종종 책상 앞에 앉아서 서쪽 풍경을 바라보며 몽상에 잠기곤 했다. 바로 밑에 있는 기념관의 거무스름한 탑, 조지 왕조풍 법원 건물의 종탑, 도심에 늘어선 건물의 높다란 첨탑들, 그리고 멀리서 아른거리는 나선형 언덕에 펼쳐진 미지의 거리들과 미로처럼 얽힌 박공들이 그의 상상력을 강렬하게 자극했다. 근처에 사는 몇 안 되는 지인들에게 들은 바로는, 저 언덕 지역에 현재는 이탈리아인들이 모여 살고 있지만 그곳 건물들은 대부분 북부인과 아일랜드인이 살던 시절에 지어진 것이라고 했다. 가끔은 소용돌이치는 연기 너머의 그 신비롭고 머나먼 세계를 쌍안경으로 살펴보면서, 지붕과 굴뚝과 첨탑을 하나하나 관찰하고 거기에 담겨 있을 기이한 미스터리를 상상하곤 했다. 쌍안경을 통해 확대해 보아도 페더럴힐 지역은 여전히 옛날이야기에 나오는 별세계처럼 보였다. 블레이크 자신의 소설과 그림에 나오는 비현실적인 세계를 연상시켰다. 그런 느낌은 밤이 되어도 여전했다. 자줏빛 땅거미가 깔리면 곳곳에서 전등이 총총 밝혀졌고, 법원의 투광조명과 산업 신탁 건물의 붉은 불빛이 밤의 어둠을 기괴하게 비추었다.

저 멀리 보이는 페더럴힐의 건물들 중 무엇보다 블레이크의 마음을 사로잡은 것은 으리으리하고 거무스름한 교회당이었다. 그 교회는 낮의 특정 시간대에는 또렷이 보이다가, 해가 저물 때면 불타는 하늘의 역광을 배경으로 커다란 탑과 뾰족한 첨탑이 이루는 검은 실루엣으로 변했다. 그 교회는 유난히 높은 지대 위에 세워진 것 같았다. 검댕이 앉은 건물 전면이며 비스듬히 보이는 북편의 경사진 지붕과 뾰족한 창문이 주위에 뒤얽혀 있는 다른 건물들의 대들보나 굴뚝 통풍관보다 훨씬 높이 솟아 있었다. 돌로 지어진 듯한 표면은 100년도 넘는 세월 동안 연기와 비바람으로 닳고 얼룩져서 유난히 음울하고 소박해 보였다. 건축양식은 유리창의 모양을 보면 고딕 복고주의이긴 한데 리처드 업존*이 특유의 위풍당당한 스타일을 구축하기 이전의 실험적인 초기 형태로 보였고, 어떤 부분의 윤곽과 비율은 조지 왕조 시대까지 거슬러 올라갔다. 아마 1810년에서 1815년 사이에 세워진 듯했다.

몇 달이 지나도 블레이크는 그 멀고 으스스한 교회에서 시선을 거둘 수 없었고 점점 호기심만 더해 갔다. 창문에 불이 밝혀지는 일은 한 번도 없었으니 분명 버려진 건물일 터였다. 오래 지켜보면 볼수록 상상력이 발동되어서 기이한 공상에 잠기기까지 했다. 이를테면 그 교회에 떠도는 특이한 적막감 때문에 비둘기나 제비조차 피해 간다고 믿게 된 것이다. 주위의 다른 탑이나 종탑을 쌍안경으로 훑어보면 종종 무수한 새들이 눈에 띄었는데, 그 교회의 그을린 처마에는 새들이 내려앉은 것을 한 번도 본 적이 없었기 때문이다. 실제로는 어땠는지 몰라도 블레이크

---

*Richard Upjohn(1802~1878). 영국 태생 미국의 건축가. 고딕 복고주의 양식의 대표자로서. 그가 설계한 뉴욕의 트리니티 교회가 유명하다.

의 일기에는 그렇게 적혀 있었다. 그는 몇몇 친구들에게 그 교회에 대해 물어보았으나, 페더럴힐에 가보았다는 사람도 없고 그 교회의 정체를 조금이라도 아는 사람 또한 없었다.

봄이 되자 블레이크는 마음이 몹시 초조해졌다. 메인 주에 남아 있다고 추정되는 마녀 집회를 소재로 오래전부터 구상해 온 소설의 집필을 시작한 참이었는데 이상하게도 전혀 진전이 되지 않았기 때문이다. 서쪽 창가의 책상 앞에 멍하니 앉아서 그 머나먼 언덕을, 새들이 피해 가는 검고 가파른 첨탑을 바라보는 시간만 점점 길어져 갔다. 정원의 나무들에 새순이 돋아나며 세상이 산뜻한 아름다움으로 가득해졌을 때에도 그의 초조함은 심해지기만 했다. 바로 그때, 블레이크는 프로비던스를 가로질러서 연기로 휩싸인 언덕 위의 저 별세계로 직접 찾아가야겠다고 결심했다.

4월 말, 영겁의 어둠이 드리우는 발푸르기스의 밤* 직전에 블레이크는 미지의 세계를 향해 첫발을 내디뎠다. 끝없이 이어지는 시내의 길거리와 황량하고 쇠락한 광장들을 터벅터벅 걷다 보니, 수백 년 묵은 닳아 빠진 계단식 오르막길과 주저앉은 도리아 양식의 현관, 유리창이 희끄무레해진 둥근 지붕이 나타났다. 오래전부터 지켜보았던 안개 너머의 세상에 가까워지고 있는 게 분명했다. 우중충한 푸른색과 흰색의 이정표들이 있었지만 아무 쓸모도 없었다. 가무잡잡한 얼굴의 이상한 사람들이 거리를 배회했으며, 10년은 족히 비바람에 닳은 듯한 갈색 건물들에는 외국어 간판이 붙은 기묘한 상점들이 늘어서 있었다. 집에서 쌍안경으로 보았던 건물들은 어째 하나도 눈에 띄지 않아서, 어쩌면 그곳은

*중부 유럽 및 북유럽에서 4월 30일에 행하는 축제. 성 발푸르가(710~780)를 기리는 축일인 5월 1일의 전야이며, 세계 각지의 마녀들이 모여 악마의 집회를 갖는다는 전설이 있다.

멀리서만 내다볼 수 있을 뿐 살아 있는 인간은 밟을 수 없는 환상의 도시가 아닐까 하는 생각마저 들었다.

이따금씩 첨탑이 허물어져 가는 낡은 교회가 나타나곤 했지만 블레이크가 찾는 검게 그을린 교회는 아니었다. 한 상점 주인에게 거대한 석조 교회가 어디에 있냐고 물었더니, 영어로 잘만 이야기하던 사람이 말없이 미소만 지으면서 고개를 젓는 것이었다. 고지대로 올라가면 갈수록 주위 풍경은 점점 기묘해졌고 갈색의 골목길들이 남쪽으로 하염없이 이어지며 미로처럼 어지럽게 뻗어 나갔다. 넓은 대로를 두세 번 건넜을 때쯤 낯익은 탑이 하나 보이는 듯했다. 그래서 다시금 어느 상인을 붙잡고 길을 묻자 여전히 모른다는 대답이 돌아왔는데, 이번에는 알면서 모르는 척하는 기색이 뻔히 보였다. 그 가무잡잡한 사내는 두려운 표정을 애써 숨기며 오른손으로 묘한 성호 같은 걸 그었다.

어느 순간 왼편의 구름 낀 하늘에 검은 첨탑이 나타났다. 남쪽으로 복잡하게 뒤엉킨 골목길의 갈색 지붕들 위로 솟아오른 첨탑이었다. 그게 무엇인지 즉시 알아본 블레이크는 대로에서 그쪽 방향으로 올라가는 지저분한 비포장 골목으로 내달렸다. 길을 두 번이나 잃고 헤매면서도 누군가에게 물어볼 생각은 안 들어서, 집 현관 앞에 죽치고 있는 노인들과 주부들과 그늘진 흙탕길에서 고함치며 노는 아이들을 그냥 지나쳐 갔다.

마침내 남서쪽에 우뚝 서 있는 탑이 또렷하게 보였고, 골목 끝에 이르자 으리으리한 석조 건축물도 보였다. 잠시 후 블레이크는 자갈이 깔린 예스러운 광장에 이르렀다. 바람이 세차게 몰아치는 광장 저편에 있는 높다랗게 경사진 담장을 보니 드디어 목적지에 도착했음을 알 수 있었다. 주변 길거리들 위로 2미터는 족히 솟아오른 그 담장은 잡초투성이의 고원을 둘러싸고 있었다. 세상과 분리된 또 하나의 작은 세상인 그 고원에 거대하고 음침한 건물 한 채가 서 있었는데, 그게 바로 블레이크가 찾던 교회였다. 가까운 거리에서는 처음으로 보는 것이었지만 한눈에 알아볼 수 있었다.

버려진 교회는 심하게 노후된 상태였다. 높다란 석조 부벽 중 일부는 무너졌고, 지붕과 담 꼭대기에 달려 있던 섬세한 장식들도 떨어져 나가 갈색으로 말라붙은 잡초와 수풀 사이에 뒹굴고 있었다. 검댕 묻은 고딕식 창문들은 중간중간 세로 창살만 떨어지고 없을 뿐 유리는 대체로 온전했다. 아이들이 뛰어놀다가 돌멩이 따위를 숱하게 던졌을 법한데 불투명하게 채색된 유리창들이 어떻게 저토록 잘 보존될 수 있었는지 신기하기만 했다. 육중한 출입문들 역시 부서지지 않고 단단히 닫혀 있었다. 교회 부지 전체를 둘러싼 담장 위로 녹슨 철책이 쭉 쳐져 있었다. 광장 계단을 따라 올라가면 그 철책에 달린 대문 앞에 이를 수 있었으나 맹꽁이자물쇠로 잠긴 상태였다. 대문 안쪽에서부터 교회 건물로 이어지는 길은 잡초로 완전히 뒤덮여 있었다. 황폐와 쇠락이 부지 전체에 관을 덮는 천처럼 내려앉아 있었다. 새 한 마리 앉지 않는 처마, 담쟁이덩굴도 자라지 않는 거뭇한 벽을 바라보며 블레이크는 정체 모를 불길함을 느꼈다.

광장에는 사람이 몇 없었지만 북쪽 끝에 마침 경찰관 한 명이 있었다. 다가가서 말을 붙여 보니 건실한 아일랜드인이었는데, 교회에 대해 물어보자 성호를 긋고는 이곳 사람들은 저 건물에 대한 언급을 삼간다고 속삭였다. 블레이크가 물러서지 않고 끈질기게 캐묻자 비로소 경찰관이 황급하게 대답했다. 이탈리아 신부들이 저곳은 한때 극악무도한 악마가 살았던 흔적이 남아 있는 곳이니 절대 접근하면 안 된다고 모두에게 경고했다고, 자신의 아버지도 어린 시절에 들었던 이상한 소리와 흉흉한 소문을 기억하고 계신다고.

경찰관은 옛날 그 교회에 자리 잡고 있었다는 이단 종파에 대해 말해 주었다. 그 사악한 종파는 밤의 심연 속에서 끔찍한 것들을 불러내곤 했으며, 그 악령을 퇴치하기 위해 유능한 사제가 엑소시즘 의식까지 치러야 했다는 이야기였다. 햇빛만으로도 퇴치할 수 있다는 설도 있지만, 자세한 이야기를 해줄 수 있는 오말리 신부는 이미 죽었다고 했다. 어쨌든 지금 저 교회는 아무에게도 해를 끼치지 않으니 괜히 들쑤시지 말고 가만있으라고 경찰관은 충고했다. 1877년에 주민들이 자꾸 실종되면서 그 종파가 의심을 받자 종파 신도들은 쥐처럼 뿔뿔이 줄행랑을 쳐버렸고 교회 땅을 물려받을 사람도 없으니 언젠가는 당국이 땅을 인수할 거라고, 그때까지 세월의 힘에 의해 자연스럽게 건물이 무너지도록 내버려두는 것이 상책이라고, 자칫 잘못 건드렸다가는 어두운 심연 속에 잠들어 있는 것을 깨울지도 모른다고 했다.

경찰관이 떠나자 블레이크는 음산한 첨탑을 올려다보았다. 자신만이 아니라 다른 사람들도 저 건물을 그만큼 불길하게 여긴다니 흥분되었고, 경찰관이 전해 준 옛날이야기 이면에 어떤 진실이 숨어 있을지가 궁금했다. 어쩌면 워낙 으스스해 보이는 장소라서 생겨난 전설에 불과할지도 모르지만, 그렇다 해도 현재 집필 중인 단편소설에 묘한 영감을 주는 이야기였다.

구름이 흩어지면서 오후의 햇살이 비쳤지만 고원 위에 우뚝 선 그 오래된 교회의 얼룩지고 그을린 벽은 좀처럼 밝아질 기미가 안 보였다. 봄이 되었는데도 철책 안의 뜰에는 말라 죽은 갈색 풀들만 무성할 뿐 연둣빛 새싹은 어디에도 없으니 희한한 일이었다. 블레이크는 자기도 모르

게 고원 가까이로 다가가서 담장과 녹슨 철책을 올려다보며 들어갈 만
한 구멍이 있는지 살폈다. 시커먼 유리창들이 고스란히 남아 있다는 게
못내 이상해서 어마어마한 호기심이 일었다. 대문 주위의 철책에는 뚫
린 데가 없었지만, 북쪽으로 돌아가 보니 막대 몇 개가 빠져 생긴 구멍
이 눈에 띄었다. 일단 대문으로 이어지는 계단을 통해 담장 위로 올라간
다음, 철책 가의 좁은 갓돌을 따라 걸어가서 그 구멍으로 접근하면 될
터였다. 주민들이 이곳을 그렇게도 무서워한다니 막아서는 사람도 없을
터였다.

정말로 그는 아무에게도 들키지 않고 담장 위로 올라서서 북쪽으로
다가갈 수 있었다. 그런데 철책의 구멍에 이르렀을 때 아래를 내려다보
니 광장에 있는 몇몇이 뒤로 슬금슬금 물러나면서 오른손으로 무슨 성
호 같은 걸 긋고 있었다. 아까 대로에서 길을 물었던 상점 주인과 똑같
은 손짓이었다. 몇몇 집들의 창문이 탕 닫히는가 하면, 한 뚱뚱한 여자
는 거리로 달려 나와 아이들을 잡아끌고 페인트칠도 되지 않은 허름한
집으로 들어가 버렸다.

철책에 난 구멍을 통과하기는 아주 쉬웠다. 블레이크는 버려진 안뜰
에 무사히 들어가서 뒤엉켜 썩어 가는 잡초들을 헤치며 걸어갔다. 풀밭
곳곳에서 닳아 빠진 비석 토막이 차이는 걸 보니 안뜰은 오랜 옛날에
묘지로 쓰였던 듯했다. 으리으리한 교회 건물이 코앞에 닥치자 압박감
이 들었지만, 마음을 다잡고 전면에 난 커다란 문 세 개를 살펴보았다.
전부 단단히 잠겨 있었다. 그래서 건물을 빙 돌면서 들어갈 수 있는 작
은 문은 없나 찾아보았다. 저 어둡고 황폐한 곳으로 정말로 들어가고 싶
은 건지 긴가민가했지만 기이한 흡인력에 몸이 자동으로 이끌리는 듯
했다.

뒤편에 있는 지하 저장고의 창문이 열려 있었다. 안을 들여다보니 거미줄과 먼지가 가득한 내부가 희미하게 보였다. 부서진 잔해, 오래된 나무통, 버려진 상자, 다양한 종류의 가구 등이 눈에 띄었으나, 죄다 먼지가 쌓여서 윤곽이 선명히 보이지는 않았다. 녹슨 온풍로를 보니 이 건물이 빅토리아 시대 중기까지는 사용된 듯했다.

자신이 무엇을 하는지 자각도 없는 채로 창문을 통해 지하실로 기어 들어갔다. 콘크리트 바닥에 깔린 카펫은 먼지투성이였고 쓰레기가 여기저기 흩어져 있었다. 칸막이 없이 널찍하게 트여 있는 지하실이었다. 천장은 둥글었고, 그늘에 잠긴 오른편 구석에 있는 검은 아치형 입구가 위층으로 올라가는 통로인 듯했다. 이 거대한 흉가에 실제로 들어와 있다고 생각하니 기묘한 중압감이 들었지만, 애써 억누르면서 조심스럽게 발걸음을 옮겼다. 나중에 빠져나갈 때 발판으로 쓰려고 부서지지 않은 나무통 하나를 창문 아래로 굴려다 놓은 뒤, 마음을 가다듬고서 거미줄이 치렁치렁한 지하실을 가로질러 아치형 입구로 향했다. 먼지 때문에 숨이 막힐 지경이었고 유령처럼 가느다란 거미줄이 온몸에 들러붙기까지 했으나 끝끝내 어두컴컴한 위층으로 이어지는 닳아 빠진 돌계단에 이를 수 있었다. 손전등이 없었기에 주위를 조심조심 더듬으며 올라가는 수밖에 없었다. 어느 지점에서 계단이 급격히 굽어지더니 앞에 문이 만져졌다. 손에 닿은 해묵은 빗장을 풀자 문이 안쪽으로 열렸고, 그 너머로 어슴푸레한 빛이 감도는 복도와 좀먹은 나무 벽판이 드러났다.

1층으로 올라온 다음부터는 거침없이 나아가기 시작했다. 실내의 문은 하나도 잠겨 있지 않았기에 이 방 저 방을 자유롭게 드나들 수 있었다. 칸막이가 쳐진 신도석, 모래시계가 설치된 설교단, 제단과 공명판에 이르기까지 거대한 본당 전체에 쓰레기와 먼지가 가득했고, 회랑의 첨두아치와 고딕식 기둥마다 굵은 밧줄 같은 거미줄이 휘감겨 있어서 으스스한 분위기를 자아냈다. 애프스*의 거무스름한 창문들을 통해 새어드는 흉흉한 납빛의 저녁 햇빛이 그 적막한 폐허를 비추고 있었다.

애프스의 창문들에 그려진 그림은 검댕이 잔뜩 묻어서 무엇을 표현한 건지 제대로 알아보기 어려웠지만, 꺼림칙한 그림이라는 건 알 수 있었다. 전체적인 디자인은 평범했으나 문양이 상징하는 바는 의미심장해 보였다. 몇몇 성자들은 세간의 비난을 사고도 남을 방식으로 표현되어 있었고, 한 창문에는 단순한 검은색 바탕에 이상한 나선형 발광체들만 그려져 있었다. 창가에서 돌아서 제단을 바라보니, 그 위에 놓인 거미줄 투성이의 십자가 역시 일반적인 모양이 아니라 고대 이집트의 앙크 십자가**에 가까워 보였다.

애프스 옆의 제의실에는 썩어 가는 책상과 함께 천장까지 닿는 책장이 놓여 있었다. 거기 꽂혀 있는 흰 곰팡이가 잔뜩 앉은 책들을 보면서 블레이크는 처음으로 명확하고 실재적인 공포를 느꼈다. 책들의 제목 때문이었다. 일반인들은 들은 적도 없거나 은밀히 속삭이는 말로만 들었을 사악한 금서들이었다. 인류 문명 초기, 아니 인류가 생겨나기도 전의 희미한 옛날 옛적의 공포스럽고 심원한 비밀과 교의가 담긴, 세월의 물줄기를 타고 전해 내려온 책. 블레이크는 그런 금서를 여러 권 읽어 본 적이 있었다. 가공할 『네크로노미콘』의 라틴어 판본, 불길한 『에이본의 서』, 데를레트 백작의 『구울 의식』, 폰 윤트의 『형언할 수 없는 제사들』, 루드비그 프린의 섬뜩한 『벌레의 신비』까지. 그런데 여기에는 블레이크

---

*주로 교회당 동쪽 끝에 있는 반원 모양의 공간.
**윗부분이 고리 모양으로 된 십자가로 고대 이집트에서 생명, 영원의 상징으로 쓰였다.

도 이름만 알거나 아예 처음 보는 책들도 있었다. 『프나코트 사본』, 『드잔의 서』*도 보였고, 어떤 너덜너덜한 고서들의 제목은 오컬트 연구자만 알아볼 수 있는 섬뜩한 기호나 도형이 섞인 정체불명의 문자로 되어 있었다. 인근에 떠도는 소문이 거짓이 아니었던 것이다. 그 교회는 인류보다 오래되고 우주보다 광활한 악이 도사리고 있는 곳이었다.

책상 서랍 안에는 가죽 장정으로 된 작은 공책이 있었는데, 이상한 암호 같은 글이 가득 적혀 있었다. 해, 달, 행성들, 성위星位, 황도십이궁 따위를 나타내는 도안들, 즉 오늘날에는 천문학에 쓰이고 옛날에는 연금술, 점성술, 수상쩍은 예술 작품들에 쓰였던 전통적인 상징들이 공책 안에 빼곡히 쓰여 있었던 것이다. 단락이나 행이 갈리는 형태로 미루어 보면 각각의 상징이 알파벳에 대응하는 암호인 듯했다.

나중에 암호를 해석해 볼 요량으로 공책을 코트 주머니에 집어넣었다. 책장에 있는 두꺼운 고서들도 이루 말할 수 없이 흥미를 자극했으므로 나중에 다시 와서 빌려 가야겠다는 생각이 들었다. 어떻게 그토록 오랜 세월 동안 그 책들이 고스란히 남아 있었는지 신기할 따름이었다. 어쩌면 근 60년 동안 아무도 들어온 적 없는 어마어마한 공포의 현장에 최초로 발을 디딘 게 아닐까?

1층을 샅샅이 살펴본 블레이크는 먼지로 뒤덮인 을씨년스러운 본당을 힘겹게 가로질러서 정문 현관으로 향했다. 위층으로 올라가는 관문

---

*『드잔의 서』는 우크라이나 출신의 미국 심령술사이자 작가인 블라바츠키(1831~1891)가 저서 『비밀 교리』의 바탕으로 삼았다고 주장하는 티베트의 비밀 고서로, 실존 여부는 알 수 없다. 이 단락에서 언급된 나머지 서적들은 모두 가상의 책으로, 『에이본의 서』는 클라크 애슈턴 스미스, 『형언할 수 없는 제사들』은 로버트 E. 하워드, 『구울 의식』과 『벌레의 신비』는 로버트 블로흐, 『네크로노미콘』과 『프나코트 사본』은 러브크래프트의 작품에 각각 등장하는 책들이다.

과 계단이 보였는데, 아마도 그가 오래전부터 멀리서 지켜보았던 검은 탑과 첨탑으로 가는 통로인 듯했다. 비좁은 계단을 올라가려니 먼지가 너무 자욱하고 거미줄도 유난히 빽빽해서 숨을 쉴 수가 없을 정도였다. 좁다란 목재 발판이 가파르게 이어지는 나선형 계단이었다. 이따금씩 흐릿한 창문 앞을 지날 때면 저 아래의 도시가 아찔하게 내려다보였다. 탑에 올라가면 분명히 종이 있으리라고 생각했다. 아래층에서 종을 잡아당기는 밧줄은 보지 못했지만, 전부터 그 탑의 미늘판 달린 랜싯 창문을 쌍안경으로 살펴보면서 늘 거기가 종루겠거니 생각했기 때문이다. 그런데 막상 계단 끝에 이르러 보니 실망스럽게도 탑 안에 종은 없었다. 그곳은 전혀 다른 목적으로 사용된 공간이었다.

그곳은 사면의 랜싯 창문을 통해 희미한 빛이 새어 들어오는 가로 세로 4.5미터 정도의 방이었다. 창문에 쳐진 미늘판들은 삭아 버렸고, 그 위를 다시 팽팽하게 덮어 둔 불투명한 가리개 역시 대부분 썩어 없어진 상태였다. 먼지투성이 바닥 한가운데에는 높이 1미터, 직경 60센티미터 정도의 기묘하게 각이 진 돌기둥이 서 있었다. 기둥의 각 면마다 들도 보도 못한 괴이한 상형문자들이 조잡한 솜씨로 빼곡히 새겨져 있었고, 맨 위에는 비대칭적인 형태의 금속 상자 하나가 놓여 있었는데 경첩 달린 뚜껑이 젖혀진 채였다. 상자 안에는 약 10센티미터 크기의 달걀 모양 물체가 해묵은 먼지에 푹 파묻혀 있었다. 기둥 주위로는 등받이가 높은 고딕식 의자 일곱 개가 원형으로 배치되어 있었는데 전부 망가진 데 없이 멀쩡한 편이었고, 그 뒤의 거뭇한 벽판을 따라 거대한 회반죽 조각상 일곱 개가 죽 늘어서 있었다. 검은색으로 칠해진 그 조각상들은 여기저기 허물어지긴 했지만 이스터 섬의 불가사의한 석상과 꼭 닮았음을 알 수 있었다. 방 한쪽 구석에는 사다리가 붙박여 있어서 천장의 뚜껑 문을 거쳐 위층의 창문 없는 첨탑으로 올라갈 수 있었다.

어슴푸레한 빛에 슬슬 적응하고 보니 노르스름한 금속 상자 표면에 이상한 조각들이 새겨져 있는 게 눈에 띄었다. 손으로 먼지를 털고 손수건으로 닦아 내자 완전히 이질적이고 기괴한 형체가 드러났다. 살아 있는 생명체를 묘사한 것 같기는 한데, 지구상에 존재하는 그 어떤 생물과도 닮지 않은 형상이었다. 앞서 보았던 10센티미터짜리 구체형 물건은 자세히 보니 구체가 아니라 무수히 각이 진 불규칙한 다면체였다. 검은 바탕에 붉은 줄무늬가 들어가 있었는데, 무슨 독특한 크리스털의 일종이거나 광물질을 깎아 고도로 연마하여 만든 가공품 같았다. 그것은 상자 밑바닥에 놓여 있지 않고 허공 한가운데에 금속 줄로 매달려 있었으며, 그 줄은 상자 내벽 모서리에 있는 기묘한 일곱 개의 지지대로 고정되어 있었다. 블레이크는 그 돌을 보자마자 두려울 만큼 강렬한 매혹에 사로잡혔다. 눈을 좀처럼 떼지 못하고 반짝이는 표면을 바라보고 있노라니, 그게 투명하게 변해서 돌 안에 들어 있는 불완전한 경이의 세계가 들여다보이는 듯한 착각마저 들었다. 마음속에서 우주의 풍경이 자꾸만 연상되었다. 으리으리한 석탑들이 세워진 외계의 행성, 거대한 산맥만 있고 생명의 흔적은 전혀 없는 행성, 그리고 칠흑 같은 어둠 속 어딘가가 살짝 흔들릴 때에만 의식과 정신의 존재를 겨우 느낄 수 있는 머나먼 우주 한복판에 이르기까지.

애써 시선을 돌리고 나니 첨탑으로 올라가는 사다리 근처에 쌓여 있는 이상한 먼지 더미가 보였다. 그게 왜 눈길을 끄는지는 몰랐지만, 먼지 더미의 윤곽이 어쩐지 그의 무의식에 말을 거는 느낌이었다. 치렁치렁 늘어진 거미줄을 헤치며 그쪽으로 다가가자 먼지의 형태가 분명해지면서 으스스한 예감이 들었다. 손수건으로 먼지를 털어 내자 그 속에 숨어 있던 실체가 드러났다. 블레이크는 온갖 감정이 치밀어 올라 숨을 헉들이킬 수밖에 없었다. 그건 인간의 해골이었다. 아주 오랜 세월 방치되었던 게 틀림없었다. 옷은 다 너덜너덜해졌지만 단추와 천 조각을 보니 남성용 회색 정장임을 알 수 있었다. 다른 단서들도 있었다. 구두, 허리띠의 금속 버클, 커다란 커프스단추, 옛날식 넥타이핀, 오래전에 발행되던 신문인 〈프로비던스 텔레그램〉의 기자 신분증, 문드러진 가죽 지갑. 블레이크는 지갑을 조심스럽게 살펴보았다. 안에서 구권 지폐 몇 장, 셀룰로이드로 된 1893년도 광고 달력, '에드윈 M. 릴리브리지'라는 이름으로 된 카드 몇 장, 연필로 쓴 쪽지 한 장이 나왔다.

서쪽 창가로 가서 희미한 빛에 쪽지를 비추어 보니, 수수께끼 같은 내용이 가득 담겨 있었다.

1844년 5월, 이녁 보엔 교수가 이집트에서 귀국, 7월에 프리윌 교회를 매입. 오컬트 방면 연구로 유명한 고고학자.

1844년 12월 29일, 4대 분리 침례교회의 드라운 박사가 설교를 통해 '별의 지혜' 종파에 대해 경고함.

1845년 말에는 신도가 97명.

1846년 3명 실종, '빛나는 트라페조헤드론'에 대한 최초의 언급.

1848년 7명 실종, 인신 제사에 대한 소문이 떠돌기 시작.

1853년 경찰 수사 성과 없음. 이상한 소리가 들린다는 소문.

오말리 신부가 거대한 이집트 유적에서 발견된 한 상자와 빛 속에서는 존재할 수 없는 악마를 불러내는 의식에 대해 이야기함. 그 악마는 밝은 빛을 받으면 소멸되기에 약간의 빛만 비쳐도 달아나고, 그러면 처음부터 다시 불러내야 한다고 함. 아마도 49년도에 '별의 지혜' 종파에 입교한 프랜시스 X. 피니의 임종 때 들은 이야기인 듯. 그 종파의 신도들은 빛나는 트라페조헤드론이 천국과 저승을 보여 주며, '어둠 속의 손님'이 나타나 비밀을 알려 준다고 주장.

1857년 오린 B. 에디의 이야기. 신도들이 그 크리스털을 응시함으로써 악마를 불러내고 신도들끼리 쓰는 비밀 언어도 따로 있다고 함.

1863년 신도 200명 이상. 앞쪽의 사람들은 제외한 수치.

1869년 패트릭 리건 실종 사건 이후 아일랜드인 청년들이 교회를 습격.

1872년 3월 14일 J지에 그 교회를 간접적으로 언급한 기사가 실림. 그러나 사람들은 쉬쉬함.

1876년 6명 실종. 도일 시장에게 비밀 위원회 소집 요청됨.

1877년 2월 조치를 취한다는 약속. 4월에 교회가 폐쇄됨.

5월에 '페더럴힐 소년단' 갱 조직이 ○○○ 박사와 교구 위원들을 협박.

1877년 말까지 주민 181명이 도시 밖으로 이주. 명단은 밝혀지지 않음.

1880년경 유령 괴담이 돌기 시작. 1877년 이후 아무도 교회에 들어간 적이 없다는 이야기에 따른 것.

래니건에게 1851년에 찍은 사진을 요청.

……

블레이크는 쪽지를 다시 지갑에 넣고, 지갑을 코트 주머니에 집어넣은 다음 먼지에 파묻힌 해골을 내려다보았다. 쪽지가 뜻하는 바는 명백했다. 그 남자는 특종을 노리고 누구도 감히 캐내려 하지 않았던 사실을 알아보려고 42년간 버려져 있던 교회를 찾아온 기자였던 것이다. 어쩌면 아무도 그의 계획을 몰랐을 수도 있었다. 결국 기자는 영영 신문사로 돌아가지 못하고 여기서 죽음을 맞고 말았다. 용감하게 억눌렀던 공포가 어떤 계기로 치솟아 올라 심장마비라도 일어났던 걸까?

블레이크는 하얀 뼈들을 자세히 살펴보다가 이상한 점을 발견했다. 어떤 뼈들은 엉망으로 흩어져 있었고, 몇몇은 끝부분이 녹아 있었다. 노르스름한 색을 띤 것도 있었는데 아무래도 불에 탄 흔적 같았다. 옷가지 역시 불에 그을린 듯한 부분이 있었다. 두개골은 특히 기묘했다. 누런 얼룩이 진 데다가 정수리에는 타들어 간 구멍이 뚫려 있어, 마치 머리에 강력한 산성 물질이라도 부어서 뼈가 녹은 것처럼 보였다. 40년 동안 그곳에 고요히 방치되어 있었던 시체에 대체 무슨 일이 일어났던 건지 상상조차 안 됐다.

블레이크는 자기도 모르게 상자 안의 돌을 다시 쳐다보았다. 그러자 머릿속에 기이하고 장엄한 풍경이 흐릿하게 떠올랐다. 예복을 입고 두건을 쓴 무리가 행렬하는 장면이었는데, 체형을 보아하니 다들 인간이 아니었다. 그들이 바라보는 광활한 사막에는 하늘까지 우뚝 솟은 조각된 돌기둥들이 일렬로 늘어서 있었다. 캄캄한 심해에 잠겨 있는 탑과 성벽도 보였다. 차가운 자줏빛 아지랑이와 검은 안개가 피어오르는 우주의 소용돌이도 보였다. 그리고 무한한 어둠의 심연이 언뜻 보였다. 형체가 확실한 물질이든 불확실한 물질이든 오로지 공기의 흔들림으로만 식별할 수 있는 그 암흑의 세계는 막강한 힘의 법칙이 혼돈에 질서를 부여하는 곳으로, 세상의 모든 역설과 수수께끼를 풀 수 있는 열쇠를 인간에게 내밀고 있는 듯했다.

그러다가 별안간 모든 환상이 흩어져 버리고 날카롭고 압도적인 공포가 엄습했다. 블레이크는 숨도 제대로 쉬지 못하고 상자 안의 돌에서 시선을 돌렸다. 어떤 형체 없는 외계의 존재가 바싹 다가와서 자신을 뚫어져라 쳐다보는 느낌이 생생했다. 그 존재는 돌 속에 들어 있는 게 아니라, 그 돌을 통해 블레이크를 응시하면서 그를 옭아매는 것 같았다. 육안을 초월한 어떤 방법으로 그의 모든 행적을 지켜보고 있는 것만 같았다. 확실히 여기 있으니 정신이 이상해지는 듯했다. 사람의 해골을 발견했으니 겁에 질리는 것도 무리는 아니었다. 게다가 해도 저물고 있었다. 불을 밝힐 도구가 아무것도 없으므로 얼른 거기서 나가야 했다.

바로 그때, 그 기묘하게 각진 돌이 저녁 어스름 속에서 희미하게 빛나는 듯했다. 블레이크는 보지 않으려 했으나 묘한 충동 때문에 자꾸만 그쪽으로 눈이 갔다. 저 돌이 무슨 방사능성 인광이라도 내는 걸까? 죽은 기자의 기록에 나오는 '빛나는 트라페조헤드론'이란 무엇일까? 이 버려진 악마의 은신처 같은 곳의 정체는 정확히 무얼까? 이곳에서 대체 무슨 일이 일어났고 무엇이 어둠 속에 도사리고 있기에 새들도 피해 간단 말인가? 블레이크는 순간 무슨 악취를 맡았지만 냄새의 진원지는 알 수 없었다. 블레이크는 오래도록 열려 있었을 상자의 뚜껑을 닫아 버렸다. 경첩이 매끄럽게 움직이며 뚜껑이 닫히자 빛을 번뜩이고 있던 돌은 보이지 않게 되었다.

그런데 위층의 첨탑에서 무언가가 바스락거리는 소리가 들렸다. 오랜 세월 동안 어둠 속에 잠겨 있었을 천장의 뚜껑 문 너머에서. 당연히 쥐일 터였다. 그 저주받은 건물에서 무슨 소리를 낼 만한 생명체는 블레이크 자신과 쥐밖에 없으니까. 그래도 블레이크는 혼비백산할 수밖에 없었다. 그는 나선형 계단을 미친 듯이 뛰어 내려가서 으스스한 본당과 아치형 천장의 지하실을 빠져나갔다. 그리고 아무도 없는 황혼 녘의 광장을 가로질러, 음산하게 뒤얽힌 페더럴힐의 골목과 대로를 지나, 마침내 대학 근처 평범한 중심가의 편안한 벽돌 보도에 이를 수 있었다.

이후 블레이크는 교회를 조사한 일을 아무에게도 말하지 않았다. 다만 관련 서적을 잔뜩 구해다 읽고, 시내에서 옛날 신문 자료들을 찾아보는 한편, 거미줄투성이의 제의실에서 가져온 가죽 공책의 암호를 해독하는 데에 몰두했다. 결코 간단한 암호가 아니었다. 오랜 시간을 매달린 끝에 암호화된 원어가 영어, 라틴어, 그리스어, 프랑스어, 스페인어, 이탈리아어, 독일어 그 무엇도 아니라는 결론이 나왔다. 이제껏 자신이 쌓아왔던 기이한 분야의 학식으로 아주 깊이 파고들어야만 암호를 풀 수 있을 듯했다.

저녁이 되면 서쪽 창밖을 바라보고 싶은 충동이 어김없이 다시 일어났다. 아득히 보이는 비현실적인 세상에 다다다닥 붙어 있는 지붕들 사이로 언제나처럼 검은 첨탑이 우뚝 솟아 있었다. 이제는 그걸 보면 예전과 다른 공포를 느꼈다. 그 안에 있는 사악한 유물을 알고 나니 상상력이 새로운 방식으로 날뛰는 것이었다. 가령 봄과 함께 돌아온 철새들이 노을 진 하늘을 날아갈 때면 블레이크는 새들이 앙상한 첨탑을 유난스럽게 피하는 광경을 상상하곤 했다. 첨탑에 가까이 이르렀을 때 겁을 집어먹고 방향을 휙 틀고는 멀리로 날아가서 요란하게 울부짖는 모습을.

블레이크의 일기장에 암호 해독에 성공했다는 이야기가 나오는 때는 6월이다. 그는 그 암호화된 언어가 고대의 사악한 종교의식에 쓰이던 아클로어*라는 것을 알게 되었다고, 이전에도 그 언어를 드문드문 접한 적이 있다고 적어 놓았다. 그런데 이상하게도 정작 해독된 암호문의 의미는 일기에 나오지 않는다. 결과가 몹시 놀라워 당혹스럽다, 자신이 빛나는 트라페조헤드론을 응시함으로써 '어둠 속의 손님'을 깨워 버렸다, 이렇게만 적혀 있다. 그러고는 그 존재가 잠들어 있던 캄캄한 혼돈의 심연

---

*웨일스의 소설가 아서 매켄이 1899년 발표한 작품 「백인들The White People」에 등장하는 가상의 비밀 언어로, 러브크래프트의 작품을 비롯한 여러 작품들에서 차용되었다.

에 대한 황당무계한 추론들과 함께 '어둠 속의 손님'은 우주의 모든 것을 알고 있는 존재로 무시무시한 희생 제물을 요구한다고 써놓았다. 자신이 부지불식간에 불러내 버린 그 존재가 교회 밖으로 빠져나와 활개를 칠까 봐 무섭다고, 그래도 도시에는 가로등 불빛이 있으니 괜찮을 거라고 쓴 대목도 있다.

빛나는 트라페조헤드론에 대한 언급은 자주 등장한다. 그것은 모든 시간과 공간으로 통하는 창문과도 같은 물체라고 한다. 블레이크는 그것이 오늘날까지 전해 내려온 내력을 추적하여 일기에 다음과 같이 썼다. 빛나는 트라페조헤드론은 먼 옛날 유고스*라는 암흑의 별에서 빚어진 물건으로, 옛 지배자들이 지구로 내려올 때 가지고 왔다. 바다나리**처럼 생긴 남극 대륙의 생물체들이 그 물건을 기묘한 상자에 넣은 채 소중히 보관하고 있었는데, 그들의 도시가 멸망한 뒤 발루시아***의 뱀 종족이 폐허 속에서 그것을 건져 왔다. 이후 영겁의 세월이 흐른 뒤 레뮤리아 대륙에서 최초로 인간에게 발견되었으며, 이상한 땅과 이상한 바다를 지나 여러 곳으로 옮겨 다니다가 아틀란티스 대륙과 함께 바다 속에 가라앉아 버렸다. 이후 미노아 문명기에 한 어부가 그물로 건져 내서 이집트 상인들에게 팔아넘겨졌고 마침내 파라오 네프렌카의 손에 들어가게 되었다. 네프렌카는 신전을 지어 창문이 없는 성소 안에 그 빛나는 트라페조헤드론을 안치하여 섬겼다. 그 행위로 인해 그의 이름은 이집트의

---

* 명왕성을 뜻한다. 1930년에 태양계의 아홉 번째 행성으로 발견되었고, 러브크래프트는 같은 해에 발표한 시 「유고스에서 온 균」에서 처음으로 명왕성을 유고스라는 이름으로 등장시켰다.
** 뿌리, 줄기, 촉수로 이루어진 무척추동물로, 고생대에 나타나 오늘날까지 소수 종이 멸종되지 않고 남아 있다.
*** 로버트 E. 하워드의 소설에 나오는 가상의 아틀란티스 왕국.

모든 기념물과 기록에서 삭제되었고, 다음 대 파라오와 사제들은 그 사악한 신전을 부숴 버렸다. 이후 빛나는 트라페조헤드론은 폐허 더미 속에 묻힌 채 내내 잠들어 있다가 어떤 탐구자의 발굴 과정에서 다시 모습을 드러내 인류에게 저주를 퍼뜨리게 된다.

이런 블레이크의 일기 내용을 뒷받침하는 일이 7월 초에 신문 지상에 보도된다. 하지만 아주 가볍고 짧은 기사들이었기에, 블레이크의 일기가 공개되기 전까지는 별다른 주목을 받지 못했다. 요약하자면 페더럴힐에서 대대적인 두려움을 사고 있는 교회에 한 외부인이 들어갔다 나온 뒤부터 그 지역의 이탈리아인 주민들이 공포로 술렁이고 있다는 내용이었다. 그들은 창문 없는 첨탑 안에서 무언가가 들썩이고 쿵쿵거리고 긁어대는 소리가 들린다고 쑥덕거렸고, 꿈에서는 어둠을 틈타 밖으로 뛰쳐나오려고 문을 노려보고 있는 악마가 나타난다며 신부에게 악령을 퇴치해 달라고 부탁까지 했다고 한다. 신문 기사들은 오래전부터 전해 내려오는 그 지역의 민담도 언급했으나, 그런 민담이 생겨나게 된 경위는 제대로 짚어 내지 못했다. 아무래도 오늘날의 젊은 기자들은 고고학 분야에 관심이 없는 모양이다. 블레이크도 일기에 이와 같은 정황을 적으면서 후회의 뜻을 내비치고 있다. 빛나는 트라페조헤드론을 파묻어 버려야 한다, 그 무시무시한 첨탑 안에 햇빛을 비추어서 악마를 소멸시켜야 한다는 등의 결심이 적혀 있으나, 한편으로는 그 돌에 위험할 정도로 홀려 있었던 것으로 보인다. 저주받은 탑으로 돌아가서 빛나는 돌 속에 떠오르는 우주의 비밀들을 다시금 들여다보고 싶은 병적인 열망이 자꾸만 치솟는다며, 심지어는 꿈에도 그런 장면이 나온다고 고백하고 있으니 말이다.

그러던 7월 17일 아침, 〈저널〉 지에 실린 한 기사를 읽고 블레이크는 격심한 공포에 사로잡힌다. 그건 페더럴힐 지역에서 일어난 동요를 반쯤 익살스러운 어투로 보도한 여러 기사들 중 하나일 뿐이었지만 블레이크에게는 끔찍한 영향을 미쳤던 모양이다. 간밤에 쏟아진 뇌우 때문에 한 시간 동안 도시 전체가 정전되었는데, 그 어두컴컴한 시간에 이탈리아인들이 공포에 질려서 집단 광기에 빠지다시피 했다는 소식이었다. 문제의 교회 근처에 사는 사람들의 증언에 따르면, 가로등이 전부 꺼진 때를 틈타서 첨탑 안에 있던 악마가 본당까지 내려온 게 틀림없다고 했다. 본당 안에서 그것의 끈적거리는 몸뚱이가 꿈틀거리고 퍼덕거리고 무언가에 부딪혀 쿵쾅거리는 소름 끼치는 소리가 울려 퍼졌다는 것이었다. 주민들은 그 악마가 어둠 속에서라면 어디로든 갈 수 있지만 빛을 비추면 도망간다고 믿었기에, 촛불이며 등불을 들고 교회 밖에 모여 서서 기도했다. 그들에게 빛은 악마가 도시로 내려오지 못하도록 막는 방패나 마찬가지였으므로, 쏟아지는 빗속에서도 불이 꺼지지 않도록 우산이나 접은 종이 따위로 최대한 가렸다. 당시 교회 건물 가까이에 있던 사람들은 출입문이 무시무시하게 덜컹거리는 걸 똑똑히 보았으며, 악마가 다시 탑으로 올라갔는지 그쪽에서 유리가 와장창 깨지는 소리도 났다고 단언했다. 바로 그때 전기가 다시 들어오자, 탑에서 어마어마한 소동이 일어났다고 한다. 창문에 죄다 시커먼 때가 끼어 있고 미늘판까지 덮여 있으니 바깥의 불빛은 탑 안으로 거의 새어 들지 않았겠지만, 악마는 아주 미약한 빛도 견디지 못해 요란하게 난동을 피우며 위층의 캄캄한 첨탑으로 숨어 들어간 거라고, 그놈이 쿵쿵 부딪히고 스르르 미끄러지는 소리를 들었다고 주민들은 입을 모았다. 악마가 조금만 더 오래 빛에 노출되었더라면 어느 미친 외지인이 불러내기 전까지 머물고 있던 본래의 심연 속으로 돌아갔으리라며 안타까워하기도 했다.

그래도 여기까지는 괜찮았다. 더욱 충격적인 소식이 그날 저녁 〈불러틴〉 석간신문에 실렸다. 페더럴힐 지역의 공포스러운 현상이 보도 가치가 있다고 판단한 기자 두 명이 교회 안으로 침입한 것이다. 그들은 미친 듯이 막아서는 이탈리아인들을 끝끝내 제치고 교회 부지로 진입한 다음, 출입문이 열리지 않자 지하 저장고 창문을 통해 건물 안으로 들어갔다. 먼지가 가득 쌓인 현관을 지나자 온통 아수라장이 된 본당이 나타났는데 곳곳에서 특이한 점이 발견되었다. 신도석 등받이의 썩은 쿠션과 새틴 안감이 갈기갈기 뜯겨 있었고, 사방에서 악취가 진동했으며, 불에 그을린 듯한 누런 자국과 천 조각들도 눈에 띄었다. 탑으로 올라가는 문 앞에 이르렀을 때는 위층에서 무언가가 긁어 대는 듯한 소리가 들려서 잠시 멈칫하기도 했다. 좁은 나선형 계단은 먼지가 대강 닦여나간 상태였다.

탑 내부 역시 꼭 어설프게 닦아 놓은 것처럼 보였다고 두 기자는 전했다. 칠각형 돌기둥, 넘어져 있는 고딕식 의자들, 기괴한 회반죽 조각상들을 언급했는데, 이상하게도 금속 상자와 해골에 대해서는 아무 말도 없었다. 그을린 얼룩과 악취 이야기도 찜찜했지만, 무엇보다 블레이크를 경악하게 했던 점은 부서진 유리창에 대한 묘사였다. 탑의 랜싯 창문 네 장이 전부 부서져 있었는데, 그중 둘은 누가 급하게 손을 댄 흔적이 남아 있었다는 것이다. 본당의 신도석에서 뜯어낸 새틴 안감과 쿠션을 창문의 미늘판들 사이로 끼워 넣어 바깥의 빛을 막은 듯했다고. 먼지가 쓸려 나간 바닥에도 새틴 천 조각과 쿠션 속에서 빠져나온 말총 뭉치 등이 마구 흩어진 채였다. 마치 누군가가 그곳을 창문마다 천 가리개가 팽팽하게 덮여 있어 실내가 칠흑처럼 캄캄했던 때로 되돌려 놓으려고 한 것 같았다.

누런 얼룩과 그을린 천 조각들은 위층 첨탑으로 이어지는 사다리 위에도 남아 있었다. 하지만 한 기자가 사다리를 올라가서 미닫이식 뚜껑 문을 열고 손전등으로 첨탑 내부를 비추어 보니, 그저 어두컴컴할 뿐 별다른 건 보이지 않았다. 미약한 손전등 불빛이 닿는 문 주위 바닥에 잡다한 쓰레기가 널려 있고, 이상한 악취가 풍기는 게 다였다. 두 기자는 마침내 이 모든 사태가 조작되었다는 결론을 내렸다. 주민들의 미신을 알고 있는 누군가가 장난을 쳤거나, 어떤 광신자가 사람들의 공포를 불러일으키려고 벌인 짓이거나, 혹은 주민들 중에서 어느 정도 학식을 갖춘 젊은이가 세상을 상대로 꾸민 정교한 사기극에 불과하다는 결론이었다. 그런데 경찰 측에서 사실을 확인하려고 인력을 파견하려 했을 때 우스꽝스러운 사태가 벌어졌다. 지시를 받은 경찰관 세 명이 갖은 방법으로 그 임무를 맡지 않으려고 했으며, 마지못해 출동할 수밖에 없었던 한 명도 신문에 보도된 내용 이상의 것을 알아내려 하지도 않고 부랴부랴 경찰서로 돌아와 버린 것이다.

이 시점부터 블레이크의 일기에는 서서히 고조되는 공포와 불안이 고스란히 담겨 있다. 일이 이 지경이 되도록 아무것도 하지 않은 자신을 나무라는 한편, 또다시 정전이 일어나면 어떤 결과가 초래될지 노심초사하며 온갖 추측을 적어 놓았다. 천둥 번개가 치는 시기에 블레이크가 전력 회사에 세 번이나 전화를 걸어서 전기를 끊지 말아 달라고 절박하게 요청했다는 사실도 확인된 바 있다. 또한 블레이크는 기자들이 교회의 탑을 조사할 때 돌이 들어 있는 금속 상자와 기묘하게 손상된 해골을 발견하지 못했다는 점에 대해서도 걱정을 내비치곤 했다. 누군가가 그 물건을 제거한 모양이라고 짐작만 할 뿐 대체 누가, 어떻게, 어디로 가져갔는지는 알 길이 없었다.

무엇보다 두려웠던 것은 다름 아닌 자기 자신이었다. 블레이크는 저 머나먼 첨탑 안에 도사리고 있는 공포와 어떤 사악한 끈으로 연결된 듯한 느낌이 든다고 적었다. 자신의 경솔한 실수 때문에 절대적인 암흑의 우주에서 빠져나온 밤의 괴물이 끊임없이 자신을 잡아당기는 것만 같다면서. 당시 블레이크의 집을 방문했던 지인들은 그가 책상 앞에 앉아서 서쪽 창밖을 멍하니 바라보곤 했다고 회고한다. 도시에서 피어오르는 연기 너머, 집 지붕들이 다닥다닥 붙어 있는 아득한 페더럴힐의 모습에 줄곧 시선이 붙박여 있었다고. 그는 잠들어 있는 동안 악마와 연결된 끈이 더더욱 강해지는 감각에 사로잡혔으며, 밤마다 끔찍한 악몽을 꾸었다고 한다. 일기장에는 어느 날 밤 잠에서 깨어나 보니 자신이 무의식중에 옷을 다 갖춰 입은 채로 집을 나와서 칼리지힐 거리를 따라 서쪽으로 걸어가고 있더라는 이야기도 나온다. 첨탑 안의 악마는 자신이 어디에 있는지 속속들이 알고 있다는 말도 몇 번이고 되풀이된다.

7월 30일까지 일주일 동안은 블레이크가 신경쇠약에 시달린 시기였다. 옷도 입지 않고 방에만 틀어박혀 있었으며, 음식은 전부 전화로 주문해서 받았다. 집에 찾아갔던 사람들의 증언에 따르면 그의 침대 옆에 웬 밧줄이 놓여 있었는데, 본인이 설명하기를 몽유병 증세가 심해져서 매일 밤 스스로 발목을 묶어 두기 때문이라고 했단다. 잠에서 아예 깨어나지 않고서는 풀 수 없게끔 매듭도 단단히 지어 놓는다면서.

그러다가 블레이크는 급기야 심각한 정신적 충격을 입고 말았다. 일기장에 적힌 바에 따르면, 7월 30일 밤 잠들었다가 정신을 차려 보니 자신이 새까만 어둠 속을 더듬거리며 헤매고 있었다고 한다. 보이는 것이라고는 잠깐 번뜩였다가 사라지는 흐릿하고 푸르스름한 섬광뿐이었다. 공기 중에는 지독한 악취가 진동했으며 위쪽에서 무언가 슬그머니 지나

다니는 듯한 기이한 소리가 들렸다. 움직이기만 하면 발에 무언가가 걸려서 비틀거렸는데, 그때마다 화답이라도 하듯이 위에서 어떤 소리가 들려오는 것이었다. 나무와 나무가 천천히 맞닿아 쓸리는 소리와 함께 나지막이 꿈틀거리는 듯한 기척이 전해졌다.

주위를 더듬다 보니 어떤 돌기둥 같은 것에 손이 닿았다. 기둥 맨 위에는 아무것도 없었다. 그러다가 벽에 붙박인 사다리가 잡혀서 그걸 타고 머뭇머뭇 위로 올라갔는데, 올라갈수록 악취는 더욱 심해졌으며 타들어 갈 듯 뜨거운 열기가 불어닥쳤다. 그리고 무수한 환영이 눈앞에 주마등처럼 펼쳐지기 시작했다. 이따금씩 그 이미지들은 모조리 한데 합쳐져 깊이를 헤아릴 수 없는 광막한 밤의 심연 속으로 녹아들었고, 그곳에서 밤보다 더 어두운 태양들과 행성들이 회전하는 광경이 보였다. 블레이크는 어느 고대의 전설을 떠올렸다. 우주에는 절대적 혼돈이 있고 그 중심에는 만물의 군주이자 눈먼 백치의 신인 아자토스가 퍼드러져 있으며, 그 주위로는 일정한 형체도 지성도 없는 생명체들이 춤을 추면서 발톱에 거머쥐고 있는 악마의 플루트로 가느다랗고 단조로운 가락을 연주해 아자토스를 잠재우고 있다는 전설을.

어느 순간 바깥세상에서 날카로운 폭발음이 들려왔다. 비몽사몽 상태에서 퍼뜩 깨어난 블레이크는 이루 말할 수 없는 공포에 휩싸였다. 그 소리가 무엇이었는지는 알 수 없다. 페더럴힐의 주민들은 다양한 수호성인이나 이탈리아 고향 마을의 성인을 기리기 위해 여름 내내 폭죽을 터뜨리는데, 그게 일시에 터지면서 울려 퍼진 굉음이었는지도 모른다. 어쨌든 블레이크는 비명을 내지르면서 사다리에서 허겁지겁 뛰어내렸다. 그러고는 바닥에 흩어진 물건들에 발을 헛디뎌 가며 어두컴컴한 방 안을 가로질렀다.

즉시 자신이 어디 있는지를 깨달은 그는, 발이 꺾이고 여기저기 부딪혀서 멍이 드는 것도 아랑곳 않고 좁다란 나선형 계단을 정신없이 뛰어 내려갔다. 그러고는 아치형 천장의 음산한 그늘 속에 잠겨 있는 거미줄 투성이의 거대한 본당을 가로질러서, 아무것도 보이지 않는 지하실 안의 잡동사니들을 헤치고, 마침내 신선한 공기와 가로등 불빛이 있는 바깥으로 기어 나올 수 있었다. 블레이크는 박공지붕들이 저들끼리 뜻 모를 소리를 지껄이는 듯한 으스스한 언덕을 내달려서 검은 탑들이 우뚝 선 음울하고 고요한 도시를 벗어났다. 그러고는 동쪽으로 향하는 오르막길을 거쳐서 드디어 자신의 오래된 주택에 도착했다.

다음 날 아침에 정신을 차려 보니 서재 바닥에 외출복 차림으로 쓰러진 채였다. 온몸이 먼지와 거미줄로 뒤덮인 데다가 구석구석 살갗이 까지고 멍이 들어 있었다. 거울을 보니 머리카락이 심하게 그을려 있었으며 겉옷에서 지독한 악취가 풍겼다. 그 일을 계기로 블레이크의 정신은 무너지고 말았다. 그때부터 실내복 차림으로 방 안을 서성거리면서 서쪽 창밖을 바라보고, 천둥소리에 몸서리를 치고, 일기를 미친 듯이 써 내려가는 것 말고는 아무것도 하지 않았다.

8월 8일 자정 직전에 거대한 폭풍우가 몰려왔다. 도시 전역에 번개가 연이어 내리쳤으며, 커다란 불덩어리가 떨어지는 광경이 두 번 목격되기도 했다. 들이붓듯이 쏟아지는 폭우와 끊임없이 울리는 천둥소리로 수천 명의 시민들이 잠을 이루지 못했다. 정전이 일어날까 봐 극도의 공포에 사로잡힌 블레이크는 새벽 1시경 전력 회사에 전화를 걸었으나, 안전상의 이유로 전화 안내 서비스가 중단된 상태였다. 블레이크는 그 모든 상황을 일기장에 기록했다. 나중에는 불안감에 떠는 필체로 해독할 수 없는 상형문자들을 커다랗게 그려 넣기까지 했다. 그것만 보아도 블레이크의 광기와 절망이 얼마나 극에 치달았는지 알 수 있으며, 어둠 속에서 앞이 안 보이는 채로 글을 휘갈겨 썼다는 추측도 가능하다.

블레이크는 창밖을 제대로 관찰하기 위해 집 안을 어둡게 해놓고, 거의 내내 책상 앞에 앉아서 빗줄기 너머의 도시를 내다보았던 것 같다. 반짝이는 도심 건너편의 페더럴힐을 수놓은 불빛들이 꺼지는지 안 꺼지는지 지켜보다가, 이따금씩 더듬더듬 펜을 찾아 일기장에 짤막한 말을 끼적거리곤 했으리라. '정전만은 안 된다.' '놈은 내가 어디에 있는지 알고 있다.' '놈을 파괴해야 한다.' '나를 부르고 있다. 하지만 이번에는 다치게 하려는 의도는 아닌 것 같다.' 이와 같은 문장들이 여러 페이지에 걸쳐 적혀 있다.

마침내 도시 전체에 전기가 끊겼다. 발전소의 기록에 따르면 정확히 오전 2시 12분에 정전이 일어났다는데, 블레이크의 일기에는 시간이 쓰여 있지 않다. 다만 '정전이다. 신이시여, 저를 굽어살피소서'라는 말만 적혀 있을 뿐. 한편 페더럴힐에서는 블레이크만큼이나 초조해진 사람들이 광장이며 골목마다 쏟아져 나와 비에 흠뻑 젖은 채 악마의 교회 앞으로 몰려갔다. 저마다 우산으로 가린 촛불, 손전등, 기름 등불, 십자가, 그 외에 이탈리아 남부에서 흔히 사용하는 갖가지 부적들을 들고 있었다. 그들은 각자의 조명 기구에 축복 기도를 하고 두려움에 덜덜 떨리는 오른손으로 수수께끼의 성호를 그었다. 바람이 거칠게 불어닥치자 대부분의 촛불들이 꺼져 버려 현장은 급격히 어두워졌다. 군중이 일제히 공포감에 휩싸인 가운데 누군가가 스피리토 산토 교회의 메를루초 신부를 소리쳐 부르자, 신부는 을씨년스러운 광장 한복판으로 서둘러 달려나가서 신성한 기도문을 읊조렸다. 이윽고 탑 안에서 기이하게 들썩거리는 소리가 울려 퍼졌다. 모두가 그 소리를 똑똑히 들었다.

2시 35분에 벌어진 일에 대해서는 여러 목격자들의 증언이 확보되어 있다. 우선 젊고 총명하며 높은 수준의 교양을 갖춘 성직자 메를루초 신부, 순찰 도중에 사태를 조사하려고 현장에 뛰어들었다는 신뢰할 만한 중앙 경찰서 소속 경관 윌리엄 J. 모너핸, 그리고 교회의 높다란 담장 앞에 모여들었던 78명의 주민들(그중에서도 특히 건물 동쪽 구역이 잘 보이는 광장 쪽에 있었던 사람들)에 이르기까지. 물론 그 일이 초자연적인 일이었다는 증거는 어디에도 없다. 그런 현상에는 여러 가지 원인이 있을 수 있다. 아무도 정확하게 설명해 내지는 못하고 있지만, 그 교회는 내부에 온갖 이질적인 물건들과 유독한 공기를 감춘 채로 오랜 세월 방치되어 있었으니 무슨 우발적인 화학작용이 일어났다 해도 이상하지 않다. 유독성 증기가 분출되었다든지, 자연발화가 일어났다든지, 오랜 부패에서 비롯된 가스 폭발이라든지 기타 등등. 게다가 누군가가 의도적으로 사기극을 벌였을 가능성도 배제할 수 없다. 벌어진 사건 자체는 극히 단순했다. 겨우 3분 만에 모든 것이 끝났으니까. 메를루초 신부가 워낙 꼼꼼한 사람이어서 시계를 거듭 확인하고 있었다.

처음에는 검은 탑 안에서 무언가를 더듬는 듯한 소리가 점점 크게 치솟았다. 교회에서 희미하게 새어 나오던 이상한 악취도 역겨울 만큼 강렬해졌다. 그리고 나무가 쪼개지는 소음과 함께, 동쪽 마당에 어떤 커다랗고 묵직한 물체가 떨어져서 박살나는 소리가 울려 퍼졌다. 촛불이 다 꺼진 터라서 보이지는 않았지만 사람들은 떨어진 물체가 무엇인지 알아차릴 수 있었다. 탑의 동쪽 창문 위에 덧대어져 있던 검댕투성이의 미늘판이었다.

그 직후 어둠에 잠긴 그 높은 탑에서부터 참을 수 없을 만큼 지독한 악취가 뿜어져 나왔다. 다들 숨도 제대로 못 쉬고 구역질을 하거나 덜덜 떠는가 하면 광장에 있던 사람들은 몸을 가누지도 못할 지경이었다. 동시에 날짐승이 날개를 퍼덕거리듯이 공기가 흔들리는 진동이 느껴지더니, 동쪽에서 어느 때보다 강한 돌풍이 일어나 사람들의 모자가 날아가고 우산이 뒤집혔다. 너무 어두워서 아무것도 제대로 볼 수 없었지만, 위쪽을 올려다보던 몇몇 사람들은 하늘 한복판에 시꺼먼 얼룩 같은 것이 빠르게 번지는 장면을 언뜻 보았다. 마치 엄청난 속도로 동쪽 상공에 쏘아올린 매연가스 덩어리 같았다.

그게 끝이었다. 주민들은 공포와 경악과 욕지기에 마비된 채 꼼짝도 못하고 있었다. 이제 무엇을 해야 하는지, 아니면 아예 아무것도 하지 말아야 하는지 알 도리가 없었다. 대체 무슨 일이 벌어진 건지 모르니 경계를 풀 수도 없는 노릇이었다. 그러다가 잠시 뒤 번개 한 줄기가 하늘을 가르고 귀청을 찢는 듯한 천둥이 사방을 울리자 사람들은 기도를 하기 시작했다. 30분 뒤 비가 멎었고, 15분이 더 지나자 가로등에 다시 불이 들어왔다. 쫄딱 젖은 채 기진맥진해진 사람들은 안심하고 집으로 돌아갔다.

그 사건은 다음 날 신문 지상에 폭풍우 소식과 더불어 간략하게만 언급되었다. 사건 직후에 내리쳤던 엄청난 번개와 천둥은 페더럴힐보다 동쪽 지역이 훨씬 심했으며, 그곳에서도 마찬가지로 독특한 악취가 퍼졌다고 한다. 기현상은 칼리지힐 지역에서 가장 두드러지게 나타났는데, 우레 소리가 얼마나 요란했던지 잠들어 있던 주민들이 모조리 깨어나 무슨 일이 일어났나 싶어 당황했을 정도였다. 특히 칼리지힐의 언덕 꼭대기에 사는 몇몇 사람들은 이례적으로 눈부신 섬광이 번뜩이는 걸 보았으며, 집 정원의 나무들 잎사귀가 죄다 떨어지고 풀이 망가질 만큼 어마어마한 돌풍이 하늘로 치솟는 광경을 목격했다. 근방 어딘가에 낙

뢰가 떨어졌으리라는 게 중론이었지만 정작 번갯불이 내리꽂힌 흔적은 어디에서도 발견되지 않았다. 한편 타우 오메가 기숙사에 있던 한 대학생은 그 섬광이 번쩍이자마자 기괴하고 흉측한 연기가 허공에 피어오르는 것을 본 듯하다고 말했으나, 진위 여부는 아직 확인되지 않았다. 어쨌든 몇 안 되는 증언들이 한결같이 일치하는 점은 서쪽으로부터 격렬한 돌풍이 불어왔으며, 번개가 치기 전에 참을 수 없이 고약한 악취가 밀려왔다는 사실이다. 벼락이 친 이후 공기 중에 탄내가 살짝 풍기더라는 말도 많았다.

그 현상은 로버트 블레이크의 사망 원인과 관련이 있을지도 모르기 때문에 신중히 논의되었다. 프시 델타 기숙사의 위층 뒤쪽 창문에서는 블레이크의 서재가 내다보이는데, 거기 사는 학생들은 9일 아침 그 서재의 서쪽 창가에 비친 희끄무레한 얼굴을 보았다고 한다. 특히 표정이 무척 해괴해서 무슨 일이 생긴 건가 의아해하다가 그날 저녁에도 그 얼굴이 똑같은 위치에 그대로 있자 걱정이 되지 않을 수 없었다고 한다. 밤이 되어도 블레이크의 서재에 불이 켜지지 않자 학생들은 직접 찾아가서 초인종을 눌렀으며, 마침내는 경찰을 불러서 문을 강제로 열기에 이르렀다.

꼿꼿하게 앉은 채 굳은 시체가 창가 책상 앞에 있었다. 툭 튀어나온 눈은 멀겋게 흐려져 있었고, 얼굴은 극도의 발작적인 공포에 질린 듯 엉망으로 뒤틀린 채였다. 그 몰골을 확인한 사람들은 대경실색해서 고개를 돌리며 욕지기를 참아야만 했다. 시신은 곧바로 검시에 맡겨졌고, 검시관은 피해자가 전기 충격이나 혹은 방전에서 비롯된 신경 긴장으로 사망했다고 결론을 내렸다. 피해자의 방 창문에 번개에 맞아 깨진 데라곤 전혀 없었는데도. 흉악한 얼굴 표정은 그냥 무시해 버렸다. 방에서 발견된 책, 그림, 원고, 일기장의 내용으로 볼 때 피해자는 평소 정서 불안도 심하고 상상력이 비정상적으로 치닫는 사람이었으니만큼, 심각한 쇼크를 겪으면 그런 표정을 지을 수도 있다는 정도로 얼버무렸다. 책상 위에 놓여 있던 일기장에는 앞이 안 보이는 채로 휘갈겨 쓴 글씨가 가득했다. 사망하기 직전까지도 계속 글을 썼는지, 경련으로 수축된 블레이크의 오른손은 심이 부러진 연필을 꽉 쥐고 있었다.

정전된 이후에 쓴 글은 앞뒤가 맞지 않는 횡설수설이 대부분이어서 일부분만 해석이 가능하다. 그 일기 내용을 근거로 어떤 수사관들은 유물론적인 공식 수사 결과와 완전히 상반되는 결론을 끌어내기도 했다. 그러나 그러한 상상력 넘치는 추론은 보수적인 사람들 사이에서 신뢰를 얻지 못한 데다가, 미신에 사로잡힌 덱스터 박사의 행동 때문에 더욱 빈축을 사게 되었다. 덱스터 박사는 창문 없는 검은 첨탑 안에서 발견된 기묘한 상자와 거기에 들어 있던 자체 발광성 돌을 내려갯싯 만의 깊은 바다 속에 던져 넣어 인멸해 버린 장본인이다. 대부분의 사람들은 블레이크가 고대 악마 숭배의 충격적인 흔적을 발견한 뒤로 과도한 상상력과 노이로제 증상이 악화되었다고 보고 있으며, 마지막에 남긴 일기 역시 그러한 광기의 산물로 이해한다. 마지막 일기의 내용은 다음과 같다.

여전히 정전이다. 5분쯤 되었을까. 모든 게 번개에 달려 있다. 야디스*여, 번개가 계속 치도록 해주소서! ……어떤 힘이 그것을 통해 고동치는 것 같다…… 비, 천둥, 바람에 귀가 먹먹하다…… 그 존재가 내 정신을 장악하고 있다……

*러브크래프트가 만든 가상의 행성. 시 「유고스에서 온 균」에서 처음 등장한다.

기억력이 이상해졌다. 이전에 본 적도 없는 것이 자꾸만 보인다. 다른 행성, 다른 우주…… 어둠…… 번개가 어둠으로 보이고 어둠이 빛으로 보인다……

이 칠흑 같은 어둠 속에 보이는 언덕과 교회가 진짜일 리가 없다. 섬광 때문에 생긴 잔상일 것이다. 만약 번개가 멎는다면 이탈리아인들이 촛불을 들고라도 나와 주기를!

내가 두려워하는 게 정확히 뭐였더라? 아, 그래. 니알라토텝의 화신. 어두컴컴한 고대 이집트에서 인간의 형상을 취해 나타나기까지 했던 그 존재. 유고스가 기억난다. 더 머나먼 행성 샤가이도, 검은 행성들의 절대적인 공허도……

그 공허를 뚫고 한참을 날아왔던 기억…… 그런데 빛이 넘실거리는 우주는 건널 수 없어서…… 대신 빛나는 트라페조헤드론을 그 끔찍한 빛의 심연으로 보냈다…… 그 안에 담긴 생각들을 통해 재창조되기 위해서……

내 이름은 블레이크다. 로버트 해리슨 블레이크, 위스콘신 주 밀워키 이스트 냅 가 620번지. 나는 지구에 살고 있는 인간이다.

아자토스여, 자비를 베푸소서! 번개가 결국 멎어 버렸다. 미칠 지경이다. 육안이 아닌 기괴한 감각으로 모든 것이 보인다. 빛은 어둠이고 어둠은 빛이고…… 언덕 위의 저 사람들…… 경비…… 촛불과 부적…… 신부들……

거리 감각이 사라졌다. 먼 곳이 가깝게 보이고 가까운 곳은 멀어 보인다. 빛도 없고, 망원경도 없는데, 저 첨탑이, 탑이, 창문이 보인다. 로더릭 어셔*의 소리가 들린다. 나는 미친 건가, 미쳐 가는 건가? 탑 안에서 그것이 꿈틀거리고 더듬거리고 있다. 내가 그것이고 그것이 나다. 나가고 싶다…… 나가야 한다. 나가서 힘을 통합해야 한다…… 그것은 내가 어디에 있는지 알고 있다.

나는 로버트 블레이크다. 그런데 어둠 속의 탑이 보인다. 지독한 악취가 난다…… 감각이 변했다…… 탑 창문 위에 덧댄 판자가 부서지고 마침내 떨어진다. 이아…… 은가이…… 유그……

그것이 보인다. 이쪽으로 오고 있다. 지옥, 바람, 거대한 얼룩, 검은 날개…… 요그 소토스**여 나를 구하소서…… 세 개의 이글거리는 눈동자……

---

*에드거 앨런 포의 「어셔 가의 몰락」에 등장하는 주인공.
**러브크래프트가 1927년 발표한 『찰스 덱스터 워드의 사례』에서 처음 등장하는 외우주의 존재.

문명의 너머에 도사린
공포의 세계

　'인류의 가장 오래되고 강력한 감정은 공포다. 그리고 가장 오래되고 강력한 공포는 미지의 것에 대한 공포다.' H. P. 러브크래프트가 「문학에서의 초자연적 공포」라는 글에서 내린 이 정의만큼 공포를 명확하게 설명하는 문장도 없을 것이다. 우리는 언제나 낯선 것, 알지 못하는 것에 공포를 느낀다. 유령이 공포의 대상인 까닭은 우리가 알지 못하는 죽음 이후의 세계에서 찾아온 존재이기 때문이다. 어린아이들이 어둠을 무서워하는 까닭은 어둠 속에 무엇이 있는지 알 수 없기 때문이며, 머나먼 우주나 깊디깊은 심해는 아직 탐사되지도 설명되지도 않은 영역이기에 경이감와 동시에 두려움을 불러일으킨다. 기쁨, 분노, 슬픔, 즐거움이 사회적인 경험을 통해 체득되고 발달되는 감정이라면, 공포는 체득되지 않은 것에 대한 감정이며 모든 사회적 경험 이전에 존재하는 가장 오래된 감정이다. 이러한 공포는 때때로 우리의 이성과 판단력과 나아가 행동 자체를 마비시킬 만큼 강력한 영향력을 미친다.

한마디의 문장으로 공포의 본질을 꿰뚫은 러브크래프트는 그러한 통찰력을 문학에 그대로 관철하고 실현시킨 작가이다. 그는 현대 공포문학을 낳은 시조이며, 오늘날까지 문학과 문화 전반에 광범위한 파급력을 미치고 있는 '오래되고 강력한' 괴기의 제왕이다. 거장이 태어나는 데에는 늘 역사적인 필연이 작용하듯이, 러브크래프트가 살았던 시대 배경 역시 공포문학이 태동하기에 적합했다. 그는 1890년 세기말의 미국에서 태어나 제1차 세계대전을 겪고 1937년에 짧은 생을 마감한, 그야말로 역사적 격변기를 살다 간 작가다. 산업혁명과 과학의 발전은 인간 이성의 힘을 확인시켜 주었고 미래를 낙관하게 했으나, 한편 물질만능주의에 물든 세태는 옛 시대의 고결한 가치를 그리워하게 했으며, 전쟁은 인간의 야만성과 이성의 한계에 대한 공포를 낳았다. 아메리카 신대륙의 광막하고 거친 자연을 정복하고 새로운 터전을 일구어 낸 미국인들은 한편으로 통제 불가능한 자연의 힘에 대한 본원적인 두려움을 기억했고, 그들이 구축한 문명이 무너질지도 모른다는 불안을 안고 있었다. 전 세계 민족 문화의 기원과 특질을 연구하는 인류학적 관심은 영적인 세계와 신비 현상을 탐구하는 신지학 및 심령술과 양립하기도 했다.

그러한 모순의 시대에 러브크래프트가 포착한 것은 이른바 '코스믹 호러cosmic horror', 즉 우주적 공포였다. 오늘날 공포문학에서 하나의 세부 장르로까지 굳어진 코스믹 호러는 미지의 것에 대한 공포를 인류 문명 전체의 불안으로 확장한다. 과학이 발전할수록 인간이 알게 되는 것은 만물의 진리가 아니라 도리어 인간의 힘으로 우주와 자연을 이해하는 것이 영영 불가능하다는 사실이며, 나아가 '날것 그대로의 가공할 현실과 거기에 처한 인간의 끔찍한 처지'이다. 인간은 어디까지나 불완전한 존재이고, 인간이 인식하는 현실이란 자신의 정체성을 유지하기 위한 일종의 안락한 환상에 불과하다. 내가 누구이고, 저 사람은 누구이고, 이곳은 어디이고, 지금은 언제라는 지극히 당연한 현실감각은 '진짜 현실'을 마주하는 순간 모조리 붕괴해 버리고 말 것이다. 이때 인간은 더 이상 존립할 수가 없게 된다. 즉 미쳐 버리는 것이다.

그 '진짜 현실'이 도대체 무엇인지는 말할 수 없다. 그것이 미칠 만큼 공포스러운 까닭은 인간이 이해할 수 없는 영역이기 때문이고, 그러기에 그 어떤 언어로도 설명할 수가 없다. 그것은 인간의 발성기관으로 발음할 수 없는 어떤 이름일 수도 있다(「크툴루의 부름」). 분광기로 분석할 수 없는 색깔의 스펙트럼일 수도 있다(「우주에서 온 색채」). 유클리드 기하학으로 측량 불가능한 공간(「크툴루의 부름」), 어디인지 모를 곳에서 들려오는 소리(「에리히 잔의 연주」), 지도상에 존재하지 않는 거리(「그 남자」), 내용이 전해지지 않는 책, 가족이 아닌 가족, 자신이 아닌 자신일 수도 있다. 공포의 대상을 규정하려는 시도는 언제나 실패하게 되어 있다. 아주 흔한 괴담에서조차 인간은 언제나 귀신을 언뜻 보기만 할 뿐 부리나케 도망치는 바람에 정작 귀신이 어떻게 생겼는지 잘 기억하지 못한다. 정말로 귀신을 자세히 보았고 또 잘 알고 있는 사람들은 미쳤거나, 행방이 묘연하거나, 혹은 이미 죽은 사람들일 것이다.

그리하여 러브크래프트는, 공포문학에서 궁극적으로 중요한 것은 소재가 아니라 분위기라고 주장한다. 공포의 대상은 직접적으로 설명되기보다는 암시되어야 하며, 공포소설의 성공 여부는 내적 의미보다 두려움을 불러일으키는 효과에 달려 있다는 것이다. 그러므로 이 문학 형식에서는 무엇보다 인간의, 즉 독자의 심리와 감정을 능란하게 조절하는 능력이 관건이 될 것이다. 일찍이 러브크래프트는 공포문학을 리얼리즘과 연관 지으며 다음과 같이 설명했다.

> (공포문학은) 인간의 머릿속에서 만들어진 공상의 세계라고 흔히 말한다. 하지만 그러한 공상을 자연스럽고 과학적으로 전달하는 과정에서 공포문학은 가장 엄격한 극사실주의 문학만큼이나 실제 인간의 심리 작용을 치밀하게 파고든다. (『데이곤을 옹호하며』)

러브크래프트가 강조하듯이, 공포문학이 초자연적인 현상을 다룬다고 해도 그것은 어디까지나 있을 법한 일처럼 그럴싸하게 읽혀야 한다. 그가 자신의 작품에서 개연성을 마련하기 위해 사용하는 일차적 장치는 공간적 배경이다. 사건이 벌어지는 건물, 지역의 모습이 극도로 세밀하고 사실적으로 묘사된다. 가령 「금단의 저택」 배경이 되는 베니핏 가의 흉가는 오늘날까지도 해당 지역에 남아 있는 135번지의 실존 주택을 모델로 하여 그 건물의 구조와 외양을 설명하는 데 많은 지면을 할애한다. 건물의 지하층 토대가 길거리에 노출된 독특한 건물의 분위기가 손에 잡힐 듯이 생생하게 그려지고, 독자는 작중인물과 함께 실제로 그 안에 들어가서 공포를 체험하는 듯한 느낌을 가지게 된다. 우리의 일상에서 일어날 성싶지 않은 초자연적 현상은 사물과 공간에 대한 러브크래프트의 사려 깊은 관찰력에 힘입어 비로소 설득력을 갖추는 것이다.

공간에 대한 특별한 관심은 러브크래프트 자신의 삶 속에서도 정서적 근간을 이룬다. 그는 한 편지에서 다음과 같이 적은 바 있다.

> 저는 사람들 사이에서가 아니라 풍경들 속에서 살아갑니다. 제가 특정

지역을 좋아하는 것은 인간관계 때문이 아니라 지형학적, 건축학적인 애착 때문입니다. 저는 어떤 식으로든 뉴잉글랜드를 딛고 살아가야 합니다. 프로비던스는 제 일부이지요. 아니, 바로 나 자신이 프로비던스입니다.

미국 뉴잉글랜드 로드아일랜드 주 프로비던스의 유서 깊은 가문에서 태어난 러브크래프트는 가문의 몰락과 지속적인 경제적 어려움에 시달린 끝에 암으로 사망했으며, 자신이 나고 자란 땅 프로비던스에 묻혔다. 그의 묘비에 '나는 프로비던스다'라는 묘비명이 새겨져 있을 만큼 프로비던스는 러브크래프트의 삶과 문학에 있어 불가분의 관계라고 할 수 있다. 1620년 청교도 이주자들이 식민지를 건설했던 뉴잉글랜드 지역은 17세기 미국의 정치, 사회, 문화 전반을 장악했다. 뉴잉글랜드 지역 주민들은 엄격한 도덕적, 종교적 규칙을 생활 속에서 실천하려 했으며, 그러한 신실하고 진지한 태도는 역설적이게도 마녀와 악마 숭배에 대한 히스테리에 가까운 공포를 낳았고 세일럼 마녀재판이라는 악명 높은 집단 광기로 이어지기도 했다. 지옥과 파멸의 묵시에 대한 청교도적 두려움은 『주홍 글씨』로 유명한 너새니얼 호손과 미국 고딕소설의 선구자 에드거 앨런 포의 작품 세계에 반영되었고, 여기서 비롯된 미국 고딕 문학의 전통을 러브크래프트는 그대로 물려받았다. 에드거 앨런 포의 영향을 받았다고 자처하는 러브크래프트의 작품들이 낡은 저택, 교회, 고성, 폐허, 황폐한 자연 등을 배경으로 채택하는 것은 자연스러운 수순이라고 하겠다. 무너지고 부패한 옛 건물들은 모든 인간 문명의 필연적인 쇠락과 몰락을 암시하는 음울한 상징이며, 한편으로는 현대인들에게 잊혀진 오랜 역사를 고요히 안고 수백, 수천 년에 걸쳐 살고 죽은 사람들의 영혼이 깃든 기억의 주인이다. 러브크래프트가 자주 무대로 올리는 프로비던스의 페더럴힐, 뉴욕의 그리니치, 보스턴의 노스엔드와 같은 유서 깊고 오래된 지역들은, 러브크래프트가 「픽먼의 모델」에서 픽먼의 입을 빌어 일설했듯이, '만들어지는 것이 아니라 스스로 성장'하는 곳이며, 단순한 배경이나 무대라기보다는 그 자체로 작품의 주제이고, 스스로 독자에게 말을 거는 인물이나 마찬가지이다.

고딕 문학의 전통에 과학의 틀과 심리학적 리얼리즘을 도입함으로써 러브크래프트는 코스믹 호러라는 고유의 공포를 창조해 냈고, 이는 스티븐 킹으로 대표되는 현대 공포문학의 계보로 이어졌다. 어린 시절부터 천문학과 화학에 심취했고 늘 엄격한 무신론자이자 유물론자였던 러브크래프트의 작품들은 상당수가 과학소설(SF)이기도 하다. 운석 충돌로 자연이 황폐하게 변하는 한 농장의 일대기를 그린 「우주에서 온 색채」는 우주에 대한 천문학적 통찰을 토대로 바이러스나 핵으로 초토화되는 인류의 자화상을 예견한 수작이다. 오래된 고성을 배경으로 벌어지는 인신 제의의 공포를 담은 「벽 속의 쥐들」은 에드거 앨런 포의 「어셔 가의 몰락」에서 익히 보았던 한 몰락 가문의 고딕 문학적 일대기를 다윈주의 이론으로 해석하는 독창성을 발휘한다. 「금단의 저택」은 뱀파이어 이야기에 물리학과 화학의 견지를 차용한 독특한 SF이며, 「시체를 되살리는 허버트 웨스트」는 메리 셸리의 소설 『프랑켄슈타인』의 계보를 잇는 의학도의 실험을 통해 생명과 죽음의 본질에 대한 질문을 던지고, 대표작 「크툴루의 부름」에서는 제임스 프레이저의 『황금 가지』에서 시작되는 고대 종교와 민속에 대한 폭넓은 인류학적 관심을 선보인다.

그러나 러브크래프트의 SF적 속성은 미래에 대한 전망을 제시하지 않는다. 코스믹 호러의 세계에서 인간은 과학적 진보를 통해 유토피아를 이룩하지도 않고, 무분별한 개발 착취와 윤리의 상실 때문에 디스토피아로 진입하지도 않는다. 이곳에서 인간이 몰락하는 이유는 인간의 행동이 자초한 결과 때문이 아니라, 오히려 인간의 그 어떤 행동도 무의미하게 만들어 버리는 외부 존재의 압력 때문이다. 과학의 힘으로 결코 측량할 수도, 맞설 수도, 정복할 수도 없는 거대하고 불가해한 우주의 암흑이 인류를 위협하기 때문이다. 러브크래프트의 세계관에서 우주는 근본적으로 인간에게 적대적이며, 그 적대는 어떤 신의 섭리나 선악에 따른 천벌도, 단죄도, 복수도, 인간이 이해할 수 있는 그 무엇도 아니다. 따라서 러브크래프트의 철학을 '우주적 무관심'이라고 칭하기도 한다.

> 아무래도 무슨 천벌을 받고 있는 모양이라고, 하지만 자신은 언제나 하느님의 뜻을 섬기는 삶을 살아왔다고 생각하는데 대체 무슨 죄로 이런 일을 당해야 하는지 모르겠다고 하면서. (「우주에서 온 색채」)
>
> "그게 이 땅을 모조리 오염시켰네…… 놈이 대체 뭘 원하는진 모르겠지만……" (「우주에서 온 색채」)

러브크래프트 문학에 등장하는 괴물, 움직이는 시체, 옛 지배자들, 별에서 내려온 태곳적 존재들이 대체 무엇을 원하고 인간을 파멸로 몰아가는지 우리는 알 수 없다. 그렇기 때문에 공포스럽다. 크툴루, 아자토스, 요그 소토스, 니알라토텝과 같은 일련의 신들은 인간에 대한 우주의 잔혹한 무관심을 표상하는 외계 존재일 뿐 사실상 신이라고 할 수 없다. 그들을 신으로 섬기는 고대 종교와 제의는 어떻게든 우주의 이치를 헤아리고 초월자의 신성에 의존하려 하는 인간의 덧없는 노력의 산물에 불과하다.

러브크래프트의 친구이자 동료 작가였던 오거스트 덜리스(1909~
1971)는 러브크래프트가 창조한 이계의 존재들을 일련의 신화적 체계
로 정리했다. 본디 무신론 사상에 기반하여 인간의 유한성과 불완전함
을 표현하는 도구였던 이계의 존재들을 덜리스는 실재하는 초월자로
받아들였으며, 선과 악이 대립하는 종교적 세계관에 가까운 '크툴루 신
화'로 재창조했다. 작가 본연의 의도를 왜곡했다는 비판을 피할 수 없었
지만, 자신의 작품이 단 한 권의 단행본으로 출간되는 것도 보지 못하
고 죽었던 비운의 작가인 러브크래프트가 사후에 화려하게 부활할 수
있었던 것은 분명 덜리스의 공로가 컸다. 덜리스는 러브크래프트의 작
품들을 엮어서 적극적으로 출판하는 한편, '사후 공동 집필'이라는 형태
로 러브크래프트 문학의 요소들을 차용한 소설들을 직접 써서 발표하
기도 했다. 뿐만 아니라 클라크 애슈턴 스미스, 로버트 E. 하워드를 비롯
하여, 펄프 잡지 《위어드 테일스》의 지면을 통로 삼아 '러브크래프트 사
단'을 형성했던 여러 작가들이 크툴루 신화의 소재를 활용한 작품들을
발표했다.

이를 시작으로 수많은 작가들이 러브크래프트의 유산을 계승하여 현
대 공포문학과 환상문학의 조류를 형성하게 되었다. 스티븐 킹, 클라이
브 바커, 로버트 블로흐와 같은 저명한 공포소설가들, 라틴아메리카 마
술적 리얼리즘의 선구자인 호르헤 루이스 보르헤스를 비롯하여, 차이나
미에빌, 조지 R. R. 마틴, 레이 브래드버리에 이르는 판타지 및 SF 작가
들이 러브크래프트의 영향을 받았다. 문학뿐만이 아니라 앨런 무어, 닐
게이먼, H. R. 기거, 이토 준지, 기예르모 델 토로, 존 카펜터, 스튜어트
고든에 이르기까지, 미술과 만화와 영화 장르에도 러브크래프트의 코스
믹 호러는 영감의 원천이 되었다. 크툴루 신화는 이제 하나의 문화적 현

상으로까지 도약하여 끊임없이 성장하고 재생산되는 문학적 '오픈 소스'로서의 생명력을 획득했다. 크툴루를 비롯한 '옛 지배자들'과 가상의 도시 아컴은 만화, 게임, 음악 등의 서브컬처에서 무수히 변주되면서 그 자체로 살아 있는 공간이 되었다. 금지된 마법 지식이 담겼다는 가상의 책 『네크로노미콘』은 하버드 대학에 꾸준히 열람 문의가 들어올 만큼 실존하는 책으로 믿어질 뿐 아니라 아예 '네크로노미콘'이라는 이름을 단 위서僞書들이 실제로 제작되어 판매되기까지 한다. 러브크래프트의 문학은 바야흐로 환상이 실재가 되고 실재가 환상이 되는 세계인 것이다.

러브크래프트는 세계적인 명성에 비해 우리나라에는 이상할 정도로 잘 알려지지 않은 작가 중 한 명이다. 이러한 작가의 작품을 소개하는 것은 번역가로서 그 자체로 기쁘고 보람된 일이지만, 동시에 하나의 까다로운 질문에 대답해야만 할 의무감을 주기도 한다. '왜 (지금 여기서) 러브크래프트인가?'라는. 1900년대 초 미국은 이주민의 물결이 쇄도하던 시기였고, 낯선 인종과 문화의 침투는 그 자체로 백인들에게 '미지의 것'이 불러일으키는 공포였다. 그러한 당대의 시야가 녹아 있는 러브크래프트의 작품은 때로 우리에게 불편함을 주기도 하지만, 그 불편함은 또 다른 의미심장한 질문을 되돌려 주기도 한다. '그렇다면 오늘날 이곳에서 우리가 두려워하는 것은 무엇인가'라는.

본 선집에서는 러브크래프트가 여러 지면을 통해 발표했던 단편들 중 작품성이 탁월하고 그의 문학 세계를 잘 보여 줄 수 있는 작품들을 선별했다. 역사와 우주의 근원을 거슬러 올라가는 미지의 공포는 독자를 압도하기에 충분하지만, 한편으로는 긴장감 넘치는 아슬아슬한 서스펜스와 짜릿한 반전으로 크나큰 즐거움을 선사할 것이다. 재미있게 번역 작업을 했던 만큼, 독자들에게도 무엇보다 재미있는 이야기로 다가가기를 바라는 마음이다. 좋은 작품을 만나게 해주신 현대문학 편집부에 감사드린다.

1890   8월 20일 미국 로드아일랜드 주 프로비던스 에인절 가 194번지(현
        재는 454번지)에서 윈필드 스콧 러브크래프트와 세라 수전 필립스
        러브크래프트의 외아들로 출생.

1891~93 매사추세츠 주 도체스터와 오번데일 지역에서 거주. 1893년 4월 부
        친이 신경쇠약 증세로 프로비던스의 버틀러 정신병원에 입원한 뒤
        모친과 함께 외가로 이거.

1895   『천일야화』에 매혹되어 '압둘 알하즈레드'라는 이름을 생각해 냄.

1897   『오디세이』와 『일리아드』를 단시短詩 형식으로 개작. 한 소년이 '동굴

속에 사는 지하의 존재들'의 기척을 듣게 된다는 내용의 단편을 씀.

1898   7월 19일에 부친이 매독으로 사망. 이해에 처음으로 에드거 앨런 포의 작품들을 접함. 가을에 슬레이터 애버뉴 스쿨에 진학.

1902   19세기 남극 탐험에 대한 에세이 세 편을 쓰고, 모험소설인 「불가사의한 배The Mysterious Ship」 집필.

1903   《천문학》, 《먼슬리 앨머낙》, 《로드아일랜드 천문학 저널》 등의 천문학 잡지를 젤라틴판 복사 방식으로 발간. 가을에 학교를 자퇴하고 개인교습으로 공부 시작.

1904   3월 29일에 조부인 휘플 필립스가 사망하여, 그가 경영하던 부동산 업체가 해산하고 경제적 어려움이 시작됨. 러브크래프트는 호프 스트리트 잉글리시 앤드 클래시컬 고등학교에 진학.

1905   1904년부터 쓰기 시작한 소설 「동굴 속의 짐승The Beast in the Cave」 완성. 펄프 잡지인 《올 스토리》와 《검은 고양이》를 구독하며 동시대의 괴기소설을 접함.

1906   〈프로비던스 선데이 저널〉과 《사이언티픽 아메리칸》에 천문학 관련 글이 게재됨. 〈포터셋 밸리 글리너〉와 〈프로비던스 트리뷴〉에 천문학 칼럼 연재.

1908	단편 「연금술사The Alchemist」 집필. 여름에 신경쇠약을 겪은 뒤 학업을 중단하고 은둔 생활에 들어감.
1912	3월 4일 〈프로비던스 이브닝 불러틴〉에 처음으로 시 발표. 「서기 2000년의 프로비던스Providence in 2000 A.D.」라는 제목의 이민자에 대한 반감을 표현한 시.
1914	UAPA(미국 아마추어 출판협회)에 가입하여 협회의 다양한 출판물들에 에세이와 비평을 게재하기 시작. 협회의 대중 비평 부문 위원장 맡음.
1915	아마추어 잡지인 《컨저버티브》 창간. 1년 임기로 UAPA 초대 부협회장으로 선출.
1916	동료 아마추어 기고가인 라인하르트 클라이너, 아이러 A. 콜, 모리스 W. 뫼와 함께 '클라이코몰로'라는 서신 교환 모임 조직. 자신의 시에 괴기스러운 주제와 이미지를 삽입하기 시작. 교정 및 대필 업체에서 일함. 「연금술사」를 이해 11월에 《아마추어 어소시에이션》에 발표.
1917	미국이 제1차 세계대전에 참전하자 로드아일랜드 주 방위군에 지원하지만 건강 문제로 거부됨. UAPA에서 1년 임기의 협회장으로 선출됨. 여름에 단편 「무덤The Tomb」과 「데이곤Dagon」을 집필.

1918	단편 「북극성Polaris」 집필. UAPA 대중 비평 부문 위원장으로 재임.

1918 단편 「북극성Polaris」 집필. UAPA 대중 비평 부문 위원장으로 재임.

1919 경제난에 따른 스트레스로 쇠약해진 모친이 버틀러 정신병원에 입원. 이모 애니 갬웰이 러브크래프트의 집으로 들어와 뒷바라지 함. 환상소설 작가 로드 던세이니의 단편집 『어느 몽상가의 이야기 A Dreamer's Tales』를 읽고 감명을 받고, 10월에 던세이니의 낭독을 들으러 보스턴 방문. 「잠의 장벽 너머에Beyond the Wall of Sleep」, 「화이트호The White Ship」, 「랜돌프 카터의 진술」을 비롯한 단편 일곱 편을 쓰고, 이때까지 쓴 단편 세 편을 아마추어 출판물에 발표.

1920 괴기소설을 쓰는 18세 학생인 프랭크 벨크냅 롱 주니어와 막역한 친구가 됨. UAPA의 공식 편집장으로 선출. 여름 동안 보스턴의 아마추어 기고가들의 모임에 참석. 「저 너머에서From Beyond」, 「그 집에 있는 그림The Picture in the House」, 「고 아서 저민과 그의 가족에 관한 사실들Facts Concerning the Late Arthur Jermyn and His Family」, 「니알라토텝Nyarlathotep」 등의 단편 및 공동 작품 다수 집필.

1921 5월 24일 모친이 버틀러 정신병원에서 담낭 수술 합병증으로 사망. 이모 릴리언 클라크가 러브크래프트의 집으로 들어와 애니 갬웰과 함께 살림을 맡음. 7월에 보스턴에서 열린 NAPA(전미 아마추어 출판협회National Amateur Press Association) 전국 대회에서 맨해튼 여성 의류점 관리자로 일하던 소니아 하프트 그린을 만나고 연애를 시작. 단편 「이름 없는 도시The Nameless City」, 「아웃사이더」, 「에리히 잔의 연주」 등을 집필하고 「시체를 되살리는 허버트 웨스트」 집필에 착

수. 자신의 유물론적 철학관을 설명하는 에세이 세 편을 씀(사후에 『데이곤을 옹호하며』라는 책으로 출간).

1922   4월에 소니아 그린의 주선으로 뉴욕 주를 방문하여 클라이너, 롱, 아마추어 기고가인 러브맨과 제임스 모턴을 만남. 후일 시인이 되는 하트 크레인을 만남. 화가이자 작가인 클라크 애슈턴 스미스와 서신을 주고받기 시작. 11월 말에 NAPA의 임시 협회장으로 지명. 「시체를 되살리는 허버트 웨스트」를 《홈 브루》에 연재. 단편소설 「히프노스Hypnos」, 「마틴 해변에서의 공포The Horror at Martin's Beach」(소니아 그린과의 합작), 「사냥개The Hound」, 「잠재된 공포The Lurking Fear」 등을 씀.

1923   발행을 중단했던 《컨저버티브》 지를 3월과 6월에 다시 발간. 3월에 공포소설 잡지 《위어드 테일스》 창간호가 발간된 뒤 「데이곤」, 「울타르의 고양이The Cats of Ulthar」, 「랜돌프 카터의 진술」을 포함한 단편 다섯 편을 게재. 「벽 속의 쥐들」, 「축제The Festival」 등을 집필. 웨일스 작가 아서 매켄의 괴기소설을 접함.

1924   3월 3일 맨해튼에서 소니아 그린과 결혼식을 올림. 클라이너, 롱, 모턴, 아서 리즈, 에버렛 맥닐, 조지 커크와 함께 모임을 결성하여 매주 만나기 시작. 10월에 「금단의 저택」을 집필. 미수금 처리 대행업체에서 영업 사원으로 잠시 일함. 12월 소니아가 신시내티의 백화점에 일하러 떠나고, 러브크래프트는 브루클린의 방 하나짜리 아파트에 이사하면서 별거 시작.

1925	소니아가 건강 악화로 일을 그만두고 2월에 브루클린으로 돌아왔다가 뉴욕으로 가서 요양, 11월에 클리블랜드의 백화점에 취직. 러브크래프트는 점점 활동이 저조해지는 UAPA에서 탈퇴. 단편 「레드훅의 공포The Horror at Red Hook」, 「그 남자」 등을 집필하고, 「문학에서의 초자연적 공포」라는 에세이를 씀.
1926	단편 「냉기」, 「크툴루의 부름」, 「픽먼의 모델」, 「실버 키The Silver Key」 등을 집필. 뉴욕을 떠나 4월에 프로비던스로 돌아와서 이모 릴리언이 살고 있는 아파트에 세를 얻음.
1927	중편 「미지의 카다스를 향한 몽환의 추적The Dream-Quest of Unknown Kadath」과 장편 『찰스 덱스터 워드의 사례The Case of Charles Dexter Ward』를 씀. 「우주에서 온 색채」를 써, SF 전문 잡지 《어메이징 스토리스》 9월호에 게재. 「레드훅의 공포」가 영국의 단편선집 『밤이면 불을 켜라You'll Need a Night Light』에 수록.
1928	「우주에서 온 색채」가 연간 단편선집 『베스트 숏 스토리스』에 입선작으로 수록. 단편소설 「더니치 호러The Dunwich Horror」를 집필하고 《위어드 테일스》에 게재. 봄에 소니아와 함께 브루클린에서 6주 동안 머물고, 소니아는 인근에 모자 상점을 개업할 준비를 함. 여름 동안 매사추세츠 주와 버지니아 주를 여행하고 「미국 각지에 대한 관찰」이라는 여행기를 씀.
1929	소니아가 이혼을 추진하지만 러브크래프트는 최종 판결에 서명하지

않음. 워싱턴과 뉴욕 주 북부를 방문하고 「미국 주 여행기」를 집필. 36편의 소네트로 이루어진 시 「유고스에서 온 균Fungi from Yuggoth」을 씀. 「크툴루의 부름」이 선집 『밤을 조심하라!*Beware After Dark!*』에 수록됨.

1930   단편 「어둠 속에서 속삭이는 자The Whisperer in Darkness」를 《위어드 테일스》에 게재. 봄에 사우스캐롤라이나 주 찰스턴을 방문한 뒤 「찰스턴 여행기」를 쓰고, 퀘벡 시를 여행. 7월에 보스턴에서 열린 NAPA 컨벤션에 참석하고, 『야만인 코난』 시리즈로 유명한 펄프 작가 로버트 E. 하워드와 서신 왕래를 시작.

1931   1월에 「퀘벡에 대한 묘사」라는 장문의 여행기를 탈고. 중편 「광기의 산맥At the Mountains of Madness」, 『인스머스의 그림자*The Shadow Over Innsmouth*』를 집필. 선집 『한밤중의 전율*Creeps by Night*』에 「에리히 잔의 연주」가 수록. 《내셔널 아마추어》의 비평란 칼럼을 맡음. 작가 조지프 버논 셰어, 로버트 헤이워드 발로와 서신을 주고받기 시작(로버트 발로는 러브크래프트 사후에 유저遺著 관리자가 됨). G. P. 퍼트넘스 선스 출판사에서 소설집 출간을 제의했으나 작품을 검토한 뒤 거절.

1932   단편 「위치하우스에서의 꿈The Dreams in the Witch House」을 《위어드 테일스》에 게재. 뱅가드 출판사에 단편 몇 편을 투고하지만 출간 거절당함. 7월에 이모인 릴리언 클라크가 사망.

1933   로버트 블로흐와 서신을 주고받기 시작. 5월에 이모 애니와 함께 칼리지 가의 아파트로 이사. 「현관 앞에 있는 것」을 집필하고, 「보잘것없는 사람에 대한 소고」라는 자서전을 씀. 「문학에서의 초자연적 공포」의 수정판이 《판타지 팬》에 일부 게재.

1934   봄부터 여름까지 뉴욕, 찰스턴, 플로리다, 리치먼드, 워싱턴, 필라델피아를 여행하고 프로비던스로 돌아옴. 늦여름에 뉴잉글랜드와 낸터킷을 여행. 11월에 중편 「시간의 그림자The Shadow Out of Time」 집필에 착수.

1935   《어스타운딩 스토리스》에서 「광기의 산맥」과 「시간의 그림자」 판권을 구입. 11월에 「어둠 속의 손님」을 집필.

1936   케네스 스털링과 합작하여 「에릭스의 벽 안에서In the Walls of Eryx」를 집필. 6월에 로버트 하워드가 자살하자, 러브크래프트는 「로버트 어빈 하워드를 추억하며」라는 글을 《판타지 매거진》에 실음. 『인스머스의 그림자』가 프랭크 어트페이털의 목판 삽화와 함께 엮여 단행본으로 출간되지만 거의 팔리지 않음.

1937   1월에 소장과 신장에 생긴 암으로 중태에 빠지고, 3월 15일에 사망. 3월 18일 스완 포인트 공동묘지에 양친과 함께 묻힘.

세계문학 단편선을 펴내며

　세상의 모든 이야기는 단편으로 시작되었다. 성경과 그리스 신화를 비롯해 인류의 많은 신화와 설화는 단편의 형식으로 사물의 기원, 제도와 금기의 탄생, 운명이라는 이름의 삶의 보편적 형식을 설명했다.

　〈세계문학 단편선〉은 모든 산문의 형식 중 가장 응축적이고 예술성이 높은 단편소설에 포커스를 맞추어 세계문학을 바라보는 새로운 관점을 제시하고자 한다. 단편소설을 언급할 때 빼놓을 수 없는 작가들의 작품들은 물론이고, 한두 편의 장편소설로만 우리에게 알려진 세계적 작가들이 남긴 주옥같은 단편들을 통해 대가의 진면모를 총체적으로 바라볼 수 있게 할 것이다. 또한 우리에게 문학의 변방으로 여겨져 왔던 나라들의 대표적 단편 작가들도 활발히 소개할 것이며 이미 순문학과의 경계가 불분명해진 장르문학의 형성과 발전에 크게 기여한 작가들의 작품 역시 새롭게 조명해 나갈 것이다.

　에드거 앨런 포는 문학작품은 독자가 앉은자리에서 다 읽을 수 있을 정도로 짧아야 한다고 했다. 바쁜 일상의 삶을 사는 현대인들에게 〈세계문학 단편선〉은 삶과 사회, 나아가 세계를 바라볼 수 있게 하는 더할 나위 없이 좋은 친구가 될 것이라 확신한다.

　21세기인 현재에 이르기까지 단편소설은 그리스 신화가 그러했듯이 삶의 불변하는 조건들을 응축된 예술적 형식으로 꾸준히 생산해 왔다. 그리고 새로운 문학적 기법과 실험적 시도를 통해 단편소설은 현재도 계속 진화, 확장되고 있다. 작가의 치열한 예술적 열정이 가장 뜨겁게 반영된 다양한 개성으로 빛나는 정교한 단편들을 통해 문학의 진정한 존재 이유를 독자들이 느낄 수 있기를 소망하며 이번 〈세계문학 단편선〉을 펴낸다.

현대문학 편집부

H 세계문학 단편선

※ 〈현대문학 세계문학 단편선〉은 계속 출간됩니다.

하워드 필립스 러브크래프트

초판 1쇄 펴낸날   2014년 3월 10일
초판 11쇄 펴낸날 2024년 9월 25일

지은이 하워드 필립스 러브크래프트
옮긴이 김지현
펴낸이 김영정

펴낸곳 (주)현대문학
등록번호 제1-452호
주소 06532 서울시 서초구 신반포로 321(잠원동, 미래엔)
전화 02-2017-0280
팩스 02-516-5433
홈페이지 www.hdmh.co.kr

ⓒ 2014, 현대문학

ISBN 978-89-7275-668-2 04840
세트 978-89-7275-672-9

* 책값은 뒤표지에 있습니다.
* 파본은 구입처에서 교환해 드립니다.